Frank Goldammer
Tod auf der Elbe

FRANK GOLDAMMER

TOD AUF DER ELBE

KRIMINALRAT GUSTAV HELLER

dtv

Von Frank Goldammer
sind bei dtv außerdem erschienen:

Die Max-Heller-Reihe:
Der Angstmann
Tausend Teufel
Vergessene Seelen
Roter Rabe
Juni 53
Verlorene Engel
Feind des Volkes
In Zeiten des Verbrechens

Im Schatten der Wende
Die Verbrechen der anderen
Großes Sommertheater
Zwei fremde Leben

Originalausgabe 2024
© 2024 dtv Verlagsgesellschaft mbH & Co. KG, München
Umschlaggestaltung: Isabelle Hirtz, Hamburg
Umschlagmotive: shutterstock.com / haeton, Morphart Creation, tugol
Satz: C.H.Beck.Media.Solutions, Nördlingen
Gesetzt aus der Stempel Garamond
Druck und Bindung: CPI books GmbH, Leck
Printed in Germany · ISBN 978-3-423-26385-6

Pillnitz bei Dresden, 1879

I

Gustav Johann Heller, Kriminalrat der Dresdner Staatspolizei, brachte mit einer knappen Straffung der Zügel sein Pferd zum Stehen. Der Hengst, ein englischer Vollblüter, schnaubte und tänzelte unter ihm. Der kurze Ritt hatte seinem ausgeprägten Bewegungsdrang längst nicht Genüge getan.

»Ruhig, Bursche«, mahnte Heller und klopfte ihm mit der flachen Hand den Hals. Heller war der Einzige auf dem Hof, der dieses Pferd beherrschte, und selbst das nur an guten Tagen. Der Fuchs war nicht böse, doch irgendetwas musste ihm bei seinem Vorbesitzer geschehen sein, sodass er zu niemand anderem Vertrauen aufbaute. Das Pferd biss und schlug aus. Man musste immerzu aufmerksam sein, beim Putzen, Striegeln, Satteln, durfte sich niemals hinter ihn wagen, durfte sich keinen Moment in Sicherheit wiegen, egal ob man neben ihm herging oder auf ihm saß.

Mit der Linken nahm Heller nun seinen breitkrempigen Hut ab und wischte sich mit dem Unterarm den Schweiß von der Stirn, während unter ihm der Fuchs so gespannt wie eine Sprungfeder war und jeden Augenblick loszuschnellen drohte.

»Wirst du!«, zügelte Heller das schöne Tier mit dem Keilstern auf der Stirn. Er klemmte sich den Hut unter den Arm, um sich noch einmal über das lange Haar zu streichen, bevor er ihn wieder aufsetzte. Trotz der Störrigkeit und Wildheit war ihm dieses Pferd das liebste von allen auf dem Hof. Er mochte es noch mehr als den stolzen Rappen, seinen zweiten Zuchthengst.

Heller sah sich um. Es war ein prächtiger Tag, der Himmel fast wolkenlos, die Äpfel- und Quittenbäume in voller Blüte, das Gras der Elbwiesen hochstehend. Es versprach schon vor dem ersten Sommertag gute Heuernte. Die Vögel zwitscherten, Insekten summten, beim Weiher schnatterten die Enten aufgeregt. Hinter sich wusste Heller die kleine Ortschaft Oberpoyritz, wo sich sein Hof befand. Es war ein großer Hof von mehr als einem Hektar Fläche mit Wohnhaus, Scheune, Stall und kleinen Paddocks. Eine große Koppel außerhalb des Hofes gehörte ebenfalls dazu. Weiter vor ihm, hinter den weiten Wiesen und ein Stück den Fluss hinab, lag das Pillnitzer Schloss. Von dort war es nur ein gemütlicher Ritt von einer Viertelstunde bis zur Stadtgrenze von Dresden.

Ein Stück elbaufwärts, wo eins dieser neuartigen Dampfschiffe sich die Elbe hinauf kämpfte, stieg eine schwarze Rauchwolke in den Himmel. Dampfschiffe gab es schon länger – Heller konnte sich entsinnen, sie bereits als Kind beobachtet zu haben –, doch in den letzten Jahren wurden es immer mehr. Heller wusste nicht, ob er diese Entwicklung gutheißen sollte. Einerseits beschleunigte sie ganz sicher den Transport, denn auch wenn sich die großen Schiffe nur quälend langsam gegen die Strömung behaupteten, so waren sie doch allemal schneller als die Treidler oder die Elbsegler, die nur bei gutem Wind in Fahrt kamen. Doch der Anblick der schwarzen Rauchwolke missfiel ihm, brachte eine Dissonanz in den herrlichen Morgen. Er fragte sich, wohin das führen sollte. Wenn schon Eisenbahnen sämtliche Entfernungen schrumpfen ließen und Schiffe ganz ohne Wind fuhren, würde es dann auch bald Kutschen geben, die schwarze Rußwolken ausstießen und keine Pferde mehr benötigten? Was würde aus den Menschen, wenn Maschinen ihnen die Arbeit abnahmen? Am Rande der Stadt waren schon die ersten Fabriken entstanden, deren hohe Schornsteine Rauch in den Himmel stießen.

Noch waren es wenige, noch schien eine solche Entwicklung in ferner Zukunft zu liegen, tröstete sich Heller. Hier, wo er lebte, gab es keine Maschinen, keine qualmenden lärmenden Geräte. Hier verrichtete jeder sein Tagwerk noch mit der Hand.

Nicht weit von ihm krähte ein Hahn. Von der Schmiede her vernahm Heller metallische Geräusche. Der Zimmermann hatte Nägel bestellt, und der Schmied tat seit Tagen nichts anderes, als Stabeisen zu ziehen, abzuschoten und die Köpfe zu stauchen. Ein Stück elbaufwärts muhten Kühe, die gemolken werden wollten. Recht spät dafür, dachte sich Heller, immerhin war es schon früher Vormittag.

Ein Mann kam des Weges. Heller kannte ihn, es war ein Knecht des Bauern Kubjuweit. Er hatte schon losreiten wollen, hielt das Pferd jedoch noch kurz zurück. Es sollte nicht aussehen, als scheute er die Begegnung.

»Gott zum Gruße, Herr Rittmeister.« Der Mann lüftete seinen Hut.

Heller griff sich an die Hutkrempe. Die meisten in der Gegend kannten ihn und benutzten seinen militärischen Rang, den er aus dem Krieg einundsiebzig mitgebracht hatte, wenn sie ihn trafen. Er war es leid, sie ständig zu korrigieren. Außerdem mochte er es, Rittmeister genannt zu werden. Zumal er einen großen Teil seines Einkommens mit der Zucht von Pferden für Militär und Polizei bestritt.

Der Hengst schnaubte ungeduldig und wollte dem Mann sein Hinterteil zukehren.

»Halt er lieber Abstand«, riet Heller dem Bauernknecht

und hatte Mühe, der Bewegung des Pferdes etwas entgegenzusetzen.

»Sehr wohl, gnädiger Herr.« Der Mann machte einen großen Bogen um Pferd und Reiter. »Wünsche noch einen guten Tag!«

»Besten Dank«, entgegnete Heller. Dann zerriss völlig unvermittelt ein Donnerhall das ländliche Idyll, wie es sonst höchstens geschah, wenn bei einem Gewitter ein Blitz in unmittelbarer Nähe einschlug. Vögel flatterten hastig davon. Der Hengst wollte aufsteigen. Heller hatte alle Mühe, ihn zu bändigen. »Ho!«, rief er, lehnte sich vor, zog gleichzeitig die Zügel straff. Dann klopfte er dem Fuchs den Hals. »Ruhig, es ist gut«, konnte er das Pferd besänftigen.

»Was war denn das?«, rief der Knecht.

Heller dachte, dass es sich wie Kanonendonner angehört hatte, wie im Krieg, wenn die größten Kaliber abgefeuert wurden. Doch von seinem erhöhten Sitz aus sah er, was dem Mann wohl entgangen war. Eine riesige Wolke aus schwarzem und weißem Rauch stieg von dort auf, wo Heller noch vor ein paar Augenblicken die Schornsteine des Elbdampfers hatte sehen können.

»Eine Kesselexplosion«, rief der Knecht, der die Wolke jetzt auch erkennen konnte. »Das hat sicher Tote gegeben!«

Heller gab nichts darauf zurück. Er wollte nicht mutmaßen, sondern es mit eigenen Augen sehen. »Los!«, rief er dem Hengst zu und gab die Zügel frei. Das Tier schoss nach vorn und trug Heller im Galopp über die Wiesen. Heller duckte sich, wich den Ästen der Obstbäume aus, lenkte das Tier der Wolke entgegen, die nun hoch in den Himmel aufgestiegen war und langsam begann, sich aufzulösen. Schon gerieten die wenigen Häuser der Elbsiedlung Söbrigen in sein Blickfeld. Hier wohnten hauptsächlich Fischer mit ihren Familien, und in einer billigen Herberge, kaum mehr als eine Scheune, fanden Treidler Unterkunft und Kost nach ihrem schweren Arbeitstag, genau wie zur Erntezeit die Wanderarbeiter.

Bald war er heran und musste wieder das Pferd zügeln, denn der Donnerhall hatte jedermann auf die Straße getrieben, zum Ufer hin, um zu sehen, was vor sich ging.

»Platz da!«, rief Heller, schuf sich und seinem unbändigen Hengst einen Weg. Als er an der letzten Hütte vorbei war, hatte er endlich freie Sicht auf die Elbe und ein großes Schiff mit zerrissenem Rumpf, dort, wo einst die Maschine gewesen sein mochte. Die Schornsteine waren nur noch zerfetztes Metall, die Schaufelräder standen still. Das Schiff, wohl zwanzig Meter lang, sank jedoch nicht; vielmehr drehte es sich steuerlos und allen Vortriebs beraubt im Strom und hatte schon begonnen, mit der Strömung wieder elbabwärts zu treiben.

Man hatte bereits Boote ausgebracht, um zu helfen. Auch am anderen Elbufer, bei Zschieren, riefen die Leute. Auf dem Wasser trieben hölzerne Wrackteile, und Menschen kämpften wild gegen das Ertrinken. Die Elbe, sonst kein reißender Fluss und nicht sehr tief, doch immer wieder tückisch – besonders in den Kurven, die sie beschrieb, und bei den Elbinseln –, trug von den letzten Frühjahrsregengüssen viel Wasser mit sich. Die Strömung in der Mitte war stark und für einen ungeübten Schwimmer kaum zu bewältigen. Für jemanden, der nicht schwimmen konnte, war sie zwangsläufig tödlich, wenn ihn nicht der Zufall ans Ufer trieb oder ihm irgendetwas einen Halt gab.

Jetzt hatte die Strömung die Schiffbrüchigen bereits an Heller vorbeigetrieben. Sie riefen panisch um Hilfe und schlugen im Wasser wild um sich.

»Macht den Weg frei!«, rief Heller und riss den Hengst herum. Er musste das Pferd nicht einmal antreiben, es galoppierte ganz von allein die staubige Dorfstraße hinab.

»Platz da!«, warnte er die Leute auf der Straße, und viele sprangen erst im letzten Moment beiseite. Als er die Siedlung durchquert hatte, wurde die Straße zum Feldweg, der sich landeinwärts bog. Heller ließ den Hengst nach links auf die Wiese springen, bremste ihn nicht ab, auch wenn er damit riskierte, dass das Tier in Maulwurfshügel oder Furchen trat. Er überholte einen Ertrinkenden, den es in die Nähe des rechten Elbufers getrieben hatte und der doch nicht in der Lage war, die letzten Meter zum rettenden Festland zu schwimmen.

»Hilfe!«, gurgelte der Mann. Heller ritt an ihm vorbei, noch fünfzig, hundert Meter. Dann zog er mit Leibeskräften die Zügel.

»Brrrrrrrr!«, befahl er dem Pferd und sprang ab, kaum dass das Tier stand. Er rannte zum Flussufer, schnallte seinen Säbel ab, riss den Hut vom Kopf, zerrte sich Überrock und Weste vom Leib und die Stiefel von den Füßen. Nur mit Bluse und Hose bekleidet sprang er ins Wasser und schwamm dem Mann entgegen.

Das Wasser war kälter als gedacht, und obwohl er sich der starken Strömung bewusst gewesen war, überraschte ihn die Kraft des Wassers. Heller schwamm, wie er es einst von seinem Vater gelernt hatte, versuchte gar nicht erst, gegen die Strömung anzukämpfen, sondern nur in die Bahn des Ertrinkenden zu gelangen, um ihn einzufangen. Der Mann sah ihn, schlug wild mit den Armen, die Augen in Todesangst weit aufgerissen.

»Halt still!«, rief Heller, schluckte Wasser, spuckte. Schon war der Mann heran, Heller griff zu, erfasste seine Jacke. Der andere griff nach ihm und versuchte in seiner Panik, an Heller hinaufzuklettern, schlug um sich, drohte sie damit beide ins Ungemach zu stürzen.

»Halt still, Dummkopf!«, schimpfte Heller, kämpfte gegen

das Wasser und den Ertrinkenden gleichermaßen an. »Wirst du aufhören!«

Der andere zerrte wild an ihm herum, riss ihn nun selbst unter Wasser, brachte ihn in höchste Not. Heller fand einen Moment lang festen Boden unter den Füßen, stieß sich ab, durchbrach die Wasseroberfläche und schnappte nach Luft. Der andere dagegen konnte und wollte offenbar nicht verstehen, dass er sie beide umbrachte. So sah Heller sich gezwungen, dem Mann einen festen Hieb ins Gesicht zu verpassen, der ihn augenblicklich lähmte. Nun konnte er ihn packen und sich darauf konzentrieren, ans Ufer zu kommen. Dort waren laut rufende Männer zusammengekommen, die Seile ins Wasser warfen. Er bekam eins davon zu fassen und wickelte es sich ums Handgelenk, ließ sich und den Geretteten ans Ufer ziehen, sank erleichtert und erschöpft auf der Kiesbank nieder. Er musste verschnaufen, während andere den halbtoten Mann die Böschung hinaufzerrten. Auf der anderen Elbseite zog man inzwischen einen leblosen Körper aus dem Fluss, den man mit großen Haken und Seilen aus dem Wasser gefischt hatte – wie es die Ärmsten nach Unwettern mit Baumstämmen und Ästen taten, die auf dem Wasser trieben, um später das Holz zu verkaufen oder es selbst zum Kochen zu gebrauchen. Einen weiteren leblosen Körper sah Heller in der Mitte des Flusses treiben. Von den anderen Männern, die um Hilfe gerufen hatten, war inzwischen nichts mehr zu sehen. Das Schiff hatte sich derweil gedreht und trieb nun den Fluss hinab auf die Elbinsel zu. Heller sah ihm nach, beobachtete, wie es noch vor der Insel an einer Untiefe hängen blieb und zur Seite kippte.

»Gnädiger Herr«, sprach ihn kurz darauf jemand schüchtern an. Heller sah auf. Ein junger Mann hatte seine Kleidung, die Stiefel und den Hut eingesammelt, der Säbel lag oben auf dem kleinen Stapel.

»Hab Dank!« Heller erhob sich. Er war völlig durchnässt, und auch wenn es in der Sonne recht warm schien, war es wohl besser, er zog die Stiefel und die Weste über. Er nahm dem jungen Mann die Sachen ab. »Weißt du, wo mein Hengst geblieben ist?«

»Jawohl, er steht da drüben, doch niemand wagt sich heran.« Der Mann zeigte in Richtung einer kleinen Obstplantage, wo der Braune ganz unbeteiligt stand.

»Geh und sag den Männern, sie tun gut daran, es so zu belassen. Ich komme gleich und binde ihn fest. Weißt du, wie es dem Mann ergeht, den ich aus dem Wasser geholt habe?«

»Jawohl, Herr. Er lebt. Zumindest atmet er.«

»Ist recht.« Mit einiger Genugtuung zog Heller sich die Weste über, entledigte sich der nassen Wickelsocken und fuhr barfuß in die Stiefel. Schließlich quetschte er sich noch das restliche Wasser aus dem Haar, schnallte sich den Säbel wieder um und setzte seinen Hut auf. Derart gerüstet, konnte er den Leuten nun gegenübertreten.

Als er sich der Gruppe näherte, die sich um den Geretteten versammelt hatte, traten alle beiseite.

»Danke, Herr!« Der Mann richtete sich auf, als er in Heller seinen Retter erkannte. »Vielen Dank für Ihre Hilfe! Ich wäre sonst ersoffen.«

»Das ist der Rittmeister!«, mahnte ihn ein anderer, damit Heller den gebührenden Respekt bekam.

»Schon gut«, wiegelte Heller ab. »Waren Sie auf dem Schiff? Sind Sie Matrose?«

»Jawohl, war gerade am Heck, als der Kessel in die Luft ging. Mich hat es hinausgeschleudert, gelobt sei Gott, sonst hätte mich das kochende Wasser verbrüht.« Offenbar hatten ihm der Schock der Explosion und der Todeskampf im Wasser die Sinne getrübt; denn er schien nicht zu spüren, dass seine Haut im Gesicht und an den Armen verbrüht war und bereits begann, Blasen zu schlagen.

»Ihr Name!«, forderte Heller. Er musste den Moment nutzen, ehe der Mann von Schmerzen überwältigt wurde.

»Kleibig, Justus.«

»Wie alt sind Sie?«

»Siebenunddreißig Jahre, mein Herr.«

»Haben Sie ein Papier bei sich?«

Der Mann glotzte ihn einen Moment lang verständnislos an, dann nickte er und begann an seiner nassen Jacke zu nesteln. Schließlich gelang es ihm, mit seinen verbrühten Fingern ein gefalztes Papier herauszuziehen.

Heller nahm es entgegen, entfaltete das feuchte Schreiben vorsichtig und las. Es bestätigte, dass der Mann Justus Kleibig hieß und vor einigen Monaten als einfacher Matrose auf dem Schiff angeheuert hatte.

»Wie viele Menschen waren an Bord?«

»Nun, zehn müssten es gewesen sein. Der Kapitän, ein Offizier und gleichzeitig Ingenieur, sieben Matrosen und ein Maschinist.«

»War etwas geladen?«

»Nein, Herr. Eine Leerfahrt, zur Probe sozusagen. Aber warum fragen Sie all das?«

»Das gehört zu meinem Beruf. Wenn ich mich vorstellen darf: Kriminalrat Heller.«

Kleibig richtete sich noch ein wenig mehr auf. »Lieber Herr Kriminalrat, der Himmel hat Sie im rechten Moment geschickt. Dass Sie mich gerettet haben, das wird Ihnen der liebe Gott nie vergessen.«

Nun fiel Kleibigs Blick doch auf die verbrühte Haut seiner Arme, und seine Augen wurden groß.

»Können Sie aufstehen?«, fragte Heller schnell. »Ich kenne einen Arzt in der Nähe, der wird sich das ansehen.«

»Ich weiß nicht, mir sind die Beine zu schwach zu laufen.«

»Ob Sie aufstehen können, habe ich gefragt, nicht, ob Sie laufen können«, murrte Heller. »Bleiben Sie, ich hole das Pferd.«

Als wäre er das bravste Tier im Stall, war der Hengst dort stehen geblieben, wo er ihn zurückgelassen hatte, fraß vom Gras und drehte nur die Ohren, als Heller näher kam. Er ließ sich problemlos am Zügel nehmen.

»Guter Junge«, lobte Heller. Er wusste, dass dies nur einer Laune des Hengstes zu verdanken war, nicht seinem wahren Gemüt. Heller schwang sich in den Sattel. Es wurde Zeit, dass er heimkam, um die nassen Sachen auszuziehen. Noch eine kranke Person im Haus wurde nicht gebraucht. Er schnalzte mit der Zunge und ließ den Hengst mit gemächlichen Schritten zu Justus Kleibig traben. Dieser hatte sich inzwischen mithilfe der Umstehenden aufrichten können. Man sah ihm an, dass er nun doch große Schmerzen litt.

Heller saß ab. »Du da!«, sprach er den jungen Mann an, der ihm die Kleidung und den Säbel gebracht hatte. »Lauf zur Wache am Schloss und berichte in meinem Namen, was geschehen ist. Das Wrack muss gesichert werden, der Fluss nach weiteren Toten abgesucht.«

»Jawohl, gnädiger Herr!« Der junge Mann eilte davon.

»Sie sitzen auf!«, befahl Heller nun Kleibig, der daraufhin ängstlich die Augen aufriss. Angesichts der vielen Fremden um sich herum begann der Hengst schon wieder zu schnauben und klopfte mit dem Huf.

»Wirst du!«, knurrte Heller das Tier an. Dann wandte er sich erneut an Kleibig. »Hinauf jetzt! Ich halte ihn, dann spurt er. Oder wollen Sie nicht, dass Ihnen geholfen wird?«

»Gnädiger Herr, einen Arzt kann ich mir nicht leisten.«
»Das lassen Sie meine Sorge sein. Hinauf jetzt!«
Kleibig tat schließlich wie geheißen und saß auf.
»Ruhig, Brauner«, beruhigte Heller das Pferd. Mit Mühe gelang es ihm, den Elbmatrosen hinaufzuschieben. Bis er saß, hatte Heller Mühe, das tänzelnde Pferd zu halten. Dann aber, mit seinem Herrn am Zügel, ließ es die fremde Last auf seinem Rücken zu.
»Na also«, brummte Heller zufrieden. »Dir werde ich schon noch Manieren beibringen.«
Zu Fuß war es ein recht weiter Weg zurück. Was einem Pferd im Galopp in einigen Minuten gelang, würde ihn mit dem Verletzten auf dem Rücken des Hengstes sicher eine halbe Stunde oder mehr kosten.
Auf dem halben Weg zur Elbsiedlung machte er direkt am Ufer eine Bewegung aus. »Wer da?«, rief Heller.
Gerade dass es so still blieb, machte es noch verdächtiger. An der Böschung wuchs mannshohes, dichtes Gebüsch, dessen unterste Zweige bis ins Wasser hingen. Darin schien sich jemand zu verstecken.
»Was geht da vor sich?«, fragte Heller.
»Herr Rittmeister«, stöhnte Kleibig und taumelte im Sattel. »Warum halten wir?«
»Wer da, hab ich gefragt!«, ignorierte Heller den verletzten Mann. »Bekomme ich Antwort!«
Heller reichte Kleibig die Zügel hinauf. »Festhalten!«, befahl er.
»Aber Herr Rittmeister …«
»Keine Widerrede! Halt die Zügel ganz straff, dann bleibt er stehen.« Heller wartete gar nicht ab, ob der Mann zugriff. Er ließ die Zügel los und zog seinen Säbel. Das Gebüsch wuchs auf einer Fläche von sicher zwanzig Metern Länge oder mehr. Egal von welcher Seite er sich näherte – wer auch

immer sich dort versteckte, würde sicher in die andere Richtung flüchten. Auf eine solche Spielerei würde er sich nicht einlassen.

»Ich bin bewaffnet mit Säbel und Pistole! Wer immer sich da versteckt, kommt heraus!«, befahl er.

Es begann zu rascheln. Dann teilten sich die Zweige, und zwei Männer traten hervor, ihrem Aussehen nach Landstreicher oder Tagelöhner.

»Herr, wir haben uns nur ausgeruht«, begann der eine.

»Ach ja, hat euch der Donnerknall nicht gestört dabei?«

»Er hat uns allerdings aufgeschreckt.«

»Was verbergt ihr da?«, fragte Heller.

»Gar nichts, Herr!«

Heller war sicher, dass die Männer sich etwas in die Jacken oder den Hosenbund gesteckt hatten. Er ging auf sie zu und deutete mit dem Säbel auf die Stelle im Gebüsch, von der sie gekommen waren. »Hinein, ihr beiden voran. Vorwärts, sonst mach ich euch Beine.«

Angesichts seines herrischen Auftretens versuchten die Männer keinen weiteren Widerstand. So wie sie herausgekommen waren, krochen sie wieder ins Gebüsch. Heller hatte keine Lust, sich zu bücken oder seine Kleidung zu zerreißen, also schlug er mit dem Säbel eine Schneise, als wäre er ein Amazonas-Forscher mit Machete.

»Hab ich's geahnt«, knurrte er.

»Herr, wir haben nichts getan. Im Gegenteil, an Land gezogen haben wir ihn. Wäre sonst vorbeigetrieben.«

Heller trat näher an den Leichnam heran, der auf dem Bauch lag. Die Männer hatten ihn nur notdürftig geborgen, sein Oberkörper lag an Land, und von der Hüfte abwärts befand er sich noch im Wasser. Sicher hätte er seine Reise bald fortsetzen sollen. Vielleicht hatten die Männer sogar versucht, ihn schnell wieder loszuwerden, als sie Heller hatten kommen hören. Dass ihre Beine bis zu den Knien nass waren, bestätigte diese Vermutung.

Die beiden sahen an sich herab. »Herr, wir haben ihn gerade an Land gezogen, da kamen Sie!«

»Ihr lügt. Der liegt hier, seit das Schiff explodierte, sonst wäre er schon längst die Elbe hinab!«

Die beiden Männer schwiegen betroffen. Hellers Autorität verbot ihnen jede weitere Lüge.

»Zieht ihn ganz heraus!«, befahl Heller. Eilfertig bückten sich die Männer, nahmen die Arme des Toten und zerrten ihn auf den Kies. Heller ging näher, hockte sich nieder und drehte die Leiche um.

»Herrgott«, entfuhr ihm ein leiser Fluch. Offenbar hatte der Mann ganz nah bei der Explosion gestanden. Sie hatte ihm buchstäblich die Haut bis zu den Ohren vom Gesicht gefetzt. Ein Schädel mit riesigen Augenhöhlen starrte Heller an. Tröstlich war nur, dass der Tod durch die Wucht der Explosion so unvermittelt und schnell eingetreten war, dass der Mann rein gar nichts davon mitbekommen haben dürfte.

Heller ließ von dem grausigen Anblick ab, griff dem Mann in die Jackentaschen, suchte den Hosenbund ab. Dann sah er zu den Männern auf.

»Er hat wohl nichts dabei«, sagte einer von ihnen.

Heller stand auf und hob die Säbelspitze an. »Ich bringe euch beide wegen Leichenfledderei an den Galgen, wenn diese Lügerei kein Ende hat.« Der Tote musste seiner guten Kleidung nach wenigstens der Kapitän oder Erster Offizier gewesen sein.

»Und wenn ihr nicht gleich mit der Brieftasche herausrückt, mach ich euch auf der Stelle nieder!«

Der bisher stumme Mann stieß den anderen mit dem Ellbogen an. Dieser sah sich nun genötigt, die Brieftasche des

Toten aus dem hinteren Hosenbund zu ziehen. Er reichte sie Heller, wobei er dem Säbel vorsichtig auswich.

»Sonst nichts?«

»Beim Leben meiner Mutter«, schwor der Mann.

»Seid ihr angestellt beim Bauern, oder habt ihr ein anderes Auskommen hier?«

»Nein, Herr, nur auf der Durchreise.«

Heller dachte kurz nach. »Jetzt geschieht Folgendes«, begann er dann. »Ihr lauft in den Ort, gebt dort Bescheid, dass ein weiterer Toter geborgen ist und Kriminalrat Heller befiehlt, ihn bis auf Weiteres aufzubewahren. Dann verschwindet ihr von hier. Und dass ihr mir hier nicht noch einmal unter die Augen lauft!«

»Herr? Wir dürfen gehen?«

»Habe ich so undeutlich gesprochen? Abmarsch!«

»Sehr wohl, habt Dank, gnädiger Herr!«

Er hatte gerade den Hof erreicht und war vom Pferd abgesessen, als ihm auch schon seine Tochter Johanna entgegenlief. »Vater! Was ist denn geschehen?«, fragte sie, denn dass etwas passiert war, hatte sich längst herumgesprochen. Johanna war schon fast erwachsen, doch schmal und eher zierlich vom Wuchs. Ihr aschblondes Haar war unter einem Kopftuch verborgen, und auch um den Hals trug sie ein Tuch. Trotz ihrer Zierlichkeit zählte sie schon achtzehn Jahre, von denen sie jedes einzelne dem Tode abgetrotzt hatten. Denn Johanna war immerzu krank, und jeder Winter wurde für sie alle zu einer großen Herausforderung. Was ihr genau fehlte, war kaum zu definieren; es handelte sich um eine Art der Schwindsucht. Die wenigen Meter bis zu ihrem Vater hatten sie schon außer Atem gebracht.

»Du sollst nicht rennen, Kind«, mahnte Heller ohne Nachdruck. »Hast wohl den Donner gehört?«

»Himmel, ja, und eine Rauchwolke gesehen.« Johanna hatte ein ganz rotes Gesicht.

Heller strich ihr über Haar und Wange. »Reg dich nicht zu sehr auf, Kind«, sagte er. »Magst du dich hinlegen und ausruhen?«

»Du bist ganz klamm«, wich die junge Frau aus. Sie wollte nicht liegen und ausruhen. Leben wollte sie. Und wie sollte man ihr auch erklären, dass sie sich ständig schonen musste, sitzen, liegen, niemals zu weit laufen, niemals auf einem Pferd sitzen und niemals ein Kind gebären durfte? Im Winter blieb sie fast ausschließlich in ihrem Zimmer, das einzige außer der Küche, welches sie beheizten. Sie liebte Bücher, sah oft und lang aus dem Fenster, registrierte all die Bewegungen draußen, berichtete von Hasen, Krähen, Sperlingen und anderem Getier, das sie gesehen hatte. Auf einen Goldfisch im Glas oder einen Dompfaff zu ihrer Unterhaltung verzichtete sie. Warum sollten die armen Tiere im Käfig darben? Es genügte doch schon, wenn sie eingesperrt war. »Erzählst du mir, was geschehen ist?«, bat sie.

»Wenn du versprichst, dich nicht aufzuregen. Einer dieser Dampfer ist explodiert. Einen Matrosen hab ich aus dem Wasser gezerrt.«

Johanna schlug sich die Hände vor den Mund. »Sind welche umgekommen?«

»Ja, vermutlich. So eine Dampfmaschine ist sehr gefährlich. Aber nun ist alles gut, mir ist nichts geschehen. Ich muss mich umziehen, ehe deine Mutter mich auszankt.«

»Soll ich das Pferd nehmen?«

Heller strich ihr noch einmal über die Wange. »Du weißt, dass es nicht möglich ist. Und erst recht nicht diesen Teufel.«

Johanna nickte seufzend und ging zum Haus zurück, wo an der Waschküchentür schon die Mägde Maria und Klara standen und auf Neuigkeiten hofften. Auch Anselm und Peter, die beiden Stallburschen, standen wie zufällig am Tor, als gäbe es dort für zwei zu tun. Als er aber mit dem Hengst zu ihnen kam, wichen sie ein wenig zurück. Beide hatten bereits Hufe und Zähne des Hengstes zu spüren bekommen.

»Ist Thomas drinnen?«, fragte Heller.

»Jawohl, Herr Rittmeister.«

Heller nahm die Finger zum Mund und gab einen schrillen Pfiff ab. Ein junger Mann von etwa zwanzig Jahren erschien im Tor des großen Stalls.

Inzwischen war auch der sechzehnjährige Albert vom Wohnhaus herangekommen, Hellers zweites Kind mit seiner Frau Helene. »Darf ich, Vater?«, fragte er und deutete auf den Hengst.

»Lass das lieber Thomas machen«, schüttelte Heller den Kopf. »Du weißt, er hat seine Allüren und lässt nur wenige an sich heran.«

»Aber wenn ich nie darf, wird er sich auch nie an mich gewöhnen.«

»Du hast recht. Aber nicht jetzt.« Heller reichte dem Stallburschen Thomas die Zügel. Thomas war erst seit einem halben Jahr bei ihnen und eigentlich zu jung, um Verantwortung für all die Tiere zu übernehmen. Doch Heller traute weder Anselm noch Peter zu, den Stall zu führen, und nachdem der alte Stallmeister Bedrich im Januar zwischen zwei austretende Pferde geraten war und sich schwer verletzt hatte, war ihm nichts anderes übrig geblieben, als dessen Aufgabe Thomas anzuvertrauen. Zuerst hatte noch Hoffnung bestanden, Bedrich könne sich erholen. Doch der Sechzigjährige würde wohl einen steifen Arm und ein schweres Rückenleiden behalten. Also hatte Heller ihn entlassen, nicht ohne ihm jedoch eine Rente zugesichert zu haben.

Thomas war etwas kleiner als Heller, stand auf kräftigen Beinen und konnte ordentlich zupacken. Von Hause aus hatte er immer mit Pferden zu tun gehabt. Er kam ursprünglich aus Böhmen und wohnte wie die Stallburschen in einem Zimmer unter dem Dach, nahe den Zimmern der Mägde.

Heller sah seinen Sohn an. Er bemerkte dessen mürrische Miene und konnte seinen Unmut durchaus nachvollziehen, verstand aber nicht, warum der Junge so uneinsichtig war. Dieser Hengst mochte harmlos erscheinen und im nächsten Moment zubeißen oder, schlimmer noch, ausschlagen. Und ein solcher Tritt konnte verheerend sein.

»Wenn du etwas tun magst, dann lauf zur Poststation und frag, ob ein Telegramm aus der Direktion für mich eingetroffen ist. Es gab eine Explosion, die ich habe melden lassen.«

Albert versuchte es nicht zu zeigen, doch diese Aufgabe gefiel ihm nicht.

»Du darfst den Wallach oder die weiße Stute nehmen«, kam Heller ihm entgegen. »Wenn keine Nachricht für mich vorliegt, reite zur Elbinsel. Dort liegt das Wrack, das kannst du dir ansehen.«

»Und wenn doch ein Telegramm angekommen ist?«, fragte Albert, offenbar erst halb überzeugt.

»Dann bring es mir und reite danach zur Elbe!«

Das gefiel dem Jungen. Eilig folgte er Thomas in den Stall, um eines der Pferde aufzusatteln.

»Lass doch den Jungen«, empfing ihn Helene an der Außentür zur Küche.

»Soll ich ihn etwa auf dem Hengst reiten lassen?«, erwiderte Heller seiner Frau.

»Nicht reiten, aber in den Stall bringen.«

»Aber wenn das Vieh bockt, erschlägt es ihn vielleicht.«

Helene schüttelte den Kopf. »Wie hast du es denn gelernt?«, fragte sie.

Heller wollte ihr sagen, dass es andere Zeiten gewesen waren. Doch er wusste, das war Unsinn, und eigentlich hatte seine Frau recht. Wenn er wollte, dass Albert einmal den Hof übernahm, musste er ihn seine Erfahrungen machen lassen. Er selbst hatte im Alter von vielleicht zehn Jahren einen heftigen Tritt bekommen, ein paar Jahre vor der Revolution achtundvierzig. Dieser Tritt hatte ihn mehr gelehrt, als er ihm Schmerzen bereitet hatte, und die waren schon heftig gewesen.

»Johanna hat erzählt, was geschehen ist. Ein Glück für den Mann, dass du schwimmen kannst.«

Heller winkte ab. »Sonst hätte ihn halt ein anderer aus dem Wasser gezogen. Furchtbare Sache allemal. All das, all diese verdammten Maschinen. Das wird noch viel Unheil geben. Stell dir nur vor, eine Lokomotive in voller Fahrt explodiert oder ein Kessel in einer Fabrik. Noch dazu dieser Gestank von Kohle und Ruß. Ganz London soll schwarz sein von Kohlenstaub und Asche, wusstest du das?«

»Mag schon sein, doch aufhalten kannst du es nicht.«

Nein, das wusste er selbst. Und eigentlich wollte er es auch nicht aufhalten. Er wünschte nur, es ginge alles nicht so schnell.

»Maria hat dir schon neue Kleidung hingelegt. Zieh dich um, dann essen wir.«

»Ich muss noch mal los. Beim Arzt liegt einer, der ist verletzt, und auch einen Toten gibt es dort.«

Helene nickte. »Sicher, aber zuerst wird gegessen.«

2

Adelbert Schrumm erhob sich, als Heller am nächsten Morgen sein Büro im Coselschen Palais gleich neben der Frauenkirche betrat, dem Standort der Dresdner Staatspolizei. Er verbeugte sich knapp.

»Herr Kriminalrat!« Schrumm war ein großer steifer Mann. Insgeheim hatte Heller sich schon des Öfteren seine Gedanken über seinen Assistenten gemacht. Er stellte ihn sich gelegentlich vor wie eine Puppe, die nur zwei Gelenke hatte, eines in Hüfthöhe und eines in den Knien. Alles andere an ihm schien unbeweglich zu sein. Selbst die Ellbogen anzuwinkeln, bereitete ihm offenbar Mühe. Noch dazu war er dünn wie ein Stift. Sein schütteres Haar wurde jeden Morgen fein säuberlich gescheitelt.

Schrumm war achtundzwanzig Jahre alt, hatte es noch nicht zu Frau und Kind gebracht, doch er arbeitete daran. Heller mühte sich, ihm zu helfen, wo es nur ging. Er schrieb ihm Empfehlungen, in denen er bescheinigte, dass Schrumm eine feste Anstellung und ganz großartige Fähigkeiten besaß, auch wenn sie sich einem erst nach einiger Zeit offenbarten.

Denn so steif wie Schrumms Körper war, schien auch sein Geist sehr festgefahren zu sein. Ohne es zu bemerken, wischte er sich am Tage gut tausendmal den Staub von den Schultern, prüfte den Sitz der Frisur mit der flachen Hand, strich sich über den recht kümmerlichen Schnäuzer, hauchte seinen Zwicker an und rieb das Glas, obwohl kein Fleckchen darauf zu sehen war. Sein Schreibtisch war ein Ort der Einkehr; allein der Anblick der säuberlich ausgerichteten Stifte,

Lineale, Stempel, Papiere, Tintenfässchen und -löscher, der Anspitzer und Briefbeschwerer bereitete ihm Freude und brachte ihm Ruhe und Frieden.

Schrumm scherzte nie und verstand auch keinen Spaß. Versuchte es Heller doch einmal, lächelte Schrumm gequält, entweder weil ihm die Pointe nicht aufging oder weil sie ihm nicht witzig erscheinen wollte. Seine Schrift war so ebenmäßig und sauber, wie Heller es noch bei niemand anderem gesehen hatte, und verschrieb er sich einmal oder seine Feder kleckste, focht Schrumm einen stummen, aber heftigen Kampf mit sich aus, denn Heller hatte ihm streng verboten, aus derlei Gründen ein Papier wegzuwerfen. Also strich er Fehler so säuberlich durch, dass es fast aussah, als hätte er sie zur Zierde eingebaut.

Doch Schrumms Pedanterie hatte Vorteile, auf die Heller nicht mehr verzichten wollte. Bei ihm ging nichts verloren, weder Objekte noch Gedanken. Schrumm erkannte logische Fehler augenblicklich. Schrumm fand alles wieder, jedes Schreiben, jede Eingabe, jeden Vorgang.

»Drei Tote hat man gestern geborgen«, begann er mit leiser, aber deutlicher Stimme. So säuberlich, wie er schrieb, sprach er auch.

»Den mitgezählt, den ich fand?«, unterbrach Heller.

»Drei Tote fand man insgesamt«, wiederholte Schrumm und beantwortete so die Frage. »Sechs fand man lebend, einer starb auf dem Weg ins Hospital. Einer bleibt vermisst.«

»Einer, den ich aus dem Wasser zog, hieß Justus Kleibig.«

»Dieser wurde, nachdem er vom örtlichen Arzt versorgt worden war, entlassen.«

»Der Tote, dessen Papiere ich gefunden habe, hieß Thomas Kliemann. Was konnten Sie über ihn in Erfahrung bringen?«

»Er war Ingenieur, galt als Erster Offizier.«

»Und der Kapitän, was weiß man über den?«

»Einer der Toten. Reuben Mauder. Man fand ihn ein Stück weiter elbabwärts ertrunken. Er war einundfünfzig Jahre alt und in der Dampfschifffahrt sehr erfahren. Seinen Papieren nach fuhr er schon in England auf der Themse und auch in Holland.«

»Sehen Sie, selbst erfahrene Männer können vor diesen Maschinen nicht sicher sein.«

»Kessel explodieren nicht einfach so«, entgegnete Schrumm bestimmt.

»Ach ja?«

»Mit Verlaub, Herr Kriminalrat. Diese Maschinen sind ganz und gar ausgeklügelt. Mag schon sein, dass gelegentlich ein Unglück passiert, und früher noch öfter, doch heutzutage sollte so etwas nicht einfach geschehen. Zumal das Schiff und diese Art von Maschine nicht die ersten ihrer Art sind.«

»Sie haben wohl heimlich Ingenieurswesen studiert?«

»Es gibt keine Veranlassung, sich über mich lustig zu machen«, hob Schrumm die Stimme. So mit seinem Vorgesetzten zu sprechen, hatte er sich über die letzten Monate redlich verdient. »Diese Maschinen besitzen Ablassventile, die manuell zu bedienen oder auch selbstöffnend sind. Es müsste wenigstens ein schwerer Bedienfehler vorliegen.«

»Und dies herauszufinden, ist wessen Aufgabe?«

»Nun, wohl die der Königlichen Schifffahrtsbehörde.« Schrumm war sich da offenbar nicht ganz sicher.

»Wir können es zu unserer Aufgabe machen«, sagte Heller, und Schrumm wirkte nicht so, als hätte er etwas dagegen. Im Gegenteil, seine Augen begannen zu leuchten.

»Sie mögen diese Maschinen sehr, nicht wahr?«, mutmaßte Heller.

»Ich bin ein Bewunderer fortschrittlicher Technik.«

»Nun, ich bin gespannt, wann das erste dampfbetriebene

Pferd erfunden wird. Bis dahin nehmen wir einfach die Kutsche.« Heller erhob sich von seinem Platz. »»Ich nehme an, wer der Schiffseigner ist, haben Sie in Erfahrung gebracht?«

»Natürlich, Herr Kriminalrat. Der Eigner ist Freiherr von Kelb.«

»Von Kelb ... Dieser Mann hat seine Finger wohl überall im Spiel?«

»Überall, wo es Geld zu verdienen gibt«, sagte Schrumm. »Außerdem ist er neuen Technologien sehr zugetan. Es heißt, er habe einen großen Teil seines Vermögens in dieses Projekt gesteckt.«

Heller nickte wissend. Freiherr von Kelb war ein Vorreiter in Sachen Fortschritt. Anders als viele andere Adlige, die sich auf ihren Gütern in ihrem Reichtum sicher wähnten, investierte er überall dort, wo eine neue Erfindung oder fortgeschrittene Technik ihm einen Profit versprach. So hatte er sein Geld schon in einige neuartige Fabriken gesteckt, in neuartige Erntemaschinen mit wirbelnden Sensen, in Schreibmaschinen, Telegraphie-Apparate oder in die Eisenbahn. Es war nur ein logischer Schluss, dass er auch in Dampfschiffe investierte.

»Wollen wir von Kelb aufsuchen?«, fragte Heller. »Oder wollen wir das Wrack besichtigen?«

»Ich glaube«, sagte Schrumm, »wenn wir Letzteres tun, stehen die Chancen gut, Ersteres zu erreichen.«

Heller neigte den Kopf leicht zur Seite, um sich Schrumms Satz durch den Kopf gehen zu lassen. Dann lachte er und setzte sich den Hut auf. »Zur Tat, Schrumm!«

Kriminalassistent Schrumm sollte recht behalten. Kaum hatte die offene Kutsche, in der sie fuhren, den linkselbisch liegenden kleinen Ort Zschachwitz erreicht, sahen sie den Menschenauflauf, den das havarierte und inzwischen gesicherte Schiff verursacht hatte. Alles, was Beine hatte, bewegte sich hin zur Elbinsel, vor der stromaufwärts das Wrack lag. Während der breitere Strom elbabwärts rechts an der Insel vorbeifloss, war der Wasserlauf links höchstens zwanzig Meter breit und nicht sehr tief. Im Sommer, wenn es besonders trocken war, verlandete er sogar gelegentlich. Auf einer Wiese nahe am Flussufer stand die Kutsche eines offensichtlich wohlhabenden Mannes. Kutscher und Pferdejunge lehnten an ihr.

Heller ließ direkt daneben halten. »Der Freiherr von Kelb ist auf dem Schiff?«, fragte er.

»Jawohl, gnädiger Herr«, bestätigte dessen Kutscher.

Heller stieg aus, wartete, bis Schrumm sich mit seinen Spinnenbeinen aus dem Gefährt geschält hatte, dann liefen sie zum Flussufer. Dort hatte man Pflöcke eingeschlagen und Seile gespannt, die das Schiff hielten. Holzbohlen waren herbeigeschafft worden, ein provisorischer Steg, auf dem man bis zum Wrack balancieren konnte, ohne sich im seichten Wasser der Inselrückseite die Füße nass zu machen. Auf der Insel selbst hielten sich eine ganze Menge Kinder auf, die sich durch das kniehohe Wasser gewagt hatten, obwohl sie um diese Uhrzeit eigentlich in einem Schulraum sitzen sollten. Sie kletterten in den Bäumen herum und balgten um die beste Sicht auf die zerfetzte Maschine. An Land sammelte sich das Volk, denn nicht oft gab es Derartiges zu bestaunen. An Bord des schräg liegenden Schiffes standen ein paar Männer auf dem zerrissenen Deck oder kletterten zwischen den Trümmern herum.

»Gott zum Gruße«, rief Heller. »Kriminalrat Heller und Assistent Schrumm bitten, an Bord kommen zu dürfen!«

Die Männer an Bord des Schiffes drehten sich allesamt nach ihm um.

»Sollen an Bord kommen«, rief einer zurück, und über die

gesplitterten Decksplanken, an Holz und Metallstücken vorbei, kam ihnen ein gut gekleideter Mann entgegen.

»Ist das von Kelb?«, fragte Heller leise.

»Nein«, flüsterte Schrumm zurück. »Von Kelb ist der Große mit dem schwarzen Schnauzbart.«

»Danke«, erwiderte Heller und gab sich alle Mühe, nicht vor aller Augen von den schmalen Planken ins Wasser zu fallen. Wie Schrumm sich hinter ihm anstellte, wollte er sich gar nicht erst ansehen. Doch offenbar meisterte der den Balanceakt genauso gut wie Heller selbst. Fürs Volk gab es nichts zu lachen.

Als sie das Schiff erreicht hatten, gab der Rufer Heller die Hand und half ihm hinauf.

»Heller, Kriminalrat, hinter mir Schrumm«, stellte Heller sie vor.

»Bemmann, Maschineningenieur«, revanchierte sich der andere und verneigte sich knapp. Er war etwa Mitte dreißig, schlank und bartlos.

Von Kelb, tatsächlich sehr groß, das Haar sauber gescheitelt und einen wirklich mächtigen Schnauzbart im Gesicht, kam ihnen entgegen.

»Ein Kriminalist!«, rief er. Seine Kleidung war für einen so reichen Mann sehr schlicht. Er trat hemdsärmelig auf, nur in Weste, seine Jacke hing über einem Stück verbliebener Reling.

Heller verneigte sich kurz, von Kelb erwiderte die Ehrerbietung. »Hat man eine Untersuchung eingeleitet?«, fragte er.

»Ich bin nur hier, um meine Neugier zu befriedigen, ganz ohne Anordnung. Ich war gestern höchstselbst anwesend, als das Unglück geschah.«

»Das wurde mir berichtet. Todesmutig haben Sie sich in die Fluten gestürzt, um einen meiner Männer zu retten.«

»Nun, man tut, was man kann. Wobei meine Arbeit sonst erst dann beginnt, wenn es für Rettung zu spät ist.«

Von Kelb sah sich um und deutete auf die Trümmer der Maschine. »Hier ist ebenso nichts mehr zu retten. Wie kann ich Ihre Neugier denn befriedigen?«

Heller sah sich um. Das Deck war aufgerissen, man konnte bis zum Rumpf sehen, in dem das Wasser einen halben Meter hoch stand. Verbrannt war kaum etwas, das kochend heiße Wasser und der Dampf mussten das Kohlefeuer regelrecht ausgeblasen und fast sämtliche Kohlevorräte von Bord gefegt haben. Die Maschine, die Kurbelstangen, der Kohleofen, alles war zerfetzt und verdreht, als wäre es aus Papier und nicht aus Eisen und Kupfer gewesen. Das Bild, das sich Heller bot, war vergleichbar mit dem eines Granattreffers in einem Haus. Dass überhaupt jemand mit dem Leben davongekommen war, schien ein Wunder zu sein.

»Nun, vielleicht können Sie mir kurz erklären, was geschehen ist. Um es vorwegzunehmen, dass der Kessel explodiert ist, zu dem Schluss kam ich schon von allein. Jedoch müssen wohl die Ventile allesamt versagt haben.«

»Dazu lasse ich meinen Ingenieur Ludwig Bemmann sprechen.«

Dieser räusperte sich ein wenig aufgeregt. Schweiß trat ihm auf die Stirn.

»Nun, viel gibt es nicht zu sagen. Wie von Ihnen vermutet, muss ein generelles Versagen der Ventile zu diesem tragischen Ereignis geführt haben.«

»Geschieht so etwas oft?«

»Dass ein Ventil versagt, wohl. Aber alle? Nein. Auch müssen die Druckanzeigen nicht funktioniert haben, sonst hätte der Ingenieur an Bord oder der Maschinist bemerkt, dass etwas im Argen lag. So aber kam die Explosion für alle wohl ganz unvermittelt.«

»Haben Sie die Männer danach befragt?«

»Haben wir. Keiner konnte sich an eine Warnung erinnern. Und, so viel ist nach Aussage der Männer sicher, es sprang auch niemand vor der Explosion über Bord.«

»Würden Sie das tun, Herr Ingenieur?«

»Angesichts eines Kessels, in dem sich ein so immenser Überdruck aufbaut, ist es die einzige Möglichkeit, sich zu retten.«

»Es ist also nicht davon auszugehen, dass sich ein Saboteur an Bord befand?«

»Wie meinen?«, fragte Bemmann verdattert und sah zu von Kelb. Der Freiherr machte Augen, als sei ihm dieser Gedanke noch gar nicht gekommen.

»Herr Kriminalrat meinen, ein Saboteur hätte sich im rechten Moment über Bord gerettet?«, fragte er.

Heller nickte. »Gibt es eine Möglichkeit, dieser Vermutung über die defekten Ventile nachzugehen?«

»Nur wenn man sie fände«, erwiderte der Ingenieur.

»Dann müsste man sie suchen.«

»Aber wo anfangen? Im Wasser, am Ufer? Durchaus möglich, dass sie Hunderte Meter weit geschleudert wurden. Es wurden Teile des Kessels an Land gefunden, von den Ventilen jedoch keine Spur.«

»Hier an Bord fanden Sie auch nichts?«

»Nein. Aber bitte, sehen Sie sich um, es ist ein Trümmerfeld. Ein Wunder, dass der Rumpf heil blieb bis auf ein paar kleine Lecks.«

»Ein großer Verlust für Sie, Freiherr von Kelb?«, fragte Heller.

Von Kelb seufzte. »Ein guter Geschäftsmann muss Risiken einkalkulieren. Der Verlust ist groß, aber verschmerzbar. Das Schiff kann wohl gerettet werden, doch eine neue Maschine heranzuschaffen, kostet ein Vermögen.«

»Nicht zu reden von guten Leuten. Sicher war die Besatzung ausgesucht.«

»Natürlich, es bedarf einer gründlichen Ausbildung im Umgang mit derlei Maschinen.«

»Der Kapitän, Reuben Mauder, fuhr der schon lang für Sie?«

»Ich habe ihn vor einigen Monaten angeheuert. Er ist wohl der größte Verlust.«

»Ihm soll nichts aufgefallen sein?«

»Nun«, sagte der Freiherr mit leisem Bedauern, »dieses Geheimnis wird er wohl mit ins Grab nehmen.«

»Und Thomas Kliemann, Ihr Erster Offizier?«

»Woher wissen Sie von ihm?«

Heller griff in seine Jacke und nahm die Papiere des Mannes heraus. »Ich fand ihn gestern, tot und ganz furchtbar entstellt, und nahm die Papiere an mich.«

Von Kelb verschwendete nur einen kurzen Blick auf die Papiere. »Nun, ein ebenso fähiger Mann. Ein großer Verlust, ja.«

Heller nickte. »Es wird nicht Ihr einziges Schiff gewesen sein, richtig?«

Von Kelb lebte sogleich auf. »O nein, eine kleine Flotte steht bereit. Drei Schiffe sind zu Wasser gebracht, und zwei liegen in der Werft.«

»Ein von Kelb macht wohl keine halben Sachen«, scherzte Heller und traf damit genau den Nerv, den er hatte treffen wollen.

Die Brust des Freiherrn schwoll an. »Da haben Sie ein gutes Motto gefunden, lieber Kriminalrat!«

Diese Dynamik wollte Heller ausnutzen. »Die überlebenden Männer würde ich gern sprechen. Wollen Sie mir eine Liste zukommen lassen, wer auf diesem Schiff Dienst tat?«

»Das werde ich sehr gern veranlassen.«

3

Heinz Hartmann hieß der Matrose, der seit dem Unglück immer noch vermisst wurde. Entweder hatte es ihn bei der Explosion zerrissen, oder er war die Elbe zu weit hinabgetrieben. Oder aber er hing irgendwo im Gestrüpp, und man würde ihn schließlich durch Zufall finden. Wilhelm Sturzer, ein Matrose, ertrank, wurde ein Stück die Elbe hinabgetrieben und von Fischern eingefangen. Kurt Ohnegut, ebenfalls Matrose, hatte zwar die Explosion zuerst überlebt und war schwer verletzt ans Ufer geraten, überstand jedoch den Transport zum Hospital nicht. Justus Kleibig, Jan Muhlheim, Wilhelm Sorg, Engelbert Asser und Heinrich Pinska hießen die Glücklichen, die gerade noch weit genug vom Kessel weg gewesen waren, als er explodierte. Sie wurden aus dem Wasser gerettet oder schwammen selbst ans Ufer. Muhlheim war der Maschinist. Sorg ein Heizer, gerade auf Rauchpause am Bug, als das Unglück geschah. Asser und Pinska zwei Leichtmatrosen, die unter Deck an der Lenzpumpe arbeiteten.

Sie alle ausfindig zu machen, erwies sich als schwierig und kostete Heller und Schrumm den Rest des Tages. In von Kelbs Werft nahm man es nicht so genau mit den Anstellungen, erklärte der Vertreter von Werftvorsteher Bogenbaum, der gerade heute einen freien Tag hatte. Lohn und Heuer wurden täglich ausgezahlt; benötigte man Arbeiter, dann stellte man sie am Tor auch tageweise ein und entließ sie nach Belieben. Die Papiere, die man nach einigem Suchen fand, waren ungenau.

Kleibig und Muhlheim hatten feste Wohnsitze, zumindest

waren die Ortsteile auszumachen, in denen man sich dann durchfragen musste. Die anderen waren auf der Suche nach Anstellung kürzlich erst in Dresden gelandet und angeheuert worden. Bei den angegebenen Adressen handelte es sich um Wohnheime für Wanderarbeiter, billige Unterkünfte, in denen man täglich sein Logis bezahlte. Dort nahm man es nicht so genau damit, wann einer kam und ging und ob die Namen stimmten, die angegeben wurden. Manche dieser Männer waren schon ihr Leben lang auf der Wanderschaft. Wie viele von ihnen noch auf den Namen hörten, auf den sie getauft worden waren, ließ sich unmöglich herausfinden. Sicher gab es auch einige, die des Lesens und Schreibens nicht mächtig waren und nicht einmal sicher angeben konnten, wie man Namen und Wohnstatt buchstabierte.

Von den beiden Matrosen Asser und Pinska hörte man, sie hätten schon bei einem Segler angeheuert und wären auf dem Weg nach Magdeburg.

»Fahren wir zu Kleibig, dessen Wohnort liegt am nächsten«, bestimmte Heller. Da war es schon später Nachmittag.

Kleibig sollte in Briesnitz wohnen, einer ebenso kleinen dörflichen Gemeinde wie Hellers Wohnort, nur am elbabwärtigen Ende der Stadt Dresden. Vom Stadtzentrum brauchte man mit der Kutsche eine halbe Stunde; für Heller bedeutete es jedoch einen Heimweg von fast zwei Stunden.

Briesnitz lag still. Man versorgte das private Vieh, die Hühner und Schweine. Auch hier standen Pferde auf den Koppeln. Heller musterte die Tiere mit Kennerblick. Diese hier waren gut für die Landwirtschaft.

Bei einem Gasthaus ließ Heller halten. Der Wirt hatte die Kutsche schon bemerkt und kam aus seiner Tür.

»Wie kann ich zu Diensten sein, gnädiger Herr?«

»Heller, Kriminalrat. Ich suche Justus Kleibig.«

»Da kommen Sie leider ganz umsonst, Herr Kriminalrat. Im Hause Kleibig herrscht Trauer.«

Heller stutzte. So schwer waren ihm die Verletzungen des Mannes nicht erschienen. »Wollen Sie mir trotzdem sagen, in welchem Haus er wohnt?«

»Sehr wohl. Fahren Sie weiter bis zum Telegraphenmast, dann sehen Sie einen Taubenturm. Da fahren Sie rechts, das letzte Haus ist es.«

»Besten Dank!«, sagte Heller und befahl dem Kutscher Abfahrt.

Kleibigs Haus war aufgrund der Wegbeschreibung gut zu finden. Es war sehr klein, ganz aus Holz gebaut, mit Schindeldach und einem kleinen Garten ringsum, in dem Obstbäume standen. Als die Kutsche hielt, sprang eine Katze vom Zaun und verschwand im Gebüsch. Eine alte Frau kam aus dem Haus.

»Frau Kleibig?«, fragte Heller.

»Sie ist drinnen. Ich bin die Nachbarsfrau.«

Heller sprang von der Kutsche. Er richtete seine Jacke, und als er das Haus betrat, Schrumm hinter sich, nahm er den Hut ab. Er befand sich direkt im einzigen Raum des Hauses. Das Zimmer war Wohn- und Schlafstatt zugleich, der Herd stand am hinteren Fenster.

Heller hatte fest damit gerechnet, den aufgebahrten Leichnam des Mannes vorzufinden. Doch nichts dergleichen war zu sehen. Nur ein Tisch, an dem drei Frauen und ein Kind saßen, ein Junge von etwa zehn Jahren.

Die Frauen hatten verweinte Gesichter, der Junge blickte ganz starr, als wüsste er nicht, was vor sich ging und wie er sich verhalten sollte.

Eine der Frauen erhob sich und versuchte die Fassung zu wahren, wischte sich mit ihrem Halstuch das Gesicht ab, zerrte am groben Kleid.

»Wie kann ich den Herrschaften dienen?«, fragte sie.

»Frau Kleibig? Ehefrau von Justus Kleibig?«

»Die bin ich. Wenn Sie die Güte hätten, sich zu erklären?«

»Kriminalrat Heller, eigentlich bin ich gekommen, um Ihren Mann zu sprechen.«

»Nun, dann wissen Sie sicher nicht, dass mein Mann tot ist.«

»Nein, das wusste ich nicht. Und bei allem Mitgefühl muss ich Ihnen sagen, ich bin sehr verwundert, habe ich ihn doch gestern eigenhändig aus der Elbe gezogen. Und als ich ihn zuletzt sah, war er zwar verletzt, aber quicklebendig. Wann und woran ist er verstorben? Und wo ist er jetzt?«

»Aber das ist es ja. Es hieß, er sei bei einem Unglück ums Leben gekommen, ertrunken wäre er oder bei einem Feuer verbrannt.«

»Aber wo ist sein Leichnam?«, hakte Heller nach.

»Nun, er gilt als vermisst, sicher ist er die Elbe hinabgetrieben.« Die Frau schien nun gefasster. Die Verwunderung überwog zumindest für diesen Moment Trauer und Sorge.

Heller hielt kurz inne, sammelte seine Gedanken. »Wer hat Ihnen denn diese Nachricht übermittelt?«

Sie sah zu den anderen Frauen. Eine nach der anderen hob die Schultern.

»Nun, es hieß so.« Entschuldigend breitete die Frau die Hände aus.

Heller seufzte. Das bedeutete, die Kunde vom Unglück war wie beim Kinderspiel *Stille Post* von Ohr zu Ohr weitergegeben worden, und jeder hatte ein bisschen dazu beigetragen. Was dazu geführt hatte, dass diese Frau jetzt glaubte, ihr Mann sei tot.

»Hat Ihr Mann eine andere Adresse, wo er manchmal übernachtet? Vielleicht hat ihn die ganze Angelegenheit so erschöpft, dass er die letzte Nacht anderswo verbrachte.«

»Ist er vielleicht in einem Hospital?«, raunte Schrumm ihm von hinten zu.

»Ich weiß von keiner anderen Adresse. Und selbst wenn, müsste dann nicht dieser Tag genügt haben, den Weg nach Hause zu finden?«, entgegnete die Frau. »Sind Sie auch sicher, dass es mein Mann war, den Sie aus dem Wasser retteten?«

Das wusste Heller allerdings nicht mit Sicherheit.

»Zumindest nannte er mir diesen Namen und hatte einen entsprechenden Heuervertrag als Matrose bei sich. Wir gehen der Angelegenheit nach. Bis dahin rate ich Ihnen, keinen Meldungen und Gerüchten mehr Glauben zu schenken, bis Sie von mir oder meinem Assistenten etwas hören. Sollten Sie aber doch etwas in Erfahrung bringen, oder Ihr Mann taucht auf, senden Sie mir eine Depesche in die Polizeidirektion. Heller, Kriminalrat. Schrumm, mein Assistent.«

»Mit Verlaub, Herr, ich habe kein Geld, eine Depesche zu versenden.«

Heller ließ das unkommentiert, griff jedoch in seine Tasche und nahm eine Münze hervor. Ein Groschen musste mehr als genügen.

Es war schon dunkel, als Heller mit seiner eigenen Kutsche Pillnitz erreichte. Dass Kleibig nicht bei seiner Frau und dem Kind war, wollte ihm noch immer nicht einleuchten. Im Ort war es völlig finster. Er konnte eine Gestalt ausmachen, die ihm zu Fuß entgegenkam. Sie lüftete den Hut, und ohne dass er sie erkannt hätte, grüßte er zurück. Als die Kutsche Pillnitz durchquert hatte und die gepflasterte Straße verließ, knirschte der Sand unter ihren Rädern. Außerhalb des Ortes waren die Wege kaum befestigt, im Herbst und Frühjahr war es manchmal eine Qual, sich durch den aufgeweichten Boden zu kämpfen.

Auf Hellers Hof brannte eine Laterne. Als er durch das

Tor fuhr, löste sich eine Person von der hölzernen Wand des Stalls. Es war Thomas, der wohl auf ihn gewartet hatte. Nun kam er herangeeilt und ließ sich von Heller die Zügel reichen.

»Guten Abend, Herr Rittmeister.«

»Ich helf dir ausspannen«, bot Heller an.

»Gehen Sie nur rein, die gnädige Frau wartet schon lang.«

»Sonst alles gut? Hat die Stute gefressen? Ist es eine Kolik?«

»Sie hat gefressen. Vermutlich hat sie gestern nur einen Tritt abbekommen, inzwischen hat sie sich anscheinend erholt. Ein Herr war da und hat sich die Friesen ansehen wollen. Aber das wird Ihnen die gnädige Frau erzählen.«

»Gut, Thomas, danke. Spann aus und geh zu Bett.«

»Kein Futter für die Schecke?« Thomas klopfte dem Tier den Hals.

»Sie stand den ganzen Tag im Stall der Direktion und hat gut Futter bekommen. Gute Nacht, Thomas.«

»Du bist spät«, empfing ihn Helene in der Küche. Auf dem Esstisch brannten drei Kerzen, sonst war es dunkel. Sie hatte ihn kommen gehört und einen Brotlaib aus dem Tuch gewickelt.

Heller nickte. »Wer war der Herr, von dem Thomas sprach? Jemand vom Forstamt?«

Hellers Frau nickte. »Zwanzig Mark pro Tier hat er angeboten. Ich habe es schriftlich.«

»Zwanzig Mark, dieser Halsabschneider«, grunzte Heller. »Für ein Tier, das einen ganzen Baumstamm ziehen kann. Dass er sich nicht schämt.«

Helene lächelte. »Das habe ich ihm auch gesagt. Mit anderen Worten natürlich.«

»Wie geht es Johanna? Konnte sie das Sonnenwetter genießen?«

»Sie lebt merklich auf in der Wärme. Es scheint, ein weiterer Winter ist überstanden.«

»Und der Junge?«

»Hat im Stall kräftig zugepackt.« Helene wendete sich wieder dem Brot zu und schnitt eine dicke Scheibe ab, die sie dann mit Butter bestrich.

Heller wusste, sie hatte nicht alles erzählt. Als sie ihm das Brettchen mit dem Brot auf den Tisch legte, nahm er sie sacht am Handgelenk.

Seufzend ließ sie sich auf dem Stuhl neben ihm nieder. »Er hat es mit dem Hengst versucht, und der hat ihn abgeworfen. Nun ist seine rechte Hand ganz dick. Gebrochen ist sie nicht, sagt der Doktor, gestaucht wohl. Aber schimpf nicht mit ihm.«

Leichter gesagt als getan. Sein erster Impuls war, zu Albert hinaufzugehen. Doch eigentlich sollte er nicht böse mit ihm sein. Er hätte in Alberts Alter das Gleiche gemacht. »Sicher nicht gebrochen?«

»Nein, wirklich. Ich habe ihm versprochen, dir nichts zu sagen. Gustav, ich seh den Zorn in dir. Aber es ist doch gut gegangen.«

»Er hätte sich den Hals brechen können«, mahlte Heller zwischen den Zähnen hervor. Es fiel ihm trotz allem Verständnis schwer, seinem Sohn diesen Ungehorsam übel zu nehmen.

»Hat er aber nicht. Und es wird ihm eine Lehre sein.«

»Aber kann er dann überhaupt im Stall helfen?«

»Albert versprach es. Aber das wollte ich dich fragen: Wäre es nicht gut, noch jemanden einzustellen? Besonders wenn die Stuten bald fohlen? Du weißt auch nicht, ob Thomas ewig bleiben will. Er ist sehr jung und geschickt im Umgang mit den Pferden, er könnte sicher in einem Gestüt Anstellung finden. In Moritzburg sogar.«

»Ich will darüber nachdenken.«

»Denk nur nicht zu lang!«, mahnte Helene.

Heller hatte ein wenig Salz über sein Brot gestreut, es genommen, aber noch nicht abgebissen. »Sag, was meinst du dazu: Der Mann, den ich gestern aus dem Wasser zog, ist nicht heimgekehrt. Seine Frau glaubt, er sei bei dem Unfall ums Leben gekommen. Irgendwer hat es ihr erzählt, oder sie hat es sich selbst weisgemacht. Warum sollte er nicht heimkehren? Doktor Wiesler hat seine Verbrennungen verbunden, er hatte kein Fieber und hat auch nicht gezittert. Außerdem gab es keine schweren inneren Verletzungen. Ich glaube nicht, dass er tot ist.«

»Habt ihr die Totenhäuser abgesucht?«

Heller schluckte den ersten Bissen hinunter. »Ich habe es veranlasst, aber es war schon spät am Abend.« Heller hob seine Stulle an. »Gutes Brot!«, lobte er.

Helene nahm die Hand, in der er die Bemme hielt, zog sie zu sich heran, beugte sich hinüber und biss ein Stück von der Scheibe ab.

»Maria hat das gebacken.«

»Du kannst ihr mein Lob ausrichten.«

»Tu es selbst!«

»Ich will ganz früh hinaus.«

Helene seufzte. »Ja, das hab ich mir gedacht. Ich sehe es blitzen in deinen Augen. Vielleicht war der Mann seine Frau leid und sah eine Gelegenheit, zu verschwinden.«

»Vielleicht nannte mir der Gerettete einen falschen Namen, und auch das Papier war falsch, das er mir zeigte. Einer der Männer wird noch vermisst. Zwei der Toten waren als Menschen kaum noch zu erkennen.« Heller aß weiter.

»Das Boot gehört Freiherrn von Kelb, hörte ich.«

»Das und noch andere. Und eine ganze Werft. Dass seine

Männer ums Leben kamen, betraf ihn nur insofern, dass er sich jetzt neue beschaffen muss.«

»Für Leute wie ihn sind Menschen doch nur Mittel zum Zweck, kaum mehr als Soldaten.«

Heller gefiel der Vergleich nicht. »Nun, ein guter Offizier will seine Soldaten schon gut versorgt wissen.«

»Mag sein, aber wenn es verlangt wird, schickt er sie in die Schlacht. Selbst wenn es aussichtslos ist.«

Heller schwieg dazu. Helene hatte eine andere Sicht auf diese Dinge, und er wollte nicht streiten. Er war im Krieg gewesen und hatte genug Tod und Verheerung gesehen. Doch ein Soldat musste jederzeit damit rechnen, in den Tod zu gehen. Was aussichtslos war und was nicht, konnte er nicht entscheiden, denn ein einfacher Soldat wusste nicht, ob der Einsatz seines Bataillons vielleicht den Kameraden an einer anderen Stelle half, weil er die Kräfte des Feindes band.

»Lieber Gustav, darf ich dich um etwas bitten?«

Heller sah seine Frau an. Diesen Tonfall, amüsiert und doch gleichsam resigniert, kannte er.

»Leg dich nicht mit diesem Freiherrn oder sonst wem an. Du weißt, die wollen unter sich bleiben und sich von keinem etwas sagen lassen, der nicht adlig ist. Auch wenn er sich Rittmeister oder Kriminalrat schimpft.«

»Ich werde tun, was nötig ist. Es geht darum, die Unglücksursache zu erforschen. Und es gibt ein paar Dinge, die mir nicht geheuer sind.«

Helene seufzte, dann fiel ihr etwas ein. »Sag, hat Schrumms Verlobungsantrag Früchte getragen?«

Schrumm hatte unlängst eine Annonce zur Eheanbahnung in der Zeitung gefunden und darauf dem Vater der jungen Frau einen Brief geschrieben. Nun war es zu einem sonntäglichen Treffen gekommen.

»Du hast ihn nicht nach dem Ausgang gefragt!«, erkannte Helene.

»Es gab Wichtigeres zu tun«, murrte Heller. »Und hätte er es mir nicht gesagt, wenn sein Antrag angenommen worden wäre?«

»Ach, der arme Schrumm. Vielleicht hilft es ihm, wenn er erst Inspektor wird.«

»Wenn. Das kann noch Jahre dauern. Aber du hast recht, es ist schade um ihn. Wenn man ihn erst mal kennt, ist er kein übler Kerl.«

»Du!« Helene puffte ihn in die Seite. »Du bist ein übler Kerl. Fluchst und schimpfst und hast keine Zeit für deine Frau.«

»Wirst du!«, mahnte er.

»Wie du redest! Bin ich eines deiner Pferde?« Sie puffte ihn wieder.

Heller warf das Brot aufs Brettchen und nahm sie am Handgelenk.

»Helene Körner, werden Sie sich wohl zu benehmen wissen!« Er zog sie zu sich heran. »Ich hab ja Zeit, jetzt bin ich hier.«

»Riechst nach Mann und Pferd«, raunte sie ihm zu.

»Ganz recht. Lösch die Kerzen!«

Helene lachte leise und küsste ihn auf den Mund. Dann beugte sie sich über den Tisch, um die Kerzen auszublasen.

4

»Herr Kriminalrat!«, empfing ihn Schrumm am nächsten Tag ganz aufgeregt.

»Schrumm, waren Sie überhaupt daheim diese Nacht?« Er wusste, dass sein Assistent in der kleinen Dachkammer eines Miethauses wohnte, obwohl er sich bestimmt Besseres leisten konnte. Doch vermutlich sparte er jeden Pfennig.

»Natürlich, Herr Kriminalrat.« Schrumm verstand nicht, dass es nur eine rhetorische Frage gewesen war.

»Sagen Sie, ehe Sie mit Ihren Neuigkeiten herausplatzen, und verzeihen Sie meine Neugier: Wie ist Ihnen denn das Treffen am Sonntag gelungen? Konnten sie den Brautvater beeindrucken? Hat Ihnen meine Empfehlung weiterhelfen können?«

Schrumm verschlug es die Sprache. Er errötete bis unter die Haarspitzen.

»Verstehen Sie meine Neugier bitte als ehrliches Interesse an Ihrer Person, Schrumm!«

»Nein, Sie … Herr Kriminalrat … So ist es nicht.« Schrumm musste sich sammeln. »Das Treffen war überaus erfolgreich. Zu erfolgreich, wenn ich so sagen darf.«

»Zu erfolgreich? Haben Sie auf der Stelle geheiratet?«

»Himmel, nein …« Schrumm suchte nach Worten. »Der Vater der Braut hätte mir beinahe die Füsse geküsst, und die Mutter machte einen so tiefen Knicks, dass ihre Knie fast den Boden berührten. Aber …«

»Sagen Sie schon, Schrumm. Spannen Sie mich nicht auf die Folter!« Heller lachte.

Schrumm wand sich. »Nein, es wäre zu despektierlich. Meine Erziehung verbietet mir, es zu sagen.«

»Meine Erziehung erlaubt es mir, zu fragen. Lassen Sie mich raten. Ihnen wurde die Braut vorgestellt, und sie war ein Scheusal!«

Schrumms Kopf nahm nun eine tiefrote Farbe an. Er drohte zu explodieren wie der Kessel des Dampfschiffes. »Schlimmer noch«, presste er hervor.

»Schlimmer als ein Scheusal? Ist sie gewatschelt? Hatte sie ein Gesicht wie eine Bulldogge? Eine Stimme wie ein ungeöltes Türscharnier?«

»Herr Kriminalrat, Sie bringen mich in höchste Not, dabei habe ich gute Nachrichten für Sie. Aber ich bin ganz ... Ich weiß nun nicht ...«

»Wie sie ablehnen, ohne sie zu beleidigen?«

Schrumm senkte den Kopf.

»Also gut, verraten Sie mir die guten Nachrichten, dann sage ich Ihnen, wie geholfen werden kann.«

Schrumm sah erleichtert auf. »Die beiden Matrosen sind gar nicht aus der Stadt verschwunden. Man hat sie gefunden. Oder besser gesagt, sie ließen sich finden. Sie wurden gestern volltrunken bei einer wüsten Schlägerei von Schutzpolizisten aufgegriffen und in Zellen eingesperrt, wo sie ausnüchtern müssen. Im Suff gaben sie beide ihre Namen an. Asser und Pinska.«

»Sicher haben sie ihre Wiederauferstehung ordentlich begießen wollen.«

»Herr Kriminalrat, damit scherzt man nicht«, flüsterte Schrumm eindringlich.

Heller hatte vergessen, dass Schrumm es mit der Kirche und dem lieben Gott sehr ernst nahm. Er selbst war da anders gestrickt. Seiner Meinung nach brauchte der liebe Gott die Kirche nicht, um Zwiegespräch mit seinen Schäfchen halten zu können. Er wusste ganz sicher, ob jemand ein Mensch mit guten Absichten war, ohne dass er frömmeln oder übersittsam sein musste.

»Also schön, das war eine gute Nachricht, da haben Sie ganz recht. Erspart uns einige Sucherei. Und nun eröffne ich Ihnen, wie ich Ihnen helfen kann. Ich lasse einen Brief an die Brauteltern aufsetzen, in dem ich mit außerordentlichem Bedauern feststellen werde, dass Sie nicht heiraten dürfen. Weil Sie für einen geheimen Einsatz im Dienste Seiner Majestät, des Königs Albert von Sachsen, vorgesehen sind.«

»Das würden Sie tun?«

»Wäre es Ihnen genehm?«

»Alles ist mir genehm, das mich aus dieser hochpeinlichen Situation rettet.«

»Aufstehen!«, rief der Wächter und schepperte mit seinem Schlüsselbund gegen die Eisenstäbe. In den Zellen entstand Unruhe. Es wurde gemurrt und gestöhnt.

Hier unten im Zellentrakt der Neustädter Stadtwache am Neustädter Markt gleich gegenüber der goldenen Reiterstatue Augusts des Starken war es trotz der Laternen dunkel und kühl, die Steinwände schwarz vom Ruß vieler Fackeln. Es roch schlecht, nach menschlichen Ausscheidungen und ungewaschenen Leibern.

»Die beiden hier, Herr Kriminalrat.« Der Wächter zeigte auf zwei Männer, die in nebeneinanderliegenden Zellen festgehalten wurden. »Aufstehen, hab Acht!«, rief er barsch.

Die zwei jungen Männer erhoben sich. Beide waren von der Prügelei arg in Mitleidenschaft gezogen. Heller betrachtete sie einen Moment lang.

»Lassen Sie die Männer sich waschen. Dann in den Verhörraum!«

»Sie sind beide hier in Dresden gebürtig?«, fragte Heller. Er hatte darauf verzichtet, die Männer in Ketten legen zu lassen. Sie würden ohnehin entlassen, wenn niemand eine Anzeige wegen Trunkenheit oder Körperverletzung machte. In den Kreisen, in denen sie sich bewegten, vermied man es tunlichst und grundsätzlich, in Kontakt mit der Justiz zu geraten. Einen Advokaten konnte sich sowieso niemand leisten.

Asser und Pinska schüttelten beide den Kopf. Asser war hoch aufgeschossen, blond, sein Gesicht an den Jochbeinen geschwollen, und unter den Augen hatte er blaue Ringe. Pinska war etwas kleiner, hatte breitere Schultern, sein Haar war dunkel und lockig. Er trug Schürfwunden im Gesicht, hatte einen offenen Riss auf dem Nasenrücken, seine Augen waren zu Schlitzen verquollen.

Beide waren gerade mündig, einundzwanzig Jahre. Beide konnten nicht lesen und schreiben und stammten vermutlich aus ärmsten Familienverhältnissen.

»Wir ziehen durch das Land, kommen ursprünglich aus Hannover«, erklärte Asser, der offenbar für sie beide sprach. Pinska sagte nur das Nötigste.

»Sie sind also Freunde, gehen durch dick und dünn?«

»Jawohl, Herr Kriminalrat. Und ich schwör Ihnen, wir haben nicht angefangen mit Schlagen, das waren die anderen.«

»Sie haben getrunken.«

»Jawohl, Herr Kriminalrat, aber nur ein wenig. Wir waren gesellig, und die anderen wollten, dass wir ihnen das Bier bezahlen. Das wollten wir nicht einsehen.«

»Wie kamen die anderen auf den Gedanken, dass Sie das Bier bezahlen sollen?«

»Nun ...« Asser wollte antworten, doch Pinska gab ihm einen leichten Stoß mit dem Ellbogen. Als Heller ihn dafür scharf ansah, senkte er schuldbewusst den Kopf.

»Sie hatten Geld, viel für Ihre Verhältnisse«, schlussfolgerte Heller.

Asser sah kurz und fast entschuldigend zu Pinska, dann gab er Antwort. »Nur ein wenig. Wir wollten es uns gut gehen lassen. Nun ist das Geld weg. Gestohlen.«

»Also wollen Sie Anzeige erstatten? Soweit ich weiß, wurden zwei Ihrer Kontrahenten auch eingesperrt.«

»Nein, nein, keine Anzeige. Weg ist weg.« Asser schüttelte den Kopf. Heller musterte ihn kurz und schickte einen wissenden Blick zu Schrumm. Der zog ebenso wissend einen Mundwinkel hoch. Mochte gut sein, dass das Geld nicht von jenen gestohlen worden war, mit denen sich die beiden geschlagen hatten, sondern von den Polizisten, die sie in Gewahrsam genommen hatten. Zu Hellers Leidwesen gab es nicht wenige Schutzmänner, die sich von den Halunken auf der Straße nur durch ihre Uniform unterschieden. Man musste sich nicht wundern, dass die Polizei keinen guten Ruf genoss.

»Woher kam das Geld, und wie viel war es?«

»Ein paar Mark. Neue Mark.«

»Sicher wissen Sie genau, wie viel es war.«

Asser sah Pinska wieder an, doch der entzog sich der Verantwortung und sah weg. »Also, es waren zehn.«

»Zehn Mark!«, staunte Heller. »Allerhand. Für beide?«

»Für jeden.«

»Die haben Sie gestohlen!«, hob Heller die Stimme.

»Im Leben nicht!«, entrüstete sich Asser. »Der gnädige Herr hat es uns gegeben.«

»Freiherr von Kelb, nehme ich an?«

Asser senkte den Kopf. Heller vermutete, dass die beiden genau darüber nicht sprechen sollten.

Heller fragte nicht weiter, ließ seinen Blick aber auf Asser ruhen und sah, wie ihn das in Bedrängnis brachte. Ein paar Augenblicke noch hielt er durch, begann schließlich zu wackeln. Dann war es plötzlich Pinska, der sprach, vermutlich um das Schlimmste zu verhindern.

»Der gnädige Herr gab uns das Geld als Entschädigung für den Schreck.«

»Weges des Schiffsunfalls?«, fragte Heller.

Pinska nickte.

»Aber er entließ Sie beide?«

Jetzt übernahm wieder Asser das Sprechen. »Er meinte, gerade hätte er keine weitere Arbeit für uns, und es wäre besser, wir verschwänden aus der Stadt. Er half uns, Anstellung auf einem anderen Schiff zu finden, einem Segler. Doch der Kapitän war ein Menschenschinder, haben wir gesehen, und sind deshalb vom Boot getürmt«, erklärte er eifrig.

»Sie sollten also die Stadt verlassen und bekamen eine Entschädigung. Warum, glauben Sie, wollte von Kelb, dass Sie verschwinden?«

»Nun, ich denk mir, dass er nicht will, dass von dem Unfall erzählt wird. Es ist ja schlecht fürs Geschäft. Wer schickt schon Waren mit Schiffen, die explodieren? Es geht wohl um eine Lizenz oder eine Konzession.« Wieder bekam Asser einen Stoß von Pinska, der zwar schweigsam, aber intelligenter war.

Heller tat so, als hätte er es nicht bemerkt. »Von Kelb will eine Lizenz erwerben und möchte nicht, dass der Unfall publik wird. War es denn ein Unfall?«

»Wie meinen, Herr Kriminalrat?«

»Hat jemand die Maschine falsch bedient? War sie vielleicht kaputt? Können Sie schildern, was geschah?«

Pinska kam seinem Freund zuvor, vermutlich wieder nur, um noch mehr Unheil zu verhindern. »Es geschah plötzlich. Wir hatten gerade die Elbinsel bei Pillnitz passiert, flussaufwärts. Die Maschine lief auf Höchstleistung. Mauder, der Kapitän, schickte uns hinunter zum Lenzen, weil wir wohl etwas gerammt hatten, einen Baumstamm vielleicht, und ein Leck entstanden war.«

»Das nahm er nicht als Anlass zur Rückkehr, um das Schiff reparieren zu lassen?«, unterbrach Heller.

Pinska schüttelte den Kopf. »Ich kenne die Anweisungen nicht, die er hatte. Wir fuhren weiter unter voller Kraft. So groß war das Leck nicht. Wir lenzten also, dann gab es einen Mordsschlag. Plötzlich war Tageslicht, weil das Deck aufgerissen war, jemand schrie. Ich dachte nur noch, dass wir nach oben kommen müssen, bevor der Kahn kippt. Ich nahm Engelbert an der Hand, und wir kletterten hoch. Dann sah ich, dass das rechte Ufer nahe war, und wir sprangen.«

»Vorher geschah nichts Ungewöhnliches? Gab es Unruhe, Geschrei? Stellte jemand fest, dass etwas nicht stimmte?«

»Nichts, oder?« Pinska sah Asser an.

»Nein, es kam wirklich ganz unerwartet. Wir schwätzten noch, gar nicht so leicht bei dem Lärm, und heiß ist es ja auch da unten, und mit einem Mal: kawumm!«

»Nichts weiter?«

»Nein, nur ein furchtbarer Knall.«

Heller nickte unzufrieden. »Den Rest der Besatzung kannten Sie?«

»Nein, wir waren ganz neu zusammengestellt.«

Nun regte sich Schrumm. »Sie hatten keine Ladung an Bord?«

»Nein, Herr Assistent«, sagte Asser.

»Ist es nicht ungewöhnlich, ein Schiff ganz ohne Ladung die Elbe hinaufzutreiben? Ein ziemlicher Verlust bei den Kohlepreisen dieser Tage.«

So weit hatte Heller noch gar nicht gedacht, gestand er sich selbst ein.

»Nun, Herr, wir wissen nicht, was der Herr Eigentümer dabei dachte.«

»Wenn Sie gestatten, Herr Kriminalrat, dass ich meine Meinung äußere«, begann Schrumm in der Kutsche. Sie waren auf dem Weg zu Jan Muhlheim, dem überlebenden Maschinisten. Er sollte in Striesen wohnen, einem noch ländlichen Stadtteil auf dem halben Wege zwischen der Stadt und Pillnitz, der gerade zu prosperieren begann. Allein der Umstand, dass die Kurfürsten und Könige auf dem Weg nach Pillnitz hier entlangmussten, hatte ihm eine gewisse Infrastruktur verschafft, Straßen, Telegraphenkabel, Kanäle zum Entwässern.

»Nur zu, Schrumm. Inzwischen sollten Sie gelernt haben, dass Sie jederzeit Ihre Meinung kundtun können.«

»Dass das Schiff ganz ohne Ladung und unter höchster Maschinenlast fuhr, deutet mir auf einen Test hin oder eine Wettfahrt. Wenn der Freiherr auf eine Schifffahrtkonzession aus ist, scheint mir das nicht unlogisch. Zumal ich glaubte, er besäße bereits eine. Er scheint mir ein gewisses Risiko eingegangen zu sein, so viel Geld in Schiffe und die Werft zu investieren, ohne eine Lizenz zu besitzen. Bekommt er sie nicht, muss er wohl verkaufen. Und wer kauft schon fünf Schiffe und eine Werft zugleich?«

»Ihm sollte also daran gelegen sein, den Unfall zu vertuschen.«

»Das meine ich, Herr Kriminalrat. Und es besteht auch die Möglichkeit, dass er den Kapitän in gewisser Weise genötigt hat, die Maschine bis aufs Äußerste zu belasten.«

»Dann ist es ihm recht, dass Kapitän und Erster Offizier zu den Toten gehören.«

»So wollte ich es nicht sagen, Herr Kriminalrat.«

»Aber ich sag es so. Wollen wir sehen, ob wir diesen Maschinisten finden. Wenn einer neben Kapitän und Ingenieur etwas weiß, dann wohl er. Aber gut möglich, dass der auch ausgezahlt wurde und verschwunden ist.«

Tatsächlich war es nicht leicht, Muhlheim zu finden. Der Mann war zwar von vielen gesehen worden, doch wo er sich gerade befand, wusste niemand. In der kleinen Wohnung in einem neu errichteten Mietshaus, wo er mit seiner Frau lebte, war er nach Aussage der Nachbarn zuletzt am frühen Morgen gewesen.

Die Nachbarn verrieten ihnen auch, dass Muhlheims Frau bei einer Molkerei angestellt war, wo sie sie dann auch fanden.

Sie war gerade mit anderen Angestellten damit beschäftigt, Butter zu stampfen, und wusste nur zu berichten, dass ihr Mann zunächst beim Besitzer der Molkerei um eine Anstellung gebeten hatte. Nachdem dieser ihn abgewiesen hatte, war er losgegangen, um sich anderswo nach Arbeit umzusehen.

Bei einer Werkstatt für Kutschen hatten sie schließlich Glück. Dort hatte man den Mann zur Probe angestellt; er sollte eine dampfbetriebene Sägemaschine instand halten, die sich der Besitzer kürzlich zugelegt hatte.

Heller betrachtete misstrauisch das Monstrum und die Bänder, welche die erzeugte Drehungskraft von der Kurbelstange auf Säge und Schleifmaschinen übertrugen. Er wusste, dass diese fußbreiten Bänder nicht selten von ihren Rollen rutschten, durch die Werkstätten peitschten und schlimmste Verletzungen verursachen konnten.

Natürlich, das sah er ein, konnte eine solche Maschine überall und ständig für Kraft sorgen. Man benötigte keine Wassermühle und auch keinen Wind. Doch wer wollte schon tagtäglich auf einer Bombe sitzen, die jederzeit explodieren konnte?

Schrumm inspizierte gemeinsam mit dem Werkstattbesitzer die Maschine durch seinen Zwicker, als gehörte sie ihm. Der Besitzer war selbst Schlosser, hatte es zur Meisterehre gebracht und sich seinen kleinen Wohlstand schwer erarbeitet. Heller mochte solche Leute, hielt sich aber abseits, bis man endlich Muhlheim gefunden hatte, der in einer anderen Werkstatt gerade an der Werkbank eingewiesen wurde.

»Herr Kriminalrat, dieser Mann wird mir doch keinen Ärger verursachen?«, fragte der Eigentümer, als der Laufjunge mit Muhlheim im Schlepptau zurückkam.

Muhlheim war ganz rot vor Aufregung; offenbar hatte er Angst, seine neue Anstellung gleich wieder zu verlieren.

»Keineswegs, wir müssen ihm nur einige Fragen stellen, als Zeuge eines Unfalls.«

»Es stimmt also? Er erzählte davon, dass er an Bord dieses Dampfers gewesen sei.«

»Wieso sollte er gelogen haben?«, erwiderte Heller.

»Nicht, dass er es war, der den Kessel hat explodieren lassen«, lachte der Besitzer, und Muhlheim kniff im Zorn die Lippen zusammen.

»Überlassen Sie uns den Mann für ein paar Minuten«, überging Heller den schlechten Scherz.

»Also«, begann er, sobald sie unter sich waren. »Mögen Sie uns den Unfallhergang schildern?«

»Mein Herr, da kann ich kaum mit Informationen dienen. Ich durfte mich zum Bug begeben, um eine Rauchpause einzulegen. Ich hatte meine Zigarette gerade angezündet, da gab es einen furchtbaren Knall und ich fand mich im Wasser wieder.«

»Und kurz zuvor waren Sie noch an der Maschine gewesen?«

»Ja, die Pause hat mir das Leben gerettet.«

»Und es war nichts ungewöhnlich? Kein Klingeln, kein Rasseln oder Tuten? Was weiß ich, was diese Teufelsdinger für Geräusche machen. Wunderte sich niemand, dass die Ventile nicht pfiffen?«

Muhlheim schüttelte den Kopf. »Vielleicht war eine Anzeige defekt.«

»Jeder war zufrieden, und dann fliegt alles in die Luft?«, hakte Heller nach.

»So scheint es, gnädiger Herr.«

»Ist es nicht so, dass Sie die Maschine bis zur Belastungsgrenze führen sollten?«

»Wie meinen, der Herr?«

Heller seufzte resigniert. Er mochte es gar nicht, für dumm verkauft zu werden, und Muhlheim war gerade dabei, es zu versuchen.

»Das Schiff hatte keine Ladung, einen erfahrenen Kapitän und sogar einen Ingenieur als Ersten Offizier, dazu noch einen Maschinisten. Hatten Sie den Auftrag, die Maschine mit voller Kraft fahren zu lassen?«

Muhlheim wartete mit seiner Antwort. »Nein, mein Herr«, sagte er dann leise. »Wissen Sie, Herr Kriminalrat, mit diesen Maschinen ist es wie mit Pferden. Man weiß, was sie fressen, man weiß sie zu benutzen, aber manchmal fällt eins tot um.«

Heller machte einen kleinen Schritt auf den Mann zu. »Nun, für diesen Vergleich haben Sie sich gerade den Richtigen ausgesucht. Pferde fallen nicht einfach tot um, es sei denn, man hat sie bis zur völligen Erschöpfung geschunden. Man sieht dem Pferd an, wenn es krankt, man hört und riecht es oder merkt es am Verhalten. Mir binden Sie keinen Bären auf, Muhlheim.«

Muhlheim hielt Hellers Rede stand. Er sah ihm in die Augen, und mit gewisser Anerkennung stellte Heller fest, dass der Mann mit der Sprache nicht herausrücken würde.

»Gut«, sagte er schließlich. »Wir sind hier fertig. Gehaben Sie sich wohl.«

»Warum setzten Sie dem Mann so zu, Herr Kriminalrat?«, fragte Schrumm auf dem Weg zur Kutsche.

»Es ist offensichtlich, dass er mit etwas hinter dem Berg hält.«

Schrumm schwieg einen Moment lang. »Wenn er Ihnen aber bestätigt hätte, was wir nur vermuten, welche Konsequenzen zögen wir daraus?«

»Das von Kelb für den Tod der Männer mitverantwortlich wäre.«

Schrumm schwieg wieder. Heller wusste, dass sein Schweigen Widerspruch bedeutete und nur der Respekt ihn von einer sofortigen Erwiderung abhielt.

»Nun spucken Sie es schon aus, Schrumm«, brummte Heller und nahm den Säbel beiseite, um in die Kutsche steigen zu können.

»Herr Kriminalrat wissen genau, dass man Freiherr von Kelb niemals eine Schuld zuweisen würde. Nicht einmal, wenn die Anweisung an den Kapitän schriftlich hinterlegt wäre.«

»Und das heißt?« Heller wusste es selbst.

»Es bedeutet, man müsste den Unfall einen Unfall bleiben lassen.«

»Sie wollen sagen, dass wir es bei unseren bisherigen Nachforschungen belassen und gar nicht erst nach dem verbliebenen Heizer suchen?«

Schrumm hob ganz leicht die Schultern. »Immerhin scheint von Kelb den Männern eine Art Entschädigung ausgezahlt zu haben. Wollen wir davon ausgehen, dass er es mit den Hinterbliebenen der Opfer ebenso hält.«

»Ist recht, Schrumm.« Das war Hellers Art, seinem Assistenten und allen, die ihn sonst kannten, deutlich zu machen, dass für den Moment genug gesagt war.

Schrumm wusste das inzwischen zu deuten und blieb während der ganzen Fahrt stumm.

»Herr Kriminalrat, eine Depesche für Sie«, empfing ihn der Sekretär auf seiner Etage. »Sie kam vor zwei Stunden.« Klenkel war ein untersetzter Mann im Rang eines Wachtmeisters. Er hatte Stulpen über seinen Ellbogen, damit sich die Ärmel seiner Uniformjacke von der Arbeit am Schreibtisch nicht abnutzten. Er trug eine Brille mit Drahtgestell, und obwohl er sich immer im Hause befand, hatte Heller ihn noch nie ohne seine Mütze gesehen.

»Und Herr Regierungsrat Posch wünscht Sie zu sprechen. Soll ich ihm ausrichten, dass Sie eingetroffen sind?«

»Posch?«, fragte Heller. »Hat er gesagt, was er will?«

»Nein, Herr Kriminalrat.«

»Sicherlich will er nur an meinen Nerven zerren und an meinem Stuhl sägen, während ich drauf sitze. Klenkel, Sie sagen ihm gar nichts. Ich hatte noch nichts zum Frühstück, geschweige denn zum Mittag, und auf leeren Magen vertrage ich diesen Mann nicht. Zuerst die Depesche.«

Heller nahm dem Mann den Zettel aus der Hand.

»Justus Kleibig lebendig daheim«, las er laut. »Na, Schrumm?«, wandte er sich dann an seinen Assistenten. »Ich meine, das interessiert mich dann doch, wo sich der Kerl seit dem Unfall herumgetrieben hat.«

»Vermutlich war er genauso betrunken wie die beiden Matrosen und wurde heute Morgen aus dem polizeilichen Gewahrsam entlassen oder erwachte in irgendeiner Bretterbude, in die es ihn im Suff verschlagen hatte.«

»Schrumm, ich weiß zu schätzen, wie besorgt Sie um mich sind, und dass Sie mich vor allem Unheil und vor allen Adligen beschützen wollen. Doch diesen Mann sehe ich mir an, da können Sie ruhig Zeter und Mordio schreien.«

»Ich schreie ja gar nicht«, murrte Schrumm.

»Na kommen Sie, ich will Ihnen auch ein Frühstück spendieren. Oder besser noch ein Mittagessen.«

Es war ein Dorfkind, das die Ankunft Hellers und seines Assistenten verriet. Vermutlich hatte der kleine Junge schon seit Stunden darauf gelauert. Denn kaum hatte er die Kutsche ausgemacht, stürmte er los und bog in die Straße ein, in der Kleibig wohnte, um zu verkünden, dass der Kriminalrat im Anmarsch sei. So kam es, dass dessen Frau sie am Gartentor mit freudigem Gesicht empfing.

»Gnädiger Herr, es ist ein Wunder!«, rief sie, schon bevor der Kutscher das Pferd ganz zum Stehen brachte.

»Ihr Mann ist wohlauf?«, fragte Heller.

»Ist er, Herr Kriminalrat.«

»Dann darf ich ihn sprechen?«

»Natürlich. Aber erlauben Sie mir, Ihre Hand zu nehmen, da Sie es doch waren, der ihm das Leben gerettet hat. Ohne Ihre selbstlose Hilfe wäre großes Unheil über unsere Familie hereingebrochen.«

Heller reichte ihr die Hand, worauf die Frau sogleich begann sie zu küssen. »Halt, genug!«, befahl Heller unangenehm berührt. Dass die Frau überglücklich war, konnte er verstehen, doch das ging ihm zu weit. »Lassen Sie mich nur einfach hinein und Ihren Mann ansehen.«

»Aber natürlich, kommen Sie nur. Er schläft, aber wir wecken ihn.«

Eilig lief sie vorweg. Heller folgte ihr, Schrumm wie immer im Schlepptau.

Obwohl es Tag war, wollte es in dem niedrigen Raum nicht wirklich hell werden. Kerzen oder Petroleum waren den Leuten sicherlich zu teuer, um sie tagsüber anzuzünden. Am Tisch saßen das Kind sowie eine der Frauen vom Vortag. Im Bett in der Ecke, der Schlafstatt der Familie, lag ein Mann.

Heller trat näher und hielt inne.

»Herr Kriminalrat?«, fragte Schrumm, nachdem Heller eine Weile wortlos dagestanden hatte.

»Das ist Ihr Mann?«, wandte Heller sich an Frau Kleibig.
»Aber natürlich!«

Heller nickte. »Du, komm her!«, befahl er dem zehnjährigen Jungen der Kleibigs. Dieser gehorchte augenblicklich.

»Wer ist das?«, fragte Heller und zeigte auf den Schlafenden.

»Mein Vater, gnädiger Herr!«

»Das ist nicht der Mann, den ich aus dem Wasser gezogen habe«, sagte Heller.

»Aber gnädiger Herr ...« Die Frau verschränkte ihre Hände vor der Brust. »Wie meinen Sie? Das ist ganz sicher mein Mann. Er arbeitet als Matrose für den Freiherrn von Kelb.«

»Das mag alles sein, gute Frau, aber dies ist nicht der Mann, den ich aus der Elbe gerettet habe.«

»Aber er erzählte, dass er auf dem Schiff war, das explodiert ist.«

»Das mag auch sein. Einer der Männer gilt noch als vermisst. Nun muss ich herausfinden, welcher der Männer mir weismachen wollte, er sei Ihr Mann. Und vor allem, warum er mir das weismachen wollte.«

»Aber Herr Kriminalrat«, barmte die Frau. »Er erzählte es mir doch höchstselbst, dass Sie es waren, der ihn rettete.«

Heller schwieg und sah Schrumm an, dem eine Frage ins Gesicht geschrieben stand. Eine Frage, die er sich selbst stellen musste. Täuschten ihn seine Erinnerungen?

»Wecken Sie ihn!«

»Aber ja doch!« Die Frau lief sofort ums Bett, beugte sich zu ihrem Mann hinab, strich ihm über die schweißige Stirn und flüsterte ihm zu, aufzuwachen. Der Mann regte sich, doch nur um sich zur Seite zu drehen. Heller hatte lang genug gewartet. Mit seinem Stiefel trat er fest gegen das Bett.

»Kleibig, wachen Sie auf!«, befahl er.

Der Mann ruckte hoch, als schrecke er aus einem Albtraum auf. »Wie? Was? Feuer?« Seine Frau besänftigte ihn und drückte ihn an den Schultern zurück ins Kissen.

»Er fiebert schwer, wissen Sie, und Chinarinde können wir uns nicht leisten.«

»Machen Sie ihm kalte Wadenwickel. Und du, Junge, kühl deinem Vater die Stirn. Was verlangt der Apotheker für Chinarinde?«

»Eine Mark die Unze, wenigstens.«

Heller atmete tief ein. »Mich kommt meine Rettungstat langsam teuer zu stehen.« Er griff in die Jackentasche, nahm ein paar Münzen heraus und wählte ein Markstück, das er auf den Tisch legte.

»Wann kam Ihr Mann heim? Und wo ist er am gestrigen Tag gewesen?«

»Er kam heute Morgen. Ganz schwach war er, taumelte. Er sei die ganze Strecke gelaufen, sagte er.«

»Die ganze Strecke gelaufen?«

»Von Pillnitz bis hierher.«

»Gute Frau, langsam glaube ich, man will mich an der Nase herumführen. Selbst wenn es weit erscheint, von Pillnitz durch Dresden bis hierher, das ist selbst für einen kranken Mann kein Tagesmarsch. Und als ich ihn entließ, fieberte er nicht und war von einem Arzt gut versorgt worden. Meine Geduld neigt sich dem Ende zu. Ich will wissen, was hier vor sich geht. Kleibig, wachen Sie auf, Fieber oder nicht!«

Der Mann regte sich und schob seinen Sohn, der ihm die Stirn mit einem Lappen abwischte, zur Seite. Langsam setzte er sich im Bett auf. »Herr Kriminalrat, haben Sie Erbarmen mit meiner Frau, sie weiß es nicht besser.«

»Was muss ich wissen?«, fragte Frau Kleibig.

»Ich bekam Geld vom Freiherrn, und ich wollte nicht gleich heim. Ich bin mit anderen trinken gegangen, in der Stadt.«

»Du hast gar kein Fieber?«, fuhr die Frau auf. »Betrunken bist du, Hornochse du! Lässt mich hier glauben, du bist tot, lässt mich glauben, du liegst im Fieber. Hier, Herr Kriminalrat!« Sie sprang zum Tisch, nahm die Mark und reichte sie Heller. »Nehmen Sie Ihr Geld zurück. Eine Schande wär's, es an diesen Mann zu verschwenden.«

»Hab doch Verständnis«, flehte der Mann. »Ich wäre beinahe gestorben. Ich dachte, ich wär schon tot, bis mich dieser gute Herr rettete. Ich konnte nicht glauben, was geschah, und dann ließ mir der Freiherr Geld geben. Das musste ich begießen, und ich wollte ja auch gar nicht wegbleiben, das ist mir aus den Händen geglitten. Da waren so viele, die mir die Schulter klopften!«

»Genug!«, befahl Heller.

»Wie viel Geld hast du bekommen?«, fragte die Frau.

»Zehn Mark.«

»Zehn Mark? Zehn Mark? Eine Ziege könnten wir kaufen davon, oder Hühner. Und wie viel ist übrig?«

Der Mann antwortete nicht. Das musste er auch gar nicht, denn sicher hatte die Frau seine Taschen gefilzt und keinen Groschen mehr gefunden.

»Genug jetzt!«, befahl Heller noch lauter, denn ihm war, als würde ihm hier ein Theater vorgespielt. Er war sicher, dies war nicht der richtige Mann. Zwar stimmte das Alter und es gab gewisse Ähnlichkeiten, aber er war es nicht.

»Kleibig, wenn Sie es sind, den ich gerettet habe, schildern Sie mir doch wie es geschah. Der Unfall und die Rettung.«

»An den Unfall selbst erinnere ich mich kaum. Ich weiß nur, dass zwei andere zum Lenzen nach unten geschickt wurden und ich noch dachte, welch ein Glück ich hab, dass es mich nicht traf. Denn unten im Schiff ist es heiß und laut. Dann gab es einen furchtbaren Knall, der mich ins Wasser schleuderte. Zu meinem Unglück warf es mich dahin, wo der Strom an stärksten ist. Ich strampelte und schnappte nach Luft und dachte, ich könnte mich vielleicht an einem Stück Holz oder einem Stamm festhalten, doch um mich war gar nichts. So ging ich immer wieder unter und kam wieder hoch, und vielleicht war es mein wildes Strampeln, das mich zur anderen Seite trieb. Da wusste ich aber schon, ich war verloren. Ich hatte keine Kraft mehr und würde absaufen. Plötzlich wurde ich gepackt. Das waren Sie, gnädiger Herr. Und dann verließen mich die Kräfte, denn ich kann mich erst wieder an etwas entsinnen, als ich mich am Ufer wiederfand.«

»Aha, und dann?«, triumphierte Heller, denn bis hierher konnte sich jeder die Geschichte selbst ausgemalt haben. Dieser Mann war der falsche, sogar die Verletzungen fehlten ihm. Doch dass er darauf bestand, von Heller gerettet worden zu sein, machte ihn zu einem verdächtigen Subjekt. Es machte die ganze Angelegenheit verdächtig.

»Ich kam also zu mir, und mein ganzer Leib begann zu schmerzen. Da waren noch andere Leute.«

»Mehr gibt es nicht zu berichten?«

»Nun ja, Sie schickten einen Jungen zur Schlosswache von Pillnitz. Und da war Ihr Pferd, ein Hengst, an den sich niemand herantraute. Ein roter, also ein Fuchs mit einer Bläse auf der Stirn. Sie ließen mich aufsitzen, aber dann, auf dem Weg zum Arzt, hielten wir noch einmal, weil Sie in einem Gebüsch am Fluss etwas entdeckten. Zwei Männer hatten wohl eine Leiche gefunden. Anschließend brachten Sie mich zu einem Arzt.«

Heller wusste nichts zu sagen. Das war alles vollkommen richtig. Dass er den jungen Mann nach Pillnitz schickte. Sein Fuchs mit der Keilsternzeichnung auf der Stirn. Allein den Teil mit der Leiche konnte niemand wissen außer den beiden Fledderern, die sich wohl hüten würden, ihr Geheimnis preiszugeben.

Hinter ihm räusperte sich Schrumm leise. »Und Ihre Verletzungen? Waren Sie nicht verbrüht?«

»An Gesicht und Armen, ja. Doch vermutlich war es nicht ganz so schlimm, wie es erst den Anschein hatte. Es ist noch rot, wollen Sie sehen?«

Nein, das wollte Heller nicht. Er wollte hier raus, wollte der Schmach entfliehen, diesem Mann eine Lüge unterstellt zu haben. Doch er wusste, dass er vor sich selbst niemals fliehen könnte.

»Ich erinnere Sie an das dringliche Treffen, das für den heutigen Nachmittag anberaumt ist, Herr Kriminalrat«, erlöste Schrumm ihn.

»Nun denn, dann ist es wohl so gewesen«, schloss Heller. »Leben Sie wohl.«

»Sie scheinen sehr getroffen, Herr Kriminalrat«, wagte Schrumm zu sagen, nachdem sie in die Kutsche gestiegen waren und Heller dem Kutscher Anweisung gegeben hatte, Richtung Dresden zu fahren. Heller ließ sich lange Zeit mit der Antwort.

»Sie wissen, Schrumm, ich war im Krieg. Ich war Rittmeister, befehligte eine ganze Reihe Männer und noch viel mehr Pferde. Ich habe einen Hof, eine Pferdezucht, eine Frau, zwei Kinder und bis zu einem Dutzend Angestellte. Und sicher haben Sie mich als vielleicht strengen, aber immer gerechten Mann kennengelernt. Manchmal sicher sehr aufbrausend oder auch zu forsch. Sie müssen nicht antworten, ich will Sie gar nicht in Verlegenheit bringen. Was ich sagen will: Niemals, selbst in der heftigsten Schlacht, täuschten mich meine Sinne. Manchmal trügt einen die Erinnerung, mag sein. Aber dass ich mich so gewaltig irre, dass ein Ereignis gerade zwei

Tage alt ist und so völlig falsch in meiner Erinnerung zurückbleibt, das erschüttert mich, ich gebe es zu. Ich frage mich, was das bedeutet. Wenn ich mit noch nicht mal Mitte vierzig einen Mann, den ich vor dem Ertrinken rettete, zwei Tage darauf nicht wiedererkenne. Wie soll ich meiner Funktion als Kriminalrat nachkommen, wenn ich nicht in der Lage bin, mir ein Gesicht einzuprägen?«

»Wenn Sie gestatten, Herr Kriminalrat, ich an Ihrer Stelle würde mir nicht solche Sorgen machen. Vielleicht lag es daran, dass sich die Ereignisse überschlugen? Vielleicht hat die Explosion Sie durcheinandergebracht?«

»Schrumm, ich habe ganz andere Explosionen erlebt. Wenn der Feind uns mit seinen Kanonen bestrich. Eine Granate sah ich inmitten meiner Männer detonieren. Gute Männer, sechs verlor ich mit diesem einen Streich. Und manche lebten noch, die der liebe Gott erst Stunden später erlöste. Glauben Sie mir, Schrumm, so leicht wirft mich nichts um. Erst recht nicht einer, der gegen das Ertrinken kämpft.«

»Vielleicht sahen Sie ein Gesicht, das zu einem Ihrer Männer im Krieg gehörte. So was gibt es doch, dass man manchmal in einem Fremden einen lieben Verwandten erkennt, der schon längst heimgegangen ist.«

Heller erwiderte nichts. Er brummte nur, um Schrumm verstehen zu geben, dass es mit seinen Versuchen, ihn zu trösten, genug war. Er wollte nicht weiter darüber nachdenken. Er war sich jedoch sicher, dass er nicht von der Explosion schockiert gewesen war. Und erst recht hatte sich nicht das Gesicht eines seiner Soldaten über das von Kleibig gelegt. In diesem Moment wollte er am liebsten ganz für sich sein, am besten auf dem Rücken eines Pferdes, und einfach über Feld und Wiesen hinausreiten. Er konnte sich nicht so geirrt haben, nicht so sehr. Es konnte nicht sein, dass er diesen Mann so gründlich mit einem anderen verwechselt hatte.

Nicht, dass er sich für unfehlbar hielt, doch diese Sache erschütterte ihn gerade so sehr, dass er die Welt nicht mehr richtig verstehen wollte.

Ausgerechnet in diesem Moment der Schwäche empfing ihn Regierungsrat Ferdinand Posch im Präsidium. Sekretär Klenkel konnte ihn gerade noch warnen, indem er ihm zuraunte, Posch säße in seinem Büro. Ihn vor der Begegnung zu bewahren, indem er ihn zum Beispiel noch auf dem Flur abfing, hatte Posch ihm strengstens verboten, verriet er Heller flüsternd.

Heller straffte sich und knöpfte seine Jacke wieder zu, die er schon geöffnet hatte. Mit der Hand auf dem Säbelknauf holte er Schwung und betrat sein Zimmer.

Posch, der es sich auf Hellers Stuhl bequem gemacht hatte, erhob sich langsam. Er machte ganz deutlich, wer hier die höhere Position bekleidete. Dass er überhaupt aufstand, hatte Heller seinem Ruf zu verdanken. Er hätte ebenso gut sitzen bleiben können, um die Konfrontation eskalieren zu lassen.

Posch war ein imposanter Mann. Mit seiner Größe von einem Meter achtzig war er ebenso hochgewachsen wie Heller, und sein mächtiger Körper wurde durch die Kleidung, die von den teuersten Schneidern angefertigt war, in eine gute Form gebracht. Wenn auch nicht zu übersehen war, dass es sich bei Posch um einen Genießer handelte, der weder Wein, Pastete noch Torte widerstehen konnte. Sein beeindruckender Auftritt wurde allgemein durch seine hohe Stimme und seine süffisante Art abgeschwächt. Schon in vierter Generation stellten die Poschs Regierungsräte, pflegten gute Beziehungen zum Königshaus und bewegten sich in Adelskreisen.

»Herr Regierungsrat!«, grüßte Heller mit einem knappen

Nicken und tat so, als wäre es normal, derart unangemeldeten Besuch in seinem Zimmer zu haben. »Was führt Sie hierher?«

Posch ließ sich Zeit. Beide Männer standen sich gegenüber, allein der Tisch zwischen ihnen. Posch mochte ihn nicht, er mochte Posch nicht, und keiner von ihnen war einflussreich genug, um den anderen loswerden zu können. Doch einander das Leben schwer machen, das konnten sie allemal. Posch mit seinen Beziehungen, Heller mit seinem Auftreten.

»Ich werde wohl für die Entlassung Ihres Sekretärs sorgen müssen. Immerhin hat er wohl heute Morgen vergessen, Ihnen auszurichten, dass ich Sie umgehend zu sprechen wünschte.«

»Weder entlassen Sie ihn noch sonst wen aus meinem Büro. Er hat mich informiert, und hätte ich Sie jetzt in Ihrem Büro aufgesucht, wäre es umgehend genug gewesen.«

»Was hat Sie denn daran gehindert, mich sofort aufzusuchen, wenn Klenkel Sie informiert hat?«

»Dringende Nachforschungen.«

»Aha, und welcher Natur sind diese Nachforschungen?«

»Sie sind meiner neugierigen Natur geschuldet.« Noch immer standen sie, und es war Heller eine winzige Genugtuung und gleichsam auch eine Erleichterung, dass Posch es nicht wagte, sich wieder auf seinen Stuhl niederzulassen. Denn das hätte Heller gezwungen, sich entweder in den Besucherstuhl zu setzen oder vor Posch zu stehen, als erstatte er Rapport.

»Und was hat diese Neugier entfacht?«

Eigentlich gefiel es Heller, wie sie sprachen. Wie sie, Diplomaten gleich, um den heißen Brei redeten, ohne auszusprechen, was gesagt werden musste. Wie man sich beschoss und auswich, dem anderen Raum gab, um sogleich aus der Flanke anzugreifen, ohne sich aber zu weit vorzuwagen. Würde ihm Posch nicht diese eine Sache neiden, die er mit dem König gemein hatte, sie könnten vielleicht sogar Freunde sein. Nun, Freunde wohl nicht, korrigierte Heller in Gedanken. Aber nahe dran.

»Wissen Sie, Herr Regierungsrat, es entfacht immer meine Neugier, wenn das Lebenslicht eines Menschen ausgeblasen wird. Deshalb wählte ich diesen Beruf. Denn oft segnet jemand das Zeitliche, und jemand anders trägt die Schuld. Woraufhin ich mich mühe, diesen Sachverhalt aufzuklären, um wenigstens denjenigen, der dafür verantwortlich ist, die Konsequenzen spüren zu lassen.«

»Ach, und in diesem Falle meinen Sie, jemand anders wäre dafür verantwortlich?«

»Lieber Herr Regierungsrat, wenn eine Maschine explodiert und einem die Leichen sozusagen um die Ohren fliegen, allesamt Männer in der Blüte ihres Lebens, noch dazu ein erfahrener Kapitän und ein Ingenieur, dann will mir mein Kopf durchaus weismachen, dass dieser Sache nachgegangen werden sollte.«

Posch gab sich verständig, nickte und ging zum Fenster. Heller ließ sich nicht davon beeindrucken, nutzte aber die Gelegenheit, den Tisch von der anderen Seite zu umrunden und vor seinem Stuhl Stellung zu beziehen.

»Jedoch, Herr Kriminalrat«, begann Posch, sah sich nach Heller um und fand ihn zu seinem Missfallen nicht mehr am alten Platz. Diesen kleinen Tanz hatte Heller für sich entschieden, denn nun war es Posch, dem der Besucherstuhl blieb. Heller deutete überhöflich an, dass er sich setzen sollte. Posch tat so, als wäre nichts, und setzte sich, woraufhin auch Heller Platz nahm.

»Heller«, begann Posch aufs Neue. »Wie ein Soldat, ein Feuerwehrmann oder auch ein Bergmann geht jeder auf dieser Erdenwelt ein gewisses Risiko ein. Ein Holzfäller kann vom Baum erschlagen werden, ein Zimmermann fällt vom

Dach. Wie ich hörte, ist auch Ihr alter Stallmeister Opfer eines Unfalls geworden.«

Heller musste diesen Hinweis schweigend zur Kenntnis nehmen.

»Warum sollen nicht auch die Männer auf dem Schiff ein gewisses Risiko eingegangen sein? Unglücke dieser Art geschehen nun einmal, und wir lernen daraus und sorgen dafür, dass so etwas nicht noch einmal geschieht.«

»Wenn jedoch dieses Unglück seine Ursache in einer absichtlichen Handlung oder einer groben Fahrlässigkeit hat, dann gilt es, die Sache als ein Delikt zu behandeln. Und so wie ein Bergwerkbetreiber zur Verantwortung gezogen wird, wenn er morsches Holz zum Stützen liefert, muss auch ein Schiffseigner zur Verantwortung gezogen werden.«

Jetzt hatte er es ausgesprochen und Posch Gelegenheit gegeben loszuwerden, weshalb er eigentlich gekommen war.

»Heller, wenn jemand verantwortlich ist, dann der Kapitän oder der Offizier. Und diese beiden haben mit dem Leben bezahlt. Außerdem fällt ein Unglück wie dieses in den Verfügungsbereich des Schifffahrtsamtes. Ihr einziger Bezug ist Ihre zufällige Anwesenheit zum Zeitpunkt der Explosion. Allenfalls können Sie als Zeuge zur Befragung bestellt werden.«

»Soweit ich weiß, ist bisher noch keine Untersuchung durch das Schifffahrtsamt bestellt worden. Ich stünde jedoch gern als Zeuge zur Verfügung.«

Posch hob zu sprechen an, doch Heller fuhr ihm jetzt einfach dazwischen. »Sparen Sie sich die nächsten Worte, Herr Regierungsrat Posch. Ich für meinen Teil habe sowieso kein Interesse mehr, der Sache weiter nachzugehen. Es gab eine Ungereimtheit, die nun aus dem Wege geschafft ist. Freiherr von Kelb hat sich außerdem als großzügiger Mann erwiesen, indem er noch am selben Tage Entschädigungszahlungen an die Überlebenden leistete. Wollen wir davon ausgehen, dass er für die Hinterbliebenen noch großzügigere Auszahlungen veranlasst.«

Vielleicht verstand Posch das als Anlass, es an den Freiherrn weiterzugeben, womit Heller noch eine gute Tat vollbracht und den Angehörigen der Toten wenigstens ein kleines Polster verschafft hatte, um die schwerste Zeit zu überstehen.

»Herr Kriminalrat.« Posch erhob sich, Heller tat es ihm gleich. »Es war mir wie immer ein großartiges Vergnügen.«

»Ganz meinerseits, Herr Regierungsrat.« Heller deutete eine Verbeugung an und wartete, bis Posch fast an der Tür war.

»Wollen Sie mir noch einen kleinen Gefallen tun?«, fragte Heller dann.

»Aber natürlich«, erwiderte Posch, sicherlich froh, dass sein Auftrag, den renitenten Heller ruhigzustellen, ihm so leicht von der Hand gegangen war.

»Wollen Sie, sofern sich die Gelegenheit ergibt, Seiner Majestät meine freundlichsten Grüße ausrichten?«

Poschs Lächeln fror ein. »Ich will es tun, Heller, aber ich verspreche nichts. Die Regierungsgeschäfte lassen nur wenige Gelegenheiten zu.«

Heller winkte freundlich ab. »Machen Sie sich nur keine Umstände. Es genügt ja vollkommen, wenn Sie nur eine dieser Gelegenheiten nutzen.«

»Hören Sie das?«, fragte Heller seinen Assistenten, als sie am Nachmittag das Präsidium verließen.

Ein Fauchen war zu hören, ein Pfeifen und Schnaufen.

Schrumm neigte den Kopf leicht zur Seite. »Ein Dampfer. Nicht unüblich, oder, Herr Kriminalrat?«

»Aber lauter als sonst, würden Sie nicht auch sagen? Lassen Sie uns mal nachsehen.« Heller deutete in Richtung der Elbe.

Schrumm folgte, ohne zu murren. Es war nicht weit. Sie mussten zur nahe gelegenen Münzgasse eilen, dann die Treppe zur Brühlschen Terrasse mit ihren Brühlschen Herrlichkeiten hinaufsteigen, um von der Festungsmauer über die neu angelegte Straße am Terrassenufer auf die Elbe hinabzusehen.

»Darf ich fragen, warum Sie den Posch immer Grüße an Seine Majestät ausrichten lassen?«, fragte Schrumm, der wegen seiner langen Beine mühelos mit Heller Schritt halten konnte. »Verspotten Sie ihn?«

»Schrumm, einen Mann wie diesen verspottet man nicht, ohne Haus, Hof und Ehre zu verlieren.«

»Aber was ist es dann? Ist es wahr, dass Sie mit seiner Majestät befreundet sind?«

Heller lachte. »Lieber Schrumm, auch wenn ich das gern behaupten möchte, ›befreundet‹ wäre weit übertrieben. Jedoch diente ich im Krieg gegen die Franzosen in seiner ersten Königlich Sächsischen Armee, die in die 2. Armee eingegliedert wurde und sich bei der Schlacht bei Gravelotte auszeichnete. Seine Majestät, damals Kronprinz, übernahm dann die Maasarmee und ging siegreich aus der Schlacht bei Beaumont hervor. Und vor allem aus der Schlacht bei Sedan, wo wir die französische Armee besiegten, bei der sich auch Kaiser Napoleon III. befand, und die schließlich entscheidend zum Sieg über die Franzosen beitrug.«

»Und Sie haben an all den Schlachten teilgenommen?«

»An den meisten. Ich war Rittmeister unter Seiner Majestät, und auch wenn wir uns in diesem Kriege nie persönlich begegnet sind, so kam es ihm bei einem Empfang in der Polizeidirektion eines Tages zu Ohren, dass ich zu seiner Armee gehört hatte. Woraufhin er mich zu sich bat und damit begann, geradezu in Erinnerungen an diese Zeit zu schwelgen. Seitdem bekomme ich jedes Jahr zu meinem Geburtstag eine Grußbotschaft König Alberts von Sachsen.«

»Sie bekommen Grußbotschaften?«, quiekte Schrumm fast, denn gleich nach dem lieben Gott rangierte bei ihm der König noch vor dem Kaiser und seiner Mutter.

»Sagen Sie bloß, das habe ich Ihnen noch nicht erzählt«, lachte Heller. »Dabei muss ich mir von meiner Frau immerzu vorwerfen lassen, es gäbe keinen Tag, an dem ich nicht jemandem davon erzählte.«

»Dann ist es natürlich logisch, dass Posch Sie nicht ausstehen mag, Herr Kriminalrat.«

»Himmel, ja. Er würde sich ein Bein abhacken, um auf eine solche gemeinsame Vergangenheit mit dem König blicken zu können. Doch während des Krieges befehligte er eine Herde Rinder und einen riesigen Schweinestall irgendwo am Rande Dresdens und verdiente sich dumm und dusselig mit der Versorgung der Streitkräfte. Jetzt lassen Sie uns einen Schritt zulegen, ehe was auch immer vorübergezogen ist.«

Heller nahm Schrumm beim Ellbogen und eilte mit ihm die Treppe hinauf, so schnell wie es der Anstand für Männer ihrer Stellung gebot.

An der Brüstung hatten sich schon Neugierige versammelt. Auch an den Ufern standen Schaulustige. Es war richtig gewesen, zu eilen. Ein Dampfschiff stampfte die Elbe hinauf, hatte die Festung schon passiert und würde bei dieser Geschwindigkeit in wenigen Minuten unter der ganz neuen Albertbrücke hindurchfahren. Am gegenüberliegenden Königsufer schaukelten die Boote der Fischer auf den ungewohnt hohen Bugwellen, und aus den Schornsteinen des Dampfers stiegen schwarze Rauchwolken auf.

»Müsste verboten sein«, brummte Heller.

Schrumm sagte nichts dazu und sah dem Schiff hinterher.

Als Heller sich ihm zuwandte, sah er, wie es im Gesicht seines Assistenten arbeitete.

»Ihre Gedanken, Schrumm?«, fragte er. Manchmal half es Schrumm, wenn er danach verlangte. So musste er sich nicht minutenlang quälen, die richtigen Worte zu finden.

In diesem Falle aber schien es, als ob Schrumm nicht Mühe hätte, sie zu formulieren, sondern sie zurückzuhalten. Doch so aufgefordert, blieb ihm nur zu antworten.

»Sehen Sie, es hat kaum Tiefgang, und sicher ist es wenigstens so schnell wie eine Kutsche, wenn man die Pferde traben lässt. Was mag das sein, zehn Knoten?«

»Es fährt also ohne Ladung und unter voller Kraft?«, fragte Heller. »So wie das andere Schiff? Vielleicht hat von Kelb ja vor, alle seine Schiffe in die Luft fliegen zu lassen?«

Heller fiel ein, dass sie über einen möglichen Versicherungsbetrug noch gar nicht nachgedacht hatten. Hatte von Kelb sich mit seinem Geschäft verkalkuliert und versucht, sein Geld so wiederzubekommen? Dann hätte aber die Versicherungsgesellschaft eine Untersuchung verlangt.

»Das ist keines der Schiffe vom Freiherrn«, wusste Schrumm jedoch und sah Heller mit fast kläglicher Miene an. »Ich fürchte fast, wir sind Zeugen eines heimlichen Wettkampfes.«

Heller hob das Kinn. »Sie meinen, es geht darum, wer am schnellsten eine gewisse Strecke die Elbe hinauf zurücklegen kann? Dann müsste es diesem Schiff nur gelingen, nach Pirna zu fahren oder wo immer das Ziel ist, um den Wettstreit zu gewinnen.«

Schrumm schwieg wieder, und Heller sah sich genötigt, ihm kräftig auf die Schulter zu hauen. »Seien Sie ganz unbesorgt, Schrumm. Ich habe das Interesse an dieser Sache verloren und werde mich weder mit Posch noch sonst wem überwerfen, was sicherlich Ihre Hauptsorge ist, habe ich recht?

Sollen da irgendwelche reichen Herren ihren Geschäften nachgehen, es sind nicht mehr meine. Ich habe Mühe genug, zu akzeptieren, dass mich meine Erinnerungen so sehr täuschten. Schließlich müsste ich mich fragen, ob nicht auch meine Frau eine ganz andere ist als jene, die ich vor zwanzig Jahren heiratete. Lassen Sie uns den Tag für heute beenden und uns ab morgen wieder den Dingen widmen, die sonst unseren Alltag bestimmen.«

Betrug, Diebstahl, Unterschlagung, sogar seltene Morde ließen sich meistens schneller aufklären als die Machenschaften jener, die über viel Geld verfügten und versuchten, an den Steuern vorbei zu wirtschaften oder mehr Profit aus ihren Geschäften zu schlagen, als es üblich war.

5

»Du kommst gerade recht!« Helene eilte ihm durch das Stalltor entgegen.

Heller war gerade heimgekommen und hatte noch nicht einmal Zeit gehabt, den Wallach auszuspannen, da war ihm Magda entgegengelaufen. Er sollte sogleich in den Stall kommen.

»Ist etwas geschehen? Ist jemand verletzt?«

»Nein, die Schecke fohlt.«

»Heute schon?« Heller nahm den Hut ab und zog die Jacke aus, um beides seiner Frau zu reichen.

»Sie tut sich schwer. Sie hat sich schon hingelegt.«

Heller fluchte leise. »Hast du jemand nach Bedrich geschickt?« Die Schecke sollte ihr erstes Fohlen bekommen, und nach seiner Rechnung war sie wenigstens zwei Wochen zu früh. Heute Morgen hatte es noch keinerlei Anzeichen gegeben. Etwas war nicht in Ordnung. Und dass sie schon lag, war ein noch schlechteres Zeichen.

»Bedrich kann nicht aus dem Bett, kann sich heute gar nicht regen.« Helene hob bedauernd die Schultern.

Heller nahm es hin. Sie konnten das auch ohne seinen alten Stallmeister durchstehen. Doch es galt sich Gedanken zu machen, wie er einen fähigen Mann wie Bedrich ersetzen konnte. Schnellen Schrittes eilte er in den Stall und ging nach links. Er merkte den anderen Pferden in ihren Boxen an, dass sie nervös waren. Sie spürten, dass etwas in der Luft lag. »Wo sind Peter und Anselm?«

»Die versorgen die anderen Pferde auf der Koppel«, erwiderte Helene, die ihm folgte.

Sie hatten die Schecke in die große Box gebracht, frische Streu lag aus, Heu und Wasser. Thomas stand neben dem Tier, die Hände in die Hüften gestemmt. Neben ihm versuchte Albert seine geschwollene Hand vor seinem Vater zu verbergen. Doch Heller hatte andere Sorgen. Die Stute lag auf der Seite, war offenbar schon zu schwach, den Kopf zu heben. Sie atmete schnell und flach, schwitzte.

»Das Fohlen liegt richtig«, begann Thomas. »Das Wasser hat sie schon heute Morgen verloren, da waren Sie gerade weg. Seit Stunden aber geht nichts voran.«

Heller kniete sich zu dem Tier und tastete den Leib ab. »Warum habt Ihr mich nicht gleich rufen lassen?«, schimpfte er.

»Haben wir ja, die gnädige Frau ließ sogar kabeln«, verteidigte sich Thomas. »Aber Sie waren nicht zu finden, hieß es aus dem Präsidium.«

Klenkel musste das in seiner Aufregung vergessen haben, weil Posch in Hellers Büro saß.

»Die macht nicht mehr lang, zum Auspressen hat sie gar keine Kraft mehr. Wir müssen es rausholen. Eigentlich ist es zu spät. Gottverflucht.« Es war nicht der drohende Verlust eines Pferds und seines Fohlens, der ihn wütend machte. Vielmehr war es die Tatsache, dass die Stute sich bereits seit zehn Stunden quälte.

»Ich wollte ja, Herr!«

»Was wolltest du?«

»Es rausholen, mit einem Strick! So hab ich es gesehen, wo ich aufgewachsen bin.« Er zeigte Heller ein dünnes Seil.

»Und warum hast du nicht?«

Thomas hob die Schultern und deutete mit seinen Augen in Alberts Richtung.

»Ich habe gesagt, er soll es nicht tun, solang du nicht da

bist«, gab Hellers Sohn zu, und man merkte ihm an, dass er nicht einsah, damit falsch gehandelt zu haben.

Heller schwieg, um nichts Falsches zu sagen. »Gib her!«, befahl er Thomas und ließ sich das Seil reichen. »Albert, geh zu ihrem Kopf, aber von der anderen Seite, weg von den Hufen!« Heller krempelte die Ärmel seiner Bluse hoch, überlegte es sich dann aber anders und zog sie ganz aus, um nur im Unterhemd zu arbeiten. Auch er hatte bisher nur bei anderen gesehen, was er jetzt selbst tun würde. Dafür hatte er immer seine Männer gehabt. Aber es musste getan werden.

Er beugte sich tief herab und drang zuerst mit der flachen Hand in die Scheide der Stute ein. Sie reagierte mit einem Zucken, das durch den ganzen Leib ging, und stieß mit den Hinterhufen. Doch wenigstens reagierte sie, dachte Heller. Er drang weiter vor und musste seinen Arm bis fast zur Schulter hineinschieben, bevor er etwas ertasten konnte. »Ich fühle die Beine, der Muttermund ist offen!«

Er zog den Arm heraus, nahm den Strick und drang noch einmal ein. Die Stute schnaubte und gab einen Laut von sich wie sonst nie ein Pferd. Heller würde sich wohl damit abfinden müssen, dass er sie verlor. Doch wenigstens das Fohlen sollten sie retten können. Dann galt es ein Muttertier als Ersatz zu finden. Aber so weit waren sie längst noch nicht. Heller musste sich noch einmal tief hinabbeugen, war gezwungen, sein Gesicht gegen das Hinterteil des Tiers zu pressen, fühlte und tastete, musste den Strick mit nur einer Hand um die Hinterläufe des Fohlens schlingen, was ihm unter größter Anstrengung endlich gelang.

»Thomas, fass mit an. Zieh, kräftig, aber ohne Gewalt.«

Der Stallbursche kniete neben ihm nieder, griff nach dem Strick, begann zu ziehen. Jetzt wollte die Stute sich aufbäumen.

»Albert, halt sie unten!«, befahl Heller barsch, doch die Stute wollte sich unbedingt erheben.

»Gottverflucht, Junge, leg dich auf ihren Hals!«, rief Heller. Nun zogen sie gemeinsam, und obwohl es zuerst schien, als wollte sich gar nichts rühren und er würde Helene, die zurückgekehrt war und etwas abseitsstand, nach dem Gewehr schicken müssen, gab es plötzlich einen Ruck und das Fohlen löste sich. Schon waren die Hinterläufe zu sehen. Heller fasste zu, zog weiter, und Stück für Stück rutschte das Fohlen heraus. Zum Schluss war es ganz leicht.

Heller holte sein Klappmesser hervor und durchschnitt die Nabelschnur. Thomas hatte sich derweil Heu genommen und befreite das Neugeborene von Plazenta und Schleim. Es war ganz schwarz.

»Mach ihm die Nase vom Rotz frei!«, wies Heller an. Thomas tat wie geheißen, beugte sich hinab, um am Körper des Fohlens zu lauschen.

»Das Herz schlägt schwach«, rief er.

»Na komm, Bursche!« Heller rieb das Tier mit bloßer Hand, massierte ihm den Bauch, den Brustkorb. Schließlich sahen sie, wie die Nüstern sich bewegten, das Tier zu atmen begann.

»Siehst du!«, triumphierte Heller.

»Vater«, sagte Albert. Heller erhob sich und ging zum Kopf der Stute. Sie war zu Tode erschöpft, es schien aussichtslos, dass sie sich je wieder erhob.

»Wir müssen sie erlösen.«

Helene kam näher, hatte das Gewehr schon mitgebracht.

»Nicht, Vater. Bitte«, flüsterte Albert.

»Junge, das Tier quält sich nur. Wir haben andere Stuten, eine wird das Fohlen annehmen.«

»Lass ihr doch noch ein bisschen Zeit.« Albert traten die Tränen in die Augen.

Nur ihm zuliebe und weil Helene ihn flehend ansah, nickte Heller.

Währenddessen regte sich das Fohlen, versuchte auf die Beine zu kommen. Thomas hatte sich hingestellt, sah dem Tier dabei zu, wie es immer wieder einknickte, kurz verschnaufte, zitterte und doch wieder aufstehen wollte.

»Ein kleiner Kämpfer«, lobte Heller. Helene trat neben ihn und nahm kurz seine Hand, um sie fest zu pressen. Er wusste, was das hieß.

»Gut gemacht«, sagte Heller. »Alle hier haben es gut gemacht!« Albert musste nur lernen, dass man nicht zu zimperlich und nicht zu sentimental sein durfte, dachte er bei sich.

»Sieh, Vater«, sagte sein Junge leise. Die Stute regte sich, hob den Kopf, witterte. »Sie riecht ihr Junges.«

Und tatsächlich war es, als hauchte ihr dieser fremde Geruch neue Lebensgeister ein. Sie versuchte sich aufzurichten, brachte ihre Vorderbeine unter den Leib.

»Nimm das Junge weg«, befahl Heller dem Stallburschen. »Freu dich nicht zu früh, Albert. Sie hat das erste Mal gefohlt, und manche Stuten verstoßen ihre Fohlen.«

Die Stute versuchte sich auf die Vorderbeine zu stemmen. Zweimal knickten sie weg, genau wie bei ihrem Fohlen, dann gelang es ihr. Mit einem einzigen Schwung riss sie ihre Hinterläufe unter den Körper und stand. Kaum hatte sie ihren Hals gedreht und das fremde Wesen hinter sich erkannt, wollte sie weg. Albert hielt sie am Halfter, wurde in die Ecke gedrängt.

»Pass auf, Junge«, rief Heller in Sorge, er könnte eingeklemmt werden.

»Ich geb schon acht«, murrte Albert unwillig.

Heller hob die Hand und tätschelte den Hals der Stute, die mit panischem Blick ihr Junges beäugte. »Bring's her, Thomas. Aber langsam, sie soll dran riechen. Wenn sie zuckt, bleib einfach stehen.«

»Ich weiß schon, Herr Rittmeister«, sagte Thomas ein wenig unbedacht. Heller wollte sich das merken.

Der Stallbursche nahm das Fohlen in seine Arme und trug es der Stute ein Stück entgegen, die ihr Hinterteil drehen wollte, um ausschlagen zu können. Heller stemmte sich dagegen. »Wirst du!«, schimpfte er leise. Nun war Thomas beim Kopf der Stute angelangt. Zuerst wollte sie ihn hochreißen, doch Albert hängte sich ins Halfter. Endlich gab die Stute nach, schnupperte an ihrem Fohlen, und Heller spürte, wie sie sich merklich entspannte.

»Stell es ab«, befahl Heller.

»Zu früh!«, mahnte Helene.

»Das weiß ich wohl besser«, grantelte Heller.

Thomas stellte das Fohlen ab und strich der Stute über die Stirn. »Ruhig«, flüsterte er. »Lass los!«, bat er Albert. Der ließ vom Halfter ab. Jetzt konnte die Stute den Kopf drehen, an ihrem Fohlen riechen. Dieses hatte inzwischen die Milch gewittert und stakte unbeholfen der Geruchsquelle entgegen. Dabei stieß es seiner Mutter in den Unterleib, was sie noch einmal zucken ließ. Als es dann die Zitze fand, zuckte sie noch einmal, und dann war alles ganz genau so, wie es sein sollte. Während das Junge saugte, begann sie es abzulecken.

»Ich geh zu Johanna«, sagte Helene. »Ich muss ihr sagen, dass alles gut ist, damit sie sich nicht länger aufregt.« Während alle anderen die Tiere betrachteten, wandte sie sich ab.

Heller folgte ihr und nahm am Tor ihren Arm. »Du weißt, ich meine es nicht so. Manchmal sag ich Dinge und bereue sie sogleich.«

Helene sah ihn streng an. »Ich weiß das ja auch und habe gelernt, damit zu leben. Also sag es nicht mir.«

Mit diesem ausgesprochenen Vorwurf und der unausgesprochenen Rüge im Kopf, kehrte Heller in die Pferdebox zurück.

»Das habt ihr recht gemacht, beide!«, sagte er zu seinem Sohn und zu Thomas, obwohl er ihn für seine vorlaute Bemerkung eigentlich hatte rügen wollen. »Manchmal, wenn es hart auf hart kommt, da werde ich grob. Das ist nicht persönlich zu nehmen.«

»Ist recht, Herr Rittmeister«, erwiderte Thomas.

»Ansonsten ganz anständige Arbeit, wenn auch fast zu spät.«

»Ich wollte es dir nur recht machen, Vater«, sprang Albert auf den letzten Satz an. »Deshalb sagte ich Thomas, ich würde warten, bis du kommst!«

»Ist gut!«, sagte Heller und meinte es auch so. Doch für Albert schienen es die falschen Worte zu sein, weshalb er die Lippen zusammenkniff und davonging.

Heller sah ihm nach, wie er den Stall verließ. Er fragte sich, was er sonst hätte sagen sollen. Dann widmete er sich dem Fohlen, das sich nun schon ganz munter, wenn auch noch immer auf schwachen Beinen, an seine Mutter drängte. »So, nun komm mal her und lass sehen, was du für einer bist.«

6

Weil noch drei weitere Stuten jederzeit fohlen konnten, gab es auf dem Hof viel zu tun. Da Schrumms Verlässlichkeit es zuließ, ihm die Geschäfte im Präsidium zu überlassen, nahm sich Heller also ein paar Tage Zeit daheim. Er beobachtete Thomas, der sich für einen Burschen seines Alters sehr erfahren ausnahm. Thomas kam selbst mit den widerspenstigsten Pferden zurecht, wusste, wie man sie behandelte, wenn es ihnen das Gedärm zu verdrehen drohte. Noch dazu konnte er mit den beiden Stallburschen umgehen, obwohl sie älter waren. Doch Anselm und Peter überließen ihm gern die Führung, denn es entband sie von jeder Verantwortung, wenn sie seinen Weisungen folgten. Er schien der geborene Stallmeister zu sein. Doch allzu oft hatte Heller erlebt, dass junge Männer nach einiger Zeit den Elan verloren.

Er sah auch, dass Albert Begegnungen mit Thomas mied, ihn oft misstrauisch oder gar neidvoll betrachtete. Das war völlig unnötig, fand Heller, denn er war sein Sohn und musste dem Stallburschen gar nichts neiden. Eher sollte er froh sein, einen so fähigen Mann auf dem Hof zu haben.

Doch trotz der kleinen Dissonanzen war alles in bester Ordnung. Der Frühling zeigte sich von seiner schönsten Seite, alle Pferde waren gesund, und der Forstmeister hatte sein Angebot verbessert und würde es noch einmal verbessern, wusste Heller. Denn seine Pferde waren die besten weit und breit. Johanna war leidlich gesund, man musste in der Nacht nicht angstvoll hochschrecken, wenn sie einmal hustete.

Am dritten Tag aber war es mit dieser ruhigen, Körper und Geist befriedigenden Zeit vorbei. Der Postbote kam geritten und überreichte Heller eine eilige Depesche. Schrumm ließ rufen. Feuer in Briesnitz, lautete die Botschaft.

Heller dachte kurz nach. Ein Feuer in Briesnitz war für ihn beinahe so weit entfernt, als wäre es in einem anderen Land. Allein schon, weil er durch die Elbe davon getrennt war. Doch wenn Schrumm sich meldete und die Angelegenheit nicht weiter konkretisierte, war sie von Bedeutung. Justus Kleibig, der falsche und doch richtige Matrose, den er gerettet hatte, wohnte schließlich in Briesnitz.

Die Fahrt würde zwei Stunden dauern. Um die Sache nicht noch mehr zu verzögern, nahm Heller die eigene Kutsche und holte Schrumm am Präsidium damit ab.

In Briesnitz waren alle Leute auf den Beinen, obwohl das Feuer nun schon bereits seit Stunden gelöscht oder ausgebrannt war. Sogar aus den umliegenden Ortschaften kamen Menschen herbei, die sehen wollten, ob stimmte, was sich herumgesprochen hatte.

Schrumm wusste nicht viel mehr, als dass es tatsächlich bei Kleibig gebrannt hatte und es Tote gab. Die Depesche hatte er deshalb so unkonkret gehalten, weil er dem Telegraphisten und den Postboten nicht gänzlich traute und fürchtete, der vertrauliche Inhalt könnte sich unerwünscht verbreiten.

Es war außerdem gar nicht ihre Angelegenheit; Kriminalrat Neubert hatte den Fall übernommen. Neubert gehörte zu jenen, die Heller nur mit Misstrauen betrachteten. Denn im Gegensatz zu den Kollegen aus Familien, die ihre Kinder privat unterrichten ließen, schon seit Jahrzehnten Beamte und Staatsangestellte hervorbrachten und auf die Regierungsgeschäfte Einfluss nahmen, war Heller von außen in diesen erlauchten Kreis eingedrungen. Seine Abstammung hatte einen ganz anderen Hintergrund: Pferdezüchter,

Offizier, Expeditionsteilnehmer, Abenteurer, Obstbauer. Man behauptete, er habe es nur seiner Frau zu verdanken – die aus der berühmten Familie Körner stammte –, dass er nun Beamter der Königlich Sächsischen Polizei war. Für diejenigen, die bei allem, was sie taten, auch immer an sich und ihre Geldbörse dachten, war er ein Hindernis, ein Misston, ein übler Geruch. Jemand, der Unruhe ins Gefüge brachte. Ihm konnte das nur recht sein. Er mochte es, sich zu reiben.

Vor dem Haus der Kleibigs hatte sich eine Menschenmenge versammelt, die ihnen die Sicht und den Weg versperrte. Doch sie machten Platz, als Heller mit seiner Kutsche, der er zwei Stuten vorgespannt hatte, herankam. Mit einem gewissen Erstaunen nahm er sogleich zur Kenntnis, dass von Kleibigs Haus fast nichts übrig geblieben war. Es war zu großen Teilen aus Holz erbaut gewesen, das Dach mit Holzschindeln gedeckt, und nur der gemauerte Kamin stand noch.

»Gab es denn keinen Versuch, zu löschen?«, sprach er seine Verwunderung aus.

»Das Feuer brach in der Nacht aus, als alle schliefen«, merkte Schrumm an.

»Fragen wir uns durch«, bestimmte Heller. »Du, Bursche, komm her!«, rief er einem Jungen in Alberts Alter zu. Er reichte ihm fünf Pfennige. »Halte die Pferde.«

»Sehr wohl, danke, Herr«, freute sich der Angesprochene über den unerwarteten Geldsegen.

Schrumm war derweil ausgestiegen und hatte einen Schutzmann angesprochen, der in langem Waffenrock, mit Schirmmütze und umgeschnalltem Säbel an dem abgebrannten Haus Wache hielt.

»Herr Kriminalrat!« Er salutierte vor Heller.

»Warum stehen Sie hier?«

»Ich halte Brandwacht und soll außerdem verhindern, dass man in der Asche nach Wertvollem wühlt.«

»Kriminalrat Neubert hat das befohlen?«

»Jawohl.«

»Es gab Tote, hörte ich?«

»Jawohl. Der Mann, die Frau und das Kind starben.«

»Im Feuer?«, fragte Heller verblüfft. »Alle drei? Das kann ja kaum ein Unfall gewesen sein. Sie hätten sich jederzeit aus einem der Fenster oder der Tür retten können.«

»Es heißt, der Mann hätte in einem Anfall von Tobsucht Frau und Kind mit Petroleum übergossen und angezündet. Danach hat er sich selbst umgebracht.« Es bereitete ihm offensichtlich ein gewisses Vergnügen, darüber zu berichten. Fast alle Menschen ergötzten sich an solchen Gruselgeschichten und schmückten sie noch aus, um die Sensation zu vergrößern.

»Frau und Kind starben im Feuer, und Kleibig selbst brachte sich um? Wie?«

»Er erhängte sich an diesem Baum da.« Der Schutzpolizist deutete auf einen Obstbaum auf dem Grundstück, dessen dem Haus zugewandte Seite vom Feuer ganz versengt war, während die andere völlig unversehrt erschien. Ein umgekippter Stuhl lag neben dem Stamm.

»Sogar der Strick hängt noch darin. Man hat seinen Leichnam abgeschnitten und mitgenommen.«

»Sie scheinen sich ja regelrecht daran zu ergötzen. Was halten Sie denn noch zurück?«, ging Heller den Mann an, der sich sofort wieder straffte und eine ernste Miene zeigte.

»Dass er sich die Augen ausgestochen hat, ehe er sich vom Stuhl stürzte.«

»Er hat was? Sich die Augen ausgestochen?« Heller sah erst den Schutzmann an, dann Schrumm. Der verzog das Gesicht vor Ekel und Unglaube.

»So hat es Kriminalrat Neubert zu Protokoll genommen. Und ich sah sein Gesicht. Ganz sicher wurden die Augen mit etwas Spitzem ausgestochen.«

»Und Frau und Kind verbrannten einfach so? Liefen sie nicht aus dem Haus?«

»Man fand sie zusammengekauert, die Arme umeinandergeschlungen.«

»Wie, umschlugen? In einem Feuer?«

»Genaues müssen Sie bitte bei Kriminalrat Neubert erfragen.«

Das würde er tun, nahm sich Heller vor. Er wusste auch, dass er sein Versprechen an Schrumm, sich nicht mit irgendjemandem anzulegen, würde brechen müssen. »Kommen Sie, Schrumm, sehen wir uns das an.«

In den Überresten des Hauses war nicht mehr viel zu finden. Es musste eine große Menge Petroleum gewesen sein, die der Mann verschüttet hatte. Unmöglich, sich auszumalen, warum Frau und Kind davon nicht erwacht waren oder sich hatten zur Wehr setzen können. Schrumm gab einen erschrockenen Laut von sich, als er den Ort erkannte, an dem Mutter und Kind gehockt haben mussten. Ein heller Fleck auf dem sonst verkohlten Boden, unförmig zwar, aber an einer Stelle waren eindeutig die Umrisse eines Beins zu erkennen.

»Recht viele seltsame Umstände, meinen Sie nicht, Schrumm? Ich rette den Mann, halte ihn dann für den falschen, schließlich bringt er sich und seine Familie um.«

»Und warum sticht er sich die Augen aus?«, fragte Schrumm.

»Das wollen wir erst mal sehen. Wer weiß, was der Schutzmann tatsächlich gesehen und gehört, aber vor allem verstanden hat. Doch sehen Sie, da ist eine Nachbarin, die will ich fragen. Sie gehen zur Poststation und bestellen den Photographen her.«

»Mit Verlaub, wozu?«, fragte Schrumm. »Was wollen Sie ablichten, was unser Auge nicht sieht?«

»Dies hier will ich ablichten lassen!« Heller deutete auf den Umriss der Unglücklichen. »Und wie das Petroleum vergossen wurde. Sehen Sie? Das ist zu erkennen. Auch den Strick und den Stuhl will ich abgelichtet wissen, unberührt, also so, wie man beides auffand. Jetzt sputen Sie sich, Schrumm! Der Mann soll mit seinen Geräten noch in den nächsten zwei Stunden hier erscheinen.«

»Er war ein Säufer«, flüsterte die Nachbarin vertraulich, obwohl sie ganz allein in ihrem Häuschen saßen. Es war eine noch kleinere Bretterbude als die der Kleibigs. »Manchmal schrie er, und sicher schlug er zu.«

»Dafür schien sie aber sehr verzweifelt, als es hieß, er sei tot.« Heller wollte keine Gerüchte, keine üble Nachrede. Er wollte Fakten.

»Er war ja trotzdem der Ernährer!«

»Er war Schiffer, richtig?«

»Er versuchte es hiermit und damit. Er fischte oder hütete Schafe, beim Bootsbauer arbeitete er gelegentlich und half bei der Ernte. Wenn er eine Stelle bekam, ging er aber am liebsten auf ein Schiff. Manchmal blieb er Wochen weg. Und weil er immerzu alles versoff, ließ sich die Frau das Geld vom Reeder auszahlen.«

»Wie lang er die letzte Stelle hatte, wissen Sie nicht?«

»Doch, ein paar Tage erst.«

»Vor drei Tagen lag er krank, hatte Fieber. Da schien es nicht, als ob er tobsüchtig wäre.«

»Es ging ihm wohl besser, ich sah ihn im Garten. Er schrie den Jungen an. Und Besuch hatte er am Tag vor dem Feuer.«

»Wer das war, wissen Sie nicht?«, fragte Heller.

»Nein. Ein Fremder. Sah aus, als besäße er nur das Hemd, das er am Leibe trug.«

»Was genau geschah gestern Nacht?«

»Ich hörte Geschrei und Gezänk, aber das kannte ich. Also ging ich zu Bett. Ich fuhr aus dem Schlaf, weil ich es prasseln und knacken hörte und jemand schrie.«

»Auf der Straße?«

»Nein, im Haus. Ich hörte sie schreien. Ich rannte hinaus, da sah ich auch schon das Haus in Flammen stehen.«

»Also die Frau und der Junge schrien im Haus. Hatte sich Herr Kleibig da schon aufgehängt?«

»Das weiß ich nicht, der Garten ist ja hinter dem Haus. Ich sah es nur lichterloh brennen, da kamen schon die Leute aus dem Dorf mit Eimern und Harken, und jemand schlug die Kirchturmglocke.«

»Sie sahen also niemanden außer diesem einen Fremden, weder vorher noch danach, der nicht zu Kleibigs Haus gehörte?«

»So genau weiß ich das nicht, Herr Kriminalrat.«

»Ist Kleibig jemals zuvor so in Rage geraten, dass er drohte, Frau und Kind umzubringen?«

»Ich hab oft genug Gebrüll gehört oder gesehen, dass er aus dem Haus stürmte. Und einmal sah ich durchs Fenster, wie er sie schlug. Mehr kann ich nicht sagen, Herr Kriminalrat.«

7

Es war schon später Nachmittag, als Heller ins Präsidium zurückkehrte. Der Photograph hatte lange gebraucht, um all seine Geräte einzustellen. Mal war das Licht zu grell, mal zu schwach, und beinahe verzweifelte er an Hellers Wünschen. Doch hübsche Porträts in seinem Studio zu machen, war das eine, mahnte ihn Heller. Sein wahres Können musste er sozusagen im Felde beweisen. Die Ergebnisse seiner Arbeit sollten sie erst in einigen Tagen sehen. Bis dahin, hatte Heller verfügt, sollte am Haus der Kleibigs alles so bleiben, wie es war.

Beim Stall ließ er seinen Tieren Futter geben. Er wollte sich später ihren Zustand ansehen, um zu entscheiden, ob er mit ihnen heimkehrte oder sie für die Nacht austauschte. Doch vorher musste er etwas erledigen.

»Der Herr Kriminalrat Neubert ist gerade nicht zu sprechen«, versuchte ihn dessen Sekretär laut abzuweisen. Doch seiner Miene sah Heller an, dass er es nur tat, damit Neubert ihn hörte. Denn er wusste sicherlich, Heller würde darauf nichts geben.

»Für mich hat er sicher Zeit«, lachte Heller. »Oder sitzt Seine Majestät in seinem Büro?« Er marschierte direkt an dem Mann vorbei und stieß Neuberts Tür auf.

Dieser hatte tatsächlich Besuch. Es war Regierungsrat Posch.

Neubert erhob sich, Posch blieb sitzen. »Machen Sie sich keine Mühe«, bat Heller freundlich. »Sie wissen, wo ich gerade herkomme?«

Neubert, ein kleiner drahtiger Mann mit kurzem Haar und tiefen Geheimratsecken, als ehemaliges Mitglied einer schlagenden Studentenverbindung das Gesicht voller Schmisse, verzog den Mund und sah Posch bedeutungsvoll an.

»Sie waren in Briesnitz, und nun kommen Sie her, um uns über Ihre geistigen Ergüsse in Kenntnis zu setzen«, sagte Posch.

»Nun, mit Ihnen hatte ich nicht gerechnet. Mit Kollege Neubert wollte ich mich austauschen. Aber da Sie nun einmal da sind, darf ich in Ihrer Gegenwart nach dem Urteil meines Kollegen zu dieser bedauerlichen Angelegenheit fragen, bei der drei Menschen auf grässliche Art ums Leben kamen.«

»Die Tat eines Wahnsinnigen«, erwiderte Neubert. »Nach Aussagen der Nachbarn hat der Mann einen Tobsuchtsanfall erlitten.«

»Für einen Tobsuchtsanfall sind das doch recht ausgeklügelte Handlungen, meinen Sie nicht, Kriminalrat? Das Öl vergießen, es anzünden, einen Strick und einen Stuhl nehmen und sich vor dem Freitod noch die Augen ausstechen.«

»Wissen wir, was im Hirn eines Wahnsinnigen vor sich geht? Die Irrenhäuser sind voller Leute, die Frau und Kind umbrachten oder versuchten, sich selbst zu richten.«

»Als ich den Mann zuletzt sah, machte er nicht den Eindruck, als sei er verrückt.«

»Nun, vielleicht waren es die Nachwirkungen des Unfalls. Vielleicht bekam er einen Schlag gegen den Kopf, hatte Blutungen im Hirn. Vielleicht war es der Alkohol. Er war schließlich ein Säufer.«

»Immerhin wissen Sie, dass er Matrose auf dem Schiff war, das explodierte.«

»Man hat mich unterrichtet.«

Nun mischte Posch sich ein. »Lieber Heller, wenn Sie Neuberts Thesen schon so infrage stellen – was ist denn Ihrer Meinung nach geschehen?«

»Ich will keine Thesen aufstellen. Ich stelle nur Fragen. Warum sticht ein Mann sich die Augen aus, wenn er doch sowieso vorhat, sich umzubringen?«

»Ihm wurde bewusst, welch schreckliche Tat er begangen hat, als er Frau und Kind im Feuer umkommen ließ. Vielleicht glaubte er sich so strafen zu müssen, hoffte vielleicht auf Gottes Gnade für seine Tat.«

Darüber konnten sie ewig debattieren. Heller beschloss also, die Sache praktisch anzugehen. »Womit stach er sich die Augen aus?«

»Mit einem Messer, nehme ich an, oder etwas anderem Spitzen.«

»Sie wissen es nicht?«, fragte Heller. »Fanden Sie nichts oder suchten Sie nichts? Er wird mit ausgestochenen Augen nicht noch den Nerv gehabt haben, das Messer zu verstecken, ehe er sich umbrachte. Immerhin war er ja außerdem auch wahnsinnig.«

Neubert, der noch immer stand, legte seine Rechte auf dem Säbelknauf ab. »Heller, ich weiß, dass es einige wenige gibt, denen Ihre rüpelhafte Art imponiert. Bei mir aber sind Sie an der falschen Stelle. Ich scheue mich nicht, für Beleidigungen Satisfaktion einzufordern. Unterstellen Sie mir, meine Arbeit nicht zu kennen?«

»Keineswegs, bestenfalls unterstelle ich Ihnen ein kleines Versäumnis. Wenn Sie mögen, mache ich mich auf die Suche nach dem spitzen Gegenstand. Doch eigentlich wollte ich nur nachfragen und entschuldige mich für meine ungestüme Art. Schon meine Mutter, möge sie in Frieden ruhen, zankte mich und meinte, aus mir würde nie etwas werden. Darf ich Sie fragen: Die Überreste der erbarmungswürdigen Frau und ihres Kindes, waren die aneinandergefesselt? Oder warum flohen sie nicht aus dem Haus?«

»Sie waren nach unseren Untersuchungen nicht gefesselt. Und warum sie nicht flohen, darüber können wir nur mutmaßen. Vielleicht hatte der Mann sie bewusstlos geschlagen. Vielleicht standen sie augenblicklich so in Flammen, dass ihnen keine Zeit blieb. Gern können Sie das überprüfen. Die beiden und auch der Leichnam des Mannes sind im städtischen Leichenschauhaus aufbewahrt. Sehen Sie sich alles an.«

»Wie gedenken Sie weiter vorzugehen?«

»Das geht Sie zwar nichts an, in meiner unendlichen Geduld werde ich es Ihnen jedoch erklären. Das Grundstück liegt auf staatlichem Pachtgebiet. Die Überreste der Hütte werden abgerissen. Es gibt Pläne, die Straße zu befestigen und sie bis zum Fluss hinunter zu verlängern.«

Das hatte Heller gar nicht wissen wollen. Ihn interessierte vielmehr, wie Neubert in dem Fall weiter vorgehen wollte.

Er kam nicht dazu, das zu konkretisieren, denn Posch meldete sich wieder zu Wort. »Die Frage ist doch, was Sie tun werden, Heller. Weder liegt dieser Fall in Ihrem Verantwortungsbereich, noch haben Sie von höherer Stelle Auftrag, Untersuchungen anzustellen.«

»Gewiss sage ich Ihnen, was ich vorhabe, Herr Regierungsrat. Ich werde mir die Leichname ansehen, dann werde ich heimfahren. Es gibt viel zu tun auf meinem Hof!« Heller verneigte sich und ging zur Tür. Dort hielt er noch einmal inne und sah sich zu den Herren um. »Aber sicherlich wird mich der Gedanke nicht loslassen, was einen Mann dazu bewegt, sich die Augen auszustechen. Himmel, malen Sie sich das aus!« Heller hob die Hand und ahmte die Bewegung nach. »Den Anschlag auf das erste Auge möge man dem Mann noch durchgehen lassen, doch wenn er danach noch immer nicht genug hatte und sich auch noch das andere Auge ausstach, muss er wirklich wahnsinnig gewesen sein. Mir genügt es ja schon, wenn mir ein Pferd auf einen Fuß tritt. Ich hatte noch nie das Bedürfnis, auch noch den anderen Fuß hinzuhalten.«

Beide Männer wussten bei Hellers Worten nicht, ob sie darüber lachen oder sie ernst nehmen sollten.

»Vor allem werde ich mich sicher fragen: Wenn er über seine Tat so verzweifelt war, warum stach er sich die Augen aus, statt sich ins Feuer zu stürzen und zu retten, was zu retten war?«

Noch einmal verneigte er sich und verließ dann das Zimmer, wohl wissend, dass er seinen Auftritt sicher noch bereuen würde. Doch die Überheblichkeit und vor allem Trägheit dieser Männer waren ihm zuwider.

Doch Heller wollte sich die Leichen nicht bloß ansehen. Er nahm es sich heraus, sie ins Marcolinische Palais bringen zu lassen, wo er einen Mann wusste, dem er in Rat und Tat vertrauen durfte.

So fanden sie sich drei Stunden nach seinem Besuch in Neuberts Büro in dem geschichtsträchtigen Gebäude ein, in dem 1813 Napoleon I. logiert und Fürst Metternichs Friedensangebot ausgeschlagen hatte. Fünfunddreißig Jahre später wohnte Richard Wagner in einer der Mietwohnungen gehobener Klasse, zu denen man das Palais umgebaut hatte, nachdem es in bürgerlichen Besitz geraten war. Seit 1849 befand sich nun das städtische Krankenhaus in dem Gebäude, nachdem es beim Maiaufstand im selben Jahr bereits benutzt worden war, um Verwundete aufzunehmen. Nach der Schließung des Collegium medico-chirurgicum im Jahre '64 hatte Medizinalrat Professor Löbbers hier seinen Platz gefunden. Obwohl er sehr gefragt war, nahm er sich Zeit für

Hellers Leichen, da ihm ihre Geschichte interessant genug schien.

Schrumm stand abseits, hatte sich ein Taschentuch unter die Nase gepresst, doch zwang er sich, hinzusehen. Heller wusste so etwas zu würdigen. Auch ihm behagte der Anblick der verkohlten Leichen nicht. Man hatte Mutter und Sohn getrennt und sie, verkrümmt wie sie waren, in einfache Särge gelegt. Sobald der Geistliche erschien, der sonst für die armen Seelen betete, die tot aufgefunden wurden und als unbekannt galten – weil niemand sich meldete, der sie vermisste oder identifizierte –, würden sie auch in diesen Särgen bestattet werden. Sicherlich waren nicht alle diese Toten anonym, doch die Angehörigen waren zu arm, um sich eine Bestattung zu leisten. Die Stadt wuchs mit den vielen Fabriken, die gebaut wurden, sie zog Menschen aus dem Umland an, aus Böhmen, dem Erzgebirge, vom Land. Und mit dem Wachstum wurde es enger in der Stadt, Preise für Nahrung, Kerzen und Wohnraum stiegen. Und damit kam die Armut.

Heller betrachtete die nur teilweise verkohlten Leichen. Denn dort, wo sie sich aneinandergeklammert hatten, waren sie noch ganz unversehrt. Gleichzeitig beobachtete er Medizinalrat Löbbers, der sich über die Mutter beugte und mit den Fingern über ihren Schädel strich, der aussah wie ein Kohlkopf, den man ins Feuer geworfen hatte.

Löbbers war ein unscheinbarer Mann von durchschnittlicher Größe und Gewicht. Er zierte sich weder mit einem mächtigen Bart noch mit ausgefallener Kleidung. Er trug einen gestutzten Schnäuzer sowie eine Brille und half sich und seinen schlechten Augen zusätzlich mit einer großen Lupe. Auf einem Tisch hatte er sein Besteck ausgebreitet, das zuvor in ein großes Tuch mit eingenähten Taschen eingewickelt gewesen war. Skalpelle, Sägen, Zangen, Spreizer, Pinzetten. Er galt als streng und wortkarg, ihm eilte ein Ruf voraus, den Heller sich selbst wünschte. Vor Löbbers knickte sogar Posch ein. Der König ließ Löbbers kommen, wenn er seinen eigenen Ärzten nicht traute, weil sie ihm einen Aderlass verpassen wollten oder zum hundertsten Mal denselben Rat gaben, der nicht helfen wollte. Man sagte, selbst die Toten grüßten freundlich, wenn er den Raum betrat.

So wagte es auch Heller nicht, irgendeine Frage zu stellen. Denn Löbbers würde schon reden, wenn er etwas zu sagen hatte. Jetzt nahm Löbbers ein Skalpell und machte einen Schnitt an der linken Schädelseite der Frau. Schrumm entfuhr ein Würgelaut. Löbbers blickte kurz auf und sah ihn fast zornig an. »Contenance!«, mahnte er. »Es ist auch nur Haut und Fleisch, und wenn Sie Schwein fressen, ist es fast das Gleiche.«

Das war blasphemisch, und Heller musste ein Lächeln unterdrücken. Gleich ihm war Löbbers jede Frömmigkeit zuwider. Trotzdem war es schon ein Unterschied, ob man einen Leichnam zerschnitt oder ein totes Tier.

»Mmmh«, gab Löbbers von sich und wechselte vom Sarg der toten Frau zum Sarg des Jungen. Auch bei ihm schnitt er in die Schädeldecke ein. Verkohlte Haut bröselte, und er schob sie beiseite. Knochen kam zum Vorschein.

»Also, es ist eindeutig und tröstlich zugleich. Beide wurden erschlagen, ehe sie verbrannten.«

»Die Nachbarin sagte aber, sie hätte während des Feuers Schreie von drinnen gehört«, wandte Heller ein.

Löbbers sah ihn über die Brille an. »Dann war's der Teufel. Die beiden hier aber waren tot. Wollen Sie sehen?«

Heller trat näher und ließ sich den Schädel des Jungen zeigen.

»Sehen Sie? Eine schwere Fraktur, verursacht durch einen schweren Gegenstand. Ein Knüppel aus Hartholz vielleicht. Oder der Knauf eines Gehstocks. Der Frau wurde sogar dreimal auf den Kopf geschlagen, ihr Knochen war wohl stärker als der des Kindes. Sie waren bereits tot, deshalb retteten sie sich nicht aus dem Feuer.« Löbbers hob den Kopf. »Schrumm, wollen Sie auch sehen?«

Schrumm nickte tapfer und wollte näher kommen. Doch dann knickten ihm die Beine ein und er musste sich an der Wand abstützen.

»Wenigstens zeigt er sich willig«, lobte Löbbers.

»Der Mann erschlägt also Frau und Kind«, schlussfolgerte Heller.

»Wer sie erschlug, weiß ich nicht«, erwiderte Löbbers knapp.

»Und er übergießt sie anschließend mit Lampenöl, um die Spuren seiner Tat zu verwischen«, setzte Heller seine Gedanken fort.

»Bis hierhin nicht unlogisch«, kommentierte Löbbers.

»Warum aber sticht er sich die Augen aus und erhängt sich?«

»Dieser Frage sollten Sie nachgehen.« Löbbers lächelte, dann wurde er gleich wieder ernst. »Sehen wir ihn uns an.«

Kleibigs Anblick war schwerer zu ertragen als der Anblick der Verbrannten. Um seinen Hals lag noch immer der Strick, mit dem er sich erhängt hatte, direkt unter dem Kiefer, fest zugezogen. Anstelle seiner Augen hatte er nur noch zwei blutige Male im Gesicht. Blut und Gallert waren ihm über Wangen und Kinn gelaufen und hatten ihm eine grässliche Bemalung verschafft.

»Zuerst: Er starb nicht an Genickbruch, sondern wurde durch sein Körpergewicht stranguliert. Sie wissen sicher, dass dies in erster Linie kein Erstickungstod ist, sondern dass die mangelnde Blutzufuhr das Hirn absterben lässt, da die Hauptschlagadern abgedrückt werden.«

Heller nickte. »Konnte er damit rechnen, sich das Genick zu brechen?«

»Nicht wenn er nur von einem Stuhl sprang. Zum Genickbruch sollte man wenigstens zwei Meter tief fallen. Aber ob er das wusste?« Löbbers tat es mit einem Achselzucken ab. »Ich meine auch, es ist nicht relevant. Sterben würde er so oder so.«

»Aber die Augen!«

Löbbers nickte und betrachtete die Wunden mit der Lupe. »Ich brauche etwas Wasser und ein Tuch.«

Heller ging zu einem steinernen Becken und füllte eine Emailleschüssel mit Wasser. Es kam aus einem Bleirohr, das mit einem Drehhahn geöffnet und geschlossen werden konnte. So weit war er auf seinem Hof noch nicht; dort holten die Mägde das Wasser aus dem Brunnen.

Er reichte Löbbers die Schüssel und eins seiner Taschentücher.

Löbbers nahm das Tuch, feuchtete es an und begann die Wunden zu reinigen, um sie sogleich erneut mit der Lupe zu inspizieren. »Wie es scheint, wurden die Wunden mit einem dünnen scharfen Gegenstand erzeugt. Kein Stilett, eher ein Messer mit kleiner, schmaler, aber scharfer Klinge. Keine wirkliche Waffe, denn sehr tief ist der Einstich nicht. Eher etwas, womit man sich die Fingernägel reinigt. Die Lider waren geschlossen. Aber was bedeutet das?«

»Sie meinen, jemand, der sich die Augen selbst ausstechen will, lässt sie offen?«

»Eigentlich mag ich es mir nicht vorstellen, aber ja. Ich würde mir vornehmen, ins offene Auge zu stechen. Doch man würde vermutlich durch einen Reflex das Auge schließen, selbst wenn man es offen halten wollte.«

»Und meinen Sie, jemand, der sich ein Auge ausstach, bringt es über sich, auch noch das zweite auszustechen?«

»Spekulation, Heller, alles nur Spekulation. Dafür brauchen Sie mich nicht.«

»Aber warum sollte er den Mord an Frau und Kind mit einem Feuer vertuschen, wenn er sich dann doch selbst richtet?«

»War er vielleicht ein sehr gläubiger Mann? Glaubte er Sühne leisten zu können, indem er seine Augen ausstach, nachdem ihm die Tat, die er im Wahn beging, plötzlich bewusst wurde? Sagte nicht der Herr in der Bergpredigt, wenn aber dein rechtes Auge dir Anstoß gibt, so reiße es aus und wirf es von dir?«

»Daran soll er sich in dieser Sekunde erinnert haben?«

»Heller, was wissen wir schon über diesen Mann? Nichts.«

»Hm. Steht nicht auch in der Bibel, dass die Philister Samson die Augen ausstachen?«

»Wollen Sie den Toten als einen David hinstellen, der gegen Goliath kämpfte? Was macht ihn dann aber zu David, und wer soll Goliath sein?«

»Wenn ich das wüsste. Eines aber weiß ich inzwischen sicher: Dies ist nicht der Mann, den ich aus dem Wasser rettete und der sich als Justus Kleibig ausgab.«

»Das mag sein. Aber mir scheint, als suchten Sie Gründe dafür, dass jemand anders Schuld am Tod dieser Menschen trägt. Doch damit kann ich Ihnen nicht dienen. So schrecklich es scheint, aber nichts spricht dagegen, dass er es war.«

»Doch, eines«, meldete sich Schrumm zu Wort. »Verzeihen Sie, Herr Medizinalrat.«

»Entschuldigt er sich immer?«, fragte Löbbers, dann sah er Schrumm an. »Sprechen Sie nur, ich bin ein Mann, der einen fundierten Einwand auch ohne Höflichkeitsfloskeln ertragen kann.«

»Sie sagten, Frau und Kind seien mit einem Knüppel oder einem Gehstock erschlagen worden. Wir haben weder den einen noch den anderen Gegenstand gefunden. Auch nichts dergleichen.«

»Er müsste im Feuer verbrannt sein«, hielt Heller dagegen.

»Mit Verlaub«, bat Schrumm. »Wenn Sie Holz in ein offenes Feuer legen, wird es zwar verbrennen, doch behält es noch seine Form, auch wenn das Feuer längst erloschen ist.«

»Wenn es nicht von Wind und Regen zerstört wird«, erwiderte Heller. »Kommen Sie, Schrumm, fahren wir noch einmal hin! Haben Sie vorerst vielen Dank, Herr Medizinalrat.«

»Warten Sie, Heller«, hielt Löbbers ihn auf. »Da Sie mich schon aus meiner alltäglichen Arbeit gerissen und unentgeltlich für sich haben arbeiten lassen, wollen Sie aus Dank dafür einen Rat annehmen? Denn ich sehe es in Ihren Augen blitzen, Sie sind auf Krawall aus. Sie mögen bei der einen oder anderen nicht unwichtigen Person einen Stein im Brett haben, doch gegen diese Phalanx aus Beamten, Regierungs- und Geheimräten rennen Sie ganz umsonst an, wenn Sie nicht mit ein wenig Fingerspitzengefühl arbeiten. Mögen Ihnen die kleinen Scharmützel gefallen, die Sie sich mit Posch liefern und aus denen Sie mit Regelmäßigkeit als Sieger hervorgehen – am Ende sitzt dieser Mann an den Hebeln, die Sie irgendwann von Ihrem Stuhl lösen. Noch dazu möchte ich in keines dieser Scharmützel geraten. Ich verstehe mich als neutrale Person, als Betrachter und Ratgeber.«

Heller neigte den Kopf. »Sehr wohl, Herr Medizinalrat. Darf ich fragen: Diese eine oder andere Person, fragt sie gelegentlich nach mir?«

»Heller«, stöhnte Löbbers. »Wenn es nicht Ihr großes Maul ist, das Sie irgendwann den Kopf kostet, dann Ihre Eitelkeit! Selbst im Beisein der Toten ist Ihnen Ihre irdische Präsenz wichtiger, als es für einen Mann richtig sein sollte. Aber ja, tatsächlich fragte die eine oder andere Person kürzlich, wie es dem Rittmeister ginge.«

Heller konnte nicht verhindern, dass ihm das Blut zu Kopfe stieg. Er wusste, Eitelkeit war eine Sünde, aber weder zog er teure Fracks an, noch trug er schwere Ringe oder Taschenuhren aus echtem Gold. Doch diese Bekanntschaft mit dem König erfüllte ihn mit Stolz. Noch dazu, da Posch sie ihm neidete.

»Ich weiß nicht, wo und wonach ich noch schauen soll, Herr Kriminalrat.« Schrumm hob die Arme und ließ sie wieder fallen.

»Nichts zu finden, ist auch ein Ergebnis!«, rief Heller und lief durch das Gras im Garten der Kleibigs, den Blick nach unten gerichtet. Sie hatten die verkohlten Überreste des Hauses genau studiert und dann damit begonnen, den Garten abzusuchen, vor allem um den Baum herum, an dem sich Kleibig erhängt hatte. »Wenn auch kein befriedigendes«, fügte er leise hinzu.

»Sie wollen darauf hinaus, dass Kleibig die Tat allein begangen hätte, wenn das Messer und der Knüppel zu finden wären? Wenn nicht, dann hieße das, jemand anders war der Täter und hat die Tatwaffen mit sich genommen.«

»Richtig, Schrumm. Doch ich will wirklich keine voreiligen Schlüsse ziehen. Hier eine kleine Klinge zu finden, wäre, wie die Nadel im Heuhaufen zu entdecken. Und ein Knüppel mag wirklich verbrannt und zerfallen sein.«

»Mal angenommen, Herr Kriminalrat, diese Familie ist einem Verbrechen zum Opfer gefallen. Dann dürfte es nicht nur ein Täter gewesen sein. Frau und Kind würden sich nicht wehrlos erschlagen lassen, und auch Kleibig hätte wohl versucht, sie zu retten. Noch dazu ist es nicht leicht, einen Mann auf einen Stuhl steigen zu lassen und ihm einen Strick um den Hals zu legen, wenn er nicht will. Das bedarf einiger Männer. Noch dazu musste das Feuer gelegt werden.«

Heller nickte. »Der Überfall einer Bande vielleicht? Vermuteten sie Geld bei Kleibig? Hatte sich herumgesprochen, dass er durch den Freiherrn zu einer gewissen Summe gelangt war? Wurde die Frau vielleicht geschändet? Das könnte die Schreie erklären, von denen die Nachbarin berichtete.«

»Angenommen, es wäre ein gezielter Anschlag auf die Familie gewesen. Angenommen, der Matrose, den Sie retteten, war wirklich ein anderer und nannte Ihnen absichtlich den falschen Namen. Angenommen, er wäre für die Explosion an Bord des Schiffes verantwortlich. Und angenommen, man hätte dem echten Kleibig Geld gegeben, damit er seinen Namen für diesen Tag hergab und sich versteckt hielt. Wollte man ihn dann nicht als Mitwisser beiseitegeschafft wissen? Und müssten wir nicht für den Geretteten das Gleiche befürchten?«

Heller nickte anerkennend. »Schrumm, was Sie da sagen, deckt sich Wort für Wort mit dem, was ich denke. Das alles hängt zusammen.«

»Doch angenommen, von Kelb steckte hinter all dem – warum? Zahlt ihm die Versicherung eine Entschädigung? Will er verhindern, dass die Überlebenden von Unregelmäßigkeiten berichten? Aber damit macht er sich doch nur verdächtig.«

»Schrumm, sie alle zu beseitigen, wäre zu auffällig und sicherlich auch unnötig. Sie wissen selbst, dass arme Kerle wie die Matrosen im Prinzip stimmlos sind. Sie wüssten noch nicht einmal, an wen sie sich wenden sollten. Möglich wäre, dass speziell Kleibig keine Aussage machen sollte.«

»Und da wäre noch was, Herr Kriminalrat.« Schrumm griff in seinen Rock und nahm ein Buch hervor, in dem er seine Notizen machte. »Sehen Sie, was die Männer aussagten. Zuerst kam es mir gar nicht seltsam vor, doch wenn man es nacheinander liest, erscheint es einem merkwürdig.«

Heller las die Aussagen der Matrosen, des Maschinisten, selbst die des echten Kleibig. »Dann gab es einen furchtbaren Knall«, fasste er zusammen.

»Genauso ist es, alle verwenden dieselbe Formulierung: ›Ein furchtbarer Knall‹. Als hätten sie es einstudiert. Als hätte ihnen jemand gesagt, was sie erzählen sollen. Damit sie nichts anderes verraten. Aber ich verstehe nicht, was von Kelb damit erreichen will.«

»Schrumm, lassen wir es bleiben für heut. Lassen Sie uns noch einmal in die Gastwirtschaft einkehren und sehen, dass wir ein nahrhaftes Abendessen bekommen.«

Der Wirt war ein wenig verlegen, denn viel hatte er nicht zu bieten. Es gab überwinterte Kartoffeln mit Eiern und aufgewärmtem Braten, dazu dünstete er Rüben. Außerdem hatte er noch ein paar Krebse aus der Elbe. Das Brot dazu war frisch, und es gab Bier. Heller genügte das vollkommen.

»Wir sind herrschaftlichen Besuch nicht gewohnt«, sagte der Wirt zur Entschuldigung.

»Wir sind satt und zufrieden«, besänftigte Heller ihn.

»Nun, demnächst soll es besser werden. Es heißt, eine Straße kommt, an der Elbe soll ein Schiffswerk entstehen, ein Stück weiter elbaufwärts wird am Hafen gebaut. Sicher wird uns das mehr Gäste bescheren.«

»Eine Straße? Ist es die zur Elbe hinab? Ein Schiffswerk, sagen sie?«

»Jawohl. Herr Engelbrecht lässt bauen, heißt es. Er hat in Pieschen seine Anlegestellen, will aber auf dieser Elbseite auch einen Haltepunkt haben.«

»Engelbrecht?«, fragte Heller. »Ein Schiffseigner?«

»Sehr wohl«, bestätigte der Wirt. »Ein sehr betuchter Mann. Es heißt, er hat Anteile am Hafen in Hamburg. Und dass er im ganzen Reich in den Binnenschiffsverkehr investiert, in Hebewerke und Kanäle.«

»Hat er Schiffe hier?«

»Aber natürlich, Dampfer. Neulich schickte er einen die Elbe hinauf, dessen Bugwelle beinahe zwei Kinder mit sich gerissen hätte.«

»Engelbrecht also.« Heller nahm seinen Bierkrug und trank einen Schluck. »Und er lässt die Straße bauen, dort wo das Haus stand, das abbrannte?«

»Ja, ebenda.«

Heller nickte und sah Schrumm an. »Dann wissen wir doch, wem wir morgen einen Besuch abstatten, nicht wahr?«

Schrumm sank in sich zusammen. »Ich befürchtete es schon.«

8

Der Sieg gegen die Franzosen und die Zahlungen, die sie leisten mussten, hatten für einen erheblichen Aufschwung gesorgt, stellte Heller immer wieder und nicht ohne einen gewissen Stolz fest. Besonders an Tagen wie diesen, wenn er einen Stadtteil besuchte, den er einige Zeit nicht gesehen hatte. Die Wirtschaft florierte, Geschäfte öffneten, Handwerker vergrößerten ihre Gewerke. Neue Bürgerhäuser standen oder befanden sich im Bau, neue Kirchen, eine neue Architektur entwickelte sich, dadurch neues Denken oder auch umgekehrt. Man schmückte die Häuser und Wohnräume mit geschwungenen Linien, lernte dabei von der Natur. Die Kirchen dagegen erschienen noch düsterer und monströser, als wolle man die neue Lebensfreude ausgleichen mit der Mahnung an die Vergänglichkeit und daran, dass ein allmächtiger Herr die Geschicke lenkte und alles Erreichte mit einem Fingerzeig zunichtemachen konnte.

So staunte Heller nicht schlecht, als sie in Engelbrechts neu errichteter Villa in Strehlen, östlich des Stadtzentrums, darauf warteten, dass er sich für den unerwarteten Besuch zurechtmachte.

Das Haus war riesig für einen Bürgerlichen. Der Mann musste wirklich sehr wohlhabend sein. Die Villa war reich ausgestattet mit Wandbildern und Vertäfelungen, mit glänzendem Parkettboden und hohen Decken, an denen mächtige Kronleuchter hingen. So schön und beeindruckend es auch war, in Hellers Augen blieb es der Protz eines Mannes, der allen zeigen wollte, dass er es geschafft hatte. Selbst im

Stall nebenan standen zu viele Pferde, alles Rappen, beim Kutscherhaus gleich vier prächtige Kutschen, schwarz und glänzend wie die Pferde.

Nachdem der Diener Heller und Schrumm gemeldet hatte, kehrte er zurück und bot ihnen Kaffee an. Heller nahm für beide dankend an – einfach um zu sehen, ob der Kaffee reicher Leute anders schmeckte als jener, den er sich gelegentlich gönnte. Denn Kaffee war teuer und ein Luxus, den sich nur wenige leisten konnten. Noch dazu hatte er schlecht geschlafen, so schlecht wie sonst nur in den Nächten, in denen Johanna nicht aufhören wollte, zu husten. Das Bild der Mutter und des Jungen wollte ihm nicht aus dem Kopf. Kaum tröstlich, dass sie beide wohl tot oder bewusstlos gewesen waren, als man sie mit Petroleum übergossen und angezündet hatte. Er konnte nicht verhindern, dass sich in seinem Geiste immer wieder das Szenario abspielte, wie zuerst die Mutter erschlagen wurde und der Junge gelaufen kam, um ihr zu helfen. Oder umgekehrt, wie man zuerst ihn erschlug, in den Armen der hilflosen Mutter. Ganz sicher hätte Kleibig das nicht zugelassen; vielleicht war auch er den Mördern ausgeliefert gewesen, hatte mitansehen müssen, wie seine Familie gemeuchelt wurde. Der fehlende Schlaf und der Gedanke an diese unmenschliche Tat ließen in ihm eine Unruhe entstehen, der er kaum Herr werden konnte. Dabei musste er beherrscht und höflich bleiben, freundlich sogar.

Der Kaffee wurde in feinem Meissener Porzellan mit vergoldeten Rändern und wundervoll detaillierten Verzierungen serviert.

»Schrumm, schmeißen Sie keine Tasse kaputt, das kostet Sie sicher ein Monatsgehalt«, neckte Heller seinen Assistenten, um sich vor dem Diener umgänglich zu zeigen, und kostete von dem schwarzen Getränk. Es war bitter, aber sehr schmackhaft, musste er feststellen. Vielleicht war der teuerste Kaffee doch der Beste. Oder er wurde anders zubereitet.

Schrumm, von seinem ersten Schluck schon angeregt, sah Heller an. »Diesen Rat gebe ich gern an Sie zurück und erinnere freundlich an den Scherbenhaufen, den Sie kürzlich im Büro von Geheimrat Wibersbach hinterließen.«

Das war allerdings ein guter Einwand, gestand sich Heller ein. Mit einer unbedachten Bewegung hatte er Wibersbachs Diener ein ganzes Servierblech voller Kaffeegeschirr aus der Hand gefegt.

Endlich öffnete sich eine der riesigen Doppeltüren des Empfangszimmers.

»Sie verzeihen mir, dass ich Sie warten ließ«, begann Engelbrecht, ein großer massiger Mann von etwa fünfzig Jahren mit ganz weißem Haar, als hätte er einst einen Geist gesehen. »Doch gänzlich unvorbereitet, wie ich war, bedurfte es einer kompletten Morgentoilette.« Vielleicht hatte ihm die ständige Sorge ums Geld das Haar weiß werden lassen.

Heller und Schrumm erhoben sich von ihren Plätzen auf dem teuren Mobiliar.

»Ich liebe es, die Leute zu überraschen«, erwiderte Heller, der schon lang aufgehört hatte, sich für sein Handeln zu entschuldigen. »Ich gratuliere Ihnen zu dem hervorragenden Kaffee, der uns gereicht wurde, und zu diesem herrlichen Haus.«

Engelbrecht kam näher, und Heller erkannte, dass sein Haar nicht vom Alter weiß geworden war. Er war vielmehr weißblond, was auch für Augenbrauen und Wimpern galt und ihm ein ungewöhnlich konturloses Aussehen verschaffte.

Er bedankte sich mit einer leichten Verbeugung für die Komplimente. »Was verschafft mir die Ehre Ihres Besuches?«, fragte er freundlich und schnippte mit dem Finger in Richtung seines Dieners, woraufhin dieser den Raum verließ.

»Meine blanke Neugier«, gestand Heller freimütig. »Es ist eigentlich immer die Neugier. Sie war es auch, die mich zu meinem Beruf brachte, nachdem meine militärische Laufbahn zu Ende ging.«

»Wie kann ich Ihnen denn helfen, diese Neugier zu befriedigen?« Engelbrecht deutete an, dass sie sich wieder setzen sollten, und nahm dann selbst Platz.

Der Diener kam mit Kaffeegeschirr und einer kleinen Kanne nur für seinen Herrn zurück.

»Einer Ihrer Dampfer schoss vorgestern die Elbe hinauf, ist das richtig?«

Engelbrecht nickte und lachte. »Fragen Sie nicht, wie viele Klagen mir deshalb ins Haus kamen. Die Wellen müssen ganze Ortschaften zerstört haben. Ganze Viehherden und Dutzende Kinder scheinen ersoffen, riesige Verheerungen überall. Nicht auszumalen, wenn diese Flutwelle meine Heimatstadt erreicht, nachdem sie erst Magdeburg verwüstet hat«, spöttelte er.

»Ich habe die Wellen gesehen, ganz unerheblich waren sie nicht. Man müsste die Menschen nur darauf vorbereiten.«

»Wissen Sie, Herr Kriminalrat, nicht auf die Wellen muss man die Menschen vorbereiten, sondern auf den Fortschritt. Alles schreitet voran. Mit großen Schritten. Schiffe werden schneller, Eisenbahnen, sicher wird es bald Fluggeräte geben und Kutschen mit Motoren. Wer dann nicht mithält, bleibt zurück.«

Es war, als wüsste der Mann über Hellers Gedanken Bescheid, denn dieser fühlte sich persönlich angesprochen. »Fürchten Sie nicht, Ihr Schiff könnte genauso in die Luft gehen wie der Dampfer des Freiherrn von Kelb, wenn Sie die Maschine so arg strapazieren?«

»Fürchtete ich es, wäre ich nicht an Bord. Wer weiß schon, was der Freiherr für Leute eingestellt hat, die nicht in der

Lage sind, so eine Maschine richtig zu bedienen. Besonders viele gute Männer gibt es nicht, und die arbeiten alle für mich. Ich zahle besser, sogar bei Krankheit und Ausfall.«

»Sie sind bei solchen Experimenten an Bord?«

»Es sind keine Experimente, kein Glücksspiel. Ich weiß, was ich tue, deshalb bin ich an Bord. Um alles zu überwachen.«

»Aber Unfälle können doch passieren.«

»Natürlich, Herr Kriminalrat, ein gewisses Risiko bleibt bei allem, was man tut. Doch Sie können auch auf die Straße treten und von einer Kutsche überrollt werden, bei dem Verkehr heutzutage.«

»Und diese Schussfahrt diente welchem Zwecke? Sie hatten kaum Tiefgang, fuhren also ohne Ladung.«

»Die Maschine auszutesten. So wie man seine Pferde ausprobiert, damit man weiß, was sie aushalten können.«

»Eine Wettfahrt mit Freiherrn von Kelb war es also nicht?«

»Wie kommen Sie denn zu dieser Annahme?« Die Frage behagte Engelbrecht nicht, das war ihm anzusehen.

»Ist es nicht ein seltsamer Zufall, dass von Kelbs Schiff bei einer Eilfahrt ganz ohne Ladung explodiert, und zwei Tage später fährt eines Ihrer Schiffe genauso schnell die Elbe hinauf?«

»Zufall, nein. Wenn zwei Männer sich mit denselben Gedanken und Problemen plagen, werden sich ihre Handlungen ähneln. Sie als Soldat werden sicher auch festgestellt haben, dass die französische Armee wie unsere mit Kanonen schießt und nicht Ballett tanzend und Knoblauch werfend das Schlachtfeld zu erobern versucht.«

Offenbar hatte sich Engelbrecht schon über ihn informiert, stellte Heller nicht ohne Verwunderung fest. Und zwar schon bevor er überhaupt auf den Gedanken gekommen war, sich mit Engelbrecht zu befassen. Oder hatte er einfach richtig geschlussfolgert, dass er am Feldzug gegen die Franzosen teilgenommen hatte? Sollte es vielleicht nur eine allgemeine Feststellung gewesen sein? Eins war jedenfalls klar: Einen geschäftlich so erfolgreichen Mann wie Alwin Engelbrecht überrumpelte man nicht leicht.

»Betrachten Sie von Kelb als Feind?«, fragte er schließlich.

Engelbrecht lehnte sich zurück. »Im Geschäftsleben ist es ein bisschen wie im Krieg. Ja, man könnte sagen, er ist ein Feind, ein Gegner. Ich will ins Geschäft, er will es. Lasse ich zu, dass er Fuß fasst, schade ich mir selbst. Also greife ich an.«

»Und dazu ist Ihnen jedes Mittel recht?«

»Jedes legale Mittel, natürlich. Was erwarten Sie zu hören, als Beamter dieses Staates?« Engelbrecht sah ihn offenherzig an.

»Es geht um eine Lizenz für die Dampfschifffahrt auf der Elbe?«

»Keine Lizenz. Die Lizenz, einen Schifffahrtsbetrieb zu führen, habe ich lange schon erworben. Es geht um eine Konzession, dies hier auf der Elbe in der Einflusssphäre Seiner Majestät König Alberts von Sachsen zu tun. Und um die Vorherrschaft. Der Staat wächst, die Stadt Dresden umso mehr. Industrielle siedeln sich an, es wird geforscht und geschaffen, Material muss her. Sand, Zement, Kohle, Eisen, Lebensmittel. Schnelle, kräftige Schiffe versprechen pünktliche Lieferung und moderate Preise. So funktionieren Geschäfte, so kam ich zu meinem Reichtum. Nur aus eigener Kraft, keine zehn Taler hatte ich, als ich vor dreißig Jahren in Hamburg begann.«

»Warum kamen Sie nach Dresden, wenn Sie in Hamburg so erfolgreich sind?«

»Auch das erkläre ich Ihnen gern. Zunächst darf man nie stehen bleiben, man muss investieren, man muss immer mithalten. Und Dresden ist eine aufstrebende Stadt, wenn nicht die aufstrebende Stadt des ganzen Deutschen Reiches. Hat sich die Einwohnerzahl nicht in den letzten zehn Jahren fast verdoppelt? Was hier hergestellt wird, muss hinaus in die Welt, was die Leute brauchen, muss hinein in die Stadt; und die Elbe ist die Lebensader. Von Kelb macht nur nach, was ich vormache. Ohne viel zu wissen, kauft er Schiffe und Werft, glaubt mich verdrängen zu können. Doch typisch für Leute wie ihn, läuft er mir bloß hinterher, packt es falsch an, riskiert das Leben seiner Männer. Er weiß sie nicht wertzuschätzen, versteht sich als Lehnsherr. Für ihn sind es nur Bauern auf dem Schachbrett.«

»Leute wie er?«, fragte Heller.

»Der Adel!«, gab Engelbrecht unumwunden und mit einiger Abscheu zu. »Was diese Leute nicht alles versucht haben, um mir immer wieder Steine in den Weg zu legen. Glauben sich von Gott auserwählt, ruhen sich auf ihren Geburtsrechten aus, halten sich selbst für allmächtig. Doch deren Epoche neigt sich dem Ende zu, Sie werden sehen.«

»Der Adel wird aussterben, meinen Sie?«

»Heller, das sage ich jetzt zu Ihnen, weil ich weiß, dass man Ihnen ebenfalls hinter vorgehaltener Hand sozialdemokratische Tendenzen nachsagt: Mag sein, dass der Adel bestehen bleibt, doch er wird verarmen. Er wird zurückbleiben, wird an Ansehen verlieren. Spätestens dann, wenn die Leute verstehen, dass es keine göttliche Ordnung ist, der sie folgen. Andere werden deren Stelle einnehmen, Leute wie ich, die etwas mit eigenen Händen erschaffen. Die Risiken eingehen, deren Geschäftssinn scharf und unwiderstehlich ist, die sich nicht ausruhen, niemals.«

Engelbrecht hatte sich tatsächlich über Heller informiert, das war nun klar. Und dass man ihm offenbar fälschlicherweise sozialdemokratische Tendenzen nachsagte, war ein großes Problem. Es klang nach einem geschickt geplanten subtilen Rufmord. So etwas konnte jemanden nicht nur Ruf und Stellung kosten, sondern noch viel mehr. Erst recht vor dem Hintergrund der von Reichskanzler Bismarck erlassenen Sozialistengesetze nach den gescheiterten Attentaten auf Kaiser Wilhelm I. im Vorjahr. Wie konnte es sein, dass Engelbrecht so etwas gehört hatte? Und vor allem von wem? Alle Sympathie des sächsischen Königs würde ihm nicht helfen, wenn sich dieses Gerücht verbreitete. Augenblicklich war ihm die Laune verdorben, und der Kaffee schmeckte nur noch bitter.

»Um darauf zurückzukommen, weshalb ich hier bin«, wechselte er das Thema und versuchte seine Unsicherheit zu verbergen. »Von Ihnen als Fachmann und Experte wüsste ich gern: Ist es möglich, eine Maschine so zu manipulieren, dass sie explodiert, wie es auf von Kelbs Schiff geschah?«

»Aber natürlich. Als verstopfte man eine Kanone, damit sie beim Abfeuern explodiert.«

»Und genügte dazu ein Mann?«

»Einer, der weiß, was zu tun ist. Er verlötet die Ventile, stellt die Zeiger der Messgeräte fest, beschädigt die Mechanik des Fliehkraftreglers.«

»Das alles zu manipulieren, ist die eine Sache. Machbar für einen Mann mit üblen Absichten. Aber müsste nicht ein Ingenieur oder ein erfahrener Kapitän bemerken, dass etwas nicht stimmt?«

»Ja, natürlich.«

»Und sicherlich würde er den Kessel nicht explodieren lassen.«

»Er würde das Feuer löschen, im Notfall einen Ventilkopf abschlagen lassen. Es gibt Notventile, um Druck abzulassen.«

»Ein Kapitän oder Ingenieur würde Ihrer Meinung nach weder die Maschine auf diese Art manipulieren, noch würden sie die Zeichen eines drohenden Unheils ignorieren?«

»Bei Gott nicht, das wäre ja Selbstmord, und zwar ein grässlicher. Der Dampf wird bis zu dreihundertfünfzig Grad Celsius heiß, und wenn er einem nicht sofort den Kopf abreißt, schält er einem die Haut ab.«

»Sagen Sie, Schrumm«, begann Heller nach längerem Schweigen in der Kutsche. »Haben Sie auch so etwas sagen hören?«

Schrumm versuchte gar nicht erst, Zeit zu schinden. Er wusste, wovon Heller sprach. »Nun, niemals nahm dabei jemand das Wort selbst in den Mund«, antwortete er. »Man spricht, wie man so schön sagt, um den heißen Brei.«

»Und was sagt man?«, fragte Heller ungehalten, obwohl er wusste, dass er seine schlechte Laune nicht an Schrumm auslassen sollte.

»Sie trügen viel Rot am Leibe, sagte einer. Sie hätten heute wieder ein besonders rotes Gesicht. Oder konkreter, dass Sie sich zu viel um die Belange niederer Stände kümmerten. Dass die Herkunft Ihrer Frau aus einer sehr liberalen Familie allein schon Zeichen für Ihre politische Einstellung sei.«

Heller schnaufte und sah in die andere Richtung, damit er nichts Falsches sagte. Er musste froh sein, dass Schrumm so aufrichtig war. Doch sicher hatte dieser ihm nur die Spitze des Eisbergs gezeigt. »Warum sagen Sie mir das nicht, wenn Sie schon davon hören?«, entfuhr es ihm dann mit harschem Tonfall.

Schrumm zuckte zusammen. »Ich bitte um Verzeihung, Herr Kriminalrat, aber oft genug sagen Sie mir, dass Sie das Geschwätz anderer nicht hebt.«

Er hatte recht. Heller stampfte wütend mit seinem Säbel in der Scheide auf den Kutschenboden.

»Sie wünschen, Herr Kriminalrat?«, fragte der Kutscher, der glaubte, dieser Bums gälte ihm.

»Nichts, fahren Sie weiter.« Heller verschränkte die Arme vor der Brust, sah Häuser und Gärten an sich vorbeiziehen, den Großen Garten, den Zoologischen Garten, inzwischen auch schon fast zwei Jahrzehnte alt.

Fünf Minuten etwa brauchte er. »Nehmen Sie es mir nicht krumm«, bat er dann seinen Assistenten. »Mein Zorn gilt nicht Ihnen.«

»Sehr wohl, Herr Kriminalrat«, nickte Schrumm, und die nächsten fünfzehn Minuten der Fahrt schwiegen sie.

Doch Heller war nicht einfach stumm in sich versunken. Ganz im Gegenteil, es arbeitete in ihm, es kochte und brodelte. Mochte sein, dass Engelbrecht sich sein Geld ganz allein verdient hatte, dass er keinen Vorschuss an Stellung und Ruf besaß, dass ihn die Überheblichkeit mancher Adliger verdross. Dennoch war er ein Geschäftsmann, der sicherlich über Leichen ging, möglicherweise sogar im engsten Sinne des Wortes.

Schließlich beugte Heller sich vor und klopfte mit der Säbelscheide auf die Sitzreling des Kutschbocks.

Der Kutscher drehte sich um. »Herr Kriminalrat?«

»Zum Stadtkrankenhaus. Und danach fahren wir noch einmal zu dem Wohnheim für Arbeiter auf der Neustädter Seite.«

»Was haben Sie vor?«, fragte Schrumm.

»Ich will Löbbers erneut um einen Gefallen bitten.«

»Heller«, sagte Löbbers nach langem Schweigen. »Was Sie da verlangen, ist beinahe unmöglich. Das muss von einem geheimen Regierungsrat oder einem Staatsanwalt angeordnet werden. Oder von einem anderen hohen Justizbeamten, einem Richter wohl. Ihre Intention weiß ich zu verstehen, ich kann Ihre Gedankengänge sehr gut nachvollziehen. Doch es gibt Regeln und Gesetze, an die auch wir uns halten müssen. Oder gerade wir, da uns die Willkür einiger bestimmter Individuen aufstößt.«

»Also darf ich das als ein Nein verstehen?« Heller erhob sich. Er durfte es dem Professor nicht übel nehmen. Löbbers hatte in allem recht, was er sagte. Und doch fiel es Heller schwer, das zu akzeptieren.

»Heller, es braucht fundiertere Indizien, um einen solchen Vorgang anzustrengen. Und es bedarf eigentlich eines Erlasses, dass Sie es sind, der diesen Fall betreut.«

»Es ist Neuberts Fall, und er will die Sache eigentlich gar nicht erst zu einem machen. Posch saß in seinem Zimmer, und der war vorher bei mir gewesen, um mich freundlichst darauf hinzuweisen, dass ich mich gefälligst um andere Dinge scheren sollte.«

»Reiben Sie sich deshalb besser nicht so auf. Das irdische Dasein hält noch ausreichend anderes Elend bereit, um das es sich zu kümmern lohnt.«

»Das ist es ja!«, erwiderte Heller. »Elend gibt es genug, und ich wäre bereit zu akzeptieren, dass eine Maschine explodiert und ein paar Männer in den Tod reißt, selbst wenn es nur um den Konkurrenzkampf zweier Männer geht. Doch dass man eine Frau und ihr Kind erschlägt und verbrennt, treibt mich an, der Sache nachzugehen. Bei ungünstigem Wind hätte sogar ein ganzes Dorf in Flammen stehen können. Das Männer wie von Kelb oder Engelbrecht skrupellos sind und es vielleicht sein müssen, das mag verständlich sein. Doch dass sie tun und lassen können, wie es ihnen beliebt, ohne je bestraft zu werden, das darf nicht angehen.«

Löbbers verstand das als Vorwurf. Denn Hellers Worte implizierten, dass er zu jenen gehörte, die Männer wie den Freiherrn und den Hamburger Geschäftsmann gewähren ließen.

»Heller«, sagte er streng. »Lernen Sie, zuzuhören. Ich

sagte, ich verstehe Sie vollkommen. Ich appelliere nur an Ihren Verstand, mit Ihren Ermittlungen und Ihrem Wissen vorsichtig umzugehen. Am Hofe und im Parlament bilden sich immerzu Bündnisse und Feindschaften, entstehen Koalitionen und entwickeln sich Gefechte. Doch gerade preschen Sie zu weit vor und geben dabei eine ganz treffliche Zielscheibe für jeden ab. Und sicher wissen Sie selbst, es gibt viele im nahen Umkreis Seiner Majestät, die Sie loswerden wollen wie eine lästige Fliege und nur auf Gelegenheit warten, kräftig draufzuhauen. Ich stehe immer zur Verfügung, wenn es um medizinische Beurteilungen und Belange geht. Machen Sie sich mit Ihrem Zorn nicht diejenigen zum Feind, die Ihre Freunde oder Verbündeten sein können. Gehen Sie ein wenig subtiler vor!«

»Haben Sie von den sozialdemokratischen Umtrieben gehört, denen ich angeblich nachgehe?«, fragte Heller.

»Natürlich habe ich das!«, sagte Löbbers so schnell und harsch, dass es Heller schon fast wehtat.

»Sie wissen, dass dies vollkommen absurd ist. Loyaler kann man zu Seiner Majestät nicht sein, als ich es bin!«

Löbbers lächelte bedauernd. »Ich weiß das, Heller. Und alle anderen wissen das auch, selbst jene, die das Gerücht verbreiten. Doch eines wissen Sie sicher, denn das wurde in der Geschichte der Menschheit ausreichend bewiesen: Wenn sich nur genügend Leute finden, die eine Lüge wiederholen, dann wird aus dieser Lüge eine Wahrheit, der sich weder König noch Kaiser widersetzen können.«

»Darf ich fragen, was wollten Sie von Löbbers?« Schrumm sah ihn von der Seite an. Der Tag war schon strapaziös genug gewesen. Sie hatten lange erfolglos nach den beiden Matrosen gesucht, doch Asser und Pinska schienen nun wirklich die Stadt verlassen zu haben. Der Maschinist Muhlheim war schon am zweiten Tag nicht mehr in der Kutschenwerkstatt erschienen, auch seine Frau war nicht zu finden, weder in der Molkerei noch daheim. Das alles war verdächtig und unbefriedigend. Schrumm ertrug die ewigen Kutschfahrten, ohne zu murren, und beschwerte sich auch nicht, als Heller befahl, noch einmal nach Zschachwitz zu fahren, um das Wrack zu besichtigen.

»Schrumm, glauben Sie mir, es ist besser, Sie wissen es nicht. Es würde Sie nur aufregen. Außerdem wurde mir mein Anliegen von Löbbers ausgeredet.« Heller stieg aus der Kutsche.

Das Wrack lag noch an derselben Stelle, war inzwischen aber mit mehr Sorgfalt gesichert worden. Von Kelb musste wohl noch einen Weg finden, es zu bergen und abzuschleppen oder wenigstens die Ruderanlage reparieren zu lassen, sodass man das Schiff die Elbe hinabtreiben lassen konnte.

Zwei Männer waren abgestellt, um das Schiff zu bewachen, damit keine Kinder darauf herumkletterten oder irgendjemand Holz aus dem Schiffsrumpf sägte. Gutes Holz war teuer, selbst zersplitterte Bretter, Bohlen und Treppen hatten als Brennholz ihren Wert. Als sie nun Heller und Schrumm auf sich zukommen sahen, wussten die beiden Wachmänner nicht recht, was sie tun sollten.

»Sie wünschen, gnädiger Herr?«, fragte einer von ihnen. Er trug normale Kleidung, seine Waffe war ein Stock.

»Kriminalrat Heller und Assistent. Ich verlange das Schiff zu besichtigen.«

»Sehr wohl!« Der Mann gab den Weg frei, obwohl er sicherlich andere Befehle hatte. »Aber darf ich fragen, ist dies vom Freiherrn genehmigt?«

»Natürlich, was glauben Sie?«, log Heller und war auch schon an dem Mann vorbei.

Über einen inzwischen stabileren Steg balancierten sie

zum Wrack und kletterten auf das Deck. Niemand sonst war hier, so konnten sie alles genau betrachten und sich ausmalen, mit welcher Gewalt die Explosion vonstattengegangen war.

Die Überreste der Dampfmaschine wollte Heller am genauesten betrachten. Sie lag ganz frei. Das Holz, mit der sie verkleidet gewesen war, war von der Explosion fortgesprengt oder nachträglich beseitigt worden. Der Kessel sah aus wie der Leib eines ausgeweideten Tieres, das Gedärm, in diesem Falle Röhren und Schläuche, verbogen und verdreht, jeglichen Sinnes und Nutzens beraubt. Jemandem, der nichts von Maschinen wusste, musste es erscheinen wie das Kunstwerk eines Irren. Und doch fand Heller recht schnell etwas, dass ihm verdächtig erschien.

»Hier, Schrumm!«, rief er.

»Auch ich habe etwas gefunden!«, rief Schrumm von der anderen Seite und kam zu ihm.

»Jemand hat etwas abgesägt.« Heller deutete auf einige Rohre, die mit einer Eisensäge gekappt worden waren.

»Ebenso verhält es sich auf der anderen Seite.«

»Allein des Kupfers wegen kann es nicht gewesen sein, dann hätte man die Rohre im Ganzen abgesägt.«

»Es ging wohl um die Instrumente und Anzeigen, oder die Überreste davon«, mutmaßte Schrumm. »Kein einziges ist mehr da.«

»Nur ihres Wertes wegen? Oder um Beweise zu vernichten, dass sie mutwillig beschädigt wurden oder nicht richtig funktionierten?«, fragte Heller vor allem sich selbst.

»Inzwischen bin ich so weit, dass ich Letzteres vermute«, erwiderte Schrumm. »Dieser Familienmord in Briesnitz, die sich gleichenden Aussagen, ein Schiffseigner, der Prämien auszahlt, Matrosen, die nicht mehr auffindbar sind. Sicherlich im Einzelnen alles erklärbar, doch in seiner Gesamtheit auf jeden Fall weitere Überprüfungen wert.«

»Nach einem solchen Unglück müssten zuerst Fachleute Untersuchungen anstellen, anstatt dass als Erstes der Besitzer den Unglücksort betritt«, sinnierte Heller.

»Das gesamte Schiff müsste konfisziert werden.«

»So sieht es aus, Schrumm. Sagen Sie, ist es Ihnen die Sache wert, Ihre Reputation zu verlieren, indem Sie mir dabei zur Seite stehen?«

»Mit Verlaub«, sagte Schrumm, »aber meine Reputation ging verloren, als ich in Ihre Dienste trat. Für mich heißt es: mitgefangen, mitgehangen.«

Heller starrte seinen Assistenten verblüfft an. Dieser Mann scherzte nie, und dass er auch nicht versuchte, seine Aussagen mit einem Lächeln zu entkräften, hieß wohl, dass er es völlig ernst meinte. Er müsste beleidigt sein, stellte Heller fest, doch die offene Ehrlichkeit beeindruckte ihn. Er lachte laut auf. »Man sagt, ist der Ruf erst ruiniert, lebt es sich ganz ungeniert. Machen Sie Schluss für heut, fahren Sie heim. Ich will sehen, dass ich mir ein Pferd leihe. Ich habe noch etwas zu tun.«

»Darf ich fragen, was?«

»Ich werde einen Finderlohn ausloben, hier und ein Stück auf beiden Seiten der Elbe hinauf. Es werden bei der Explosion auch Teile der Maschine an Land geschleudert worden sein. Die will ich gefunden wissen.«

9

»Also gut, was ist los mit dir?« Helene richtete sich im Bett auf. Heller hörte die Zündholzschachtel rascheln, ein kurzes Kratzen, dann flammte ein kleines Licht auf. Helene zündete die Kerze an.

»Verschwende doch die guten Schwedenhölzer nicht«, schimpfte Heller.

»Du verschwendest gute Schlafenszeit«, erwiderte Helene und sah ihm ins Gesicht. »So wie du dich herumwälzt, bist du krank, oder etwas wurmt dich. Letzte Nacht schon. Da habe ich nichts gesagt, doch jetzt ist genug.«

»Ich habe Bilder im Kopf. Am Tage machen sie mir nichts aus, doch in der Nacht, da wollen sie nicht weggehen.«

»Sie machen dir sicher auch am Tage etwas aus, nur bist du da beschäftigt. Was ist es denn?«

»Das willst und musst du nicht wissen. Es ist wirklich zu grausig.«

»Dabei hast du doch schon so Schlimmes gesehen, denke ich an deine Erzählungen aus dem Krieg.«

Heller schob sich im Bett hoch, legte den Arm um seine Frau und zog sie zu sich heran. »Das ist aber nicht alles. Dann sind da auch noch dieser Posch und andere, die gegen mich agitieren, mir die Hände binden wollen. Mir scheint irgendwie, als wüssten sie alle, was vor sich geht. Ein Kleinkrieg zwischen Unternehmern, der eskaliert ist. Der Mann, den ich aus dem Wasser zog, hatte falsche Papiere. Der Mann, dessen Namen er benutzte, ist inzwischen tot. Und mit ihm Frau und Kind. Kollege Neubert hält es für die Tat eines Nervenkranken, dabei fällt das Grundstück der Ermordeten nun an den Staat zurück, und zufälligerweise soll genau dort eine Straße gebaut werden. Etwas ist faul im Staate Dänemark.«

Helene schnaubte leise. »O Himmel, wenn du Shakespeare zitierst, muss wirklich etwas faul sein. Lass dich nur nicht zu unüberlegten Handlungen hinreißen, liebster Mann.«

»Ach, Frau.« Er gab ihr einen Kuss aufs Haar. »Sollte ich meine Stellung verlieren, hab ich ja immer noch den Hof und die Pferde.«

»Das hieße, du wärst den ganzen Tag daheim. Gott bewahre. Nach einer Woche wüsstest du nichts mehr mit dir anzufangen.«

»Da hast du wohl recht. Sonst war alles in Ordnung heute?«

»Albert klagt oft über Thomas.«

»Macht der denn etwas falsch?«

»Nein, es ist wohl Eifersucht im Spiel. Albert glaubt, Thomas könnte dir lieber sein als er.«

»Das ist doch Blödsinn.«

»Nicht für ihn.«

»Ich werde mit ihm sprechen. Morgen Abend. Sicherlich wird es lang dauern, bis ich wieder daheim bin. In aller Früh will ich los. Ich muss etwas herausfinden.«

»Das sind alle, Herr Kriminalrat«, erklärte der Pfarrer.

»Wann kamen die zu Ihnen?«, fragte Heller. Er hatte ganz früh am Morgen noch in der Dunkelheit aufgesattelt und war losgeritten. Dann hatte er den Pfarrer der Kirche in Pillnitz aus dem Schlaf geklopft; auf dem Weg in die Stadt lag dieses Gotteshaus am nächsten.

»In den letzten zwei Tagen.«

Heller leuchtete mit der Kerzenlampe in die Gesichter der drei Leichname. In der kleinen Kapelle war es sonst stockfinster.

»Ist das eine übliche Menge?«

»Ein wenig hängt das vom Wetter und der Temperatur ab. Im Winter findet man Erfrorene, bei Schneeschmelze werden gelegentlich Ertrunkene angespült oder verheddern sich in Fischernetzen. Manchmal geschieht lange Zeit nichts, dann bringt der Fluss gleich mehrere an einem Tag. Meist sind es Flößer oder Fischer aus Böhmen, mancher wird vermutlich betrunken ins Wasser gefallen sein. Gelegentlich bringt der Fluss ein Kind, und auch die Holzfischer leben gefährlich. Meist wagen sie sich nach einem Sturm zu weit ins Wasser, um Äste und Baumstämme einzufangen. Manche werden von denen eingequetscht oder erschlagen.«

Keiner der drei Toten war der Mann, den Heller suchte. Mit dem Pfarrer ging er zum Ausgang, auf der Treppe verharrten sie. »Wie lang bleiben sie hier?«

»Auch das hängt vom Wetter ab. Ist es kalt, bleiben sie mehrere Tage. Ist es sehr warm, sehen wir zu, dass sie schnell bestattet werden.«

»Was geschieht, wenn Ihnen einer unterkommt, der keines natürlichen Todes starb?«

»Wir melden das der Gendarmerie oder dem nächsten Richter, und die schicken dann den Leichenbeschauer.«

»Und wie unterscheiden Sie, ob jemand unter die Räder einer Kutsche kam oder totgeschlagen wurde?«

»Ich glaube schon unterscheiden zu können, ob einer einem Unfall zum Opfer fiel oder durch die Hand eines anderen das Zeitliche segnete.«

»Ich hatte nicht vor, Sie zu kompromittieren, Herr Pfarrer, ich bin nur neugierig. Es gibt jedoch einig Dinge, die sich dringlichst ändern müssen. Es sollte nicht mehr in Ihrer Verantwortung liegen, solche Entscheidungen treffen zu müssen.«

Der Pfarrer war einigermaßen besänftigt und nickte. »Darf

ich denn fragen, wen Sie zu finden glauben, da Sie so gezielt suchen?«

»Einen Mann, den ich aus dem Wasser gerettet habe und der mir einen falschen Namen nannte.«

»Versuchen Sie es doch in einem der städtischen Leichenhäuser, dahin werden inzwischen die meisten gebracht.«

Heller ging wieder zu seinem Pferd. »Das hatte ich sowieso vor«, sagte er und schwang sich auf den Wallach. »Haben Sie Dank!«

»Gott mit Ihnen!«

»Ich wünschte, es wäre so«, murmelte Heller und schnalzte mit der Zunge, damit das Tier sich in Bewegung setzte.

In der städtischen Leichenhalle auf der Neustädter Seite ging es anders zu als im beschaulichen Pillnitz. Hier lagen ein Dutzend unbekannte Tote. Man bewahrte sie einige Tage lang auf, damit Städter, die jemanden vermissten, sie ansehen und bestenfalls identifizieren konnten. Nach wenigen Tagen jedoch wurden sie entfernt und als *Unbekannt* bestattet. Eine geregelte Leichenschau gab es auch hier nur, wenn es einen konkreten Verdacht gab, jemand könnte einem Verbrechen zum Opfer gefallen sein. Entweder, weil es eine gut betuchte oder angesehene Persönlichkeit war, oder weil sein Äußeres auf eine Gewalttat hinwies. Im Sommer, wusste Heller, band man Tote auf ein Brett und lehnte es unter fließendes Wasser, um den Verwesungsprozess zu verzögern. Da Eis knapp und teuer war, sparte man sich den Aufwand, sie zu kühlen.

Der Angestellte, den man Heller zugewiesen hatte, war ein schweigsamer junger Mann. Heller lief die Reihen der Särge ab und leuchtete den Toten ins Gesicht, doch bald schon war klar, dass auch unter ihnen nicht derjenige war, den er suchte.

»Und jeden Tag kommen neue?«

»Dresden wächst, mein Herr. Manche sagen, die Einwohnerzahl habe sich verdoppelt. Und mit den Arbeitern und ihren Familien kommen Not, Armut und Krankheiten. Wohnraum ist knapp. Viele leben in Zelten und Baracken. Sicher gibt es dort viel Streit und Handgreiflichkeiten. Viele finden zuerst keine Arbeit, und diejenigen, die Arbeit finden, werden schlecht bezahlt. Viele sind zu arm, um ihre Liebsten zu bestatten, also geben sie sie hier ab. Wir haben jeden Tag Zugänge.«

Heller betrachtete den jungen Mann aufmerksam. Vielleicht war der tatsächlich ein Sozialdemokrat, so offen, wie er die Mängel benannte.

»Und jene, deren Identität man nicht feststellen kann, werden beerdigt? Man fertigt keine Totenmasken an oder photographiert sie sogar?«

»Herr, wer soll das bezahlen?« Das Gesicht des jungen Mannes zuckte kurz, ein knappes resigniertes Lächeln.

Das war es, was Heller so anfocht. Man maß dem Leben eines Menschen keinen Wert bei, wenn er nichts besaß. Diese Heuchlerei, gerade von jenen, die sich ständig auf den lieben Gott beriefen. Die Armen, die schon im Leben kaum Rechte besaßen oder sie nicht durchsetzen konnten, wurden anonym verscharrt. Den Reichen schenkte man auch nach dem Tod noch jede Aufmerksamkeit.

Der junge Mann hatte recht, es gab einen Aufschwung in der Stadt, der die Leute aus dem Umland anzog. Doch nichts war geregelt. Sie wurden denjenigen ausgeliefert, die davon profitierten. Die billig arbeiten und teuer wohnen ließen. Aber war man gleich ein Sozialist, wenn man so dachte? Es zeigte doch nur die Ungerechtigkeit auf. Und als guter Herrscher sollte der König auch darauf Rücksicht und Einfluss nehmen.

»Also gut«, ergab Heller sich der Tatsache, dass er auch hier vergebens gesucht hatte.

»Wenn Sie mir eine Bemerkung gestatten, Herr Kriminalrat, ich weiß nicht, wonach Sie genau suchen«, begann der junge Mann. »Doch erst gestern war ein weiterer Kriminalrat hier, der sich einen Leichnam ansah und dann abtransportieren ließ.«

»Neubert?«, fragte Heller.

»Jawohl, das war sein Name. Herr Schubert, mein Vorgesetzter, musste einen Toten melden. Kriminalrat Neubert kam, um ihn sich anzusehen.«

»Was war mit dem Mann?«

»Er wurde umgebracht, hatte einige Einstiche in der Brust, die durch Herz und Lunge gingen.«

»Und?« Heller sah ihm an, dass dies noch nicht alles war.

Der junge Mann blickte sich um, dann beugte er sich zu Heller und flüsterte: »Man hatte ihm die Augen ausgestochen.«

»Heller!«, rief Neubert aus, als er am frühen Vormittag im Polizeipräsidium eintraf.

Neuberts Assistent hatte Heller auf dessen Abwesenheit hingewiesen, also hatte er sich herausgenommen, vor dem Zimmer des Kollegen zu warten. Jetzt trat er ihm entgegen.

»Herr Kriminalrat.« Heller deutete eine Verbeugung an.

»Was verschafft mir die frühe Ehre?«

»Ein unbekannter Toter.«

Neubert sah sich um. »Ich sehe keinen«, scherzte er.

»Deshalb bin ich hier. Ich suche einen Mann, den Sie gestern aus der Leichenhalle bei den Neustädter Kasernen an einen anderen Ort überführen ließen.«

»Darf ich fragen, welches Interesse Sie an ihm haben?«

Heller wartete kurz. Neubert kannte natürlich die Antwort, wollte dieses Spiel aber ganz offensichtlich zu Ende spielen.

»Es hieß, ihm seien die Augen ausgestochen worden.«

»Das stimmt allerdings. Doch was haben Sie damit zu tun?«

Nun war es Heller genug. »Kollege Neubert, lassen Sie uns das gleich beenden, ehe ich vor Ungeduld platze. Sie wissen, weshalb ich den Mann sehen will. Wo befindet sich der Leichnam?«

»Heller, Sie überschreiten eindeutig Ihre Kompetenzen. Dieser Mann geht Sie gar nichts an.«

»Oh, sehr wohl geht er mich etwas an. Diesem Mann wurden die Augen ausgestochen, genau wie Kleibig in Briesnitz. Und nun erzählen Sie mir bloß nicht, das käme Ihnen zweimal wöchentlich unter. Davon hätte ich gehört!«

Neubert holte tief Luft, dann aber besann er sich und sprach in moderatem Ton. »Heller, Sie haben recht. Es ist ungewöhnlich. Doch es hat mit Kleibig nichts zu tun. Dieser Mann wurde an einem ganz anderen Ort gefunden, er ist ein Landstreicher. Womöglich fühlte sich jemand veranlasst, die schreckliche Tat an Kleibig nachzuahmen. So habe ich es an den zuständigen Richter weitergegeben. Eine Nachahmungstat.«

»Aber das hieße doch, Kleibigs Tod und vor allem diese schreckliche Verstümmelung müssten sich herumgesprochen haben. Doch weder stand es in der Zeitung, noch wurde es in öffentlichen Anschlägen proklamiert. Es müsste also mindestens bedeuten, der Täter käme aus dem direkten Umfeld Kleibigs.«

Neubert kämpfte eine Weile mit sich. Schließlich entschied er sich für das anscheinend geringere Übel und gab nach.

»Kommen Sie mit, Heller. Sehen wir uns den Mann an. Ich habe ihn schon zum Friedhof bringen lassen, doch er dürfte noch nicht bestattet sein.«

Heller bedankte sich mit einem Kopfnicken und verbarg seine Freude. Er hatte gewusst, dass dies geschehen würde.

Neubert war kein einfältiger Mann, hatte sich mit harter Arbeit seine Stellung verdient. Als Kriminalist konnte er sich einer logischen Argumentation nicht widersetzen, und dagegen hielt auch ein Befehl von Posch nicht stand.

»Hier drin muss er sein«, sagte der Friedhofshelfer, ein älterer schmaler Mann, und klopfte auf einen schlichten billigen Sarg aus Fichtenholz, der schon vernagelt war und auf zwei Holzböcken stand. Er setzte ein Eisen an, das er vorsorglich mitgenommen hatte, und begann den Deckel abzuheben. Er tat sich schwer, also sah Heller sich gezwungen, mit anzupacken.

Schließlich lag der Tote frei. Er trug noch die Kleidung am Leib, die er wohl am Tage seines Todes getragen hatte.

»Hol mich der Teufel«, entfuhr es Heller, nachdem er den Deckel abgestellt und sich der Leiche zugewandt hatte. Der Friedhofshelfer schlug sogleich ein Kreuz vor der Brust.

»Das ist der Mann, den ich nach dem Unglück aus dem Wasser zog und der sich als Justus Kleibig ausgab«, wandte Heller sich an Neubert.

»Sind Sie sicher, Heller? Trotz der fehlenden Augen?«, fragte Neubert. Doch spätestens jetzt konnte er sich vor der Tatsache nicht mehr verstecken, dass all die Geschehnisse in einem Zusammenhang standen.

»Ganz sicher, vollkommen sicher!« Heller konnte seinen Blick nicht von dem Leichnam wenden, der bleich und eingefallen vor ihm lag. Alles umsonst, dachte er, der Sprung ins Wasser, die Gefahr, in die er sich begeben hatte, die Rettung, die ärztliche Versorgung. »Sehen Sie hier, die Verbrühungen am Arm und im Gesicht, und hier Schnittwunden an Hals und Schulter. Sogar die geschwollene Lippe, weil ich ihn im Wasser bewusstlos schlagen musste, damit er uns nicht beide ins Verderben riss.«

»Aber, Heller, Sie glauben doch nicht, von Kelb ließe ...«, begann Neubert, doch Hellers mahnender Blick in Richtung des Friedhofshelfers ließ ihn verstummen.

»Lassen Sie mich die Wunden ansehen«, sagte Heller. Er schritt zur Tat und öffnete dem Toten die verdreckte und blutige Bluse auf der Brust.

»Zur Untersuchung war er entkleidet«, merkte Neubert an.

Der Friedhofshelfer nickte. »Wir haben ihn wieder angezogen. Wir können nicht jedem ein neues Hemd geben. Gewaschen ist er aber.«

»Was meinen Sie, wie lang ist er bereits tot?«, fragte Heller seinen Kollegen.

»Inzwischen zwei Tage«, erwiderte dieser.

»Wenn Sie eine Bemerkung erlauben«, wagte der Friedhofshelfer sich einzumischen. »Sicher ist er schon vier Tage tot. Die Leichenstarre hat längst nachgelassen, und sehen Sie die Flecken hier, meist entstehen sie erst nach drei Tagen.«

Es wäre hilfreich, genauer zu wissen, wann ein Mensch gestorben war, überlegte Heller. Zu diesem Thema würde man in Zukunft noch genauer forschen müssen.

»Sicher haben Sie sich die Einstiche angesehen, Kollege.«

»Eine sehr schlanke Waffe. Ein Degen vielleicht.«

»Es sind sechs ... sieben Einstiche. Nicht unbedingt typisch für den Einsatz eines Degens. Es sei denn, man hätte noch fünf- oder sechsmal auf einen am Boden liegenden Mann eingestochen.«

Heller nahm den Toten bei der Schulter und drehte ihn zur Seite. »Die Stiche sind auch nicht durch den Körper gedrungen. Die Waffe scheint also nicht so lang gewesen zu sein. Für die Augen wurde anscheinend dieselbe benutzt. Und ich schwöre Ihnen, Kollege, dass auch Kleibig damit die Augen ausgestochen wurden.«

Neubert nahm es zur Kenntnis. »Warum aber sollte jemand so etwas tun?«

»Mancher glaubt …«, begann der Friedhofshelfer, verstummte aber verlegen, denn er war nicht gefragt worden.

»Sprechen Sie nur!«, forderte Neubert ihn auf.

»Mancher glaubt, dass sich das Letzte, was ein Ermordeter vor seinem Tod sieht, in seinem Auge einbrennt. Und dass dieses Bild denjenigen zeigt, der den Mord begangen hat.«

Heller sah zu Neubert, der die Mundwinkel nach unten zog und die Schultern hob. »Leute glauben noch viel seltsamere Dinge, warum nicht auch das? Doch es gehört schon einiges dazu, jemandem noch die Augen auszustechen, meine ich.«

»Mag sein, doch die Angst, ertappt zu werden, ist noch tausendmal stärker.«

»Wohl wahr.« Neubert blickte einen Moment lang nachdenklich in die Ferne. »Hören Sie, Heller. Posch hat mich deutlich dazu aufgefordert, dies alles zu einem schnellen Ende zu führen, mit dem kleinstmöglichen Aufsehen. Und halten Sie mich für feig oder opportun, aber ich will in nichts hereingeraten, was mir Posch zum Feind macht.«

Obwohl Heller ihn nun wirklich für ein wenig feige hielt, konnte er Neubert doch gut verstehen. »Das soll nicht Ihre Sorge sein. Ich will meinen Teil tun, ohne Sie zu behelligen. Ich möchte dabei nur verlangen, dass Sie mir keine Steine in den Weg legen.«

Neubert fühlte sich mit all dem nicht wohl. Weder wollte er feige sein noch bei Posch anecken. »Will sehen, wie ich das anstellen kann«, gestand er zu.

Man hatte den toten Mann, der sich als Justus Kleibig ausgegeben hatte, in der Nähe eines städtischen Stalls gefunden. In einer Siedlung, die aus recht wild gebauten Baracken bestand, irgendwo auf dem halben Wege zwischen der Neustädter Wache im Zentrum der Stadt und den Neustädter Kasernen im Nordosten. Die Siedlung fing dort an, wo es keine steingemauerten Bürgerhäuser mehr gab, und verleibte sich das ein, was einst ein kleines Dorf gewesen war. Ganz offensichtlich lebten hier jene, die sich vom Umzug in die Stadt mehr versprochen hatten, gescheitert waren und doch nicht wieder wegwollten oder -konnten. Kinder liefen herum, manche nur in Lumpen gekleidet, Hühner, Hunde. Eine Bretterbude stand neben der anderen. Männer unterhielten sich in Gruppen. Frauen versuchten aus dem Wenigen, was sie hatten, das Beste zu machen. Auf Wäscheleinen hingen Tücher und Windeln, nur wenig Kleidung. Es qualmte aus unzähligen Kaminen. Es stank nach Unrat. Man verrichtete seine Notdurft in Latrinen, Löcher, die man aushob und über die man eine Holzhütte stellte. Händler zogen über die schmalen Wege, auf denen sich Heller mit seinem Wallach wie ein Fremdkörper vorkam, verkauften überwintertes Gemüse, Lampenöl, Kerzen, sicherlich alles von schlechtester Qualität. Das dürfte nicht sein, dachte er sich, dass man hier so wohnte, ungeregelt, ohne jede Ordnung, ohne jede Vorschrift. Wo sollte das hinführen? Wenn hier ein Feuer ausbrach, brannte alles ab, wie im Mittelalter. Dann verloren Hunderte ihren Besitz und ihr Leben.

Hinter dem großen Stall, wusste Heller, hatten Abdecker ihre Geschäfte, verarbeiteten die Pferde, die zu alt oder zu krank waren, verkauften das Fleisch, das Fell, die Knochen. Einer von ihnen hatte den Toten gefunden.

Aus einer Seifensiederei, auch nur ein großer Schuppen mit riesigen Holzkesseln, stank es schlimmer als beim Abdecker selbst. Ein Lehrling stürmte hinein, um den Meister zu rufen, als Heller vor dem Geschäft abstieg.

Der Meister kam sofort herausgeeilt. Er trug eine Lederschürze und rieb sich die blutigen Hände an einem Lappen sauber.

»Er lag da drüben«, begann er, nachdem Heller sich vorgestellt hatte, und zeigte auf einen schmalen Spalt zwischen seiner Baracke und der nächsten. Dort stank es scharf nach Urin. Jeder, der vorbeikam, erleichterte sich wohl hier. Das alles hier muss ein Ende haben, dachte sich Heller. Was sollte aus einer solch stolzen Stadt werden, wenn jeder tat, was er wollte, und sie dadurch in Unrat und Schmutz versank? Er betrachtete die Stelle, und einmal mehr fragte er sich, welcher Sinn dahintersteckte, dass er jemandem das Leben rettete, damit er dann umgebracht und wie Dreck entsorgt wurde. Zu sehen gab es nichts, nur Unkraut.

»Haben Sie den Mann schon einmal gesehen, bevor er umgebracht wurde?«

»Ja, am Tag zuvor. Er lief herum und fragte nach Obdach.«

»Nur bei Ihnen oder überall?«

»Er hatte vorher schon andere gefragt und zog weiter, da ich nichts für ihn hatte. Mir blieb er nur im Gedächtnis, weil er diese roten Stellen im Gesicht und an den Armen hatte.«

»Welchen Eindruck machte er auf Sie?«

»Seine Kleidung war ja nicht die schlechteste. Ich wunderte mich ein wenig, was einer wie er hier suchte. Geld hatte er auch.«

»Das haben Sie gesehen?«

»Gehört. Man erzählte, dass er eine Börse bei sich trug.«

»Ein Raubmord vielleicht?« Heller wusste von Neubert, dass man bei dem Toten nichts gefunden hatte. Doch es war gut möglich, dass dieser Mann die Leiche durchsucht und sich bereichert hatte. Oder er war wirklich Opfer eines Raubs geworden.

»Nein, gnädiger Herr, so was geschieht hier nicht. Mag sein, dass mancher versucht zu stehlen, aber einen Mord gab es hier noch nicht. Und ... er wirkte sehr gehetzt. Er sah sich dauernd um, als wäre er auf der Flucht.«

»Sahen Sie denn jemanden, der ihn verfolgt oder gesucht haben könnte? Waren weitere Fremde hier?«

»Das ist nicht leicht zu sagen. Jeden Tag kommen neue, suchen Arbeit oder Unterkunft.«

»Jemand mit guter Kleidung wäre Ihnen sicherlich auffallen?«, hakte Heller nach.

»Sicherlich, mein Herr. Vielleicht hatte er nur Spielschulden oder das Geld selbst gestohlen.«

»Wo kam er denn unter?«

»Das, mein Herr, weiß ich nicht.«

Heller blickte sich noch einmal um, doch es gab nichts weiter zu sehen oder zu fragen. »Also dann, habt Dank!«, schloss er und schwang sich auf sein Pferd. Er wollte den Weg zurück nehmen, den er gekommen war, und ließ den Wallach gemächlich ausschreiten. Schon an der nächsten Weggabelung vernahm er schnelle Schritte. Er drehte sich um und sah den Lehrling des Abdeckers, der ihm mit seinen pantoffelartigen Holzschuhen nachlief. Heller stoppte das Pferd und sah den Jungen erwartungsvoll an.

Doch der lief an ihm vorbei, ohne etwas zu sagen. Mit einer beiläufigen Handbewegung veranlasste er Heller, ihm zu folgen. Der Junge lief bis zur nächsten Kreuzung, bog dann rechts ab, wartete, bis er Heller um die Ecke kommen sah, nur um dann in eine noch schmalere Gasse nach links abzubiegen. Heller stieg ab, um sich nicht an den niedrigen Sparren den Kopf zu stoßen, nahm sein Pferd beim Zügel und führte es zu Fuß.

Der Junge war verschwunden. Die Gasse schien immer enger zu werden, zu eng für den Wallach. Das Tier scheute bereits. Er würde es hier stehen lassen müssen, um es nicht rückwärts hinaus zu zwingen, sollte sich die Gasse als totes

Ende erweisen. War es eine Falle? Heller sah nach hinten. Noch war der Weg frei.

»Bursche«, rief er halblaut.

»Pssst«, machte der Junge und trat aus einer Nische zwischen zwei Buden, wo er sich versteckt hatte. »Kommen Sie. Ich zeig Ihnen was, gnädiger Herr.«

»Weiß dein Meister davon?«

»Nein, hab ihm gesagt, ich muss mal.«

Heller beschloss, das Risiko einzugehen. Er machte die Zügel an einem Pfosten fest, legte die Hand auf den Säbelgriff und folgte dem Jungen.

»Der Mann war bei uns«, flüsterte der Junge. »Das darf nur keiner wissen, dafür gab er meiner Mutter eine Mark.«

»Sagte er was?«

»Nein, aber er war sehr besorgt. Kommen Sie!« Der Junge winkte heftig und deutete auf den finsteren Eingang zu einer Hütte in der dunklen Gasse.

»Wo ist denn deine Mutter?«

»Die arbeitet am Tage in einer Wäscherei und kommt erst im Dunkeln heim.«

»Und dein Vater?«

»Ich bin vaterlos«, erklärte der Junge.

Endlich wagte sich Heller vor. Er musste den Kopf einziehen, als er durch die Tür ging. Dann fand er sich in einer Finsternis wieder, die wohl auch bei Nacht nur selten von Kerzenlicht erhellt wurde. Es stank nach Dreck und Feuchtigkeit. Er erkannte einen notdürftig errichteten Herd, aus schlechtem Holz grob gezimmerte Möbel, Decken auf einer Schlafstatt, die wohl nur aus Strohmatratzen bestand. Unter diesen Decken bewegte sich was.

»Das ist nur meine Schwester«, erklärte der Junge. »Ist sie noch da?«, fragte er die Kleine.

Das Mädchen, als solches kaum zu erkennen, war etwa

fünf Jahre alt und nickte. Der Junge ging auf die Knie und griff mit den Fingern zwischen die Spalten der Fußbodenbretter. Er hob eins davon an, dann noch eins. Ein tiefes Loch kam zum Vorschein, gerade so groß, dass ein Mensch darin liegen konnte. Eine Leiter aus Ästen, die mit Stricken verbunden waren, erleichterte den Zugang. Ein Mädchen von vielleicht zwölf Jahren sah verschreckt und verängstigt nach oben.

»Die hatte er dabei«, erklärte der Junge. »Niemand weiß davon.«

»Wer ist das?«, fragte das Mädchen in dem Loch. Heller sah ihre Angst, aber auch ihre Angriffslust. Eine Hand hielt sie hinter ihrem Rücken verborgen.

»Ich bin Kriminalrat Heller. Komm raus, dann reden wir. Zu befürchten hast du nichts. Steck das Messer weg, oder was immer du da hast.«

»Sie wollen mich nicht zu den Nonnen bringen?«, fragte das Mädchen.

»Das wird sich zeigen. Jetzt aber hast du keine andere Wahl, als mir zu gehorchen!«

Das Mädchen ließ ein kleines Messer in der Tasche ihres Kleides verschwinden. Heller trat beiseite und ließ sie hinaufsteigen. Dann stellte er sich vor den Ausgang.

»Dein Name«, verlangte er.

»Hab keinen«, erwiderte das Mädchen trotzig. Garstig sah sie den Lehrling an, der Heller zum Versteck geführt hatte. Einen Moment lang war Heller versucht, ihr wegen des aufmüpfigen Tons eine Schelle zu verpassen. Doch eigentlich verstand er sie. Sie schien schon viel mitgemacht zu haben und wusste nicht, ob er wirklich derjenige war, der er zu sein vorgab.

»Nun sag mir, wie ich dich nennen soll. Sonst nenne ich dich Mädchen.«

»Dann Friedericke.«

»Dieser Mann, mit dem du kamst – ist es dein Vater?«

»Nein.«

»Wer ist es dann?«

»Er nahm mich auf, vor einem Jahr. Er fand mich, ich bin sein Mündel.«

»Er fand dich?«

»Vater starb bei einem Unfall in einer Erzgrube. Mutter starb mit Bluthusten.«

»Ist es beglaubigt, dass du sein Mündel bist?«

Friedericke, wie sie sich nannte, sah ihn nur fragend an.

»Wie war der Name dieses Mannes?«

»Den soll ich nicht sagen. Wo ist er, haben Sie ihn eingesperrt?«

Heller sah den Burschen an, der den Kopf senkte. Er hatte es ihr noch nicht gesagt.

»Warum hast du es verschwiegen?«, fragte Heller ihn.

Der Junge zuckte nur mit den Achseln. Vielleicht war er verliebt und hoffte, so würde sie bleiben. Oder er fürchtete ihre Reaktion, wenn er ihr erzählte, dass ihr Ziehvater tot war.

»Verschwiegen? Was hat er verschwiegen?«, fragte sie misstrauisch.

»Der Mann ist tot. Er wurde umgebracht, vielleicht ein Raub«, erklärte Heller, denn es gab keinen Grund, darum herumzureden.

Friedericke reagierte kaum, doch ihr Gesichtsausdruck verhärtete sich.

»Er hatte kein Geld dabei. Hast du es an dir?«, fragte Heller.

Sie sagte zwar nichts, doch zuckte ihre Hand nach ihrer Hüfte, wo unter dem völlig verdreckten Kleid wohl das Geld verborgen war.

»Jetzt nenn mir seinen Namen und verrat mir, woher das Geld ist. Ich bin nicht wegen dir hier, sondern um herauszufinden, warum zuerst das Schiff explodierte und man ihn dann umbrachte.«

Noch immer schwieg sie verstockt. Dann fiel Heller ein, womit er ihre Zunge vielleicht lösen könnte.

»Hör zu, Friedericke. Ich bin der, der ihn aus dem Wasser zog. Sicher hat er dir das erzählt.«

»Sie?« Jetzt sah sie ihn erstaunt an.

»Ja, ich war das. Und als Dank nannte er mir einen falschen Namen. Nun sag.«

Schließlich gab das Mädchen nach. »Paul Holzke heißt er. Wir zogen übers Land, manchmal halfen wir bei der Ernte oder beim Holzfällen. Hier in Dresden hoffte er, richtige Arbeit zu finden. Nach einer Weile fand er welche, dort wo man Schiffe baut. Er bekam einiges Geld, damit kaufte er sich und mir Kleider.«

»War es immer ehrliche Arbeit, der ihr nachgegangen seid?«

»Immer!«, sagte sie, doch ein ganz kurzes Zögern war zu spüren gewesen, und ihr Blick ging zu Boden.

»Das Geld bekam er gleich? Hose und Hemd, eine Jacke, ein Kleid, Schuhe, wie ich sehe, das kostet eine Menge.«

»Er kam heim und hatte welches.«

»War es wirklich sein Lohn? Oder hat er es gestohlen?«

»Nein, er sagte, es sei redlich verdient.«

»Welcher Arbeit er nachging, hast du nicht gesehen?«

»Nein, nie.«

»Wo habt ihr gewohnt?«

»Wir hatten ein Zimmer bei einer älteren Frau. Ich half ihr bei der Hausarbeit, wenn er arbeiten war.«

»Wusste dein Vormund über Schiffe und Maschinen Bescheid?«

Sie schüttelte nur den Kopf.

»War mal jemand bei euch? Ein Fremder?«

»Einmal war jemand da. Ein Mann verlangte nach ihm, dann gingen sie gemeinsam weg.«

»Kannst du ihn beschreiben?«

»Ein Mann eben, es war nichts Besonderes an ihm. Aber an dem Abend war mein Vormund sehr schweigsam und aß nichts.«

»War das der Tag, an dem er plötzlich Geld besaß?«

Friedericke senkte den Kopf.

Plötzlich horchte Heller auf. Er hörte seinen Wallach pusten. »Wartet hier!«, befahl er den Kindern und lief hinaus. Sein Pferd stampfte unruhig und warf den Kopf, wollte sich losreißen. Heller nahm die Zügel und drückte sich gegen den Hals des Tieres. »Ruhig, Brauner!«, mahnte er. »Was ist denn mit dir?« Heller sog die Luft ein und erkannte den Geruch sofort. Es brannte.

Und schon gellte ein Schrei. »Feurio!«, rief jemand, »Feurio!« Der Ruf wurde weiter fortgetragen, jemand schlug ein klirrendes Eisen.

»Das ist doch nicht die Möglichkeit!« Heller löste die Zügel von dem Pfosten und nahm sein Pferd die wenigen Schritte zur Hütte mit. »Junge, es brennt. Nimm deine Schwester und alles, was ihr tragen könnt. Auf dem kürzesten Weg lauft ihr aus der Siedlung hinaus!«

»Und ich?«, fragte Friedericke klagend.

»Du kommst mit mir.«

»Sie wollen mich doch nur einsperren!«

»Red nicht dumm, ich will dich in Schutz nehmen! Junge, hast du nicht gehört?«, schimpfte Heller. »Nehmt, was ihr könnt. Hast du einen Strick? Dann binde deine Schwester an dir fest. Lauft weg von hier, zur Elbe hin, oder in Richtung der Stadt. Wenn ihr eure Mutter nicht findet, so meldet euch bei einer Wache und sagt deutlich, dass Kriminalrat Heller sich um euch kümmern will. Merkst du dir das?«

Der Bursche nickte, und seiner Schwester standen Tränen in den Augen. Inzwischen war der Brandgeruch stärker geworden, und der Wind wehte erste Rauchschwaden in die enge Gasse. »Und du ...« Heller drehte sich um. »Gottverflucht!«, rief er, denn Friedericke hatte die Gelegenheit zur Flucht genutzt. Er sah sie in die enge Gasse verschwinden, dem Brandgeruch entgegen. Sie wusste wahrscheinlich, dass es kaum möglich sein würde, ihr dahin zu folgen. Zumal der Wallach bald nicht mehr zurückzuhalten war. Er stemmte sich nach hinten, riss den Kopf hoch, schnaubte panisch.

Heller schwang sich auf das Pferd, konnte nun von seiner erhöhten Position aus sogar schon Flammen sehen. Bewohner kamen ihm nun panisch entgegengerannt. »Keine Zeit mehr!«, rief er dem Burschen und seiner Schwester zu. »Los, gib sie mir hoch!« Heller verlangte nach dem Mädchen. Der Junge zögerte nicht und reichte sie ihm hinauf. Heller setzte sie vor sich auf den Sattel. »Du auch, komm, steig auf die Kruppe!« Er half dem Jungen hoch und wendete das Pferd, was in der engen Gasse kaum möglich schien, zumal immer mehr Fliehende aus Richtung des Feuers gerannt kamen. Heller musste das Pferd bremsen, damit es nicht im gestreckten Galopp losstürmte. Er legte sich mit seinem Gewicht weit nach hinten, musste die Zügel straff ziehen. An der nächsten Gabelung angelangt, strömten Menschen in beide Richtungen, behinderten sich gegenseitig, Frauen mit ihren Kindern versuchten zu entkommen, Männer mit Eimern und Schaufeln rannten dem Feuer entgegen. Der Wallach wusste nicht wohin, Heller zwang ihn durch die Menge. Auf einem größeren Platz ein Stück weiter ließ er dann die Kinder absteigen.

»Aber wo sollen wir denn hin?«, rief der Junge verzweifelt, und seine Schwester weinte. »Wenn das Feuer unser Haus abbrennt, haben wir ja nichts mehr.«

Heller griff in seine Taschen, nahm wahllos Münzen heraus, drückte sie dem Burschen in die Hand. »Damit lasst euch zu eurer Mutter bringen. Ihr wisst doch, wo sie arbeitet, oder?«

Der Bursche nickte, und mehr Zeit gab ihm Heller nicht. Er riss das Pferd herum, dem Feuer entgegen, und presste die Schenkel zusammen. Es musste etwas getan werden, jemand mit kühlem Kopf musste Anweisungen geben. »Los, wirst du!«, schimpfte er, denn das Pferd wollte nicht, legte die Ohren an. Doch Heller ließ ihm keine Wahl. Unwillig ließ das Tier sich dem Brand entgegentreiben. An der Feuerfront angekommen, sah Heller, wie Männer verzweifelt Dreck in die Flammen schaufelten, Wasser aus Eimern gossen, die gar nicht schnell genug nachgefüllt werden konnten. Es fehlte an allem, von einer Feuerwehr war weit und breit nichts zu sehen.

»Seile!«, rief Heller. »Bringt Seile! Reißt die Hütten ein, es braucht eine Brandschneise!«

Ohne seine Worte infrage zu stellen, folgten die Männer seinen Befehlen. Das schöne Pferd und seine Kleidung machten ihn in ihren Augen zu jemandem, dem man nicht widersprach. Einige brachten starke Seile, andere begannen Hütten abzureißen, hebelten Bretter aus den Wänden, warfen sie weg vom Feuer, das sich vorwärts fraß und immer größer zu werden schien.

Heller ließ sich ein Seilende geben, wickelte es um den Sattelknauf. »Schlingt es um den Pfosten!«, rief er und wendete den Wallach, um zu ziehen. Hinter ihm quietschte und knarrte es, als die erste Hütte einbrach. »Zieht die Bretter weg! Werft Wasser an die Hütten, die noch nicht brennen!«

»Nicht mein Haus!« Eine Frau warf sich an ihn heran und

klammerte sich flehend an sein rechtes Bein. »Nicht meins! Ich hab sonst nichts!«

Heller musste sie mit dem Fuß wegstoßen, denn sie drohte ihn aus dem Sattel zu reißen. »Es muss, sonst brennt alles ab! Nimm, was du tragen kannst, und verschwinde!« Verzweifelt gab die Frau nach und rannte in die Hütte.

»An die Arbeit, noch ist nicht alles verloren!«, rief Heller laut, und als er wieder zum Feuer zurücktritt, war es fast so, als wärfe er sich in die Schlacht.

Er schmiss das Seil einem Mann zu, damit der es um den nächsten Pfosten schlingen konnte. Aus der Ferne vernahm er das Klingeln der Feuerwehr, die endlich mit ihren Pferdewagen herangeprescht kam. Sie hatten Handpumpen, Schläuche und einen Wassertank dabei. Damit sollte es gelingen, den Brand einzudämmen, sodass er nicht die ganze Siedlung fraß.

Heller fragte sich, ob es seinetwegen brannte. Vielleicht war ihm jemand gefolgt, wollte mit allen Mitteln verhindern, dass er mehr über die Morde und die Explosion erfuhr, und hatte deshalb das Feuer gelegt. Das bedeutete jedoch, dass alle Beteiligten in Gefahr waren. Kleibig und seine Familie hatte man schon umgebracht, den falschen Kleibig ebenso. Der Maschinist samt Frau war verschwunden, ebenso Asser und Pinska, niemand war mehr sicher. Die Frau des toten Kapitäns nicht, genauso wenig wie Friedericke und er. »Hopp, mein Gutster, zieh! Zieh um dein Leben!«, spornte er das Pferd an, und die nächste Hütte stürzte hinter ihm zusammen.

»Frau Mauder?«, fragte Heller und stieg vom Pferd. Aus seiner Kleidung stieg noch der Brandgeruch. Er hatte sich an einem Brunnen notdürftig gewaschen und dem Wallach anschließend Gelegenheit gegeben, sich auszuruhen und auf der Elbwiese zu grasen, um anschließend zum Präsidium zu reiten. Der Brand schien leidlich unter Kontrolle gebracht, wie groß der Schaden war, galt es noch herauszufinden.

Frau Mauder lebte in einem kleinen Haus im Süden der Stadt, Schrumm hatte die Adresse ausfindig gemacht. Sie saß auf einer Bank in ihrem hübschen kleinen Garten, in dem sogar Rosen wuchsen.

Die Angesprochene zuckte bei der Nennung ihres Namens zusammen und sah auf. »Mit wem habe ich denn die Ehre?«, zwang sie sich zu fragen. Denn eigentlich schien die Witwe des Kapitäns lieber fliehen zu wollen.

»Kriminalrat Heller«, stellte er sich vor und verbeugte sich knapp. »Ich will Ihnen mein aufrichtiges Beileid bekunden.«

»Deshalb sind Sie gekommen?«

Sie hatten fünf Kinder, wusste Heller, von denen aber keines zu sehen war. Vielleicht besuchten sie allesamt eine Schule, doch normalerweise sollten betuchte Leute wie die Mauders sich einen Hauslehrer leisten können. »Ich bin gekommen, um die Umstände des Todes ihres Mannes zu beleuchten.«

Die Witwe erhob sich. Sie war sicher früher eine schöne Frau gewesen, doch die Geburt der Kinder und vor allem der Tod ihres Mannes hatten sie schwer gezeichnet. Vergrämt sah sie aus, hoffnungslos. »Es ändert nichts«, sagte sie leise. »Er ist von uns gegangen, und nun sind wir allein. Wir werden das Haus verlassen müssen und sicherlich in Armut stürzen.«

»Haben Sie denn keine Rente? Hat er Ihnen nichts hinterlassen? Hatte er keine Lebensversicherung?«

»Nur so viel, dass wir nicht sofort auf die Straße müssen. Von einer Versicherung weiß ich nichts. Aber es ist nicht mehr wichtig. Alles ist vorbei. Alle wenden sich ab von mir.«

In Heller keimte eine böse Ahnung. »Frau Mauder, Ihre Verzweiflung ist verständlich, aber es werden andere Zeiten kommen. Die Stadt ist voller Junggesellen, die auch eine

Witwe mit Kindern nicht verschmähen werden. Sie haben doch sicher genug Geld, um ein Heiratsgesuch anzeigen zu können.«

Er beugte sich zur Seite und versuchte einen Blick durch die Haustür zu werfen, zu lauschen. »Wo haben Sie denn Ihre Kinder?«

»Die sind versorgt.« Frau Mauder sah ihn müde an.

»Darf ich einmal in Ihr Haus schauen?« Er hatte viel gesehen und hielt viel aus, doch zu dem erschlagenen und verbrannten Jungen mit seiner Mutter brauchte er nicht noch fünf vergiftete oder erstickte Kinder.

Frau Mauder antwortete nicht. Sie war zu erschöpft und hatte längst resigniert. Heller nahm das als Erlaubnis, ging an ihr vorbei und betrat das Haus.

»Jemand daheim?«, fragte er laut und bekam keine Antwort. Vorsichtig schritt er durch den schmalen Hausflur und warf einen Blick in die gute Stube, in der neben einem Sofa ein Schreibschrank und ein gut gefülltes Bücherregal standen. Er ging weiter in die Küche, die gleichzeitig Esszimmer und auch Waschhaus war. Dann stieg er die Treppe hinauf ins nächste Geschoss. Auch hier warf er Blicke in alle Räume, das elterliche Schlafzimmer, das Zimmer der Kinder, fand aber zu seiner Erleichterung niemanden. Leichteren Fußes eilte er die Treppe wieder hinab und nach draußen.

»Wo sind denn nun die Kinder?«, fragte er. Frau Mauder erwiderte nichts, sah aus, als schliefe sie mit offenen Augen.

»Frau Mauder, antworten Sie!«

»Ich habe sie zu meiner Mutter schicken lassen«, hauchte sie müde.

Heller sog Luft ein und wartete, bis sein erster Anflug von Zorn vorüber war. Das hätte sie ihm gleich sagen können.

»Frau Mauder, bei allem Verständnis, Sie dürfen sich nicht gehen lassen. Sie haben Kinder und noch ein ganzes Leben vor sich. Haben Sie denn nach einer Versicherungspolice gesucht? Nur weil Sie nichts davon wissen, heißt das nicht, dass es keine gibt. Kümmerte sich Ihr Mann allein um solcherlei Dinge?«

»Mutter sagte, es wäre keine gute Partie. Sie sagte, eines Tages würde ein Unglück geschehen und ich stünde ganz allein da. Und sie hat recht behalten.«

Heller musste sich aufs Neue zusammennehmen. Das resignierte Klagen und Jammern widerstrebte ihm. Doch sie hatte ja recht: Gab es keine Versicherung, keine Rente für den Verstorbenen, dann war das ihr Ruin. Er reichte der Frau den Arm. »Kommen Sie!«, befahl er barsch. »Gehen wir hinein!«

So angesprochen, sah sich die Frau genötigt, seiner Aufforderung zu folgen. Sie erhob sich, hakte sich ein und ließ sich von ihm ins Arbeitszimmer bringen.

»Ich hab schon nachgeschaut«, flüsterte sie und deutete auf den Sekretär.

»Auch zwischen den Büchern?«

»Die will ich gar nicht sehen. Ein Vermögen haben die gekostet.«

»Ein Vermögen, wenn Sie sie veräußern. Doch dazu müssen Sie sich aufraffen. Die Trauer um Ihren Mann darf nicht in Verzweiflung umschlagen. Gab es ein Buch, in dem Ihr Mann am liebsten las?«

Frau Mauder lebte jetzt wirklich ein wenig auf. Sie ließ ihren Blick über die Rücken der in Leder gebundenen Bücher streifen. Dann berührte sie eins der größten.

»Dieses. Manchmal, wenn sie besonders artig waren, ließ er die Kinder hineinschauen, aber anfassen durften sie es nie. Er beschwor mich immer, bei Flut und Feuer dieses eine Buch an mich zu nehmen und zu retten, sollte er nicht zu Hause sein.«

Heller nickte wissend. Es war eines jener Bücher, die er

gern selbst besessen und nie bekommen hatte, eine illustrierte Ausgabe von Alexander von Humboldts *Ansichten der Natur*. Mit einer gewissen Ehrfurcht nahm er den schweren Band aus dem Regal und legte ihn auf dem Sekretär ab. Er schlug den Einband auf, blätterte durch die ersten Seiten. Dann schlug er das Buch kurzerhand wieder zu, klappte es von hinten auf und fand einen großen Umschlag. Diesen nahm er heraus. Er musste einige Papiere enthalten, so dick fühlte er sich an.

»Davon weiß ich gar nichts«, staunte Frau Mauder, und ihr Gesicht bekam Farbe.

»Sehen Sie, beim ersten Versuch«, freute Heller sich. Vorsichtig zog er die Papiere heraus. Das oberste war eine beglaubigte Kopie von Mauders Kapitänspatent, das zweite die Besitzurkunde für das Haus, das dritte eine Police der Gothaer Lebensversicherungsbank.

Neben ihm geriet die Frau ins Schwanken. »Setzen Sie sich!« Heller half ihr schnell in den Stuhl.

»Lassen Sie mich lesen«, bat er und begann das Dokument näher zu studieren. »Es scheint, Ihr Mann hat sich durchaus Sorgen gemacht und an den Moment gedacht, da Sie möglicherweise ohne ihn dastehen. Die Versicherungssumme ist noch in Talern benannt, doch umgerechnet müssten es an die fünftausend Mark sein. Und das ist schon ein kleines Vermögen.«

»Himmel«, stöhnte die Frau, und sogleich packte sie das Gewissen. »Herr Kriminalrat, verstehen Sie mich nicht falsch. Ich liebte meinen Mann, und nie habe ich die Heirat bereut, nie. Es war die Verzweiflung, die Angst, meinen Kindern kein Leben bieten zu können, die mich vorhin diese garstigen Worte hat sagen lassen.«

Heller nickte und legte die Police ab. »Sicher wird es eine Zeit brauchen, die Auszahlung zu veranlassen. Ich helfe Ihnen gern, das durchzusetzen. Zuerst aber will ich Sie über die letzten Tage vor dem Tod Kapitän Mauders befragen. Verhielt sich Ihr Mann wie immer?«

»Nun, ein wenig angespannt war er schon. Wir kamen ja herum in der Welt, lebten sogar einige Zeit in England, später in Hamburg, und gingen dann nach Dresden, weil ihm hier eine Stelle angeboten wurde. Der Reeder Engelbrecht sprach ihn an, weil er wusste, dass mein Mann ein guter Dampfschiffer war.«

»Engelbrecht? Aber Ihr Mann fuhr doch für von Kelb.«

»Das ist es ja. Eines Tages kam mein Mann heim und sagte, von Kelb hätte ihm ein Angebot gemacht, das er unmöglich ausschlagen konnte.«

Heller staunte nicht schlecht. »Sie kamen also auf Engelbrechts Geheiß nach Dresden, doch dann heuerte Ihr Mann bei von Kelb an. War das Angebot so gut, dass es diesen Verrat wert war?«

»Einen Verrat würde ich es nicht nennen. Es ist eine übliche Praxis, demjenigen zu dienen, der am meisten bezahlt. Andersherum hat ein Reeder auch keine Scheu, die Männer abzuheuern, wie es ihm beliebt.«

»Und wie war es bei von Kelb? Durfte Ihr Mann sich die Besatzung selbst aussuchen, kannte er die Männer schon?«

»Nein, er klagte sogar über sie. Unfähig seien sie, meinte er. Aber das war wohl der Grund, weshalb der Freiherr ihn so gut bezahlte.«

»Wurden gelegentlich Männer ausgetauscht?«

»Ja, er sagte, immerzu müsste er neue Matrosen einarbeiten.«

»Er kannte sie also kaum und musste immer damit rechnen, dass jemand Neues an Bord kam?«

»So sagte er es.«

»Hatte er guten Kontakt zu von Kelb?«

»Der Freiherr, meinte mein Mann, verstehe zu wenig von dem Geschäft, er müsse sich auf die Leute verlassen, die für ihn arbeiten. Deshalb ließ er sich auch kaum sehen.«

»Vor der letzten Fahrt, sagte Ihr Mann da etwas Ungewöhnliches, fiel ihm etwas auf? Sprach er von einer besonderen Fahrt?«

»Nein, nicht dass ich wüsste. Nur sagte er einmal, dass wir wieder von hier wegziehen müssten, wenn von Kelb die Konzession nicht bekäme. Denn bei Engelbrecht würde er sicher keine Anstellung mehr finden.«

»Sie meinen, Engelbrecht nahm es Ihrem Mann sehr übel, dass er zum Freiherrn ging?«

»Es ist ja verständlich, schließlich hatte er ihn geworben.«

Heller hatte zunächst keine weiteren Fragen. In seinem Kopf hatte sich ein Bild geformt, das sich nun verfestigte.

»Ich danke Ihnen, Sie haben mir schon sehr geholfen.«

Frau Mauder erhob sich. »Nein, Sie haben geholfen, Herr Kriminalrat. Ich will einen befreundeten Advokaten veranlassen, die Police einzulösen.«

»Ich würde Ihnen gern ein Angebot machen, um vielleicht die erste monetäre Not zu lindern und Ihnen die Zeit bis zur Auszahlung zu überbrücken.«

»Wollen Sie einen Anteil der Police kaufen?«, fragte die Frau skeptisch.

»Nein, keineswegs. Ich möchte Sie bitten, mir dieses Buch hier zu veräußern.«

»Fünfzig Mark? Bist du von allen guten Geistern verlassen?«, schnappte Helene im Lesezimmer.

Dass sie nicht begeistert sein würde, war Heller bewusst gewesen, doch dass sie deshalb so sehr zankte, überraschte ihn.

»Du wirst das Angebot zurücknehmen. Zwanzig Mark, ja,

dreißig noch, aber nicht fünfzig! Das ist das Haushaltsgeld für drei Monate. Es sind noch nicht einmal die Pferde an die Försterei verkauft.«

Heller hielt inne. Er wusste selbst, wie viel Geld das war. Doch das Buch war ein Prachtstück, ein illustriertes Exemplar, eine der frühesten Ausgaben. In der Not ließe es sich immer noch weiterverkaufen. Und solch eine Not herrschte nicht, im Gegenteil. Helene war nur immerzu besorgt. Außerdem hatte er ein Problem.

»Ich kann das Angebot nicht zurücknehmen«, gestand er.

»Weshalb? Hast du Mitleid? Aber du sagtest doch, sie bekommt eine Versicherung ausgezahlt.«

»Helene, könntest du leiser sprechen?«

»Gustav, ich spreche so laut wie nötig.« Sie stemmte die Hände in die Hüften. »Also, warum?«

Dass sie seinen Vornamen nannte, machte es nicht einfacher. War sie bei bester Laune, dann war er Herr Rittmeister. Und je ernster oder strenger sie wurde, desto informeller sprach sie ihn an. Die nächste Stufe war Gustav Johann Heller. Sein Vorname war die vorletzte. Fehlte nur noch, dass sie Allerliebster zu ihm sagte. Das bedeutete größtes Ungemach.

Es war Zeit, ihr die ganze Wahrheit zu sagen. »Weil ich das Buch schon habe. Ich habe den Kauf gleich abgeschlossen. Ich wollte nicht, dass sie es sich noch anders überlegt.«

Helene riss die Augen auf. »Und mir erzählst du, es wäre ein Angebot gewesen, nur um zu sehen, wie ich reagiere? Und schmuggelst das Buch vorbei an mir ins Haus?«

»Ich hatte gehofft, du freust dich so wie ich. Stattdessen versuchst du mir die Freude zu verleiden!«

»Nein, Gustav, du drehst das jetzt nicht zu deinen Gunsten. Ich verleide gar nichts. Ich will gefragt werden, denn ich arbeite genauso hart wie du fürs Geld. Und ich will, dass du immer gleich die Wahrheit sagst. Deshalb bin ich wütend!«

»Nein, denn bis gerade eben wusstest du nicht, dass ich ein bisschen gelogen habe.«

»Himmel, Gustav Johann Heller, das ist der falsche Moment, kleinlich zu sein!«

Heller freute sich. Auch wenn sie vorgab, noch wütend zu sein, schien es bergauf zu gehen mit ihrer Laune. »Helene, Liebste.« Er nahm sie bei den Schultern. »Überleg nur, wie Johanna sich freuen wird. Du weißt, sie liebt Bücher wie dieses.«

»Du bist gemein, so zu argumentieren«, warf Helene ihm leise vor.

»Wirst du mir verzeihen?«

Beleidigt drehte sie sich weg. Sie wusste selbst, dass sie ihm nicht mehr böse sein konnte, und ärgerte sich darüber wohl noch am meisten. Heller ließ sich von ihr die kalte Schulter zeigen. Er wusste, das Schlimmste war überstanden.

»Im Hof, in unserer Schmiede, liegen übrigens einige Dinge, die Leute heute vorbeigebracht haben. Sie bestanden auf Belohnung. Ich habe sie ausgezahlt, mir ihre Namen notiert und woher sie kamen. Hast du eine solche Belohnung ausgelobt?«

»Das habe ich, doch die werde ich beim Staat absetzen. In der Schmiede, sagst du?« Heller stand auf, um sich die Sache anzusehen.

In der Schmiede war es kühl, die Feuerstelle war kalt. Der Schmied kam einmal im Monat, und noch war es nicht an der Zeit. Auf dem Amboss und der schweren, von Ruß und Hitze ganz schwarzen hölzernen Werkbank lagen verschiedene Metallteile. Heller ging näher heran, um sie sich anzusehen. Vor allem eines sprang ihm sofort ins Auge. Es wirkte bei Weitem komplexer als die anderen; bei denen handelte es lediglich um verdrehte Röhren oder Metallstücke, die wie Teile der zerfetzten Kesselwand aussahen.

Dieses besondere Stück Rohr hingegen wirkte am unteren Ende wie von Riesenhand abgedreht, so wie man einen frischen Zweig vom Baum brach. Es verbreitete sich, hatte einen Schlitz, einen Deckel, der sich mit bloßer Hand nicht aufschrauben ließ, und darin eine Mechanik, soweit Heller es erkennen konnte. Das mochte ein Ventil sein, ein Volltreffer sozusagen. Denn genau das hatte er finden wollen.

»Zwei Jungen haben es gefunden. Die Mutter hat den ganzen Weg auf sich genommen, um dieses Teil hierher zu bringen. Fünfzig Mark musste ich ihr dafür geben und eine Quittung für die abgegebenen Teile«, erklärte Helene, die mit ihm gekommen war. Sie reichte ihm ein Stück Papier. *Karl und Erich Friebel, Söhne von Ingrid Friebel, Witwe, Zschieren*, stand darauf geschrieben.

»Außerdem waren noch andere da, die dies hier brachten.« Hellers Frau zeigte auf zwei weitere Teile.

»Da glaubt jemand, besonders raffiniert zu sein«, schnaubte Heller, denn es waren ganz offensichtlich Bruchstücke eines schmiedeeisernen Zauns.

»Aber dieses hier ist das richtige? Die Frau sagte, ihre Jungen hätten es in einer dichten Hecke nahe der Elbe gefunden.«

Heller sah sich noch einmal das Ventil an. »Ganz prächtig. Damit sollte sich etwas anfangen lassen.«

Er wollte sich abwenden, doch Helene griff nach seinem Jackenaufschlag und roch am Stoff. »Sag, wo warst du eigentlich heut? Du riechst nach Rauch. Es hieß, in der Stadt hätte es gebrannt, einige wollen in der Ferne Rauchwolken gesehen haben. Du wirst doch nicht dort gewesen sein?« Sie sah ihn misstrauisch von oben bis unten an, suchte nach weiteren Indizien.

»Ach, wo denkst du hin. Das mit dem Feuer stimmt wohl, aber ich war bei Fischern. Und du weißt, wenn die räuchern, stinkt es zum Himmel.«

»Na gut«, gab sich Helene geschlagen, wenn auch mit zweifelndem Blick. »Du wirst mich ja nicht zweimal am Tag belügen. Ich würde sagen, du wechselst die Kleidung, damit ich sie Klara zum Waschen geben kann. Und dann zeigst du mir dieses Buch, das teurer war als mein Hochzeitskleid!«

10

»Drei Tote gab es wohl, einige Verletzte und viel materiellen Verlust. Manche haben alles verloren«, fasste Schrumm am nächsten Tag im Büro zusammen. »Es gab einen königlichen Erlass, die Vorgänge zu prüfen. Inspektoren sind jetzt angehalten, dieses Viertel abzureißen, damit es nicht noch einmal zu solch einer Entwicklung kommt, und eine Aufteilung der Bewohner auf andere Viertel zu veranlassen. Das wird einigen Unmut säen, doch sicherlich ist es notwendig.«

»Was das Feuer verursacht hat, ist noch nicht bekannt?«

»Die Stelle, wo es ausbrach, gilt als ausgemacht. Ein steinerner Herd zerbrach, Glut und brennendes Holz fielen auf den Boden, setzten Wände und Möbel in Brand. Es heißt, es hätte auch einen Schlag gegeben, doch das ist nicht erwiesen.«

»Einen Schlag?«

»Wie bei einem nahen Gewitter.«

Heller überlegte. Gehört hatte er nichts dergleichen, doch wie mochte sich der Schall in den Gassen ausbreiten? Sicherlich wurde das meiste von den hölzernen Wänden der Bretterbuden verschluckt.

»Es könnte also möglich sein, dass jemand eine Handgranate in den Herd warf? Er müsste sie noch nicht einmal anzünden.«

»Wenn man vermuten will, dass das Feuer Ihnen galt, dann durchaus. Doch es ist wahrscheinlicher, dass es ein Unglück war. Ein Wunder, dass nicht schon früher etwas passierte.«

Einmal mehr sorgte Schrumms trockene Ehrlichkeit dafür,

dass Hellers Blut zuerst aufkochte und dann durch eine gewisse Bewunderung wieder erkaltete. »Ein Wunder, dass es ausgerechnet dann geschah, als ich mit dem Ziehkind des falschen Justus Kleibig sprach«, erwiderte er und mahnte sich doch, die Sache nicht so persönlich zu sehen. Vielleicht war es ja nur sein bloßes Erscheinen gewesen, das die Dinge in Gang gesetzt hatte. Vielleicht hatte jemand den Herd verlassen, um zu sehen, wer der Herr auf dem Pferd war.

»Das Mädchen würde ich gern wiederfinden. Sie sagte, ein Fremder hätte ihren Ziehvater besucht, hätte ihn nachdenklich gemacht und ihm Geld verschafft. Gerade war ich dabei, sie nach diesem Fremden auszufragen, da brach das Feuer aus. Ich wollte sie mitnehmen, doch sie nutzte die Gelegenheit zur Flucht.«

»Was wird ein Kind dieses Alters anstellen? Wo kommt sie unter?«, überlegte Schrumm.

»Ein wenig Geld schien sie zu haben. Genug, um die Stadt zu verlassen. Sie könnte nach Leipzig gehen, nach Chemnitz oder Zwickau. Sie sprach von Erz, sicher kam sie irgendwo von da. Sicherlich wird sie einen neuen Schutzherrn suchen, einen alten Junggesellen, der willig ist, sie als Kind anzunehmen. Man hört gelegentlich von solchen Arrangements, die irgendwann in einer Heirat enden. Oder sie bekommt eine Anstellung. Sehr ärgerlich das Ganze, denn ich habe eine gewisse Ahnung, was geschehen sein könnte. Und die Aussage des Mädchens verstärkte diese noch.«

»Wollen Sie mich an Ihren Gedanken teilhaben lassen, Herr Kriminalrat?«

»Nun, es ist recht leicht gesagt, aber schwer zu beweisen. Stellen Sie sich Folgendes vor: Jemand, der Interesse daran hat, dass dieses Schiff aus der Flotte des Freiherrn explodiert, lässt die Maschine manipulieren, verlötet die Ventile oder was auch immer getan werden muss. Weil aber ein erfahrener

Kapitän wie Mauder und sein Erster Offizier sicherlich bemerken würden, dass etwas mit dem Aggregat nicht stimmt, müssen diese beiden beseitigt werden. Also bezahlt dieser Jemand einen Mann, einen Landstreicher, der sicherlich schon einiges auf dem Kerbholz hat, damit er diese schmutzige Arbeit verrichtet. Dieser Mann bringt den Kapitän und den Offizier um, bevor die Maschine explodiert. Und nun das Beste: Er selbst soll dabei auch ums Leben kommen, was er natürlich nicht weiß. Fast wäre es gelungen, er fiel über Bord und wäre auch ertrunken. Als ich ihn aber rettete, gab er einen falschen Namen an. Vielleicht weil er so instruiert war oder er den echten Kleibig kennengelernt hatte. Weil er aber noch lebt und Mitwisser ist, muss auch er beseitigt werden, so wie der echte Kleibig, damit er keine Verwirrung stiften kann. Da nun aber dessen Frau und das Kind Zeugen sind, ebenso das Ziehkind des gedungenen Mörders, müssen auch sie beseitigt werden.«

Schrumms Blick machte jedes weitere Wort unnötig.

»Sie glauben mir kein Wort, ist es nicht so, Schrumm?«, resignierte Heller. »Aber ist es denn so absurd?«

»Nun ja, es erfordert eine erhebliche kriminelle Energie. Die meisten Menschen mögen es gerade übers Herz bringen, einen umzubringen, ehe sie das Gewissen packt, zwei vielleicht. Aber gleich ein Dutzend?«

»Ich nehme an, dass es einem leichter fällt, wenn man erst einmal begonnen hat. Wer auch immer verantwortlich ist, hat viel zu verlieren. Da ist es kaum noch relevant, ob es zwei oder zwölf Menschen sind. Der Galgen oder das Schafott ist so oder so sicher.«

»Herr Kriminalrat, ich gestehe, ich tue mich schwer. Der Gedanke ist durchaus nachvollziehbar, doch er ist voller Unwägbarkeiten und vor allem ganz und gar unmöglich nachzuweisen.«

Heller hob die Hand. »Ein Teil davon schon.«

»Ach ja, und wie?«

»Wir entbetten den Kapitän und den ersten Offizier. Das ist es, was ich von Löbbers wollte.«

»Wir …«, begann Schrumm, dann schlug er ein Kreuz. »Lieber Herr Jesus, das kann nicht Ihr Ernst sein, Herr Rittmeister.«

»O doch, lieber Schrumm. Ich werde Löbbers auf die Füße treten, der Medizinalrat wird das durchsetzen können. Die Männer sind noch keine vier Tage unter der Erde, sicher kann er erkennen, ob sie nicht vielleicht doch umgebracht wurden. Man muss es ja nicht laut verkünden.«

Schrumm war ganz bleich. »Haben Sie denn keine Bedenken, dass Sie sich damit …« Er brachte den Satz nicht zu Ende.

»… der Lächerlichkeit preisgeben?«, übernahm Heller es für ihn. Schrumm senkte den Kopf.

Heller schnaufte. Schrumms Befürchtungen waren nicht unbegründet, ganz im Gegenteil. »Das lassen Sie meine Sorge sein!«

»Aber Herr Kriminalrat, lassen Sie uns doch erst einmal warten, was die Untersuchung des Ventils zutage bringt.«

»Natürlich, ja. Aber da fällt mir ein: Konnten Sie eigentlich in Erfahrung bringen, ob es zu einer Konzessionsvergabe kommt?«

Schrumm räusperte sich, beugte sich ein wenig vor und senkte die Stimme. »Gestern traf ich auf dem Weg zum Büro Herrn Schönborn, August Schönborn. Sie müssen wissen, er arbeitet als Kalfaktor im Büro des Geheimen Regierungsrats Hürtens. Der wiederum unterhielt sich kürzlich vor seiner Tür mit einem Beamten namens Blücher, wie der Generalfeldmarschall Blücher. Beiläufig erwähnten sie, dass Blüchers Onkel im Amt für Schifffahrt einen hohen Posten innehat.«

»Himmel, Schrumm, kommen Sie zum Kern!«, mahnte Heller.

Schrumm kniff für einen Moment betroffen die Lippen zusammen. »Ich wollte Ihnen nur die Zusammenhänge verdeutlichen. Dieser Onkel jedenfalls scheint sich darüber zu beklagen, dass man den Vorgang längst hätte abschließen können, er aber an einer Stelle im Oberhofmarschallamt Seiner Majestät blockiert würde.«

»Was hat der Hofmarschall mit der Schifffahrt zu tun, sollte er sich nicht mit der Hofhaltung befassen?«

»Nicht der Hofmarschall selbst blockiert wohl, sondern jemand, der Einfluss auf die für solche Entscheidungen maßgeblichen Männer hat.«

»Seine Majestät?«

»Nein, Herr Kriminalrat. Ich meine, der König wird von diesem Vorgang gar nichts wissen, er ist nur derjenige, der schlussendlich seine Unterschrift setzt.«

»Da haben Sie wohl recht, Schrumm. Ich nehme auch an, dass sich diese Männer für ihre Entscheidung gern entlohnen lassen. Sicherlich ist da Bestechung im Spiel.«

»Herr Kriminalrat, was Sie da sagen…«, stöhnte Schrumm, der sich vom letzten Schock immer noch nicht erholt hatte.

Heller machte sich da nichts vor. »Wenn einer mehrere Zehntausend Mark in Schiffe steckt, wird es ihm sicher nicht wehtun, an der einen oder anderen Stelle noch ein paar Hundert Mark zu investieren. Dem werde ich mal ein wenig nachgehen.«

»Herr Kriminalrat…«, wollte Schrumm intervenieren.

»Und Sie, Schrumm, bekommen von mir den Auftrag, die Bewerbungen des Freiherrn und Engelbrechts einzusehen.«

»Wie soll ich das denn bewerkstelligen?«, fragte Schrumm mit hörbarer Panik in der Stimme.

»Sie gehen ins Amt für Schifffahrt und sagen, Kriminalrat

Heller verlangt Einsicht in die Unterlagen. Sie dürfen der Sache gern Nachdruck verleihen, indem Sie sagen, ich ließe Sie stockprügeln, wenn Sie ohne Ergebnis zurückkehren.«

»Mit Verlaub, verehrtester Herr Kriminalrat Heller, doch für Sie ist gerade niemand zu sprechen.« Der Obersekretär des Oberhofmarschallamtes hatte Heller eine geschlagene Viertelstunde lang warten lassen. Ob er wirklich so lange benötigt hatte, um sich eine Handvoll Absagen einzuholen, war fraglich. Wahrscheinlich hatte er die Zeit aus purem Hochmut nur abgesessen. Und hochmütig war er. Zwar stand er vom Rang einige Stufen unter dem eines Kriminalrates, doch dass er sozusagen der Portier dieses Amtes war und ganz nach eigenem Gusto entscheiden konnte, wer hineinkam und wer nicht, machte ihn zu einer wichtigen Person. Wie mochte es dem König ergehen, dachte sich Heller, umgeben zu sein von Hunderten solchen Personen, die nur an ihn heranließen, was sie als nötig betrachteten? Wie sollte ein einzelner Mann Durchblick bewahren, wenn ihm nur ausgewählte Dinge gezeigt wurden? Wie viele Erlasse unterzeichnete er in seiner Routine, ohne dass man ihm erklärte, was sie bewirkten, und wie viele wurden in seinem Namen unterzeichnet, ohne dass er davon wusste?

Heller sah nicht ein, sich von einem aufgeblasenen Wichtigtuer einfach abweisen zu lassen. »Und nun?«, fragte er deshalb.

»Wie, und nun?«, fragte der Mann zurück.

»Soll ich hier sitzen bleiben, bis jemand Zeit findet?«, fragte Heller weiter.

Einen Moment lang riss der Sekretär vor Entsetzen die Augen auf, bewahrte dann aber Haltung. »Sicherlich nicht, mein Herr. Ihr Wunsch nach einem Gespräch wurde notiert, und man wird Ihnen Bescheid geben.«

»Und wenn Sie noch einmal nachfragen gingen und betonten, dass es sehr dringlich ist?«, schlug Heller vor. Vielleicht sollte er doch nicht immer gleich schlecht von den Menschen denken. Es war sicherlich so, dass der Mann seiner Arbeit gewissenhaft nachging und Auftrag hatte, lästige Leute wie ihn abzuweisen.

Der Sekretär nickte knapp, dann kehrte er um und eilte erneut davon. Diesmal dauerte es nur wenige Minuten, bis er zurückkam.

»Mit größtem Bedauern, mein Herr, aber es findet sich niemand. Die Herren Geheim- und Regierungsräte sowie die Hofmarschälle sind bei einer Kabinettssitzung. Jedoch darf ich Ihnen eine Einladung übermitteln, zum Abendessen im Klubsaal des Hotel Bellevue am Theaterplatz zu erscheinen.«

»Heute Abend?«, fragte Heller. Das war allerdings raffiniert. Erstens stünde er dann allein einer Phalanx von Beamten gegenüber, zweitens noch in seiner Alltagskleidung. Denn um heimzufahren und sich eine Abendgarderobe anzulegen, würde er keine Zeit mehr haben.

»Aber ja, wenn es so dringlich ist. Sie werden dort sicherlich jemanden treffen, dem Sie Ihr Anliegen nahebringen können.« Der Sekretär konnte seinen Triumph kaum verbergen, und Heller gestand ihm diesen hart erkämpften Sieg zu.

»Herzlichsten Dank, diese Einladung nehme ich gern an.«

»Natürlich, ich gebe es gern weiter.«

Auch auf Medizinalrat Löbbers musste er warten, tat dies aber mit weitaus mehr Geduld. Löbbers operierte, hieß es, daran war nichts zu ändern. Also gönnte Heller sich und dem Kutscher des Polizeipräsidiums an einer Straßenküche einen Imbiss. Man kredenzte ihnen eine Kohlsuppe, in der Fleischstücke schwammen, die Heller jedoch vorsichtshalber und wenig diskret heraussortierte, worüber sich einige Straßenhunde freuten. Das Brot allerdings fand er sehr schmackhaft, obwohl – oder gerade weil – es nicht aus dem besten Mehl gemacht war und grobe Stückchen enthielt, die nach Kastanie schmeckten.

Als sie nach einer Stunde zurückkehrten, saß Löbbers in seiner Schreibstube und erwartete Heller mit frisch gebrühtem Kaffee.

»Welcher Segen mit der Anästhesie über uns gebracht wurde, Heller. Noch vor dreißig Jahren litten die Patienten schlimmste Qualen. Stellen Sie sich vor, ich schnitt ganz ohne Betäubung einen Unterleib auf, um den Appendix zu entfernen, eine Operation, die in Mode zu kommen scheint. Ich hadere trotzdem immer noch sehr damit, zu operieren. Denn Wundbrand ist eine Plage, der wir noch immer nicht Herr geworden sind und an der die Hälfte meiner Patienten eingehen. Heute war es ein zwölfjähriger Bursche mit so geschwollenem Leib, dass er wohl schon tot wäre, hätte ich nicht eingegriffen. Wollen wir das Beste für ihn hoffen.«

»Ich habe einiges gesehen im Kriege. Hässliche Verletzungen, abgerissene Glieder, Amputationen, Durchschüsse. Und im Feld wurde nicht mit Betäubung operiert. Ein Geschrei, lieber Gott. Die meisten haben die Operation nicht überlebt, und der Rest starb an besagtem Wundbrand. Man müsste seiner wirklich Herr werden können.«

»Vielleicht sollte man erst der Kriege Herr werden«, schlug Löbbers vor.

Heller wollte sich dazu nicht äußern. Krieg gehörte wohl zur Menschheit wie das Atmen. Und manchmal bedurfte es des Kriegs, um Staatsinteressen durchzusetzen, und dafür gab es Soldaten. Das war seine Meinung.

»Nun, Heller, wollen Sie mir Ihr Anliegen vortragen?«

»Deshalb bin ich hier«, erwiderte dieser und erläuterte dem Medizinalrat seine Gedanken.

Als er fertig war, schloss Löbbers: »Wenn sich die Angelegenheit derart evident darstellt, werde ich sicher etwas machen können.«

Nicht ganz frei von schlechtem Gewissen, nickte Heller und fragte: »Was glauben Sie, wie schnell man die Exhumierungen durchführen kann?«

»Ein wenig müssen Sie sich gedulden. Auch ich bin an Regularien gebunden, muss mich beim Justizamt rückversichern. Und Sie wissen, auch die Kirche wird ein Wörtchen mitzusprechen haben.«

Heller gab sich konsterniert. »Wenn so viele mitmischen, sehe ich jetzt schon, dass sich die Sache hinauszögert, bis von den Leichnamen nichts mehr übrig ist.«

»Na na, Heller, so schnell geht es nicht mit der Verwesung.«

»Aber wer weiß, welche Details verloren gehen?«

»Heller, lassen Sie mich machen«, mahnte Löbbers väterlich, aber doch ein wenig ungehalten. »Immer mit dem Kopf durch die Wand. Das hier ist kein Schlachtfeld, hier können Sie nicht vorpreschen, hier muss man subtiler arbeiten. Und ich will nicht müde werden, Sie immer wieder darauf hinzuweisen.«

Kriminalassistent Schrumm wirkte ganz geknickt, als Heller Stunden später ins Büro zurückkehrte.

»Welche Laus ist Ihnen denn über die Leber gelaufen?«, lachte Heller und kannte die Antwort schon.

»Gar nichts habe ich erreichen können. Und ich hoffe, Sie verzeihen mir, doch einer fragte mich sogar, wer denn dieser Kriminalrat Heller sein soll. Eine Abfuhr habe ich bekommen, die sich gewaschen hat.«

»Grämen Sie sich nicht. Ich dachte mir schon, dass es so nichts wird. Ich dagegen konnte einiges erreichen. In einen

Klub bin ich eingeladen, im Bellevue. Dort werde ich wohl einige treffen, die sich im allerengsten Kreise Seiner Majestät tummeln. Hohe Beamte vor allem.«

Sofort versteifte sich Schrumm. »Herr Kriminalrat, ich muss doch da nicht mit hin?«

»Nein, Schrumm, seien Sie ganz unbesorgt. Hat denn die Untersuchung des Ventils etwas gebracht?«

»Bisher noch nichts. Ich werde mich danach erkundigen.«

»Können wir dem Mann auch vertrauen, dem Sie das Teil übergeben haben?«

»Ich lege meine Hand für ihn ins Feuer. Ernst Hartig, Professor für Mechanische Technologie am Polytechnikum Dresden. Er ist einer der führenden Köpfe im ganzen Reich. Ich bekam einen Termin, weil mein Vater ursprünglich aus Chemnitz stammt, wo auch Hartig geboren wurde. Die beiden kennen sich aus der Schule. Sein Vater war Meister der Weberinnung.«

»Gratuliere, Schrumm. Solcherart Bekanntschaft sollten Sie pflegen, sie kann immer hilfreich sein. Ich dagegen fürchte, ich kenne zu wenige solcher Leute. Doch dank meiner Herkunft, die mir das Leben zwischen all den Hochwohlgeborenen, Blaublütigen und Akademikern zwar schwer macht, denke ich pragmatisch und kann mich auch ins Denken und Handeln der Bevölkerung hineinversetzen.«

»Spielen Sie darauf an, dass ich einer Beamtenfamilie entstamme?«

»Nicht speziell. Aber wenn Sie es schon ansprechen – denken Sie, ich kann mich in meinem Aufzug in diesem Klub blicken lassen? Oder bedarf es eines neuen Hutes? Eines Mantels? Genügt es, wenn ich die Stiefel blank putzen lasse?«

Schrumms Blick wanderte einmal abschätzend an ihm hinunter und wieder hinauf. »Wenn Sie mir die Bemerkung erlauben, Herr Kriminalrat, um bei diesen Herren zu bestehen, müsste man das äußere Erscheinen komplett austauschen. Und nicht nur das«, sprach er sein vernichtendes Urteil.

Heller streckte sich, versuchte sich die Kränkung nicht anmerken zu lassen und reckte das Kinn ein wenig in die Höhe. »Erstens, Schrumm, wann lernen Sie, in meiner Gegenwart endlich mit diesen vermaledeiten Entschuldigungsfloskeln aufzuhören? Sagen Sie, was gesagt werden muss. Und zweitens, erklären Sie bitte den letzten Satz, und zwar mit Bedacht, damit ich Ihnen nicht den flachen Säbel zu spüren gebe.«

Schrumms Kopf war wieder hochrot angelaufen. »Herr Kriminalrat, Sie können nicht von mir verlangen, die Wahrheit zu sagen, und mir gleichzeitig mit Strafe drohen!«, wagte er sich zu beschweren. »Was ich gesagt habe, war nicht gegen Sie gerichtet. Ich meinte mit diesen wohl etwas unbedacht gewählten Worten, dass Sie die Männer dort nicht beeindrucken können, egal wie Sie gekleidet sind. Sie stammen aus keinem hohen Haus, aus keiner Beamtenfamilie, haben keinen akademischen Titel, nur einen verliehenen Amtstitel, und selbst Ihr militärischer Rang ist noch zu niedrig. Sie betreiben eine Pferdezucht, haben kein großes Anwesen, und mit Ihrem Jahresverdienst decken manche dieser Herren gerade einmal ihre monatlichen Haushaltskosten.« Schrumm schnappte nach Luft und wünschte sich offenbar, die Erde würde sich auftun und ihn verschlucken.

Heller ließ die Worte noch ein wenig wirken. Dann nickte er. »Sie haben mich wieder mal beeindruckt, Schrumm. Wenn Sie nur erst einmal aus sich herauskommen, werden Sie einen guten Leutnant oder gar Major abgeben.«

»Danke!« Mit diesem Wort entwich alle angehaltene Luft aus Schrumm.

»Sie meinen also, es hat gar keinen Zweck, sich neu einzukleiden, um die Herren zu beeindrucken.«

»Nein, keinen.«

»Gut, das soll mir recht sein. Besonders erpicht war ich nicht darauf.«

Schrumm nickte und räusperte sich. »Eines nur.« Er räusperte sich erneut. »Die Stiefel würde ich an Ihrer Stelle tatsächlich putzen lassen.«

Das war nicht seine Bühne, musste Heller schnell feststellen. Hier fühlte er sich so fehl am Platze wie ein Frosch in der Wüste. Er hatte schon des Öfteren Gelegenheit gehabt, ein Diner in solch erlauchten Kreisen zu erleben, doch in so großer Menge hatte er diese Leute noch nie erlebt. Hier wurden zwischen Wein, Champagner und Zigarren, bei Törtchen und Pasteten, die Politik des Landes besprochen, die nächsten Reisen des Königs kommentiert, die Lage der Welt debattiert, Geschäfte ausgemacht, Ehen ausgehandelt, während man übergangslos ins Belanglose wechselte, nach dem Befinden der Frau fragte, ob die Rosen im Garten gediehen oder dieses Jahr ein gutes Weinjahr werden würde.

Hellers Auftritt war weder ein Schau- noch ein Spießrutenlauf, man sah sich kurz nach ihm um und behandelte ihn mit einer Ignoranz, wie sie nur von Männern wie diesen hier zur Schau gestellt werden konnte. Er war keiner von ihnen, machten sie ihm deutlich. Nimm dir von Wein und Speisen, aber behellige uns nicht.

Das hier, wusste Heller, waren Menschen, die sich noch niemals hatten Gedanken machen müssen, ob sie am nächsten Tage etwas zu essen finden würden, ob das Geld für die nächste Woche reichte, ob die Stellung für länger als nur einen oder zwei Monate galt. Natürlich hatten auch sie Sorgen, die ihnen existenziell erschienen, doch keiner hier würde jemals hungern müssen.

Nie zuvor in seinem Leben, nicht einmal im heftigsten Gefecht, hatte er sich so unwohl gefühlt. Das war seine Strafe, wusste er, so büßte er für sein forsches Eindringen. Und noch schlimmer wurde es, als er entdeckte, dass die beiden Männer, wegen denen er hier war – die im Geschäft größte Konkurrenten waren und deren jeweiliges Wohl den Verderb des anderen bedeuten konnte –, von Kelb und Engelbrecht, in friedlicher Eintracht beieinanderstanden und schwätzten.

»Herr Kriminalrat Heller«, begrüßte ihn jemand mit größter Freundlichkeit und ohne jede Herablassung.

Heller wusste sich nicht zu helfen. »Verzeihen Sie, hatten wir schon die Ehre?«

»Nein, zwar haben Sie mir diese Einladung zu verdanken, doch persönlich über den Weg liefen wir uns noch nie.«

Das hieß, er musste Heller aufgrund der Erzählungen anderer erkannt haben, und natürlich anhand seiner Kleidung. Doch um sich dafür zu entschuldigen, war Heller zu stolz.

»Ich will mich selbst vorstellen: Eduard von Winkelstein, Hofmarschall. Was war es denn, das Sie zu mir führte und keinen Aufschub duldete?«

Das war der Moment der Wahrheit, dachte sich Heller. Angesichts der Tatsache, dass beide Männer anwesend waren, musste er nun allen Mut zusammennehmen.

»Um einen Sachverhalt aufzuklären, der das Kriminalamt betrifft, hoffte ich Einsicht in den Bewerbungsvorgang zum Erhalt einer Konzession für die Dampfschifffahrt zu bekommen.«

»Müsste dies nicht eigentlich vom Finanzministerium aus geschehen? Oder haben die Kompetenzen gewechselt?«, fragte von Winkelstein ganz ohne Misstrauen.

»Nein, natürlich nicht.« Heller spürte, dass er mit seinem Latein schon fast am Ende war. Nun galt es, um alles oder nichts zu spielen. Er drehte sich ein wenig zur Seite. »Es geht um gewisse Unregelmäßigkeiten, wie sie nicht unüblich sind.

Jedoch scheint uns die ganze Sache ein wenig eskaliert zu sein.«

»Sprechen Sie von der Explosion des Schiffes? Aber es heißt doch, es sei ein Unfall gewesen.«

»So heißt es«, bestätigte Heller bedeutungsvoll.

Von Winkelstein ließ sich das offenbar erst einmal auf der Zunge zergehen. »Wissen Sie ...«, begann er und griff nach Hellers Ellbogen. Gleich würde er ihn zu den beiden Reedern bringen und ihn bloßstellen. Heller spürte, wie ihm der Schweiß in den Nacken lief und sein hoher steifer Kragen zu eng wurde. »Dabei kann ich Ihnen nicht wirklich helfen, ich weiß aber, an wen Sie sich wenden können. Möbius heißt der Mann, Julius Augustus Möbius. Seine Eltern müssen wohl große Pläne mit ihm gehabt haben, doch einen neuen Imperator braucht das Römische Reich nicht, soweit ich weiß.« Von Winkelstein lachte über seinen eigenen Witz. »Dieser Möbius jedenfalls ist ein Beamter im Geheimen Finanzkollegium, und ich weiß, dass er direkt in diese Sache involviert ist. Gern lasse ich ihn informieren, wenn Sie ihn zu sprechen wünschen.«

»Sehr gern!« Heller deutete noch einmal eine Verbeugung an. »Verbindlichsten Dank.«

»Lieber Kriminalrat«, freute sich der Hofmarschall, dass er hatte helfen können. »Wenn Sie mir jetzt verzeihen, dass ich Sie hier stehen lasse – da warten andere Geister auf mich, die nicht so schnell zufriedenzustellen sind.«

Die Männer nickten einander zu, und von Winkelstein ging davon. Nun wäre Gelegenheit zu verschwinden, dachte sich Heller. Doch für einen sortierten Rückzug, der nicht wie eine Flucht aussah, blieb er nicht lang genug allein.

»Herr Kriminalrat«, rief von Kelb und kam zusammen mit Engelbrecht näher. »Was verschlägt Sie in diese illustre Runde?«

»Die Herren«, grüßte Heller. »Eine spontane Einladung, der ich entweder schlecht gekleidet folgen oder sie gut gekleidet hätte ausschlagen müssen.«

»Es ist nicht die Kleidung, die den Wert eines Mannes ausmacht«, nahm Engelbrecht das Thema auf. Heller registrierte, dass sich der Hamburger nicht so pompös kleidete wie die meisten hier – einige der Herren trugen noch komplizierte Halsbinden nach der alten Mode, lange Fracks, hohe steife Kragen und hatten sich mit den Orden geschmückt, die ihnen verliehen worden waren. Engelbrecht dagegen wirkte schlicht in seinem Anzug aus schwarzer Hose, Weste und dem modernen Cutaway aus England, zu dem er im Freien sicherlich sogar einen Bowler trug statt einen Zylinder. Doch so wie der Stoff glänzte und die Kleidung angefertigt war, musste sie ein Vermögen gekostet haben. Er machte sich sozusagen klein, um dadurch umso größer zu wirken.

Da er nun die Kontrahenten direkt vor sich hatte, wagte Heller anzumerken: »Ich bin zugegebenermaßen erstaunt, Sie beide hier im trauten Gespräch zu finden, wo Sie sich doch im Kampfe befinden.«

Von Kelb sah Engelbrecht an, der amüsiert die Augenbrauen hob. »Heller, als Soldat müssten Sie es doch besser wissen. Bekunden sich nicht die Offiziere nach einer Schlacht im Krieg gegenseitig die Ehre? Gehen sie in Verhandlungen oder bei der Gefangennahme nicht mit äußerster Höflichkeit miteinander um? Das eine ist das Geschäft, das andere ist das Leben.«

»Da haben Sie mich erwischt«, gab Heller zu. »Dem kann ich nichts entgegensetzen. Darf ich fragen, wie die Geschäfte sonst laufen und wie das werte Befinden ist?«

»Nun, meine Geschäfte laufen ganz hervorragend, und mein Befinden könnte kaum besser sein«, lachte Engelbrecht.

»Meines allerdings auch«, wollte von Kelb ihm in nichts nachstehen.

»Ich denke über Erweiterung nach und suche allerorten nach Personal«, fügte Engelbrecht hinzu.

Und auch dem musste von Kelb hinzufügen: »Ich stelle ebenfalls jeden Tag ein und komme doch trotzdem kaum mit der Arbeit nach.«

Engelbrecht machte direkt weiter: »Ich überlege, mir ein Anwesen außerhalb der Stadt zuzulegen, sozusagen als Wochenenddomizil.«

»Nicht wahr«, rief von Kelb aus, als stimmte er dieser Idee zu. Doch das Feuer war entfacht, er wollte sich nicht überbieten lassen. »Ich überlege sogar, mich trotz wichtiger Geschäfte noch dieses Jahr auf eine Reise zu begeben. Das Leben ist kurz, wann findet man schon mal die Gelegenheit?«

»Eine Reise?«, fragte Heller, nachdem daraufhin von Engelbrecht nichts mehr kommen wollte. »Die einzige Reise meines Lebens führte mich nach Paris, und meine Gastgeber waren nicht sehr erfreut über meinen unangekündigten Besuch.«

Von Kelb nickte wissend. »Ich hörte davon, dass Sie als Soldat Teil unseres glorreichen Sieges über Napoleon III. waren. Ich dagegen will mich nach Rom begeben, eine Italienreise auf den Spuren unseres großen Dichterfürsten Johann Wolfgang von Goethe.«

»Da kann ich nur vor Neid erblassen und gutes Gelingen wünschen. Außerdem Hals- und Beinbruch. Es ist ja eine nicht unerhebliche Strecke.«

»Vielen Dank, doch ganz unbedarft bin ich in dieser Hinsicht nicht, Herr Kriminalrat. Ich war schon im letzten Jahr dort und bin nicht ausschließlich auf Pferd und Kutsche angewiesen. Einen Teil des Weges lege ich per Bahn und Dampfschiff zurück.«

Heller wandte sich dem Hamburger zu. »Und Sie, Herr Engelbrecht, verschlägt es Sie auch in andere Gefilde?«

Auch darauf wusste Engelbrecht gleich zu antworten. »Eines Tages wünsche ich mit eigenem Auge zu erblicken, was Alexander von Humboldt in seinen Büchern beschreibt. Den Amazonas mit seinem Dschungel, den Tieren und den Eingeborenen. Nun, da der Weg über den Atlantik aufgrund der Dampfkraft nicht mehr nur allein vom Wind abhängig ist, ist es längst kein solches Abenteuer mehr, wie es damals gewesen sein muss. Doch dieser Wunsch kann erst erfüllt werden, wenn hier all meine Geschäfte geregelt sind. Hegen Sie denn den Wunsch, einmal auf Reisen zu gehen?«

Heller schüttelte den Kopf. »Ich bin vollkommen glücklich, wenn ich am Morgen auf meinem liebsten Hengst ausreiten kann, mir die Morgenluft ins Gesicht beißt und die frühen Vögel mir ein Lied singen. Dann kann ich mir keinen Platz vorstellen, an dem ich lieber sein möchte.« Nun verneigte er sich leicht. »Wenn ich den beiden Herren noch einen angenehmen Abend mit vielen sinnreichen und erquickenden Gesprächen wünschen und mich empfehlen darf, ich werde mich zurückziehen. Ein langer Heimweg in der Dunkelheit wartet noch auf mich.«

»Wieso, wohin müssen Sie denn?«, fragte von Kelb.

»Meine Familie hat schon vor hundert Jahren Wurzeln in einem kleinen Örtchen namens Oberpoyritz geschlagen, vor fünfhundert Jahren erstmals als Padegricz erwähnt, auch schon mal Poberitz genannt, und mancher schreibt heute auch noch Oberboyritz. Recht weit elbaufwärts, noch hinter dem Schloss in Pillnitz.«

11

Es war noch recht früh am Vormittag des nächsten Tages. Professor Karl Ernst Hartig schob seine Brille zurecht und sah zuerst Schrumm, dann Heller streng an. Er trug einen bescheidenen Schnauzbart, sein Haar stand ihm ungekämmt ein wenig vom Kopf ab, und er trug einen schlichten, leicht zerknitterten Anzug. Er wirkte wie ein zerstreuter Professor, leicht derangiert, doch schien er nur äußerlich dem Klischee zu entsprechen. Alles andere an ihm, Charakter, Äußerungen und Bewegungen, war korrekt und klar strukturiert.

»Dieses Ventil, ohne zu sehr ins Detail gehen zu wollen, ist ein einwandfreies Stück Wertarbeit und funktioniert vollkommen korrekt.«

Heller schob sich in seinem unbequemen Stuhl ein wenig hoch. »Daran wurde nichts manipuliert? Nicht einmal ein Versuch fand statt?«

Hartig räusperte sich, mochte sich wohl nicht gern wiederholen, und schon gar nicht wollte er seine Aussagen in Zweifel gezogen wissen. »Nichts. Ein tadelloses Gerät. Das Einzige, worüber man sich Gedanken machen sollte, ist die Gewalt, mit der die Rohrleitung zerrissen wurde. Denn anders kann man den Vorgang kaum bezeichnen, der dieses Teil vom Rest trennte.«

»Entwickelt eine Explosion genug Kraft dafür?« Heller gefiel nicht, was der Professor sagte. Es widersprach seiner These.

»Durchaus, sicherlich. Es kommt auf die Gewalt der Explosion an. Aber ja.«

Heller betrachtete das Stück von Menschenhand geformten Metalls, das vor ihnen auf dem Schreibtisch lag, missmutig.

»Kann ich Ihnen sonst noch helfen?«, fragte Hartig, was nichts anderes bedeutete, als dass er keine Zeit hatte, noch länger hier zu sitzen.

Heller erhob sich, Schrumm tat es ihm gleich. »Verbindlichsten Dank!«

»Dazu stellt sich dann aber die Frage, warum das Ventil als solches keinen Schaden davongetragen hat«, begann Heller noch draußen im Flur vor Hartigs Büro. »Ist es nicht wahrscheinlicher, das Rohr wurde abgebogen?«

»Sie wollen sagen, jemand hat dieses Stück Metall vorsätzlich abgetrennt? Der Dampf würde dann doch unkontrolliert entweichen. Außerdem wäre es viel zu heiß, um es anzufassen«, sagte Schrumm.

»Doch nicht von der Maschine abgetrennt, die explodierte. Sondern von einer anderen Maschine!«, polterte Heller.

»Aber warum denn das?«

»Schrumm, stellen Sie sich nicht blöde. Jemand bog das Teil ab und versteckte es im Gebüsch, nachdem ich die Belohnung ausgesetzt hatte. Oder er gab es den Jungen, um mich in die Irre zu leiten oder zu diskreditieren. Dass dieses Teil womöglich gar nicht zu dem Schiff gehört, ist doch erst recht ein Indiz, dass hier etwas nicht mit rechten Dingen zugeht.«

»Wäre es dann nicht wahrscheinlicher, die Jungen oder die Mutter selbst hätten das Teil irgendwo gestohlen, um die fünfzig Pfennige einzuheimsen?«, wagte Schrumm anzumerken.

Auch das war eine Möglichkeit, musste Heller eingestehen, eine sehr wahrscheinliche noch dazu.

»Herr Kriminalrat, ich verstehe, dass Ihnen das Urteil des Professors nicht behagt, aber …«

Heller blieb stehen. »Schrumm, wagen Sie es nicht, mich über meine Gefühlswelt zu belehren.«

»Herr Kriminalrat«, sagte Schrumm, und seine Stimme bebte in beherrschtem Zorn. »Bisher beruht alles, was Sie sagen, auf reiner Annahme. Es gibt keinen Beweis für irgendetwas davon. Einzig der falsche Name, den der Matrose Ihnen zuerst gab. Doch selbst das kann vielerlei andere Gründe haben. Und auch wenn ich zugestehen musste, dass die ganze Sache sehr seltsam und eine Untersuchung durchaus wert ist, so ist es doch gut möglich, dass alles andere eine Verkettung unglücklicher Umstände darstellt. Oder dem Zufall geschuldet ist.«

»Das weiß ich selbst, Schrumm!«, hielt Heller entgegen, so schroff und laut, dass sich ein paar Studenten nach ihnen umdrehten.

Doch Schrumm war nicht gewillt, sich derart abkanzeln zu lassen. »Ich möchte Sie nur davor bewahren, sich in etwas hineinzusteigern, das Sie und letztlich auch mich die Stellung und den Ruf kosten kann.«

»Mein Ruf, Schrumm, ist mir völlig gleich!«

»Mag sein, doch Sie haben außerdem Frau und Kinder und einen Hof mit einer Pferdezucht. Ich dagegen habe nur meinen Ruf zu verlieren. Darüber hinaus habe ich nichts.«

Heller öffnete den Mund und hob den Finger. Doch er blieb stumm und schritt wieder aus, der Kutsche entgegen. Schrumm eilte ihm nach.

»Sie haben ja recht«, sagte Heller, als sie sich in das Gefährt gesetzt hatten. »Deshalb wird Ihnen unser nächstes Ziel umso weniger behagen.«

»Herr Kriminalrat?«, fragte Schrumm mit größter Besorgnis.

»Kutscher!«, rief Heller. »Zum Neuen Annenfriedhof!«

Vom Gedanken, dass diese Sache in aller Stille und ohne großes Aufsehen geschehen würde, musste Heller sich schnell verabschieden. Schon als die Friedhofshelfer die ersten Schaufelstiche ansetzten, sprach sich herum, dass etwas Ungewöhnliches passierte. Bald sammelten sich die ersten Zuschauer in halbwegs sicherer Entfernung. Heller stand stumm da, neben ihm Schrumm, der vor Sorge kein Wort mehr herausbekam und die Arme verschränkte, um sein Zittern zu verbergen. Medizinalrat Löbbers leitete die Ausbettung der Toten an. Er hatte ein Zelt aufbauen lassen, wie Heller es aus dem Krieg kannte; an der Front hielten Offiziere in solchen Zelten taktische Besprechungen ab, oder Chirurgen sägten den Unglücklichen, die nicht tödlich getroffen worden waren, Gliedmaßen ab. In diesem Zelt standen nun zwei schnell gezimmerte Tische, auf denen die Leichen abgelegt und untersucht werden sollten. Nun galt es zu warten, bis die Schaufelblätter auf Holz stießen, und Löbbers trat an Heller heran.

»Sollten Sie nicht froh sein, dass ich die Exhumierung so schnell durchsetzen konnte?«

»Ich bin Ihnen überaus dankbar, nur stören mich all die Leute, die hier Maulaffen feilhalten und jeden Respekt vor den Toten vermissen lassen«, log Heller, denn die waren seine geringste Sorge.

Löbbers erkannte den Betrug nicht. Denn Betrug war es, den Mann mithilfe falscher Tatsachen zu dieser Exhumierung zu veranlassen. »Lassen Sie die Menschen doch schauen«, sagte der Medizinalrat. »Neugier und Unterhaltung sind für manchen hier die einzige Würze im Leben. Sie werden noch Wochen davon erzählen können.«

Das war für Heller keineswegs tröstlich. Im Gegenteil, es verschlimmerte seine Pein nur. Schrumm hatte ein Taschentuch herausgeholt, das er sich unter die Nase presste, dabei hatten die Grabenden noch nicht einmal knietief geschaufelt. Der Geistliche, der abseitsstand und mürrisch und abweisend zu Heller herüberblickte, als hielte er ihn für einen Dämon aus der Hölle, verstärkte in ihm noch das Gefühl, dass dies hier ein großer Fehler sein könnte.

»Die Angehörigen wurden nicht in Kenntnis gesetzt?«, fragte Heller.

»Genau genommen hatte ich vor, diese Sache recht zügig vonstattengehen zu lassen«, meinte Löbbers. »Die Männer sollen so schnell wie nur möglich wieder unter die Erde. Zwar werden die Witwen darüber informiert, doch bis dahin sollten wir fertig sein.«

»Hätte man es nicht dabei belassen können? Ich meine, es bereitet den Frauen doch nur zusätzliches Leid«, fragte Heller und wunderte sich, wo seine Abgeklärtheit blieb, derer er sich selbst immer rühmte. Genau genommen wollte er von Löbbers nur hören, dass alles gut gehen würde, und wusste doch, dass er sich nur etwas vormachte. Wenn diese Untersuchungen kein eindeutiges Ergebnis brachten, war er aufgeschmissen.

»Heller, das lag nicht in meiner Macht. Schauen Sie sich nur diesen Priester da an. Er schickte einen seiner Ministranten los, da hatte ich ihm die königliche Order gerade erst gezeigt.«

Heller nahm es äußerlich ungerührt zur Kenntnis. Insgeheim aber begann er die Eingänge des Friedhofs nach den Witwen des Kapitäns und des Offiziers abzusuchen. Er konnte nur hoffen, dass sie keine Szene machten.

»Gnädiger Herr, den Ersten haben wir!«, rief einer der Grabenden nach einiger Zeit aus dem offenen Grab. Der Sarg war freigelegt, einer der Männer kniete und grub mit der Hand, schob Seile unter dem Holzkasten durch.

»Dann schafft den Sarg hinüber ins Zelt, bettet den Leichnam auf den Tisch. Derweil ich ihn untersuche, holt ihr den anderen heraus«, wies Löbbers an. »Kommen Sie, Heller. Jetzt wird es interessant.«

Dies war nun doch etwas, musste Heller feststellen, das sich nicht so leicht wegstecken ließ. Er hatte zwar Männer gesehen, die gerade gefallen oder im Lazarett gestorben waren, gelegentlich auch einen, der schon länger tot war. Das machte ihm kaum noch etwas aus. Doch zuzusehen, wie ein Sargdeckel aufgehebelt wurde, wie die Totengräber die Leiche auf den Tisch hoben, damit sie aufgeschnitten werden konnte, war etwas anderes. Es fühlte sich tatsächlich wie ein Frevel an. Der Tote hatte seine Ruhe gefunden und wurde aus dieser nun wieder herausgerissen. Auch wenn Heller sich längst nicht mehr sicher war, ob die Seele des Menschen den Tod überdauerte, wie von der Kirche propagiert, so fragte er sich jetzt doch, ob ihr diese Störung im himmlischen Königreich einen Stich versetzte oder in der Hölle zusätzliche Qualen bereitete.

Die Haut des Leichnams war ganz weiß, hatte aber schwarze Flecken bekommen. Das Gesicht war eingefallen, der Mund hatte sich geöffnet. Auch die Lider hatten sich ein klein wenig gehoben, sodass es aussah, als blickte der Tote durch Augenschlitze.

Löbbers war völlig ungerührt. Er hängte sich eine Schürze aus glattem Leder über, band sie hinter dem Rücken zu, nahm die vor der Brust verschränkten Finger des Toten auseinander und zerschnitt mit einer Schere das Leichenhemd. »Er scheint unversehrt, äußerlich. Er wurde vielleicht tatsächlich von Bord geschleudert und ertrank.« Löbbers griff nach dem Kinn des Toten und mit der anderen Hand in den Mund hinein, bog den Unterkiefer herab. Mit einer Lupe sah er in die Mundhöhle. Dann drehte er den Kopf hin und her, blickte in die Ohren, betrachtete dann auch die Augen. Schließlich sah er sich die Arme und Hände genau an. Zwar waren drei Seiten des Zeltes verschlossen, doch Heller vernahm Rascheln und Tuscheln. Draußen drängten sich Schaulustige heran, an einer Stelle hatte einer es gewagt, die Zeltbahn aufzuschlitzen. Mit einem Auge sah der Mann dem Medcinalrat zu und erzählte flüsternd den Umstehenden von dem, was er sah.

»Nichts, Heller. Nichts gebrochen, kein Blut in Rachen und Ohren, die Augäpfel nicht unterlaufen. Doch durch den Druck der Explosion könnten ihm die Organe gequetscht worden sein.«

Die Totengräber kamen heran. »Hier der andere, gnädiger Herr.«

»Da hinüber mit ihm!«, befahl Löbbers.

Sie stellten den zweiten Sarg ab, öffneten ihn und nahmen den zweiten Leichnam heraus. Er war sehr entstellt, so wie Heller den Mann im Wasser gefunden hatte, die Gesichtshaut völlig abgerissen. Schrumm, bisher stumm und unbemerkt wie ein Garderobenständer in der Zeltecke, stöhnte vor Entsetzen. Doch er hielt durch, rannte nicht davon und übergab sich auch nicht.

Löbbers wandte sich dem Ersten Offizier zu. Auch bei ihm entfaltete er die Hände, schnitt ihm das Hemd auf und unterzog ihn einer ebenso gründlichen ersten Prüfung, warf einen Blick in den klaffenden Mund, die Öffnungen, wo die Ohren gewesen waren, die Augenhöhlen. »Hier scheint es eindeutig, was die Explosion angerichtet hat. Er muss wohl mit seinem Gesicht ganz nah daran gestanden haben. Oberkörper und Arme sind von kochendem Dampf völlig verbrüht.«

»Vielleicht hat er noch versucht, das Unvermeidliche abzuwenden?«, überlegte Heller laut.

»Mag sein, dass er versuchte, an der Maschine zu hantieren, weil er sah, dass etwas nicht in Ordnung war.«

»Ein tapferer Mann also.«

»Oder ein dummer Mann, Heller«, meinte Löbbers recht zynisch. »Genauso gut hätte er allen befehlen können, von Bord zu springen. Aber ehe Sie mir an die Kehle gehen, weil ich Ihre Kriegerehre verletze – ich weiß es nicht, wir mutmaßen nur.« Löbbers ging zu einem dritten, kleineren Tisch, auf dem sein Werkzeug ausgebreitet war. »Ich warne Sie, Schrumm, das wird jetzt kein erbaulicher Anblick. Wenn Sie also gehen möchten, gehen Sie.«

»Ich will es sehen«, presste Schrumm heraus.

»Sehen Sie, das nenne ich Tapferkeit!«, lobte Heller, auch um seine Garstigkeit von zuvor ein wenig auszugleichen. Schrumm deutete seinen Dank mit einer leichten Verbeugung an.

Löbbers nahm ein scharfes geschwungenes Messer und machte einen langen tiefen Schnitt von der Kehle des toten Offiziers bis hinunter zum Bauchnabel. Dann noch einen quer über die Brust. Er öffnete die Schnittstelle und brauchte einige Kraft, die Haut von den Knochen zu lösen. Bei dem Anblick wurde es Heller übel, und Schrumm taumelte.

»Einige Rippen sind gebrochen, haben sich in die Lunge gebohrt«, kommentierte Löbbers. »Dieser Mann ist eindeutig durch die Explosion gestorben.« Er nahm eine Art Zange und hebelte damit die Rippen des Toten auseinander. Es knackte, und Schrumm gab einen Würgelaut von sich. Auch Heller hatte Mühe, sich einzureden, dass es bloß seine Arbeit war, die er da tat, und dieser Tote nur ein Teil davon. Denk nur, es wäre ein Tier, versuchte er sich zu sagen, dann wäre es keine Herausforderung. »In seiner Lunge befindet sich kein Wasser«, sagte Löbbers, nachdem er auch dort hineingeschnitten hatte. »Soll heißen, der Mann war möglicherweise tot, ehe er überhaupt das Wasser berührte.«

»Ist recht«, brachte Heller hervor.

Schrumm war bleich und einer Ohnmacht nahe, doch er hielt weiter durch, kam sogar näher. »Und dies hier, ein Einstich?«, fragte er und deutete auf eine schmale Wunde an der Seite, unterhalb der Rippen.

»Sehr aufmerksam!«, lobte Löbbers und ging in die Knie. Er schnitt die Verletzung weiter auf, sah mit der Lupe hinein. »Das müssen wir näher ansehen. Wer fasst mit an?«

Heller trat heran, wollte seinen Assistenten schonen und sich keine Blöße geben. Er fasste den Toten bei der Hüfte, während Löbbers die Schultern nahm, und gemeinsam drehten sie den Mann auf die Seite. Heller musste ihn festhalten, damit er nicht zurückkippte. Löbbers schnitt die Wunde noch weiter auf, benutzte einen Spreizer, um sie offen zu halten, dann langte er mit einer langen Pinzette hinein und holte einen Metallsplitter hervor. »Kein Messerstich, wie ich vermute. Eine Art Schrapnell, aus dem Kessel gerissen. Hier, noch mehr!« Er deutete auf zwei weitere Stellen. »Gutes Auge trotzdem, Schrumm!« Sie legten den Toten zurück. Noch einmal untersuchte Löbbers den Hals des Toten, betrachtete die Haut genau. »Keine Spuren einer Strangulation.« Jetzt tastete er den Schädel des Mannes ab. »Ich bin mir sicher, dieser Mann ist ein Opfer der Kesselexplosion. Es gibt keine Anzeichen einer Fremdeinwirkung. Keinen Einstich, keine Fraktur, keine Blutergüsse oder andere Spuren eines Schlages. Herauszufinden, ob er vergiftet wurde, ist unmöglich. Doch das wagte ich sowieso zu bezweifeln. Es gibt nur wenige Gifte, die so schnell wirken, dass man auf der Stelle tot umfiele. Noch dazu müsste man sehr kundig sein.«

»Und der Kapitän?«, fragte Heller. Er war sehr unzufrieden. All dieser Aufwand und Ekel, das Risiko, sich bloßzustellen, für nichts.

»Bettet ihn wieder ein!«, befahl Löbbers den Totengräbern und zeigte auf den Offizier. Dann trat er wieder an den Tisch mit dem toten Kapitän heran. »Sind Sie bereit? Noch einmal die gleiche Prozedur!«, warnte er und setzte das scharfe Messer an.

Einige Minuten später sagte er: »Nichts. Keine äußeren, keine inneren Verletzungen.«

Heller schwieg dazu. Er fragte sich, ob das nun ein Indiz für oder gegen seine These war. Ein eindeutiger Messerstich, ein Würgemal am Hals, ein eingeschlagener Schädel, das alles wäre ihm recht gewesen. Dass man gar nichts fand, bedeutete doch eher, dass der Mann bewusstlos ins Wasser gefallen und ertrunken war.

»Allerdings«, merkte Löbbers an, nachdem er die Lunge untersucht hatte, »gibt es auch hier kein Wasser in der Lunge, und das ist doch ungewöhnlich.«

Heller schöpfte Hoffnung. »Sie sollte voll Wasser sein, wenn er ertrank, nicht wahr?«

»Müsste man meinen.«

»Könnte ein Anzeichen sein, dass er doch umgebracht wurde, noch vor der Explosion?«

»Könnte. Aber sosehr ich suche, eine andere Ursache seines Todes kann ich nicht ausmachen. Es gibt keine Hämatome. Keine Brüche. Keine innere Verblutung. Da er keinerlei Kampfspuren aufzeigt, könnte er bestenfalls im Schlaf mit einem Kissen erstickt worden sein. Doch ich bezweifle, dass er sich während einer solchen Fahrt zu einem Schläfchen niederließ. Blieb nur wieder die Vermutung, dass er vergiftet wurde. Das nachzuweisen ist aber unmöglich.«

Während Löbbers sprach, arbeitete er weiter an dem geöffneten Körper. »Manche Gifte greifen die Leber an, manche den Magen, andere lassen Blut gerinnen oder lösen das Gewebe auf.« Bis zu den Gelenken steckten seine Hände nun im Leib des Toten. »Scheint aber alles unversehrt.« Mit einem Schnitt löste er die Leber des Toten heraus. Und nun war es um Schrumms Durchhaltewillen geschehen. Er stürzte aus dem Zelt und erbrach sich.

»Das Herz sehe ich mir noch an, dann ist meine Arbeit getan.«

»Aber kann es nicht sein, dass jemand einen Schlag bekommt, worauf sich ein Gerinnsel im Kopf bildet und er an einem Hirnschlag stirbt? Der Frau und ihrem Sohn haben Sie den Schädel freigelegt.«

Löbbers sah auf und dachte nach. Heller erkannte, dass er ungehalten war.

»Also gut«, sagte Löbbers schließlich und griff nach einer recht großen Säge. »Doch das sage ich Ihnen, Heller, Sie werden sich auf den Mann setzen und seinen Kopf fest packen müssen. Ein Schädel lässt sich nicht so leicht aufsägen. Entscheiden Sie, wie wichtig Ihnen die Angelegenheit ist.«

Heller zögerte. Was sie hier taten, widersprach jedem menschlichen Empfinden von Pietät. Noch dazu versprach der nächste Arbeitsschritt sehr anstrengend und schmutzig zu werden. Außerdem raunte und flüsterte es ums Zelt, und auch wenn nicht alle sahen, was vor sich ging, würden sie es doch erfahren. Er atmete durch.

»Packen wir es an!«

»Es war kein Wasser in seiner Lunge«, begann Heller, nachdem sie wieder allein waren. Sie saßen in der Kutsche und hatten dem Kutscher das Präsidium als Destination angegeben. Was als durchaus geheime Aktion begonnen hatte, zwischenzeitlich zur Attraktion geworden war, um schließlich in eine Art Volksbelustigung auszuarten, hatte endlich sein

Ende gefunden. Die Leichen waren wieder eingesargt und vergraben worden, wobei Löbbers nicht viel Federlesen dabei veranstaltet hatte. Die abgesägte Schädeldecke des Kapitäns hatte er dem Mann aufgesetzt wie einen Hut, sein Hirn nach eingehender Untersuchung einfach danebengepackt, um schließlich den Sargdeckel eigenhändig aufzunageln. Die Schlitze in der Zeltwand waren zahlreicher und größer geworden. Nicht nur ein heimlicher Beobachter hatte seine Neugier mit einer Ohnmacht bezahlt und würde sicherlich noch in Form unzähliger Albträume Raten abstottern müssen. Auch Heller fürchtete, ihm würde der Anblick noch lange Zeit nachhängen, dafür aber sicher einige andere schreckliche Bilder ablösen, wie sie einem im Gedächtnis blieben, wenn man im Kriege gedient hatte.

»Das könnte bedeuten, er war tot, ehe er ins Wasser fiel.«

Schrumm schwieg, und was das bedeutete, wusste Heller. Er war nicht einverstanden. Und selbst er hörte in seinen eigenen Worten, dass er nur zu rechtfertigen versuchte, was in den letzten Stunden geschehen war.

»Dass das Ventil nicht manipuliert war, heißt auch nichts. Die Jungen, die es ablieferten, könnten es irgendwo gestohlen haben.« Und plötzlich kam ihm ein Gedanke, der ihn ganz euphorisch werden ließ. »Vielleicht explodierte der Kessel nicht wegen eines Defektes, auch keines künstlich herbeigeführten. Vielleicht war es eine Bombe! Das könnte erklären, warum das Ventil selbst unversehrt ist.«

»Das wäre etwas, wonach Sie das Kind fragen könnten, tauchte es jemals wieder auf. Ob ihr Ziehvater eine Bombe in die Hand bekam und sie platzieren sollte. Wie hieß sie, Fredericke?« Schrumm sah Heller fragend an.

»Friedericke«, korrigierte Heller und schwieg enttäuscht. Schrumms Antwort hörte sich zwar an, als würde er dieser Idee beipflichten. Doch eher fand er sie absurd und pflichtete nur bei, weil er der Konfrontationen müde war und die Wahrscheinlichkeit, das Mädchen zu finden, äußerst gering. Vielleicht sollte Heller sich langsam damit abfinden, dass dieser Fall nicht gelöst werden konnte. Seine Mittel waren zu beschränkt. Er müsste schnellere und genauere Informationen bekommen. Er müsste Männer haben wie die Professoren Löbbers und Hartig, die jedoch ausschließlich für die Polizei arbeiten würden, statt dass man sie um ihre Zuarbeiten bitten musste. Es müsste Befugnisse geben, auch in staatliche Unterlagen Einsicht zu bekommen. Man müsste ein Labor haben wie ein Chemiker oder ein Physiker. Photographen müsste man haben, die nur im Dienste der Polizei standen.

Bis zum Präsidium schweigen sie. »Glauben Sie, es ist etwas daran, dass sich das letzte Bild auf der Netzhaut einbrennt, bevor ein Mensch stirbt?«, fragte Heller schließlich, einfach weil ihm gerade der Gedanke gekommen war und weil er das Bedürfnis hatte, Schrumm wieder zum Sprechen zu bringen. Und weil er schon zu viel investiert hatte, um einfach aufzugeben.

»Das habe ich mich allerdings auch schon gefragt«, nahm Schrumm das Gesprächsangebot an. »Warum nicht? Jemand wie Löbbers sollte sich einmal damit beschäftigen. Warum haben wir nicht gleich daran gedacht, ihn nach seiner Meinung dazu zu fragen?«

»Das kann ich bei nächster Gelegenheit nachholen.«

Der Sekretär Klenkel begrüßte Heller mit einer Leidensmiene. »Ich konnte es nicht verhindern, Herr Kriminalrat. Ich sagte sogar, Sie würden heute gar nicht mehr im Büro erwartet. Doch er sagte, er wollte das aussitzen und abwarten.«

»Wer sitzt denn in meinem Büro?«

»Regierungsrat Posch. Und mir scheint, er hat etwas

Handfestes, das er Ihnen genüsslich unter die Nase reiben wird. Ich habe auch versucht, Ihnen einen Boten zu schicken, doch ich wusste ja gar nicht, wo Sie sich aufhielten«, tuschelte der Mann heiser und nicht ganz ohne Vorwurf. Er kam sich ausgeschlossen vor.

»Ruhig bleiben, Klenkel. Mit Posch bin ich noch immer fertiggeworden!«, tröstete Heller, doch er war sich keineswegs sicher. Bestenfalls konnte Posch ihm vorwerfen, beim Hofmarschall Erkundigungen eingeholt zu haben. Schlimmstenfalls aber … Heller straffte sich und nahm regelrecht Anlauf, um seine Zimmertür so energisch wie nur möglich aufzustoßen, sich mit forschem Auftritt einen Vorteil zu erkämpfen.

Zwar gelang der Auftritt wie geplant, doch Posch ließ sich nicht aus der Ruhe bringen. Er hatte sich wieder auf Hellers Stuhl niedergelassen und sah ihn gar nicht an.

»Man hat ganz gute Sicht auf die dicke Tante«, pufferte er Hellers Heranstürmen ab und deutete durch das Fenster auf die Frauenkirche. »Zumindest auf die unteren Etagen.« Posch wandte sich ihm zu. »Sie haben es nicht so mit dem lieben Gott«, sagte er.

Heller mochte darauf nichts erwidern, sondern abwarten, worauf der Regierungsrat hinauswollte.

»Sagen Sie, Heller, besuchen Sie regelmäßig die Kirche?«

»Wollen Sie wissen, ob ich an den allmächtigen Herrn glaube oder in die Kirche gehe? Das eine ginge Sie nämlich nichts an. Das andere halte ich für die schlimmste Heuchelei.«

»Vorsicht, Heller«, sagte Posch leise, aber so bestimmt, dass Heller sich weitere Bemerkungen dieser Art verbot. »Auf jeden Fall scheinen Sie es mit der Totenruhe nicht so genau zu nehmen.«

Also darauf lief es hinaus. Es hatte sich herumgesprochen, und zwar sehr schnell.

»Wie genau nehmen Sie es denn, Herr Regierungsrat? Jeden Tag zieht man einen aus der Elbe, oder einer stirbt an Krankheit und Armut. Wie sehr sind Sie um die Totenruhe dieser armen Seelen bemüht?«

Posch wollte entrüstet auffahren, doch er besann sich und setzte ein siegesgewisses Lächeln auf. »So geht das nicht, Heller, so kommen Sie nicht weiter. Mit Kanonen auf Spatzen schießen. Sie können eine Kerbe nicht ausmerzen, indem Sie eine neue schlagen. Ich zeige Sie an, wegen Störung der Totenruhe, Leichenfledderei und Blasphemie.«

»Jetzt schießen Sie mit Kanonen auf Spatzen. Ich hatte einen sehr triftigen Grund, die Untersuchungen der Leichen zu veranlassen.«

»Welcher Grund soll das gewesen sein, dass Sie deswegen alle Instanzen auslassen und selbst entscheiden, was zu tun und zu lassen ist?«

Heller schwieg. Denn nicht er war es, der die Exhumierung veranlasst hatte, sondern Löbbers. Und den Medizinalrat wollte er ganz sicher dafür nicht an den Pranger stellen.

»Ich glaubte, bestimmte Umstände erforderten eiliges Handeln.«

»Heller, ich zeige Sie außerdem dafür an, ein Sozialdemokrat zu sein. Es ist ganz offensichtlich, dass Sie sich mit all Ihrem Tun gegen Gott, das Reich und den Kaiser stellen.«

Hellers Körper spannte sich an. Ganz unbewusst griff er nach dem Säbelgriff und umschloss ihn. Er mahnte sich zur Besonnenheit, auch wenn er diesen Mann am liebsten aus dem Zimmer gejagt hätte. Posch schien nur auf eine Gelegenheit zu warten, zum finalen Schlag gegen ihn auszuholen. Er brauchte nur einen handfesten Vorwand.

»Tun Sie das, Herr Regierungsrat«, zwang er sich zu sagen und lächelte dabei. »Ich bin sicher, all Ihre Unterstellungen werden sich als völlig haltlos erweisen.«

»Da sind Sie sicher, Herr Kriminalrat?« Sein Tonfall verriet, dass er längst noch nicht sein komplettes Pulver verschossen hatte. »Soweit ich in Erfahrung bringen konnte, verdichten sich die Indizien, dass Sie Beweise fälschen, um von Kelb mit aller Macht die Schuld an dem Unfall in die Schuhe zu schieben. Es gingen von verschiedenen Seiten Beschwerden gegen Sie ein. Und nicht nur ich werde Sie anzeigen, auch Frau Kapitän Mauder wird Anzeige erstatten.«

»Sollen Sie!«, sagte Heller. Er glaubte ihm nicht. Sicher spielte Posch sich nur auf. »Sollen mich ruhig alle anzeigen, ich gehe hier nur meiner Arbeit nach. Und das sollten Sie unterstützen, anstatt es zu unterminieren.«

Posch hörte gar nicht zu. »Außerdem kann und werde ich verfügen, dass sich das Königliche Forstamt anderweitig mit Pferden versorgt.«

Dies allerdings ging Heller schwer an die Substanz. Mochte ja sein, dass es Posch nicht behagte, welche Position Heller hier bekleidete. Doch dass er sich in seine privaten Geschäfte einmischte und sie sabotierte, ging Heller zu weit. Er mahnte sich noch einmal, die Beherrschung nicht zu verlieren. Doch es kostete ihn alle Kraft. Er fühlte seine Zähne mahlen, spürte die Kiefermuskeln, die vor Anspannung schmerzten, die Verkrampfung seiner Finger um den Säbelgriff.

»Darf ich eines fragen?«, bat er knirschend und wusste, dass auch diese Frage gegen alle Konventionen verstoßen würde.

»Gern, Herr Kriminalrat.« Posch setzte eine gespannte Miene auf.

»Was ist nur mit Ihnen, dass Sie so offen gegen mich agitieren und insistieren? Welche Laus ist Ihnen über die Leber gelaufen? Bin ich Ihnen früher einmal in die Quere geraten? Irgendetwas muss es ja sein, das Sie veranlasst, sich so hinterhältig und intrigant aufzuführen, wie Sie es tun, seitdem ich hier meinen ersten Tag hatte.« Spätestens jetzt sollte er aufhören, wusste Heller. Poschs Miene hatte sich bereits verhärtet. »Welch niedriger Beweggrund veranlasst einen Mann von Ihrem Stande und mit Ihrer Intelligenz, sich auf solch infantiles Gezänk einzulassen, bösartige und falsche Gerüchte zu verbreiten?«

Posch erhob sich. Jede Freude war aus seinem Gesicht gewichen, selbst die aufgesetzte.

»Wie kleinkariert und nichtig, wie geltungssüchtig und unbefriedigt muss doch Ihr Geist sein«, fuhr Heller fort, »dass Sie Ihre Zeit auf diese lächerliche Art und Weise verschwenden.«

»Spätestens jetzt, Heller, haben Sie Ihr Schicksal besiegelt. Worte wie diese sagen Sie nicht ungestraft. Mich bezeichnen Sie nicht als infantil, ohne dass es Konsequenzen haben wird. Die Frage ist außerdem: Wen bezeichnen Sie als geltungssüchtig und unbefriedigt? Sie sind es doch, der sich aus lauter Verbitterung an jenen abarbeitet, die dieses Land führen, es vorantreiben, es durch alle Unwetter und Untiefen steuern. Nur weil es Ihnen nicht vergönnt war, in einen hohen Stand geboren zu werden.«

Heller hatte damit rechnen müssen, hatte sich Poschs Erwiderung sogar Wort für Wort ausmalen können, doch jedes einzelne wirkte wie ein Degenstich.

»Ich tue nur, was sonst keiner tut. Ich gehe auch gegen jene vor, die sich sonst mit Geld und Stand aus allem freikaufen können.«

Posch ließ das nicht gelten, lachte nun sogar wieder. »Nichts haben Sie, Heller, nichts. Jeder Vorwurf erweist sich als haltlos. Jede Vermutung verpufft ins Leere. Ist es nicht so? Wie viele Nackenschläge und Niederlagen wollen Sie noch einstecken, ehe Sie einsehen, dass Sie sich verrannt haben?«

Was wusste Posch? Spekulierte er nur? Hatte er viel mehr Kontakte und Informanten, als Heller bisher vermutet hatte?

Posch sah ihm wohl die Zweifel an und freute sich offensichtlich, wie sich das Blatt gewendet hatte. Es gelang ihm sogar, die Situation noch mehr zuzuspitzen, indem er schlagartig wieder ganz ernst wurde und das Kinn hob. »Mag sein, dass ich bisher eine Abneigung gegen Sie hegte, weil ich Sie und Ihre rüpelige bauernhafte Art, Ihre allzu liberale Einstellung, nicht mag. Doch nun, Heller, haben Sie in mir einen Feind, einen unerbittlichen Feind, der nicht eher ruhen wird, bis Ihnen noch das letzte Quäntchen Ehre und Reputation genommen wurde.«

Posch trat hinter dem Tisch hervor und ging nicht direkt auf Heller zu, kam ihm aber doch so nahe, dass sich ihre Schultern fast berührten.

»Machen Sie nur. Es gefällt mir, wenn das Leben ein wenig Abenteuer bereithält«, erwiderte Heller. Doch seinen Worten fehlte der Nachdruck, das hörte er selbst. Posch schien sich seiner Sache sehr sicher. Die Vorarbeit, die geleistet worden war, die Saat, die er ausgestreut hatte, um Heller als Sozialdemokraten anzuschwärzen, konnte nun aufgehen und gedeihen.

Posch strafte ihn, indem er auf seine Aussage gar nicht einging. An der Tür drehte er sich nur kurz um. »Auf baldiges Wiedersehen, Herr Kriminalrat.«

12

Der nachmittägliche Heimweg gestaltete sich dröge. Der Wallach trabte gemächlichen Schrittes, nichts geschah, niemand lief ihm über den Weg. Der Himmel hatte sich zugezogen, die Sicht war trüb. Kein Sonnenstrahl, kein Lichtfleck, der das Auge ablenkte oder erfreute. Nichts, was ihn von seinen Gedanken fortbrachte. Sicher spielte Posch sich nur auf, versuchte Heller sich zu beruhigen. Er war zu aufgeregt, sein Selbstvertrauen angeschlagen. Er müsste nur eine Nacht darüber schlafen, und morgen würde alles schon wieder anders aussehen.

Andererseits hatte Schrumms Gesicht Bände gesprochen. Klenkels Gesicht ebenso. Sie fürchteten sich. Mussten sich fürchten. Er konnte es ihnen nicht verübeln. Bei seinem Untergang würden auch sie als sein Assistent und Sekretär in die Tiefe gerissen. Sicher verfluchten sie sein Mundwerk, wie er es gerade selbst tat. Warum nur konnte er nicht einfach mal schweigen? Posch mit seinem Gerede ins Leere laufen lassen, ihm damit zu verstehen geben, dass er ihn nicht einschüchtern konnte. Stattdessen hatte er ihn beleidigt und provoziert. Was dem Mann bisher ein Zeitvertreib gewesen sein mochte, war nun zu seiner Berufung geworden, und die Ankündigung, das Geschäft mit dem Forstamt platzen zu lassen, war mehr als nur eine leere Drohung. Sicher konnte Posch das veranlassen. Dann gingen ihnen nicht nur gute Einkünfte verloren; es würde sich außerdem herumsprechen, andere Käufer würden abspringen, und schnell würde aus einer florierenden Zucht ein verwaister Hof.

Doch was ihm im Moment am meisten zu schaffen machte, war die Scham über seine unüberlegten Worte, sein eigenes kindisches Gebaren.

Heller wünschte sich, dass ihm ein Kind vors Pferd lief, damit er es schelten konnte. Oder dass eine Hausfrau ihren Trog Schmutzwasser auf die Straße entleerte. Irgendetwas, das ihn von seinen dunklen Ahnungen abbringen würde. Daheim würde er vorgeben müssen, dass alles in Ordnung wäre. Und Helene würde ihm trotzdem nicht glauben. Noch dazu, und dies war eigentlich das Schlimmste, würde er ihr Kummer bereiten. Zu allem Kummer, den sie schon hatte. Das kranke Mädchen im Haus, der mürrische Junge, der Hof und die Kosten, die er verursachte und die sie durch ihre Buchhaltung im Einklang mit den Einkünften zu halten versuchte.

Nein, er malte zu schwarz. Er musste aufhören zu denken. Musste die Dinge nehmen, wie sie kamen. Auch Posch musste schlafen, und morgen würde er nur noch halb so viel Elan haben. Am nächsten Tag noch weniger. Vielleicht wäre es gut, sich die nächste Zeit ein wenig zurückzunehmen. Unauffällig zu bleiben.

»Na los, Bursche!« Heller schnalzte mit der Zunge und trieb das Pferd an. Ein schneller Ritt, ein wenig Wind um die Ohren, schon sah die Welt ganz anders aus.

Auf dem Hof lief ihm Thomas entgegen. Heller saß ab und gab ihm die Zügel. »Mir ist, als wär ein Eisen locker, vorn rechts.«

Thomas nickte. »Ich will gleich nachsehen. Der Schmied kommt übermorgen sowieso.«

»Sonst alles recht?«

»Alles gedeiht. Aber wäre es vielleicht möglich, einen zusätzlichen Helfer zu bekommen? Mit den Fohlen ist es doch ein ganzes Stück mehr Arbeit.«

»Ich will sehen«, erwiderte Heller knapp. Gerade jetzt, in dieser Unsicherheit, wollte er keine zusätzlichen Kosten verursachen.

»Hilft Albert nicht?«

»Doch, natürlich, Herr Rittmeister. Er hilft ganz tüchtig.«

Heller sah dem jungen Stallmeister fest in die Augen. Sicher wollte Thomas sich mit beiden gut stellen, mit ihm und seinem Sohn. Und sicher könnte Albert mehr tun, als er bereits tat. Schließlich war das, was der Hof abwarf, auch sein Auskommen. Oder behinderte ihn die gestauchte Hand noch, war sie doch gebrochen?

»Tut er, was du sagst?«

»Auch das, Herr Rittmeister.«

Es war ganz offensichtlich, dass Thomas nicht alles sagte. Sicher machte Albert nicht immer das, was er ihm befahl.

»Sie haben übrigens Besuch. Ein feiner Herr, ließ sich von einer Droschke absetzen.«

»Ein feiner Herr?«, fragte Heller mehr sich selbst.

»Frau Rittmeister unterhält ihn schon seit einiger Zeit.«

»Dann will ich sie mal erlösen.« Heller straffte seinen Rock, dann marschierte er zum Wohnhaus.

»Dass du kommst!«, freute sich Helene und lief ihm aus dem guten Zimmer entgegen. Heller sah, wie sich hinter ihr ein Mann erhob. Er trug teure Kleider und hatte einen gezwirbelten Bart, auf dem Tisch vor ihm lagen ein Zylinder und weiße Handschuhe, ein schwarzer Spazierstock lehnte am Fensterbrett. Helene hatte Kaffee gebrüht und aufgetischt.

»Darf ich dich gleich unserem Gast übergeben? Es gibt noch viel zu tun für mich.« Sie nahm Heller bei der Hand und führte ihn ins Zimmer, um ihm den Fremden vorzustellen. »Herr Möbius – mein Mann, Kriminalrat Heller. Gustav, Herr Möbius, seines Zeichens Regierungsbeamter.«

Möbius verbeugte sich, und Heller war plötzlich so angespannt, dass es ihm nicht einmal gelang, mit dem Kopf zu nicken. Dies war der Mann, der die Ausschreibungsunterlagen für die Schifffahrtslizenzen bearbeitete. Er sah aus dem Augenwinkel, wie Helene ihn einen Moment lang prüfend musterte.

»Möchtest du auch einen Kaffee?«, fragte sie.

»Gern, ja.«

Möbius machte zwei eifrige Schritte nach vorn und reichte ihm die Hand. Diese Geste ließ Heller ein wenig entspannen. Hatte er zuerst befürchtet, die Bedrohung durch Posch wäre nun direkt zu ihm ins Haus gekommen, wirkte es nun, als stünde Möbius als Bittsteller vor ihm. Doch Vorsicht war geboten, denn die Kreise, in denen sich Leute wie Posch und Möbius bewegten, schienen wahrlich Schlangengruben zu sein. Vielleicht war er hier, um herauszufinden, wie weit Heller mit seinen Nachforschungen vorgedrungen war. Vielleicht war seine Freundlichkeit nur aufgesetzt.

»Julius Möbius?«, fragte Heller, denn noch immer schien Angriff die beste Verteidigung. »Sind Sie derjenige, nach dem ich mich erkundigte?«

»Ebenjener. Und das ist auch der Grund, warum ich Sie in Ihrem Heim aufsuche und die häusliche Ruhe stören muss.«

Heller wappnete sich für einen Angriff. Doch Möbius deutete zuerst auf die Sessel. »Wollen wir uns nicht setzen und warten, bis Ihnen die Dame des Hauses den Kaffee gebracht hat und wieder gegangen ist?«

»Es gibt nichts, was ich meiner Frau verheimliche«, antwortete Heller, während er Möbius mit einer Geste zum Setzen aufforderte.

»Ich wollte Ihnen die Möglichkeit belassen, sich zunächst einmal anzuhören, was ich zu sagen habe, und dann zu entscheiden, ob Sie Ihre Frau ins Vertrauen ziehen wollen.«

»Gut, warten wir«, sagte Heller und beschloss, sich unnahbar zu geben. Er konnte nicht im Ansatz ahnen, was dieser Mann hier wollte. Ihn bedrohen? Bestechen gar? Sich herauswinden? Doch woraus?

Als dann der Kaffee kam, war es Klara, die ihn brachte. Sie stellte Tasse und Kanne ab und eilte davon.

»Sehr schön ist es hier. Ruhig vor allem. Das weiß man erst zu schätzen, wenn man den Lärm der Stadt tagtäglich erlebt. Vielleicht ein wenig zu weit ab für meinen Geschmack, aber doch sehr schön.«

»Mir ist es nicht zu weit. Vielmehr genieße ich den längeren Ritt nach Hause.«

»Jetzt, ja. Aber im Herbst und Winter ist es sicherlich eine Schinderei.«

»Jede Jahreszeit hat ihre guten und schlechten Tage. Herr Möbius, warum sind Sie hier?«

»Nun … Ich muss Ihnen gestehen, ich bin in einer Notlage.«

»Und die Not ist so groß, dass Sie den weiten Weg bis zu mir auf sich nehmen, obwohl wir uns gar nicht kennen?«

Möbius trank einen Schluck Kaffee und nickte dann, während er die Tasse abstellte. »Es ist so, dass ich in die Vergabe der Flussfahrtkonzessionen involviert bin. Es obliegt mir, die Angebote auf ihre Wirtschaftlichkeit zu prüfen, aber auch die finanziellen Hintergründe der Firmen, die Reputation der Eigner, ihre Erfahrungen und auch die politischen Einstellungen. Man will frühzeitige Insolvenzen oder andere Ausfälle verhindert wissen, genau wie Betrug und Menschenschinderei. Dinge, die unser Land und Seine Majestät mit einem Makel behaften könnten.«

Heller nickte. Das alles hörte sich nicht falsch an.

»Nun ist es so …« Möbius holte tief Luft und sah aus dem Fenster. Es war, als suchte er nach Worten oder nähme Anlauf, um eine Hürde zu überwinden. »Sicher können Sie sich denken, dass meine Arbeit ... Also, es gibt Menschen, die mich in meiner Arbeit zu manipulieren versuchen.«

»Sie werden erpresst?«, fragte Heller. Das war interessant. Vielleicht würde dieser Tag noch eine gute Wendung nehmen.

»Das wurde durchaus auch schon versucht, aber davon spreche ich nicht. Es bleibt nicht aus, dass man die eine oder andere Zuwendung erfährt, wenn Sie verstehen.«

»Sie reden von Bestechung«, erwiderte Heller.

»So würde ich es nicht nennen, Bestechung klingt so sehr nach ... Nennen wir es ...«

»Herr Möbius, wie wir es jetzt nennen, ist gleich. Ich sage Bestechung. Haben Sie vor, sich selbst anzuzeigen? Dann wären Sie an der falschen Stelle.« Das klang ihm zu sehr nach einer Falle. Er müsste Möbius anzeigen und somit alle Beamten und Regierungsräte gegen sich aufbringen. Denn vermutlich gab es kaum einen, der diesen Zuwendungen gegenüber völlig abgeneigt war.

»Ich habe nicht vor, mich anzuzeigen. Letztlich ist es nicht unüblich, was geschah.«

Heller hatte genug. Er stand auf. »Herr Möbius. Entweder Sie benötigen wirklich meine Hilfe, dann sprechen Sie jetzt. Oder Ihre Not kann nicht so groß sein.«

»Bitte setzen Sie sich, Herr Kriminalrat.« Möbius hatte sich halb erhoben und die Hand bittend ausgestreckt. »Ich habe mich in eine Zwangslage gebracht, aus der ich mich nicht mehr herauswinden kann. Es begann damit, dass Engelbrecht mich in meinem Heim aufsuchte und mir eine Schatulle schenkte, in der sich eine goldene Uhr befand. Ich betrachtete sie als nachträgliches Geburtstagsgeschenk. Es gilt ja nicht nur mich, sondern auch andere Mitglieder eines kleinen Gremiums zu überzeugen.«

»Verlangte er das von Ihnen?«

»Ach iwo. Man spricht so etwas nicht aus. Das wissen Sie doch, Herr Kriminalrat Heller.«

»Nein, das weiß ich nicht.«

Möbius wurde rot. »Verzeihen Sie, natürlich nicht. Wenige Tage später kam Engelbrecht noch einmal und überreichte mir eine Spende für meine Stiftung zur Förderung junger Genies.«

»Ohne jede Quittung, nehme ich an?«

Möbius nickte beschämt. »Dann aber erschien Freiherr von Kelb und unterbreitete mir das Angebot, ihn auf seiner nächsten Italienreise in einigen Monaten auf seine Kosten zu begleiten. Außerdem hatte er wertvollen Schmuck für meine Gattin dabei.«

»Sie konnten dieses Angebot nicht ausschlagen.«

»Herr Kriminalrat, ich habe es nicht übers Herz gebracht. Zum einen war Italien ein ewig gehegter Traum von mir, Venedig, Florenz, Rom. Zum anderen hätte eine Ablehnung von Kelb sicherlich verraten, dass ich schon anderweitig begünstigt wurde. Er ist ja kein dummer Mann. So ging das jedenfalls seit einiger Zeit. Die Zuwendungen wurden immer größer, und die Männer gehen mit einiger Regelmäßigkeit in meinem Haus ein und aus. Manchmal muss ich sogar verhindern, dass sich ihre Wege kreuzen. Eine regelrechte Qual ist das. Und ich wünsche mir oft, ich hätte die Härte besessen, alles abzulehnen.«

»Und Ihre Gewissensnot besteht nun darin, dass Sie dem einen oder dem anderen den Zuschlag erteilen müssen, was dessen Gegner natürlich gegen Sie aufbringen würde.«

»Ja, beide sind mächtige Männer, ich könnte mir von keinem eine Anzeige leisten. Ich vermag Ihnen kaum zu sagen, welchen Wert all die Zuwendungen hatten, die ich bekam.«

»Geben Sie alles zurück, lehnen Sie die Reise unter einem Vorwand ab«, schlug Heller vor.

Möbius lachte nur traurig auf. »Es ist ja gar nicht mehr alles da.«

Heller sah ihn an und wusste auch keinen Rat. Dafür kam ihm eine Idee. Er versuchte einen Test.

»Es wäre Ihnen sicher recht, wenn einer der Bewerber von allein zurückzöge. Oder durch Schwierigkeiten so ins Hintertreffen geriete, dass Ihnen gar keine Wahl bliebe. Nicht wahr?«

»Sie sagen es. All die Monate habe ich darauf gehofft, dass etwas Derartiges geschieht.« Möbius' Antwort bestätigte Hellers Vermutung, dass etwas nicht mit rechten Dingen zuging. Er schien in seiner Naivität gar nicht in Erwägung zu ziehen, dass man ihn damit in Verbindung bringen könnte.

»Aber gab Ihnen die Explosion nicht die Gelegenheit, sich für Engelbrecht zu entscheiden? Sie hätten dieses Unglück doch als triftigen Grund anführen können.«

»Er wäre auch ein triftiger Grund gewesen. Hätte von Kelb aufgegeben. Doch er ist in mein Büro gekommen, um mich darüber zu informieren, dass es nur Sabotage gewesen sein könne und er eine zweite Chance verlange.«

»Eine zweite Chance wofür? Ein Wettrennen? Ist es das?«

»Man könnte es einen Wettstreit nennen.«

»Und der Sieger bekommt die Konzession?«

»So einfach ist es auch nicht. Dann wäre die Sache für mich erledigt. Nein, es ist nur Teil des Wettstreites. Es geht um das Gesamtbild. Eigentlich ist es eine Prestigefrage. Manchmal kann eine Niederlage ehrenvoller sein als ein Sieg. Sicher wissen Sie, dass manche Menschen lieber sterben, als ihre Ehre zu verlieren.«

Heller hatte noch immer nicht verstanden, welche Kriterien nun den Ausgang dieses Wettstreites entschieden. Ehre war ein weiter Begriff. Ehre am Leib zu haben, war keine schlechte Sache, fand Heller. Aber wenn man andere der Ehre wegen sterben ließ, ging ihm das gegen den Strich.

»Was erhoffen Sie sich denn nun von mir?«, fragte Heller.

Möbius zögerte ein wenig und sagte dann: »Immerhin scheinen Sie doch gegen die Herren zu ermitteln. Wie wäre es, wenn Sie mich über den Stand der Ermittlungen unterrichten?«

»Das kann ich sofort tun. Ich habe nichts in der Hand. Nur haltlose Vermutungen, die mich schon in Teufels Küche gebracht haben.«

»Und was wäre, wenn ich Ihnen etwas lieferte, damit Sie eine Handhabe gegen einen der beiden Herren hätten?«

»Haben Sie denn etwas?«, fragte Heller direkt.

»Ich könnte mich darum bemühen.«

»Das verstehe ich nicht.«

»Ich habe Einsicht in Dokumente und Zugang zu gewissen Männern, den Sie nicht haben. Ich könnte forschen. Jeder von denen hat Dreck am Stecken. Jeder.«

»Dann frage ich mich, warum Sie sich nicht selbst helfen können«, erwiderte Heller barsch.

Möbius hob zerknirscht lächelnd die Schultern. Es war eindeutig, dass er sich nicht selbst in gefährliche Gewässer begeben wollte, sondern jemanden zu finden hoffte, der es für ihn tat. Und es schien fast, als wäre Heller nun gezwungen, diesem korrupten Beamten zu helfen. Denn der einzige Weg, all die Dinge zu rechtfertigen, wegen denen Posch ihn anzeigen wollte, bestand darin, Ergebnisse zu liefern. Zu beweisen, dass die Dampfschiffexplosion kein Unfall war und alle folgenden Geschehnisse in direktem Zusammenhang damit standen. Weil der Initiator dieser Tat versuchte, seine Spuren zu verwischen und Zeugen zu beseitigen.

»Verraten Sie mir, womit ich Ihnen dienen könnte«, sagte

Möbius. Das ärgerte Heller. Offensichtlich fiel es dem Mann leicht, seine Gedankengänge zu erahnen.

»Ich suche nach Indizien dafür, dass die Maschine manipuliert oder durch eine Bombe zerstört wurde. Ich suche nach Beweisen dafür, dass jemand von der Besatzung instruiert war, die Explosion herbeizuführen. Ich möchte wissen, ob die Teile, die man mir brachte, wirklich von dem havarierten Schiff stammen.«

Möbius nickte. »Ihnen wurden Teile des Schiffes gebracht?«

»Ich habe danach suchen lassen, und man lieferte mir einige Ventile. Doch die Untersuchungen waren unbefriedigend. Da ich einen Finderlohn ausgelobt hatte, ist es durchaus möglich, dass ich Opfer eines kleinen Betrugs geworden bin.«

»Ich verstehe. Nun, was Herrn Engelbrecht angeht – als Zugezogener stieß er doch auf einige Unliebe. Man betrachtete ihn ein wenig als Eindringling.«

»Sie sprechen in der Vergangenheitsform.«

»Ja.« Möbius regte sich in seinem Sitz. »Es ist ihm gelungen, die meisten von denen, die ihm nicht wohlgesonnen waren, für sich zu gewinnen. Sicher wissen Sie schon von seinen Plänen für eine neue Werft. Er kann sehr einnehmend sein, auf eine ganz besondere Art. Nicht durch Freundlichkeit. Eher ist es so, dass man sich zuerst von seiner Schroffheit abgestoßen fühlt, dann aber beginnt, seine Anerkennung zu heischen. In der Hoffnung, ihn irgendwann als Freund bezeichnen zu können.«

»So auch Sie?«

»Ich gebe es zu, ja. Er ist wie ein strenger Vater, dem man gern alles recht machen möchte, damit er ein Lob ausspricht. Ist es denn nicht so, dass ein solches Lob viel wertvoller ist, als wenn man immerzu nur gehätschelt wird?«

Das war allerdings auch Hellers Meinung. »Aber inzwischen scheinen Sie sich seiner Freundschaft nicht mehr sicher?«

»Er ist niemandes Freund, dessen wurde ich mir vor einiger Zeit bewusst. Er denkt immer ans Geschäft. Er ist ja nicht ohne Grund so wohlhabend, obwohl er aus keinem guten Hause stammt.«

Langsam kristallisierte sich heraus, worauf Möbius hinauswollte. »Hat er Sie bedroht?«, fragte Heller.

»Er war kürzlich in meinem Büro und hat sehr deutlich gemacht, dass er für all seine Leistungen eine Gegenleistung erwartet.«

»Können Sie sich bitte konkreter ausdrücken?«

»Er hat mir deutlich gemacht, dass es nicht nur finanzielle Konsequenzen haben wird, wenn ich ihm nicht zu der Konzession verhelfe.«

»Fürchten Sie, es geht um Leib und Leben?«

»Kennen Sie nicht die Gerüchte, die über ihn im Umlauf sind?«

»Wenn es Gerüchte sind, interessieren sie mich nicht.«

»Lieber Herr Kriminalrat, Gerüchte haben meist einen triftigen Hintergrund. Man sagt, Engelbrecht hat zwei seiner früheren Mitstreiter beseitigen lassen. Beide fand man ertrunken in einem Hamburger Hafenbecken. Angeblich waren sie betrunken ins Wasser gefallen. Das Schiff eines Konkurrenten brannte aus, vier Matrosen kamen dabei ums Leben. Und ein anderes Schiff rammte aufgrund einer defekten Ruderanlage die Kaimauer, sodass es auf der Stelle sank. Noch dazu heißt es, er habe einem Ingenieur eine Erfindung, die eine Dampfmaschine effektiver arbeiten lässt, gestohlen und sie als sein Patent einschreiben lassen.«

»Nichts davon ist beweisbar?«

»Nichts. Aber eine solche Anhäufung von Vorfällen kann kein Zufall sein.«

»Sie fürchten also buchstäblich, er könnte Ihnen etwas antun?«

»Sie waren im Klub, habe ich gehört. Haben Sie seinen Gehstock gesehen? Den schwarzen, mit dem silbernen Knauf?«

»Habe ich.«

»Nun, Sie müssen wissen, der Knauf lässt sich lösen. An ihm ist eine Klinge befestigt, eine scharfe spitze Klinge. Welcher Herr, der etwas auf sich hält, läuft mit einer solch heimtückischen Waffe durch die Gegend?«

»Woher wissen Sie das?«, fragte Heller misstrauisch.

»Er zeigte es mir!«

Heller schwieg und ließ das Ganze sacken. Er fragte sich, ob Möbius von Engelbrecht wirklich bedroht wurde oder ob er die Sache nur überdramatisierte. Engelbrecht musste wissen, dass Möbius sicher auch von anderen Bestechungsgelder annahm. Und als Geschäftsmann wusste er bestimmt, dass man auch einmal verlor. Sicher hatte Möbius sich in seine Angst hineingesteigert und übertrieb nun, um Hilfe zu bekommen.

»Vielleicht habe ich doch einen ganz speziellen Auftrag für Sie, Herr Möbius, mit dem Sie der Sache dienlich sein könnten. Ein Mann, den ich nach der Explosion aus der Elbe rettete, gab mir einen falschen Namen an. Sein richtiger Name lautete Paul Holzke. Man fand ihn tot.«

»Sehen Sie!«, fiel Möbius ihm aufgeregt ins Wort.

»Lassen Sie mich zu Ende sprechen. Dieser Holzke hatte ein Kind dabei, ein Mädchen von etwa zwölf Jahren, Friedericke nannte sie sich. Sein Mündel, wie sie behauptete. Leider ist sie mir entwischt, bevor ich mehr aus ihr herausbekam. Bei dem Feuer in der rechtselbischen Barackensiedlung. Wenn jemand etwas darüber weiß, was Holzke an Bord zu suchen hatte und warum er mir einen falschen Namen nannte, dann sie. Sie ist nicht sehr groß, hatte schmutziges blondes

Haar, trug ein dreckiges blaues Kleid. Vielleicht helfen Ihnen Ihre Beziehungen, dieses Kind zu finden, sollte sie sich noch in der Stadt aufhalten. Und dann bringen Sie sie unbedingt zu mir.«

»Will sehen, was ich machen kann. Ich habe meine Leute, meine Augen und Ohren in der Stadt, sozusagen.«

»Also gut.« Heller erhob sich. »Ich möchte nicht unhöflich sein, doch Sie haben Ihr Anliegen vorgetragen. Und ich meine, wir sind uns einig geworden. Sie liefern mir Informationen, die mir sonst verwehrt blieben, als Munition. Und ich werfe mich für Sie in die Schlacht. Nun muss ich Sie bitten zu gehen, es gibt viel zu tun, und es ist schon dunkel.«

Möbius erhob sich ebenfalls. »Sagen Sie, gibt es hier eine Pension oder ein Gasthaus, in dem ich für die Nacht unterkommen kann?«

»Haben Sie nicht vor, wieder heimzukehren?«

»Ich habe so weit nicht gedacht.«

Das war offensichtlich gelogen. Heller sah Möbius zweifelnd an. »Glaubten Sie, sich hier verstecken zu können?«

»Nun, zumindest für diese Nacht«, antwortete Möbius kleinlaut.

»Ist die Bedrohung so akut?«

»Ich sagte ja, Engelbrecht war da. Er verlangte eine sofortige Entscheidung, zumal von Kelbs Dampfer sich als unzuverlässig erwiesen hatten. Weil ich aber zögerte und ihm sagte, das Verfahren sei noch im Gange, wurde er sehr ungehalten. Und ich bin zugegebenermaßen vor ihm geflüchtet. Kaum war er aus dem Haus, entwich ich durch die Hintertür.«

»Was Sie nicht sagen. Und Ihre Frau, die Kinder?«

»Zum Glück befinden diese sich gerade auf dem Lande, bei meiner Schwester. Ich ließ ihnen eine Depesche schicken, sie sollen dort ausharren, bis diese peinliche Angelegenheit ausgestanden ist.«

»Das hätten Sie mir gleich erzählen können.«

Möbius schnitt eine Grimasse. »Sie können doch sicher verstehen, wie unangenehm es mir ist, meine Feigheit eingestehen zu müssen.«

»Hm«, brummte Heller. »Eines ist sicher: Hier bleiben Sie nicht. Ich würde Ihnen raten, fahren Sie nach Dresden, jedoch nicht in Ihr Heim. Übernachten Sie im Bellevue oder in einem anderen Hotel. Morgen gehen Sie in Ihr Büro. Engelbrecht wird sich beruhigen.«

»Aber wie komme ich nach Dresden? Eine Droschke gibt es hier nicht.«

»Nicht um diese Zeit. Dann gebe ich Ihnen eines meiner Pferde und die Kutsche. Können Sie damit umgehen? Das Tier stellen Sie beim großen Stall an der Frauenkirche ab.«

»Ich gestehe …« Möbius schloss den Mund.

»Raus mit der Sprache.«

»Der Gedanke, allein in der Dunkelheit den ganzen Weg zurück bis nach Dresden zu fahren, zumal ich weder einen Säbel noch eine Pistole habe und beim Reiten oder Lenken sicherlich nicht halb so geschickt bin wie Sie …«

Heller hob die Hand. »Schweigen Sie still. Ich lasse meinen Stallmeister die Kutsche vorbereiten. Ich bringe Sie.«

Es war eine schweigsame Fahrt auf dem Bock seiner offenen Kutsche. Heller war in Gedanken versunken. Zu den Sorgen, die ihm Posch bereitete, machte er sich nun Gedanken darüber, was er Helene erzählen sollte, aus welchem Grund er so spät noch einmal losfuhr und erst spät am Abend heimkehren würde. Es wäre das Beste, sie einzuweihen. Andererseits oblag es dann ihr, Johanna darüber zu informieren oder sich auszuschweigen, was auch nicht einfach wäre. Denn so schwach und krank, wie das Mädchen immer war, so hatte sie doch ein treffliches Gespür für Stimmungen und sah manchem die Trauer, den Zorn, den Groll oder den Unmut an, noch ehe er selbst davon wusste.

Die Sonne war untergegangen, nun versank der letzte Lichtstreif im Westen. Die Laterne vorn an der Kutsche spendete kaum Licht. Heller löschte sie, weil es besser war, wenn sich seine Augen ans Dunkel gewöhnten. Er hatte eine der älteren Stuten genommen, weil er sie als zuverlässig kannte, furchtlos im Dunkeln, an nächtliche Geräusche gewöhnt. Jedoch war sie langsam, und er würde sie auch nicht antreiben, schneller zu laufen.

Unten am Fluss brannten einige Feuer, in der Wache bei Pillnitz leuchtete eine Laterne, gelegentlich flackerte Kerzenschein in einem Fenster. Sonst herrschte über lange Strecken des Weges Dunkelheit. Nur gelegentlich gaben die Wolken ein wenig Mondschein frei.

Heller war es ganz recht, dass Möbius schwieg. Es gab nichts weiter zu sagen. Er hegte eine Abneigung gegen diesen Mann, der so bestechlich war und so feige. Gleichzeitig fragte er sich, wie er selber handeln würde, wenn jemand in sein Haus käme und ihm Schmuck, Geld oder andere Wertsachen anbot. Es war leicht zu sagen, man sei unbestechlich, solange einem nichts angeboten wurde. So wie es leicht war, zu sagen, man würde sich für König und Kaiser in die Schlacht werfen, solange man das Donnern der Kanonen, das Pferdegetrappel, das Knattern der Gewehre und das Geschrei nicht hörte. Was also, wenn einer ins Haus kam und Geld für eine leicht zu erbringende Leistung bot? Geld, das einen für lange Zeit von seinen Sorgen befreite?

Doch noch ein anderer Umstand ließ ihn grübeln. Was, wenn Möbius nicht aus eigenen Stücken zu ihm gekommen war? Wenn er geschickt worden war, um ihn auszuhorchen? Hatte er zu viel preisgegeben?

Eine Stunde oder länger ging die Fahrt. Er hatte noch

nichts gegessen, er war müde, und ein langer Rückweg stand ihm bevor. War er zu nachgiebig gewesen? Er hätte sich nicht so schnell bereit erklären müssen.

Vor der Augustusbrücke trat ihnen eine Wache in den Weg und verlangte Auskunft, wer und wohin sie unterwegs waren. Heller antwortete, und der Mann gab ihnen den Weg über die Brücke frei.

»Will er mir für den Rückweg einen Imbiss besorgen?«, bat Heller den Wächter. »Es kann ein Brotkanten sein und ein Stück Käse vielleicht.«

»Zu Ihren Diensten, Herr Kriminalrat!«, salutierte der Mann und nahm das Geldstück an, das ihm Heller dafür gab.

»Ich lade Sie gern noch zu einem Nachtmahl ein!«, bot Möbius sogleich an.

»Ich danke sehr, doch ich will wieder heim, so schnell es geht.« Außerdem wollte er nicht einmal den Anschein erwecken, selbst bestechlich zu sein.

Heller fuhr über die Brücke, auf deren Scheitelpunkt ein Feuer unterhalten wurde, dann nach rechts zum Hotel Bellevue. Er ließ Möbius absteigen. Sie wünschten einander eine gute Nacht und wechselten keine weiteren Worte mehr.

Als er die Neustädter Wache wieder erreicht hatte, wartete dort ein Wachposten und reichte ihm ein Tuch hinauf, in dem ein kleines Weißbrot, Käse und ein Stück Speck eingewickelt waren. »Mögen der Herr Kriminalrat einen Apfel dazu?«

»Sehr gern, verbindlichsten Dank!« Heller nahm den Apfel entgegen, den der Mann aus seiner Rocktasche geholt hatte, grüßte und wünschte einen ruhigen Dienst.

Er rieb den Apfel an seiner Jacke sauber und biss hinein. Er war weich von der Überwinterung in irgendeinem Keller. Doch weder schmeckte er faulig, noch war er mehlig geworden. Dann wickelte Heller sein Abendessen aus und aß, während die Stute klaglos die Kutsche heimwärts zog. Das Weißbrot war frisch und angenehm zu essen, auch wenn Heller wusste, dass es nicht viel Nährwert hatte. Der Käse und der Speck dafür umso mehr. Heller schnitt sich, die Zügel unter die Achsel geklemmt, kleine Stücke mit seinem Messer ab und ließ sich Zeit dabei.

Auf halbem Weg war alles verzehrt. Nun galt es, der Müdigkeit, die ihn zu übermannen versuchte, Herr zu werden. Selbst der Gedanke an Posch hielt ihn kaum noch wach.

Auf dem langen Abschnitt die Elbe hinauf, zwischen Loschwitz und Pillnitz – wo kaum ein Haus stand, nur Pferdekoppeln und Ställe, höchstens eine Fischerhütte –, war ihm, als hörte er Geräusche. Es war nicht leicht auszumachen, denn die Räder der Kutsche und die Hufe der Stute knirschten im Sand oder klapperten gelegentlich über Kopfsteinabschnitte. Heller ließ die Stute halten und lauschte. Der Wind rauschte in den Bäumen. Es knisterte im Gras. Er konnte kein einziges Licht ausmachen. Der Mond war nur ein verwaschener Fleck hinter den Wolken. Heller drehte sich auf dem Kutschbock. Soweit er sehen konnte, befand er sich auf freiem Feld, weit und breit war niemand zu sehen. Ein Stück weiter, wusste er, führte der Weg unter Bäumen hindurch, Eichen mit dicken Stämmen, hinter denen man sich leicht verstecken konnte. Er atmete durch. Umkehren wäre eine Option. In der Stadt übernachten. Helene würde es ihm verzeihen, es wäre nicht das erste Mal. Sie wusste, manchmal war der Weg zu lang für eine Heimkehr, wenn ihn eine Versammlung oder etwas anderes zu lang aufgehalten hatte. Und dank Albert und Thomas und den anderen Angestellten war sie nicht allein im Haus.

Doch nun hatte er schon mehr als die Hälfte des Weges hinter sich gebracht. Außerdem wollte er sich nicht einer vagen Furcht ergeben, die nur Folge der Vermutungen eines bestechlichen Beamten war. Er hatte sich oft schon überwunden. Er war in die Schlacht gestürmt, trotz der Kanonen- und Gewehrschüsse des Feindes. Zwei Pferde waren unter ihm tödlich getroffen worden, Dutzende Soldaten rechts und links von ihm gefallen. Gab es einen lieben Gott, dann hielt er sicherlich etwas anderes für ihn bereit, als nun auf dem Heimweg zu Frau und Kind umgebracht zu werden. Er schnalzte mit der Zunge und ließ die Zügel schnellen. Die Stute setzte sich wieder in Bewegung. Heller schnalzte noch zweimal, damit sie schneller trabte. Er hielt die Lederriemen mit der linken Hand, mit der rechten nahm er den Säbelgriff.

Zwar hatte er einen Revolver, doch wenn man in der Ferne kaum etwas sah, war ein gezielter Schuss nicht möglich. Es war besser, sich im Nahkampf mit dem Säbel zu verteidigen.

Kurz bevor er die Bäume erreichte, ließ er noch einmal halten. Der Weg führte direkt geradeaus, seine Stute war ihn schon viele Male gelaufen und wusste, dass sie bald daheim wäre. Das war ein Vorteil. Waren sie erst einmal durch die Bäume hindurch, kam Schloss Pillnitz in Sicht. Dort waren Wachsoldaten, dort war ein Nachtfeuer. Vielleicht konnte der Revolver doch von Nutzen sein, denn ein Schuss in den Nachthimmel würde die Aufmerksamkeit der Wachmänner wecken.

»Na los, die Dame!« Die Kutsche ruckte an. Heller ließ die Stute traben. »Beweg die Beinchen, Liebste«, gab er sich entspannt und konnte doch nicht umhin, dass er zwischen den Bäumen nach Bewegungen suchte.

Kaum war die Kutsche in die Baumgruppe gefahren, hörte er ein Schnauben, das sicherlich nicht von seinem Pferd stammte. Er stieß einen leisen Fluch aus, der ihm selbst galt. Denn aus Erfahrung wusste er, dass er seinen Instinkten immer trauen sollte, und auch dieses Mal hätte er sich auf sie verlassen sollen. »Lauf!«, rief er der Stute zu und gab ihr die Zügel über die Kruppe. Das Pferd wechselte in den Galopp, die Kutsche beschleunigte. Heller zog den Säbel. Es gab kein Zurück mehr, denn auf dem Weg zwischen den Bäumen konnte er nicht wenden, ohne dass die Kutsche stecken blieb.

Links von ihm knallte es plötzlich, und Heller spürte den Luftzug einer Kugel, die knapp seinen Kopf verfehlte. »Sauhund!«, fluchte er, duckte sich instinktiv, richtete sich sogleich wieder auf. Zwischen den Bäumen links von ihm registrierte er eine Bewegung. Mindestens zwei Männer auf Pferden kamen heran, ritten im Galopp und näherten sich ihm, waren schneller als die Kutsche. Heller nahm die Zügel zwischen die Zähne und zog den Revolver. Aus dem Augenwinkel sah er, dass sich nun auch von rechts einer näherte. Sie hätten ihn besser in einen richtigen Hinterhalt gelockt, dachte er. Amateure offenbar. Wieder blaffte ein Schuss, doch ihn aus dem Galopp zu treffen, wäre mehr als nur Glück.

Trotzdem kamen die Angreifer näher. Sie riefen ihm nichts zu, verlangten nicht von ihm, anzuhalten. Sie ritten völlig stumm und hatten ganz eindeutig nur ein einziges Ziel. Doch er würde es ihnen so schwer wie möglich machen. Er musste nur wieder hinaus aus den Bäumen, aufs freie Feld. Aber sein Pferd war zu langsam, die Angreifer schon sehr nah. Der auf seiner Rechten war ihm am nächsten, doch der Revolver lag in seiner Linken. Heller sah nach links. Auch hier waren die Männer schon auf wenige Meter heran. Mund und Nase unter Tüchern verborgen, ritten sie mit gezogenen Säbeln, besaßen wohl nur Terzerole, glattläufige alte Pistolen, ihre Schüsse hatten sie offenbar vergeudet. Heller richtete seinen Revolver auf den ersten und drückte ab.

Er hörte die Kugel treffen. Der Mann stöhnte, sank im Sattel nach vorn. Sein Pferd blieb im vollen Galopp, holte sogar weiter auf, sodass der Verletzte jetzt fast in Schlagweite neben Heller geriet. Er lebte noch, hielt sich die Rippen, konnte sich jedoch kaum noch im Sitz halten, schien keine Gefahr mehr zu sein. Dafür waren aber die anderen heran. Heller beschloss ein abruptes Manöver, steckte die Pistole weg, nahm die Zügel und zog sie mit einem Mal so straff, dass die Stute sich fast aufbäumte. Doch sie gehorchte und versuchte auf der Stelle zu halten. Gleichzeitig warf sich Heller nach rechts und ließ den Säbel durch die Luft fauchen. Tatsächlich traf er den Mann rechts von sich, der von dem plötzlichen Stopp überrascht war und an der Kutsche vorbeischoss. Der Mann riss sein Pferd nach rechts, und es war nicht auszumachen, ob er verletzt war. Doch wenigstens hatte er ihm einen ordentlichen Schreck versetzt. Jetzt aber war auf Hellers Linken der zweite Mann heran und schickte sich an, auf die Kutsche zu springen, hatte schon seinen Fuß aus dem Steigbügel genommen, sich weit nach rechts gebeugt. Heller streckte seine Linke aus, um den zum Schlag erhobenen Säbelarm des Mannes abzufangen. Mit der Rechten, in der sich sein eigener Säbelgriff befand, hieb er dem Angreifer die Faust ins Gesicht, statt ihm den Säbel in den Leib zu stoßen. Der Angreifer verlor durch den harten Schlag die Kontrolle über seinen Leib und sackte zusammen. Heller ließ ihn los, sodass er zwischen Pferd und Kutsche zu Boden stürzte.

Da er die Zügel dabei losgelassen hatte, glaubte die Stute, dass sie wieder freie Bahn hatte. Vom Kampf in leise Panik versetzt, zog sie sofort an. Die Kutsche holperte, und der Mann am Boden stieß einen heiseren Schrei aus.

»Viel mehr Rücksicht werde ich nicht nehmen!«, rief Heller, doch da war der dritte Mann auf dem Pferd schon wieder heran und hatte seine Pistole gezückt. Offenbar wollte er sichergehen, dass er traf, denn er drückte nicht sofort ab. Heller wartete nicht. Er sprang vom Kutschbock hinten in die Kutsche und zog seinen Revolver wieder heraus, in dem noch fünf Kugeln sein mussten. Dann krachte auch schon der Schuss aus der Pistole des Angreifers und es gab ein dumpfes

Geräusch, doch Heller fühlte sich nicht getroffen. Stattdessen verlor er alle Zurückhaltung und feuerte zwei Schüsse ab, die den Mann trafen. Doch er war nicht tödlich verwundet. Verletzt gab er seinem Pferd die Sporen und bog vor der Kutsche nach links ab, in die Bäume hinein. Heller kletterte wieder auf den Kutschbock zurück und suchte nach den Zügeln, doch die schliffen über den Boden. Die Stute, inzwischen in wilder Panik, stürmte voran und ließ sich mit Worten nicht beruhigen. Heller sah noch einmal nach hinten und erkannte, dass ihm immer noch zwei Männer folgten. Einer von ihnen ritt auf einem Schimmel, den Heller bisher noch nicht gesehen hatte. Wer immer die Männer waren, sie schienen trotz ihrer Verluste gewillt zu sein, die Sache zu Ende zu bringen.

Heller steckte den Revolver weg und schob den Säbel in die Scheide zurück. Dann richtete er sich auf, was nicht leicht war, denn die Kutsche sprang und ruckelte wild. Er stieß sich ab und sprang auf den Rücken der Stute. Fast wäre er abgerutscht, konnte sich aber mit einem Fuß auf der linken Deichsel abstützen, und es gelang ihm die Zügel zu fassen.

»Braves Mädchen!«, redete Heller auf sie ein, sah, wie sie die Ohren drehte, auf ihn hörte. »Braves altes Mädchen!« Er spürte, dass er sie wieder unter Kontrolle bekam und trieb sie weiter zur Eile. Dies hier war noch nicht überstanden. Er sah nach hinten und konnte das weiße Pferd erkennen. Die Verfolger hatten aufgeschlossen. Doch er näherte sich wieder freiem Feld, und in der Ferne konnte er ein Licht ausmachen, von einer Fackel oder einer Laterne. Dahin musste er kommen. Erneut zog er seinen Revolver. Er konnte von Glück reden, dass die Angreifer offenbar nur über veraltete Pistolen verfügten. Vorderlader, deren Treffsicherheit mit jedem Meter Entfernung abnahm, und die nur bis auf zwanzig oder dreißig Meter tödlich waren. Sein Revolver war eine weitaus gefährlichere Waffe, zumal er sechs Schuss laden konnte anstatt nur einem. Und drei Kugeln hatte er noch in der Trommel. Sollte er sie verwenden, um die Männer fernzuhalten, und riskieren, wehrlos zu sein, weil er im Galopp nur schlecht nachladen konnte? Oder sollte er sich die drei Schuss aufbewahren für den Moment, wenn sie ihn einholten?

Noch einmal sah er sich um und fluchte leise, denn sie kamen immer näher. Dann hörte er zwei Schüsse, und die kamen sicher aus einem Revolver wie seinem. »Gottverflucht«, entfuhr es ihm noch einmal. Er versuchte zu zielen, doch sie waren genau hinter ihm. Er musste seinen Oberkörper komplett umdrehen, und es widerstrebte ihm, eines der Pferde zu treffen. Die Tiere konnten nichts dafür. Er hatte genug von ihnen im Krieg leiden sehen und Unzählige von ihren Schmerzen erlösen müssen. Noch einmal knallte es, und ihm blieb keine andere Wahl, als abzudrücken. Obwohl er anscheinend nicht getroffen hatte, wichen die Reiter zu beiden Seiten aus. Der Schimmel scheute und bockte, der andere Reiter hatte offenbar nicht genug Mumm, Heller allein zu folgen. So gewann Heller jetzt schnell Abstand und konzentrierte sich während der nächsten Sekunden darauf, nach vorn zu blicken und dem Pferd die richtige Richtung zu geben.

Als er sich wenig später umsah, stellte er fest, dass sie ihm noch immer folgten. Doch die unmittelbare Gefahr war vorbei, sie kamen nicht mehr näher. Er ritt auf dem Rücken der Stute weiter, bis er das Pillnitzer Schloss passiert hatte. Draußen war keine Wache zu sehen, und er wollte nicht wertvolle Zeit verlieren, indem er hielt, um mithilfe ewiger Erklärungen auf die Verfolger aufmerksam zu machen. Denn die waren schließlich zurückgeblieben und in der Dunkelheit verschwunden. Sicher hatten sich auch die Verwundeten davongeschleppt. Denn wer auch immer diesen Mordversuch in Auftrag gegeben hatte, wollte bestimmt nicht erkannt werden. Vielleicht sammelten sie sich auch, um Heller eine bessere Falle zu stellen. Denn zwischen ihm und seinem Heim lag noch eine ganze Strecke in der Dunkelheit.

Als er dann doch unbehelligt im Ort ankam, war es dort ruhig, kein Licht brannte. Selbst der Nachtwächter musste seine letzte Runde gegangen sein. Ruhig lag auch der Hof. Zu ruhig? Nein, es war Nacht, und sie mussten alle zu Bett gegangen sein. Heller bremste die Stute, ließ sie traben, im gepflasterten Hof hallten ihre Hufschläge und das Rattern der Räder in der nächtlichen Stille laut wider. Die Wolken waren ein wenig aufgerissen, der Mond kam hervor.

Kaum war er auf dem Hof, öffnete sich die Tür. Helene kam heraus, eine Laterne in der Hand. Sie war gar nicht zu Bett gegangen und hatte auf ihn gewartet.

»Weck Thomas auf!«, rief er ihr zu.

»Kannst du nicht allein ausspannen?«, fragte sie.

»Geh Thomas wecken, bring die Gewehre und auch die Pistolen!«, rief er und eilte zum Tor, das fast nie geschlossen wurde. Er schob die Steine weg, mit denen die hölzernen Flügel aufgehalten wurden, und schloss sie. Dann nahm er den schweren Balken, der in der Ecke stand, und schob ihn als Riegel durch die massiven Halterungen. Er war so schwer, dass er ihn gerade noch tragen konnte. Heller keuchte vor Anstrengung.

»Was ist denn los?«, fragte Helene, die wieder zurückgekommen war. In ihren Armen trug sie drei Gewehre.

»Leg sie dahin.« Heller zeigte auf eine Bank an der Hauswand. »Ein Hinterhalt, ich wurde überfallen. Hol auch die Pistolen und alle Munition.«

Helene eilte ins Haus.

»Vater?« Albert war von all der Aufregung wach geworden und kam herausgelaufen.

»Geh die Stute ausspannen, die Kutsche lass einfach stehen!«, befahl Heller ihm.

Helene kam wieder und hatte in einem Tuch alle Pistolen dabei. »Was geschieht hier?«, fragte sie. »Jemand hat einen Hinterhalt gelegt? Dir? Einem Kriminalrat?«

»Ja. Und ich bin sicher, sie werden hierherkommen.«

Endlich kam Thomas gerannt und wollte zum Pferd, doch Heller pfiff und winkte ihn heran.

»Kannst du schießen?«, fragte Heller.

»Kann ich.«

»Auch mit einem Hinterlader?« Heller reichte seinem jungen Stallmeister eines der beiden Dreyse-Zündnadelgewehre, die er aus dem Krieg mitgebracht hatte.

Thomas nickte.

»Führ vor, wie man lädt.«

Thomas nahm eines der Gewehre, entriegelte den Verschluss, indem er dem Kammerstängel mit dem Handballen einen Schlag gab, ihn drehte und dann zurückzog, was die Kammer freigab. Dort legte er eine Patrone ein und ließ den Verschluss zuschnappen.

»Diese Gewehre schießen alle recht genau, aber es ist besser, auf eine sichere Schussmöglichkeit zu warten.«

»Vater!« Albert kam zurück. »In der Kutsche sind drei Einschusslöcher. Hat jemand auf dich geschossen?«

»Ja, jemand hatte es auf mich abgesehen. Mehrere Männer, drei habe ich sicher verletzt. Aber ich fürchte, sie kommen hierher. Geh du nun mit Mutter rein, schließt alle Fensterläden, verriegelt sie. Geht hinauf zu Johanna, Klara und Maria sollen dazu kommen. Und sag den Männern, dass sie zu mir kommen sollen.«

»Ich kann auch schießen, Vater!«

»Ich weiß, Albert. Aber geh lieber rein, drinnen wirst du auch gebraucht.«

»Aber du hast drei Gewehre, warum soll ich nicht …«

»Geh jetzt rein, Albert. Für einen dummen Streit haben wir keine Zeit.«

Albert kniff die Lippen zusammen. Wie sollte er ihm in der Kürze der Zeit beibringen, dass er ihn nicht auf einen Menschen schießen lassen wollte? Und natürlich wollte er auch nicht, dass ihm etwas geschah. Das alles war nichts für einen Jungen von sechzehn Jahren.

»Albert!«, rief Heller ihn noch einmal zurück.

Der Junge drehte sich um und kam wieder zu ihm. Heller zog den Revolver. »Mutter weiß, wo Patronen sind. Lade die Waffe, dann geht hinauf zu Johanna.«

Albert nahm die Waffe und konnte seine Enttäuschung nicht verbergen.

»Junge, es ist auch wichtig, dass jemand bei den Frauen ist. Und falls du etwas hörst, schießt du nicht, bevor du dir sicher bist, dass es sich nicht um Thomas oder mich handelt.«

Albert nahm diesen Hinweis als Herabsetzung seiner geistigen Fähigkeiten auf. Er nickte nicht einmal, ehe er loslief.

Wenig später kamen Peter und Anselm aus dem Haus. Verschüchtert sahen sie sich um.

»Ihr müsst nichts fürchten, das geht nicht gegen euch. Wisst ihr mit den Pistolen umzugehen?«

Beide wussten es nicht, und Heller zeigte ihnen, wie man lud, spannte und schoss. »Postiert euch am Tor. Wenn jemand versucht hineinzukommen oder darüberzuklettern, schießt. Nur dann! Ansonsten bleibt an der Mauer in Deckung, dann geschieht nichts.«

»Herr Rittmeister, was ist denn los?«, fragte Anselm, der Ältere der beiden, schüchtern.

»Jemand will mir ans Leder, aber der soll was erleben. Bleibt auf Posten. Keinen Mucks, verstanden? Kein Licht, nicht reden, nichts rauchen. Es muss Totenstille herrschen. Thomas, komm!«

Heller nahm die beiden übrigen Gewehre, das zweite Dreyse und ein neues Mauser 71. Mit Thomas im Schlepp rannte er über den Hof, vorbei am Stallgebäude, in dem die Pferde scharrten und schnaubten, vorbei an der Scheune mit all dem Heu. Sie durfte auf keinen Fall in Brand geraten. Sie gelangten zu den kleineren Pferchen innerhalb des Hofes, in denen die kranken Pferde Ausgang bekamen, die nicht auf die Koppel durften. Diese Pferche wurden auf der Rückseite von einer zwei Meter hohen Mauer begrenzt. Dahin liefen sie, in die hintere elbabwärtige Ecke des Gehöfts.

»Hilf schieben!«, befahl Heller, und mit Thomas' Hilfe rollte er einen alten Heuwagen zur Mauer hin.

»Steig hinauf«, sagte Heller leise. Thomas kletterte hoch.

»Kannst du drübersehen? Aber Obacht!« Thomas bewegte seinen Kopf langsam nach oben.

»Ich kann gut sehen und zum Schießen das Gewehr auflegen«, erklärte Thomas.

»Bleib in Deckung, immer den Kopf unten behalten. Du sicherst nach vorn und nach rechts zu den Berghängen. Aber zum Berg hin gibt es zu viele Häuser.« Heller deutete nach links in Richtung der Elbe und des Schlosses. »Ich denke, sie werden eher von dort kommen. Ich übernehme deshalb die vordere linke Ecke.«

»Und die Rückseite vom Grundstück?« Thomas deutete auf die dem Ortskern zugewandte Seite.

»Die ist vom Haus geschützt. Außerdem stehen Anselm und Peter am Tor. Ich denke auch nicht, dass sie das Grundstück in so weitem Bogen umgehen. Sie müssten dazu die Ortschaft durchqueren und würden Aufmerksamkeit erregen.«

»Aber Herr Rittmeister, wann soll ich schießen?«, fragte Thomas.

Unberechtigt war die Frage nicht. Heller zögerte nicht lang mit der Antwort. »Sobald sich etwas Verdächtiges bewegt. Nur nicht gleich auf den erstbesten Hasen. Du wirst einen Menschen erkennen, der sich nähert.«

»Wenn es aber ein Unschuldiger ist?«

»Thomas, wir wollen nicht unnötig umständlich sein. Wer sich nachts herumschleicht, hat es nicht besser verdient!«

»Sehr wohl, Herr Rittmeister!«

»Hier!« Heller reichte ihm eine Handvoll Patronen hinauf. Von manchen wusste er, dass sie recht alt waren und die Treibladung nicht mehr ganz so wirkungsvoll. Doch hier ging es mehr um Abschreckung, schließlich befanden sie sich nicht im Krieg. »Es soll nur niemand in den Hof gelangen!«

Lange Zeit passierte nichts, und er war sich bald nicht mehr sicher, ob in dieser Nacht wirklich noch etwas geschehen würde. Er stand auf einem leeren Holzfass und starrte, gedeckt vom erhöhten Eckstein, über die Mauer in die Dunkelheit. Auf seinem Posten begann er zu bereuen, dass er sich nicht doch Zeit genommen hatte, um die Pillnitzer Wache zu informieren. Dabei wusste er, dass er nicht mit sich hadern sollte. Wie hätte er ahnen können, dass so lange nichts geschehen würde? Sicher waren schon Stunden vergangen.

Es fiel ihm schwer, wach zu bleiben. Seine Augen wollten zufallen, während er seinen Blick immer wieder über das nächtliche Gelände streifen ließ. Seine Knie waren schwach, der ganze Körper lechzte nach Schlaf. Hatte ihn die Aufregung zuerst so wach gemacht, dass ihm das Herz im Hals schlug und die Beine ganz steif wurden wie nach einem Krampf, holte ihn die Anstrengung nun ein. Ob sie es doch wagten, das Grundstück von der ortszugewandten Seite anzugreifen? Gern würde er eine Inspektionsrunde drehen und sehen, ob die Männer am Tor wach oder wenigstens so schlau waren, sich beim Schlafen abzuwechseln. Er wollte wissen, ob Thomas noch wach war. Helene und die Kinder, auch die Mägde, sollten hingegen ruhig schlafen im Haus, das wäre ihm nur recht.

Er begann sich zu fragen, ob es vielleicht doch nur Räuber gewesen waren. Doch so viele und so nahe der Stadt? Auf dem Land beraubt zu werden, das mochte sein, im Erzgebirge vielleicht, oder wenn man sich ins Elbsandstein wagte. Aber hier? Oder hatten die Attentäter ihren Mut verloren?

Ein Käuzchen rief ganz in der Nähe. Eigentlich war es zu spät dafür, so tief in der Nacht. Noch einmal rief es. Das waren sie, schoss es ihm durch den Kopf. Und als hätte er wie Humboldt einen Zitteraal berührt, fuhr ein elektrischer Schlag durch seinen ganzen Leib. Ob Thomas das auch hörte? Heller gab ein leises Pfeifen von sich, so wie manchmal ein Vogel im Schlaf pfiff. Sein Pfeifen wurde erwidert. Aber war das Thomas, oder kommunizierte er mit einem der Angreifer, der glaubte, dass der Pfiff ihm galt? Heller starrte suchend in die Finsternis, regte sich nicht, ließ den Blick über die Straße und das Feld streifen. Wenn nur nicht die Bäume wären. Auf einer ebenen Fläche hätte sich der Angreifer nicht verbergen können und auf dem Bauch anschleichen müssen.

Das Käuzchen rief erneut, und endlich verstand Heller. Das war Thomas, er hatte etwas gesehen. Sie näherten sich von rechts. Natürlich, dort hatten sie sich durch den Wald und die Weinreben am Hang geschlichen. So hinterhältig, wie sie agierten, benutzten sie nicht einfach die Straße. Doch sie konnten sich auch aufgeteilt haben und von zwei Seiten angreifen. Heller gab sich nur wenige Augenblicke, um darüber nachzudenken, dann kletterte er kurz entschlossen von dem Fass, nahm die Patronen mit und beide Gewehre. Man konnte den Hof auch von Thomas' Platz aus in zwei Richtungen verteidigen. Einer zur Straße, der andere zum Hang hin. So schnell und leise er konnte, eilte er zu Thomas. Der hörte ihn kommen und mahnte ihn mit einer Geste, still zu sein. Heller verharrte. Dann winkte ihm Thomas, ging leicht in die Knie. Er nahm Heller die Gewehre ab, reichte ihm die Hand, damit er geräuschlos aufsteigen konnte. Trotzdem knarrte der Wagen, und beide erstarrten. Sie bewegten sich nicht, lauschten, wagten sich erst in Stellung zu bringen, nachdem sie lange nichts gehört hatten.

»Bei den Obstbäumen, in Richtung der Kirche«, flüsterte Thomas in Hellers Ohr. »Und ich meine, in dem Graben längs des Feldes hocken welche.«

»Wie viele könnten es sein?«, fragte Heller.

»Wenigstens fünf. Sie haben keine Pferde.«

Heller klopfte seinem jungen Stallmeister auf die Schulter, deutete ihm an, in Richtung der Straße zu sichern. Er wollte sich selbst ein Bild von dem verschaffen, was Thomas erzählt hatte. Ganz langsam wagte er es, seinen Kopf über die Mauerkrone zu heben.

Es war sehr schwer, etwas auszumachen. Die Bäume selbst sahen mit ihren Ästen aus wie Menschen, jeder Schatten, jede Färbung der Rinde schien ein Gesicht oder eine Gliedmaße zu sein. Doch dann bemerkte er eine Bewegung. Ein Mensch in dunkler Kleidung huschte in gebückter Haltung durch das hohe Gras, ging hinter einem Gebüsch wieder in Deckung. Dann folgte ihm eine weitere Person. Es war offensichtlich, dass sie sich anschlichen, um den Hof einzukreisen, zu umzingeln. Sollten sie dem gleich ein Ende setzen oder erst einen Angriff abwarten? Er hätte jedes Recht dazu; allein die Einschüsse im Sitzleder der Kutsche waren Beweis genug für die Gefahr, in der sie schwebten.

Thomas berührte ihn an der Schulter und deutete nach vorn. Heller sah, dass sich dort ganz eindeutig zwei Männer bewegten. Im Gänsemarsch eilten sie nach links, und sie schienen eine Leiter zu tragen. Sicherlich wollten sie zum Tor.

Das war genug, beschloss Heller. Er bedeutete Thomas, mit ihm den Platz zu wechseln.

»Hinter dem Gebüsch hockt einer und bei dem Obstbaum nahe dem Graben ganz sicher auch. Die nimmst du zuerst aufs Korn. Die anderen sollen erst näher kommen.«

Thomas nickte, und Heller staunte, wie gelassen und ruhig er wirkte. Auch stellte er gar nicht in Zweifel, ob es überhaupt seine Aufgabe war, ihn und den Hof zu beschützen. Denn eigentlich war er ja nur zur Pflege der Tiere angestellt.

Heller legte sein neues Gewehr auf die Mauer. Damit konnte er sehr weit und sehr genau schießen, er hatte es oft genug geübt. Er legte an, zielte auf den ersten der beiden mit der Leiter. Viel mehr Zeit konnte er sich nicht lassen, bevor sie aus seinem Blickfeld verschwinden würden.

Sein Schuss zerfetzte die Stille. Im nächsten Moment schoss Thomas neben ihm. Heller duckte sich, lud nach, wusste nicht, ob er getroffen hatte. Als er wieder anlegte, waren beide Männer weg. Er zielte ein kleines Stück weiter nach rechts. Sicher hatte der zweite Mann sich nur zu Boden fallen lassen. Er drückte ab, und offenbar hatte er richtig gedacht, denn jemand schrie auf. Auch Thomas feuerte wieder.

»Nun schießt doch!«, rief jemand, und im nächsten Moment blafften Schüsse aus vier, fünf Gewehren. Heller hörte die Einschläge in der Mauer, eine Kugel pfiff über sie hinweg.

»Bei dem alten Wegstein!«, rief Thomas. »Ich hab das Mündungsfeuer gesehen!« Schon wollte er hoch, doch Heller zerrte ihn wieder runter.

»Lass mich zuerst. Wir müssen abwechselnd schießen.« Heller schnellte hoch. Er wusste, welchen Stein Thomas meinte, also legte er an und schoss. Er traf den Stein, und Funken sprühten. Statt gleich wieder in Deckung zu gehen, wartete er kurz. Inzwischen hatten die Angreifer geladen, schossen wieder. Heller sah es an drei Stellen aufblitzen.

»Der beim Stein ist noch da. Dann rechts vom Heuhaufen, einer scheint in der Buche zu hocken. Ich nehme den beim Stein, schieß du in den Baum.«

Beide erhoben sie sich und schossen, gingen dann wieder in Deckung. Doch schien es, als hätte der Gegner sich sortiert. Die Schüsse kamen nicht mehr gleichzeitig, und sicher wussten die Angreifer inzwischen auch, wo er und Thomas standen. Es knallte und blaffte. Kugeln pfiffen über sie hinweg, schlugen in die Mauer ein. Es war nur eine Frage der Zeit, bis ein zufälliger oder gezielter Schuss einen von ihnen treffen würde.

»Das müssen noch mehr sein!«, rief Thomas und bestätigte Hellers Befürchtung. Es hörte sich an, als schossen wenigstens acht Gewehre. Jemand kam gelaufen, und Heller zuckte herum.

»Ich bin es!«, rief Helene.

»Geh zurück ins Haus!«

»Albert passt auf. Er späht durch den Fensterladen. Aber hinten scheint es ruhig, und man sieht gut, wegen dem hellen Sand.«

»Helene, geh zurück, es ist zu gefährlich.«

»Und für dich nicht? Gebt mir die Gewehre, ich lade sie, damit ihr schießen könnt.«

Das war allerdings eine gute Idee. Heller beugte sich der Notwendigkeit. »Mein Gewehr lässt sich leicht laden, übernimm das für die beiden anderen.«

Thomas schoss derweil weiter, und direkt neben seinem Kopf splitterte im nächsten Moment der Sandstein.

»Liebe Güte«, stöhnte der junge Mann und tauschte sein Gewehr gegen das andere.

Heller hob seinen Kopf wieder aus der Deckung und sah

gerade noch, wie sich gleichzeitig mehrere Männer nach vorn bewegten, der Mauer inzwischen gefährlich nahe kamen. Sollten sie Handbomben oder dergleichen haben, drohte größte Gefahr. Er schoss auf den, der am nächsten schien, ging in Deckung, lud, schoss noch mal. Neben ihm feuerte Thomas so schnell, wie Helene ihm die Gewehre hochreichte. Auch am Tor knallte es. Doch Heller hatte keine Zeit, um nachzusehen, ob das Peter und Anselm waren oder nur eine Ablenkung der Angreifer. Im Stall wieherten die Pferde, stampften in ihren Boxen, es krachte und polterte. Er konnte nur hoffen, dass sich keins dabei verletzte. Selbst im Hühnerstall flatterte das Vogelvieh, gackerte und krakeelte. Auch schien es, als verlagerte sich der Hauptangriff jetzt auf die linke Seite.

»Haltet hier Stellung, ich gehe wieder zur anderen Ecke!«, rief er, sprang von dem Wagen und rannte hinüber zu seinem alten Platz. Er kletterte auf das Fass und kam gerade zur rechten Zeit. Man hatte eine Leiter angelegt, und der Kopf eines Angreifers tauchte über der Mauer auf. Ohne nachzudenken, drückte Heller ab. Dem Mann blieb nicht einmal Zeit, zu verstehen, was ihm geschehen war. Samt der Leiter stürzte er rücklings um. Heller lud nach und verließ seine Deckung. Er sah einen zweiten Mann, der versuchte von der Mauer weg in Deckung zu laufen, und schoss. Mit einem Ächzen stürzte der Mann getroffen zu Boden. Doch jetzt schien sich das Feuer auf Heller zu konzentrieren. Kugeln schlugen in der Mauer ein. Heller ging in Deckung, und es blieb ihm gerade nichts anderes übrig, als dort zu bleiben.

»Gustav?«, rief Helene, die wohl mitbekam, dass er nicht mehr schoss.

»Allhier«, antwortete er, um sie zu beruhigen. »Wer ist das da draußen?«, rief er dann lauter, um eine Antwort von den Angreifern zu bekommen. »Ich habe scheffelweise Munition, das kann noch die ganze Nacht gehen!« Natürlich bekam er keine Antwort. »Wie viele von euch haben wir denn erwischt? Zwei sicher, oder drei? Hier drinnen ist im Übrigen alles in Butter!«

Das Gewehrfeuer ließ nach, doch noch immer fielen vereinzelte Schüsse. Zwischendrin hörte Heller jemanden stöhnen.

»Wollt ihr eurem Kameraden nicht helfen?«, rief er noch einmal laut. Niemand antwortete. Sicher konnte es nicht schaden, seinen Standort zu wechseln, überlegte er. Also ließ er sich von dem Fass herab und schlich sich ein Stück in die Richtung, wo Helene mit Thomas stand. Auf halbem Weg stieg er auf einen Zaun, der zwei Pferche voneinander trennte. Er musste das Gewehr an die Wand lehnen, weil er beide Hände brauchte, um sich an der Mauerkrone festzuhalten. Ganz langsam hob er seinen Kopf. Ein Schuss fiel, doch der galt seinem alten Platz. Heller sah den Mündungsblitz. Ein zweiter Schuss, von derselben Position. Es schoss nur einer, die anderen mussten etwas anderes im Sinn haben.

»Eine Finte«, flüsterte Heller in Thomas' Richtung. »Sie versuchen es von anderswo. Geh zum Tor, zu Peter und Anselm. Helene, du gehst jetzt ins Haus. Ich will dem da im Gebüsch noch etwas zum Nachdenken geben, dann komme ich.«

Heller stieg vom Zaun und schlich sich zu seinem alten Platz zurück. Er hob kurz den Kopf, und sofort fiel ein Schuss. Das war seine Gelegenheit, denn der andere musste nun nachladen. Heller legte an, schoss, ging in Deckung. Jetzt blieb es still. Lange. Dann wagte er einen Blick. Niemand schoss mehr.

Auch am Tor geschah nichts. Waren die anderen geflohen? Aber warum dieser eine Schütze? Nein, sie heckten etwas aus. Er wendete sich der Längsseite seines Hofes zu, suchte die Gegend nach Bewegungen ab. Dann zog er sich hoch und wagte es, sich über die Mauer zu beugen. Wie er es geahnt hatte, standen dort wenigstens vier Männer und pressten sich an die Wand. Er suchte seinen Revolver, doch den hatte er Albert gegeben, was sich jetzt als Fehler erwies. Dann hörte er ein Knistern, und ihm war, als hätte er für einen kurzen Moment einen Lichtschein gesehen. Er sprang hinunter und rannte zum Tor.

»Weg!«, rief er. »Weg vom Tor!«

Sofort eilten Anselm, Peter und Thomas davon, und nur eine Sekunde später explodierte eine Bombe oder eine Dynamitstange. Das Tor erzitterte, doch dem festen Eichenholz konnte die Explosion nichts anhaben.

»Nun seid ihr mit eurem Latein am Ende, hab ich recht?«, rief Heller.

Statt einer Antwort kam etwas geflogen, landete vielleicht fünf Meter vor ihm schwer auf dem Pflaster, rollte klirrend weiter. Es war eine altmodische Kugelhandgranate mit brennender Zündschnur, sicher noch drei Zentimeter lang. Heller lief hin, nahm sie und warf sie über die Mauer zurück. Sie explodierte schneller, als er vermutet hatte, noch in der Luft. Doch dadurch war ihre Wirkung umso größer. Wenigstens einer der Männer schrie verletzt, und Heller hörte, wie eilige Schritte sich entfernten. Dann vernahm er ein ganz anderes Geräusch; das waren Pferdehufe, die über die unbefestigte Straße stampften. Wenigstens ein halbes Dutzend, und sie schienen sich im gestreckten Galopp zu nähern. War das eine zweite Angriffswelle oder Hilfe, die nahte? Heller rannte wieder zu dem Fass, sprang hinauf, sah Fackeln, die sich in gezogenen Säbeln spiegelten. Es war die Gendarmerie, die geritten kam. Heller erkannte die Husarenmützen der Männer, mit einer Feder geschmückt, ihre soldatischen Uniformen. Jemand musste die Schüsse gehört und Hilfe gerufen haben.

»Ho!«, rief Heller. »Sie laufen weg! In Richtung des Flusses. Sie haben Gewehre und Granaten.«

»Wer spricht?«, rief einer der Gendarmen zurück.

»Kriminalrat Heller, mir gehört der Hof. Das war ein Mordanschlag!«

»Jemand verletzt?«

»Hier nicht, aber vor der Mauer sicher.«

»Ist recht!«, kam die Erwiderung, dann hörte Heller, wie der Mann seine Leute in verschiedene Richtungen befahl.

»Thomas, das Tor auf!«, rief er selbst und sprang wieder vom Fass, um den Offizier der Gendarmen zu empfangen.

»Du Dummkopf!«, fuhr Helene ihn von der Seite an.

»Na, sag schon!«, entrüstete sich Heller.

»Was musstest du dieses furchtbare Ding aufheben?«

»Du solltest im Haus sein!«

»Ich war im Haus, sah es doch aber trotzdem. Ich sah dich schon in tausend Stücken. Warum tust du mir das an!«

»Es war notwendig!«

»Notwendig ist, dass du lebst und für mich da bist und für die Kinder.«

»Aber ich …« Heller verstummte, denn er sah, dass ihr nicht nach Streit zumute war. Offenbar hatte sie wirklich schlimmste Ängste deshalb ausgestanden. Er ging die letzten Schritte zu ihr und nahm sie in den Arm.

»Hättest du sie doch liegen gelassen und wärst weggesprungen. Nur der liebe Gott weiß, welche Angst ich hatte. Warum musst du nur immer so ein Dummkopf sein!«

Er nahm es ihr nicht übel. Sie hatte recht. Ab und an war er ein Dummkopf, tat Dinge und sagte Worte, die unnötig und schädlich waren. Er strich ihr über den Rücken, so lange, bis sie sich von ihm löste.

»Es ist gut jetzt«, sagte sie. »Ich gehe zu Johanna. Sicher wird sie außer sich sein.«

»Ist recht, ich werde mich draußen umsehen müssen. Albert soll drinnen blieben, sicher habe ich jemanden getroffen. Er muss das nicht sehen.«

»Natürlich. Aber nachher wirst du mir erzählen, was los ist, wer das war und ob wir unseren Hof jetzt verlassen müssen.«

»Das mach ich, nach bestem Wissen. Aber warte noch kurz.«

Helene sah ihn fragend an.

»Tapfer warst du«, lobte er. Sie hatte dergleichen noch nie erlebt. Weder war sie hysterisch geworden, noch hatte sie geklagt, sondern einfach gehandelt und mit dem Nachladen der Gewehre wichtige Dienste geleistet.

»Ach, das wusstest du noch nicht, dass ich tapfer bin?«, fragte sie leicht schnippisch, aber doch voller Erleichterung, dass es nun vorüber war. »Warum, glaubst du wohl, hab ich dich heiraten können?«

13

Drei Angreifer waren tot, getroffen von seinen Kugeln. Demjenigen, dem es beinahe gelungen wäre, die Mauer zu erklimmen, hatte er genau ins Herz geschossen. Der Zweite hatte weniger Glück gehabt. Schwer verletzt hatte er sich noch in ein Gebüsch geschleppt, wie die Spuren im Gras verrieten, und dort war er jämmerlich eingegangen. Der Dritte war der letzte Schütze, der ihn hatte ablenken sollen. Das Schicksal hatte es so gewollt, dass Hellers ungefährer Schuss in seine Richtung ihn in die Stirn getroffen hatte.

Man hatte die drei auf Holzplanken aufgebahrt. Der Dorfpfarrer hatte ihnen die Hände vor der Brust gefaltet, sie mit einem dünnen Strick fixiert, den Toten die Augen geschlossen und betete für ihre Seelen. Inzwischen war alle Welt auf den Beinen, noch der Letzte im hintersten Winkel des Ortes hatte inzwischen erfahren, dass hier ein Gefecht stattgefunden hatte. Erwachsene und Kinder liefen gleichermaßen aufgeregt durch die Gegend. Um die Toten herum hatte sich ein Kreis aus Neugierigen gebildet. Scheinbar jeder wollte dem Tod ins Angesicht sehen.

»Waren das alle?«, fragte der Kommandant der Gendarmen.

»Bei Weitem nicht. Es sollte doch wenigstens ein halbes Dutzend Verletzte geben.«

»Sie haben wohl versucht, das Tor zu sprengen.« Der Kommandant begutachtete die Stelle, an der das Dynamit explodiert war. Das Holz war beinahe unversehrt, nur ein wenig verrußt.

»Ich vermag mir kaum auszumalen, was geschehen wär, wenn es ihnen gelungen wäre«, sagte Heller. Noch kochte das Blut in ihm, summten die Nerven im ganzen Leib. Noch fühlte er die tödliche Kälte der Granate in seiner Hand, die keine drei Augenblicke explodiert war, nachdem er sie geworfen hatte. Sicherlich würde ihm später erst bewusst, was alles hätte geschehen können. Er hoffte nur, Johanna hatte sich nicht zu sehr aufgeregt.

»Immerhin, diesen Angriff haben Sie gründlich abgewehrt. Die Toten haben keinerlei Papiere bei sich und auch sonst keine besonderen Merkmale. Sie hatten Waffen dabei, die aus früheren Heeresbeständen stammen, etwa aus der Zeit des Dänischen Kriegs. Auch die Granate, von der Sie sprechen. Nachdem das Heer neu ausgerüstet worden war, hat man wohl einiges veräußert, sicherlich auch illegal, weshalb solche Waffen im Umlauf sind.«

Heller nickte zustimmend. Aus dem Augenwinkel nahm er im Hof eine Bewegung wahr. Die Magd Klara war aus dem Haus gekommen. Als wäre nichts gewesen, überquerte sie den Hof und lief direkt an ihnen vorbei. Geflissentlich tat sie so, als würde sie ihn unter all den Leuten hier nicht erkennen. Und doch schien sie ein Ziel vor Augen zu haben.

»Klara, wohin?«, fragte Heller laut.

Sie hielt an und sah sich unglücklich lächelnd nach ihnen um. »Ich soll …«, sagte sie, der Rest ging im allgemeinen Getuschel und Geräusch unter.

»Klara, sprich deutlich. Was sollst du?«

Sie hob die Schultern. »Frau Rittmeister hat mich geschickt. Sie sollen nichts davon erfahren!«

»Geschickt?« Heller fuhr der Schreck in den Leib. »Den Doktor holen?« Er wartete ihre Antwort nicht ab, sondern eilte sofort ins Haus.

Helene fing ihn noch vor Johannas Kammer ab. »Gustav, mach es nicht schlimmer«, flüsterte sie heiser. Diese Art Kummer mit ihrer Tochter war sie schon gewohnt. Was das betraf, war sie um einiges abgeklärter als er. Johannas Lebenslicht war wie die Flamme einer schmalen Kerze; jeder stärkere Luftzug konnte sie ausblasen.

»Ihr Herz schlägt ganz schwach, sie kann keine Aufregung vertragen.«

»Lass mich zu ihr!«

»Aber Gustav, ich bitte dich, sei ganz sacht.«

Das musste sie ihm nicht zweimal sagen. Heller schnallte seinen Säbelgürtel ab und gab ihn seiner Frau. Dann schob er sich an ihr vorbei in die Kammer seiner Tochter.

Johanna lag im Bett, den Kopf von einem dicken Kissen gestützt. Es gelang ihr kaum, die Augenlider zu heben, doch sie lächelte, als sie ihren Vater im Kerzenschein erkannte. Heller trat an ihr Bett und setzte sich auf die Bettkante.

»Das waren einige Halunken, die wollten deinem Vater nachstellen«, begann er.

»Gustav!«, mahnte Helene von der Tür aus. Doch er ließ sich nicht beirren. Ihr etwas vorzumachen, war angesichts der Schüsse und Explosionen zwecklos. Sie würde sich nur belogen vorkommen.

»Du musst keine Angst haben, Kind«, sagte Heller. »Wir haben sie abgewehrt, obwohl sie in der Überzahl waren. Es war nicht ungefährlich, aber wir haben es alle unverletzt überstanden. Und ganz sicher werden die nicht wiederkommen.«

»Jetzt lügst du«, flüsterte Johanna.

»Diese habe ich bedient, die kommen nicht wieder, das kannst du mir ganz sicher glauben. Und von jetzt an wird der Hof bewacht. Das war wohl jemand, dem es nicht gefällt, dass ich Ermittlungen betreibe. Doch damit hat er sich ins eigene Fleisch geschnitten. Es ist alles gut gegangen, und so bleibt es. Jetzt atmest du wieder richtig, und wenn der Doktor mit Tropfen kommt, nimmst du die.«

»Ekelhaft sind die.« Ihr wollten die Augen zufallen. »Ich bin müde.«

»Und ich erst, Kind. Aber du bleibst jetzt ein wenig wach.« So fragil war sie, so zart. Und zu sehen, wie sie jetzt die Augen schloss, und sei es nur, um zu schlafen, das konnte er nicht aushalten.

»Nur ein wenig ruhen«, hauchte Johanna.

Heller griff mit der Hand nach ihrem Gesicht, strich ihr mit den Knöcheln über die Wange. »Warte nur kurz damit«, bat er heiser, und es gelang ihm kaum, seiner Stimme einen Klang zu geben.

»Was riecht hier so?«, fragte sie mit fast geschlossenen Augen.

»Schießpulver«, antwortete Heller, und Johanna blieb stumm. »Hör zu, Kind, ich habe etwas für dich, das wird dir gefallen. Es sollte bis zu deinem Geburtstag ein Geheimnis bleiben.« Heller wartete einige bange Momente auf eine Reaktion und atmete erleichtert auf, als Johanna sich mit einiger Verzögerung endlich regte.

»Eine Überraschung?«, fragte sie leise.

»Ein Buch, ein ganz prächtiges. Deine Mutter hat gezankt mit mir, weil ich es gekauft habe. Es hat beinahe ein Vermögen gekostet.« Mit einem Blick bat er Helene in der Tür um Verzeihung. Sie nickte ihm zu.

Endlich öffnete seine Tochter wieder die Augen. »Ein prächtiges Buch?«, fragte sie, und ein wenig waren ihre Lebensgeister geweckt.

»Von Alexander von Humboldt, mit allen Illustrationen und den Beschreibungen seiner Reise durch den südamerikanischen Kontinent. Es ist in meiner Schreibstube. Du darfst es dir jederzeit ansehen und darin lesen, wenn du magst. Und dann wird es sein, als wärst du da und schwitzt im Dschungel und frierst bei der Besteigung eines Berges.«

»Wirklich?« Johanna regte sich, schob sich sogar ein wenig nach oben.

»Wenn ich es sage! Ich weiß, du wirst sehr behutsam damit umgehen.«

»Das werde ich, Vater.«

Heller nickte und wusste nichts zu sagen, was ihm nicht die Kehle zugeschnürt hätte. Er liebte sie, und wenn es eine Last gab, die sein Leben wirklich schwer machte, dann war es der Gedanke daran, dass sie gefangen war in ihrem kränklichen Körper. Der sie zwang, sich mithilfe von Büchern auf weite Reisen zu begeben, weil es ihr anders niemals möglich sein würde. Männer wie Posch oder Möbius und auch die Männer, die versucht hatten, ihn umzubringen, waren dagegen nichts als lästige Insekten.

»Ich nehm die Tropfen, versprochen.« Johanna legte ihre Hand auf seine.

»Ich weiß«, sagte er. »Jetzt muss ich wieder raus, nach dem Rechten sehen.«

»Alle sind draußen, nur mir verbietest du es!«, sagte Albert, der unten in der Küche saß.

Heller hielt inne, zögerte kurz, dann nahm er sich einen Stuhl. »Du glaubst vielleicht, ich tue das, um dich zu bestrafen oder zu verletzen. Aber glaub mir, du wirst schon noch Tote sehen in deinem Leben. Das ist nichts, wonach man gieren sollte. Die Leute da draußen wollen nur ihre Neugier befriedigen, sie wollen schwätzen und tratschen. Sie machen sich selbst ihre Geschichten daraus. Du sollst aber nicht so sein.«

Albert kniff die Lippen zu einem Strich zusammem. Er

wollte es nicht einsehen. »Warum durfte Thomas schießen und ich nicht?«

»Er ist älter, er wusste, was zu tun ist.«

»Ich weiß es auch!«

»Aber du hattest eine andere Aufgabe. Deine Schwester, Klara und Maria zu schützen.«

»Ich habe nur dagesessen und gewartet, und nichts ist passiert, während draußen das Theater war. Nutzloser als Peter und Anselm hätte ich nicht sein können.«

»Das war kein Theater, Männer sind gestorben. Das ist eine ernste Angelegenheit. Und du hast deinen Teil getan. Indem du im Haus warst, gabst du mir die Ruhe, mich draußen darum zu kümmern.«

Albert sah ihn an, und es schien, als ob ihm dieses Argument einleuchtete. Nur wollte er es jetzt nicht zugeben. »Trotzdem«, flüsterte er störrisch. »In der Schule werden alle davon sprechen, und nur ich werde nicht mitreden können.«

»Albert, darauf gib nichts. Indem du schweigst, gibst du dich wissender als die anderen, die sich alles zusammenreimen.«

Albert kniff wieder die Lippen zusammen. »Sogar Mutter war draußen. Was, wenn ihr etwas geschehen wäre?«, grollte er dann.

»Das stimmt, Sohn. Aber deiner Mutter kann ich es nicht verbieten, so wie dir. Oder ich könnte es tun, aber sie wird sich nicht daran halten.«

Albert schwieg und starrte zu Boden. Heller wartete noch. »Wer waren die Leute?«, fragte sein Sohn schließlich.

»Ich weiß es noch nicht, aber ich werde es herausfinden.«

»Es hat mit deinem Beruf zu tun. Das waren Leute, die dich weghaben wollten!«

»Aber jetzt, Albert, haben wir es ihnen besorgt.«

»Sicher werden sie wiederkommen.«

»Ich denke nicht!«

»Vater, ich bin nicht Johanna, mir kannst du nichts vormachen. Wer ein Dutzend Männer schickt und keinen Erfolg hat, wird noch mehr Leute schicken können. Entweder lauern sie dir noch anderswo auf, oder sie greifen nächste Nacht wieder an. Oder sie kommen, wenn du nicht daheim bist, und nehmen uns als Geisel.«

Heller wurde bewusst, dass Albert Angst hatte. Und natürlich nicht nur er. Johanna hatte er vielleicht überzeugen können, doch Helene, Thomas und die anderen auf dem Hof würden sich dieselben Gedanken wie Albert machen. Der Junge stand unter einem regelrechten Schock; er zitterte, auch wenn er es zu verbergen versuchte.

»Kannst du nicht daheimbleiben?«, fragte Albert. »Haben wir nicht genug Geld von der Pferdezucht? Wenn du da wärst, würde uns das zwei Männer sparen. Stattdessen fährst du jeden Tag hinaus und lässt uns allein.«

»Albert, Sohn, es geziemt sich nicht, so mit seinem Vater zu reden. Früher hätte es eine Tracht Prügel dafür gesetzt.«

»Dann verprügle mich doch, lass mich auspeitschen. Ich weiß, warum du immerzu hinauswillst. Du glaubst, was Besseres sein zu müssen, ein Kriminalrat.«

»Albert, zügle deine Zunge!«, drohte Heller. Unverschämt war das, was sein Sohn auszusprechen wagte. Und schlimmer noch: Womöglich war es zu nah an der Wahrheit. Denn war es nicht tatsächlich so, wie auch andere sagten? Dass er anderen nur auf die Pelle rückte, weil er ihnen die höhere Stellung neidete? Weil er die angeblich gottgewollte Ordnung nicht akzeptierte? Albert verstand sein Schweigen wohl als Bestätigung.

»Denen in der Stadt geht es gegen den Strich, dass ein Pferdezüchter sich in ihre Geschäfte einmischt. Das bringt sie gegen dich auf«, murmelte er.

Nein, dachte sich Heller. Mochte es auch so erscheinen, dass es ihm eine Freude war, den Fürsten und Industriebaronen in die Suppe zu spucken, so tat er es doch nur um der Gerechtigkeit willen. »Soll man Unrecht geschehen lassen, nur um sich ein unbehelligtes Leben zu garantieren?«, fragte er zurück, und es kostete ihn alle Mühe, im Zorn nicht zu schreien.

»Wenn man sonst die Familie in Gefahr bringt«, erwiderte Albert trotzig und wischte sich wütend über die Augen, die ihm zu feucht geworden waren. »Mir macht es Angst, wenn du es wissen willst«, platzte er heraus, doch sogleich schien er das Geständnis zu bereuen.

»Du musst keine Angst haben. Dies hier war einmalig. Ich versichere es dir.« Heller betrachtete Albert, wartete auf weiteren Widerspruch, vielleicht auf etwas Versöhnliches. Er war stolz auf sich, weil er angesichts der Unterstellung seines Sohnes nicht die Beherrschung verloren hatte. »Albert, hörst du?«, fragte er noch einmal leise. Und weil sein Sohn nichts mehr sagen wollte, erhob er sich und ging hinaus.

Sein erster Weg führte ihn in den Stall. Dort hatten sich die Pferde wieder beruhigt, doch spürte Heller noch immer eine gewisse Aufgeregtheit, auch wenn sie nicht mehr stampften oder in ihren Boxen tanzten. Einige der Tiere streckten ihm die Köpfe entgegen, und er strich ihnen über die Stirn. Da der Eimer mit den Karottenstücken fehlte, musste Thomas ihn genommen haben. Das Licht einer kleinen Laterne verriet ihm, dass er den Stallmeister im nächsten Gang finden würde. Dort stand er an der Box des Hengstes und redete auf ihn ein.

»Ich dachte, sie werden ruhiger, wenn ich ihnen etwas gebe«, begann er, als er Heller gewahr wurde.

Heller überhörte absichtlich, dass Thomas die Anrede vergessen hatte. Ganz offenbar hatte dieser junge Mann einige außergewöhnliche Fähigkeiten, die solche Defizite wie auch die beim Schreiben und Rechnen mehr als ausglichen. Er war sorgsam und bedacht zu den Tieren und zu seinem Herrn völlig loyal.

Heller ging zu ihm. »Ich war zuerst nicht sicher, ob ich dich als Stallmeister anstellen kann, immerhin bist du noch sehr jung. Aber in dieser Nacht hast du mich überzeugt.«

»Danke, Herr Rittmeister.«

»Wo hast du nur diese Kaltschnäuzigkeit her? Sicherlich würdest du einen guten Feldwebel geben, der seine Männer in die Schlacht führt. Hattest du keine Angst?«

»Ein wenig schon, Herr Rittmeister.«

Nun war es Heller fast zu viel mit dem Rittmeister. »Ein wenig Angst kann auch nicht schaden. Bewahrt vor zu viel Übermut. Ganz hervorragend hast du dich geschlagen. Jetzt weiß ich, dass ich einen Mann habe, auf den ich mich verlassen kann, wenn ich mal nicht im Haus bin. Sofern du auf meinem Hof bleiben willst, hast du die Stelle des Stallmeisters für alle Zeit sicher. Ich werde Peter und Anselm darüber unterrichten. Sollten sie dir einmal widersprechen wollen, dann lass es mich wissen.«

»Das ist wirklich zu freundlich!« Thomas freute sich so sehr, dass Heller sehen konnte, wie er im Laternenlicht errötete.

»Ich muss jetzt draußen nach dem Rechten sehen. Und ich meine, du kannst zu Bett gehen. Hier scheint alles so weit in Ordnung.«

Heller klopfte Thomas auf die Schulter und wollte den Stall verlassen. Noch auf dem Weg war ihm, als hätte er am Stalleingang eine Bewegung gesehen. Dort angelangt, sah er Albert, der den Hof zum Haus überquert hatte und gerade in die Küche verschwand. Sicher hatte er das Gespräch mit Thomas belauscht.

»Herr Kriminalrat!«, rief der Obergendarm plötzlich vom Hoftor. »Ein Überlebender wurde gefunden.«

Heller lief zu ihm. »Sonst nichts? Keine weiteren Toten?«

»Ein gesatteltes Pferd lief frei herum. Es hat aber keinerlei Brandzeichen, und auch sonst gibt es keinen Hinweis auf einen Besitzer. Wenn es hell wird, sollten wir das Gelände noch einmal nach Waffen oder anderen Dingen durchsuchen, welche die Räuber verloren haben.«

»Mit Verlaub, Herr Obergendarm, aber das waren keine Räuber.«

»Der Verwundete sagt es aber.«

»Er spricht?«

»Kommen Sie, ich bringe Sie zu ihm.«

»Lassen Sie ihn doch herbringen. Hier auf dem Hof gibt es Licht.«

»Sehr wohl, Herr Kriminalrat«, erwiderte der Kommandant und gab einem seiner Gendarmen entsprechende Anweisung. Dann nahm er seine Husarenmütze ab. »Wer könnte denn Absicht haben, Sie zu überfallen? Oder war das nur Drohgebaren?«

»Für Drohgebaren haben die Männer einen hohen Blutzoll gezahlt. Es war schon der zweite Angriff. Der erste fand bereits auf dem Heimweg statt. Ich kam etwa um Mitternacht aus Dresden.«

»So spät?«

»Ich brachte jemanden in die Stadt.«

»Und wenn Sie auf dem Rückweg überfallen wurden … Meinen Sie nicht, es war eine lang geplante Falle?«

»Ich bot es ihm an, ohne dass er mich gefragt hätte.«

»Dann war er vielleicht sehr geschickt.«

Natürlich hatte Heller schon darüber nachgedacht. Dass er überfallen wurde, gleich nachdem er Möbius in die Stadt gebracht hatte, schien das Wort Zufall zu arg zu strapazieren.

»Das sind alles Umstände, die es zu prüfen gilt. Es gibt da noch jemandem, dem ich zutraue, diesen Überfall befohlen zu haben.«

»Aber Sie wollen mir den Namen sicher nicht verraten«, ahnte der Obergendarm.

Heller schüttelte den Kopf. »Allein schon, damit ich mich mit falschen Mutmaßungen nicht lächerlich mache und Sie noch dazu. Sehen wir uns erst den Verletzten an.«

Zwei Männer aus dem Dorf brachten den Verwundeten zu ihnen. Heller zeigte auf den Tisch vor dem Haus, und sie legten ihn darauf. Noch hatte er genug Kraft, um seinen Kopf zu heben. Doch er war wirklich schwer verletzt, blutete aus zahlreichen Wunden. Sicher hatte er den Hauptteil der Bombe abbekommen, die Heller zurückgeworfen hatte. Von allen Verletzungen schien ein klaffender Riss auf seiner Bauchdecke die schlimmste zu sein. Doch auch ein Auge schien verloren, war auf die Größe eines Apfels angeschwollen. Vielleicht steckte ein Splitter darin.

»Dein Name?«, fragte Heller.

Der Mann schüttelte nur den Kopf, ächzte unter Schmerzen.

»Gleich wird ein Arzt kommen«, sagte Heller.

»Ich hab solchen Durst«, stöhnte der Mann.

»Deinen Namen will ich wissen!«

Doch wieder schüttelte der Mann den Kopf.

»Wer hat euch geschickt?«, fragte Heller.

»Niemand. Bitte, ich verdurste.«

Heller wusste aus dem Krieg, dass man einem Mann mit Bauchverletzung nur einen kurzen Gefallen tat, wenn man ihm zu trinken gab. Doch es war nicht gut für ihn, wollte er am Leben bleiben.

»Warum habt ihr versucht, mich umzubringen? Wer hat das verlangt?«

»Niemand. Ausrauben wollten wir dich.«

»Du sprichst mich gefälligst mit Herr Kriminalrat an, oder wenigstens mit Herr Rittmeister.«

Der Mann schnaubte abfällig. »Einen Dreck werd ich. Nicht mal zu trinken gibst du einem sterbenden Mann.«

»Es ist zu deinem Besten. Und dass du stirbst, ist noch lang nicht raus. Zumindest nicht an deinen Verletzungen. Aber wenn du sagst, es war ein Raubüberfall, dann ist dir der Galgen sicher oder das Schafott.«

»Dann lass mich gleich sterben.«

»Es ist eindeutig, dass du lügst. Warum sollte eine ganze Räuberbande einen einzelnen Mann überfallen? Warum sollte sie mit Bomben einen Hof angreifen? Das war ein Attentat, und jemand hat es bestellt.«

»Mag sein, doch dir werd ich es nicht erzählen. Legt mich doch aufs Schafott, ich hab von dieser Welt nichts Gutes mehr zu erwarten.«

Da hatte er allerdings recht, dachte Heller. Was auch immer er aussagte, auf einen wie ihn wartete bestenfalls lebenslange Kerkerhaft oder das Todesurteil. Wie sollte man einem wie diesem noch etwas entlocken? Man müsste etwas zu bieten haben, wenigstens eine Aussicht auf Milderung der Strafe.

»Helfen Sie doch nach, ein bisschen Salz in die Wunde, dann wird der reden«, raunte einer der weiter hinten stehenden Männer.

Heller drehte sich um. »Runter von meinem Hof«, befahl er leise drohend. »Wer nicht hierhergehört, verlässt mein Anwesen.«

Die Männer wichen murrend zurück. Sicherlich würden sie demjenigen, der sich so vorlaut gemeldet hatte, später vorwerfen, sie um ihr Vergnügen gebracht zu haben. Es geschah nicht oft, dass man den Heller'schen Hof betrat und dass dort ein schwer verletzter Räuber oder Attentäter zu sehen war. Heller sollte es recht sein. Sollten sie ruhig wissen, dass er von solchen Methoden und von Folter gar nichts hielt, sie als überkommen und mittelalterlich betrachtete.

Natürlich schien es verlockend, die Notlage des Mannes auszunutzen, und sicher brauchte es nicht viel, um ihn zum Reden zu bewegen. Doch was wäre er für ein Mensch, wenn er dem Verletzten noch zusätzliche Schmerzen zufügte? Zwar hatte er alles Recht dazu, schließlich hatten sie ihm nach dem Leben getrachtet, seine Familie und die Angestellten bedroht. Doch etwas musste doch die rechtschaffenen Menschen von den Schlechten unterscheiden.

»Ich werde veranlassen, dass man dich versorgt«, wandte er sich an den Verletzten. »Ich werde dich in ein Krankenhaus bringen lassen.«

»Warum machst du mir nicht gleich ein Ende?«, röchelte der Verletzte. »Ich weiß genau, wie es ausgeht. Ich hab's gesehen, als ich im Krieg war. Man siecht dahin, bis der ganze Körper voller Schwären und Schmerzen ist und man vor Fieber glüht.«

»In welchem Krieg warst du?«

»Gegen die Franzosen.«

»Da war ich auch«, brummte Heller. »Was hat dich auf die schiefe Bahn geraten lassen? Was hat aus einem siegreichen Soldaten einen Halunken gemacht?«

»Man hat mich nicht mehr gebraucht. Ausgemustert war ich. Daheim wollt mich keiner mehr. Durchgeschlagen hab ich mich, war Apfelpflücker, und Getreide hab ich gemäht. Im Bergwerk hab ich arbeiten müssen. Als billiger Arbeiter, da war ich gut. Aber sonst hat mich keiner haben wollen.«

Das war sicher nicht der ganze Grund gewesen, warum er auf die schiefe Bahn geraten war, dachte sich Heller. Viele andere waren auch ausgemustert worden und folgten seitdem einem rechtschaffenen Lebensweg. »Sag mir deinen Namen.«

»Werd ich nicht. Und auch sonst sag ich nichts. Nimm nur dein Schießeisen und mach mir ein Ende.«

»Nichts da«, bestimmte Heller. »Man wird dich schon zusammenflicken, damit man dich vor ein Gericht bringen kann. Mit oder ohne Namen.«

»Geben Sie es doch zu, Schrumm, Sie wären gern dabei gewesen«, provozierte Heller seinen Assistenten.

»Und es ist ganz sicher, dass es nicht nur ein Überfall war?«, ging Schrumm gar nicht darauf ein. »Immerhin haben Sie Pferde auf dem Hof, und sicher ist eine ganze Menge Bargeld zu vermuten. Ausreichend jedenfalls für ein paar Männer, um einige Monate auszukommen.«

»Die Pferde haben allesamt Brandzeichen, sind somit eigentlich unverkäuflich. Und der Blutzoll scheint mir etwas zu hoch für ein paar Taler oder Mark. Noch dazu wurde ich zum ersten Mal überfallen, als ich auf dem Weg nach Hause war und ganz sicher nicht viel Geld bei mir hatte. Ich bin schließlich keine Postkutsche.«

»Ich will es nur ausschließen, bevor wir weiter spekulieren.« Schrumm war ganz und gar unglücklich. »Fürchten Sie denn nicht um Ihre Familie, während Sie hier im Präsidium sind?«

Heller schüttelte den Kopf. Doch sich so gewiss zu geben, kostete Kraft. Noch in der Nacht, bei einem sehr langen Gespräch mit Helene, hatte die Furcht, er könne sich täuschen, solche Ausmaße angenommen, dass er sie nicht mehr verleugnen konnte. Eine Unruhe hatte ihn erfasst wie schon seit dem Krieg nicht mehr. Einerseits wollte man los, wollte in die Schlacht, es hinter sich bringen; gleichzeitig wollte man, dass der Befehl zum Einsatz nicht kam. Man war sicher, es würde nichts geschehen, glaubte sich gefeit und fürchtete doch, eine Kugel oder ein Splitter könnte einen erwischen. Man war sich des Sieges sicher und musste doch fürchten, der Franzose würde die Reihen durchbrechen. Dass nach diesem kläglich gescheiterten Angriff niemand mehr eine Attacke wagen würde, redete er sich nur ein. Denn ein erbitterter Gegner, der noch nie verloren hatte, der sich keine Niederlage zugestand und bis aufs Blut gereizt wurde, würde bis zum Äußersten gehen, nur um nicht als Verlierer dazustehen. Ein mächtiger Mann musste es sein, einer der viel zu verlieren hatte, dass er es wagte, einen Kriminalrat Seiner Majestät in der Nacht zu überfallen.

Heller hatte Bleiklumpen aus der Mauer gekratzt. Verformte Kugeln, die aus den glattläufigen Gewehren der Angreifer stammten. Man müsste die Möglichkeit haben, herauszufinden, wo sie gegossen worden waren. Oft kam das Blei aus eingeschmolzener alter Munition. Die Pulverreste, die man dort gefunden hatte, wo sich einige der Attentäter versteckt hatten, müssten untersucht werden können. Vielleicht könnte man dann herausfinden, woher das Pulver kam. So viel gab es, das man tun müsste, nur fehlte es an Zeit und Mitteln. Einmal mehr wurde ihm bewusst, wie dringend nötig es wäre, ein eigenes Labor zu haben. Chemiker. Mediziner. Physiker.

»Was haben Sie nun vor?«, fragte Schrumm.

»Diesen Möbius will ich besuchen. Aber Sie gehen vor. Sie melden sich an, nur mit Ihrem Namen. Ich komme im rechten Moment hinzu. Ich will sein Gesicht sehen, wenn er mich erkennt.«

»Glauben Sie nicht, er ist so gewieft, seinen Schreck zu verbergen, falls er dabei seine Hände im Spiel hatte?«, wagte Schrumm anzumerken. »Überhaupt, meine ich … Sollten wir nicht lieber tun, als wäre nichts geschehen?«

Heller erkannte an, dass Schrumm im Plural sprach, obwohl er ihn allein meinte. »Sie haben recht, Schrumm. Es wäre an der Zeit, Gelassenheit, Größe und Furchtlosigkeit zu zeigen. Doch dies hier geht zu weit. Jemand hat nicht nur versucht, mich umzubringen, sondern auch meine ganze Familie in Gefahr gebracht. Ich werde ganz sicher nicht tun, als wäre nichts geschehen. Ich habe ganz im Gegenteil vor, alle zu konfrontieren, von denen ich glaube, sie hätten Interesse daran, mich tot zu sehen. Wer sich auf diese Weise mit mir anlegt, soll wissen, dass er sich den falschen Gegner ausgesucht hat.«

Schrumm schloss den Mund, und es gefiel Heller nicht, wie er es tat. Denn obwohl er es eigentlich verbergen wollte, zeigte er damit, dass ihm das alles nicht behagte. Heller wurde bewusst: Auch sein Assistent war in Gefahr. Wenn es den Mördern nicht gelang, ihn zu beseitigen, würden sie es vielleicht mit Schrumm versuchen. Einfach nur, um ein Zeichen zu setzen. So weit hatte er noch gar nicht gedacht, so wie er auch die Angst seines Sohnes nicht ernst genommen und schon am Morgen nach dem Überfall das Haus verlassen hatte.

»Gut, Schrumm. Sie haben ganz recht. Ich halte still. Ich werde den Überfall als einen versuchten Raub anzeigen. Und dann will ich warten, damit ein wenig Ruhe einkehrt. Ich lade Sie auch gern auf meinen Hof ein, wenn es Ihnen daheim nicht behagt. Ein Zimmer ist immer frei.«

Es klopfte an der Tür, und auf Hellers Befehl hin trat Klenkel ein. »Sie verzeihen, Herr Kriminalrat. Herr Medizinalrat Löbbers wünscht Sie dringend zu sprechen.«

»Himmel, dieser verdammte Posch hat Ernst gemacht«, grummelte Heller. »Er soll natürlich sofort hereinkommen, gehen Sie Kaffee holen!«

»Ich benötige keinen Kaffee«, sagte Löbbers und verschaffte sich selbst Eintritt in Hellers Büro.

»Nehmen Sie bitte Platz, Herr Medizinalrat.«

Löbbers blieb stehen und wartete, bis Klenkel hinausgegangen war und die Tür hinter sich geschlossen hatte. »Herr Kriminalrat«, begann er unheilvoll. »Ich will es kurz machen. Als ich mich dafür einsetzte, dass man die Leichen der beiden unglücklichen Seelen wieder ausgrub, habe ich mich auf Ihre Aussagen verlassen, dass begründeter Verdacht auf ein kapitales Verbrechen vorliegt. Nun musste ich die sehr schmerzliche Erfahrung machen, dass ich mich in Ihnen täuschte. Denn Sie haben mich getäuscht. Die Indizien, mit denen Sie argumentierten, waren gar nicht vorhanden. Es gibt bisher überhaupt keinen Beweis für irgendeine Art von Verbrechen, einzig Ihre Vermutungen und einige vage Zusammenhänge mit anderen Straftaten.«

Heller sah Löbbers stumm an. Der Mann hatte alles Recht, sich zu beschweren. Er hatte mit hohem Risiko gespielt und musste nun mit den Konsequenzen leben. Doch die Worte schmerzten Heller. Er wusste, dass er gelogen hatte, doch von diesem Mann als Lügner bezeichnet zu werden, traf ihn tiefer als jede andere Beleidigung. Es war sogar schlimmer als der Vorwurf, ein Sozialdemokrat zu sein.

Der Medizinalrat trat sehr beherrscht auf. In seinem Zorn wählte er noch die besten Worte, und das machte es nur noch schlimmer für Heller. Denn insgeheim wünschte er sich, selbst so wie Löbbers zu sein, und war doch nur ein Tölpel.

»Ich habe mir über die Jahrzehnte einen Ruf erarbeitet. Ich habe mich mit den wichtigsten Männern meines Fachs überworfen, bin Risiken eingegangen, habe Kontroversen entfacht, und hätte ich nur einmal falschgelegen, wäre ich als Quacksalber in irgendeinem Kaff gelandet. Stattdessen leite ich eine Klinik von hohem Ansehen, und nun scheint es, als ob eine einzige unbedachte Handlung mich diesen Ruf kosten soll«, fuhr Löbbers fort. »Sie haben mich regelrecht überlistet, mich dazu gebracht, über einige Instanzen einfach hinwegzugehen. Über Männer, denen es ein Genuss ist, jemand anderen stürzen zu sehen, und sei es nur zu ihrer Unterhaltung. Heller, ich weiß Ihren beinahe jugendlichen Elan zu schätzen. Doch Sie sollten sich der Konsequenzen Ihrer Handlungen bewusst sein, zumal Sie eben kein Jungspund mehr sind.«

Heller stand von seinem Platz auf, um seinen Respekt zu zeigen. »Herr Medizinalrat. Obwohl ich weiß, dass mein Verhalten unverzeihlich war – Ihnen gegenüber schon als schändlich zu bezeichnen –, will ich doch versuchen, es zu erklären. Ich fühlte mich von den Umständen genötigt, denn ich glaube, dass hier jemand mit erheblicher Macht und Einfluss handelt, der mir ins Handwerk pfuscht und meine Ermittlungen stört.«

Löbbers' Miene zeigte nicht, was er von diesen Worten hielt. Heller fühlte sich genötigt nachzulegen.

»Dies wird auch dadurch untermauert, dass mich gestern der Hofbeamte Julius Möbius in meinem Haus aufsuchte und mich über Unregelmäßigkeiten unterrichtete, die bei der Vergabe der Schifffahrtskonzession auftraten. Nachdem ich ihn heimgebrachte hatte, wurde ich überfallen. Ich konnte den Angriff abwehren und schaffte es daheim gerade noch, eine Verteidigung zu organisieren, bevor mein Hof von einem Dutzend angeheuerten Mördern angegriffen wurde. Drei von ihnen habe ich selbst zur Strecke gebracht. All dies ist belegt durch den Obergendarm der hiesigen Gendarmerie.«

Löbbers blieb auch davon unbeeindruckt. »Sie wissen, dass Julius Möbius zu einigen der wichtigsten Berater Seiner Majestät eine lange und loyale Freundschaft pflegt? Er ist einer dieser Männer, die man kaum zu Gesicht bekommt und die doch den allergrößten Einfluss auf die Politik unseres Landes ausübt. Und dieser Mann kommt zu Ihnen und unterrichtet Sie über Missstände?«

»Sie haben mich nun ganz zu Recht wegen meiner unbedachten Handlungen gescholten und wenn schon nicht als Betrüger, doch als Täuscher bezeichnet. Aber Sie wollen mich jetzt nicht auch noch als einen Lügner hinstellen?«, fragte Heller leise.

Löbbers blieb völlig unberührt. Dieser Mann schien innerlich kälter zu sein als jeder andere, den Heller kannte. »Nein, Heller. Ich will nur sagen: Kennen Sie Möbius? Haben Sie ihn je zuvor gesehen? Hat Sie nicht erst vor einigen Tagen ein Mann mit falschem Namen an der Nase herumgeführt?«

Dem hatte Heller nichts entgegenzusetzen. Er war schon wieder vorgeführt worden, erneut war er mit dem Kopf gegen die Wand gerannt. Er wusste tatsächlich nicht, ob es wirklich Möbius gewesen war. Es gab keine Kontrollmöglichkeit. Man musste sich auf das Wort eines Mannes verlassen, wenn er seinen Namen nannte. Er hatte Möbius vorher noch nie gesehen, hatte ja nicht einmal von ihm gehört.

Löbbers trat näher an den Tisch. »Heller, ich weiß, dass hier etwas vorgeht, sonst hätte ich die Exhumierung nicht vorgenommen. Doch Sie arbeiten mit den falschen Methoden. Sie gehen über Leichen, nicht buchstäblich, aber sprichwörtlich. Doch Sie müssen diejenigen, die zu Ihnen stehen, pfleglicher behandeln. Ich bin jetzt in größter Not. Regierungsrat Posch hat Sie angezeigt, und diese Anzeige wird mich direkt treffen. Denn sie wird unweigerlich ein Licht auf mein vorschnelles Handeln werfen, wenn Posch nicht sogar so weit geht, mich selbst anzuzeigen. Ich habe dann nicht nur die ärztliche Kammer gegen mich, und die ist nichts anderes als ein Käfig voller aufgeblasener Gockel, die jede Gelegenheit nutzen, einen wie mich zu Tode zu hacken. Sie haben nicht die geringste Ahnung, wie es da zugeht. Ich habe auch den Klerus gegen mich. Zwar darf man mich wegen meiner gotteslästerlichen Taten nicht auf einen Scheiterhaufen werfen, aber man würde es gern. Stattdessen wird man sich darauf konzentrieren, mich in der Öffentlichkeit bloßzustellen. Meine Fähigkeiten und meinen Geisteszustand infrage zu stellen. Mich von meinem Posten zu stoßen, damit eine ganze Riege heuchlerischer Beamter und Regierungsräte versuchen können, einen ihrer Vettern, ihrer Neffen oder Onkel auf diesen Platz zu setzen.«

Heller senkte den Kopf. Obwohl Löbbers mit jedem seiner Worte im Recht war, begann sich Widerstand in ihm zu regen. Es war so schwer, seine Schuld einzugestehen, dass sein ganzer Zorn schon wieder nach außen drängte und sich an seinem Gegenüber entladen wollte. Er musste sich nicht wundern, warum sein Sohn nie einsehen wollte, im Unrecht zu sein, wenn es ihm selbst nicht einmal in dieser Situation gelang.

»Das habe ich verstanden, und ich entschuldige mich aus tiefstem Herzen bei Ihnen«, sagte Heller in einem Ton, der Löbbers zu verstehen geben sollte, dass etwas geschehen war, sich nicht mehr rückgängig machen ließ und jedes weitere Wort überflüssig wäre.

Löbbers sah ihm starr in die Augen. »Auch ich habe mich zu entschuldigen«, erwiderte er völlig unerwartet. »Ich habe mich belesen, und im Gespräch mit einem Kollegen bin ich auf einen Umstand gestoßen, der Ihnen wenig gefallen wird. Es ist offenbar nicht zwingend, dass die Lunge eines Ertrunkenen voll Wasser sein muss. Manchmal verschließt sich die Luftröhre, womöglich auch durch die Wirkung einer Explosion, den Schock, den Druck. Aber auch durch eine einfache körperliche Reaktion, sodass man zwar ertrinkt, aber die Lunge frei von Wasser bleibt. Ich müsste der Sache nachgehen, sie genauer erforschen, doch es deutet einiges darauf hin. Die beiden Männer könnten durchaus ertrunken sein, unter Wasser erstickt, könnte man auch sagen. Und für Sie bedeutet dies, dass Ihre These vom gedungenen Mörder an Bord nicht belegt werden kann.«

»Vielen Dank, dass Sie mich über diesen Umstand informieren«, sagte Heller.

»Des Weiteren muss ich Sie bitten, mich vorerst nicht mehr aufzusuchen. Bis ich mir eine Strategie überlegt habe, wie ich die Angriffe überstehe, die in den nächsten Tagen stattfinden werden. Und auch Sie sollten darüber nachdenken, wie Sie halbwegs unbeschadet davonkommen. Eine Bande bewaffneter Söldner sollte in den nächsten Wochen Ihr geringstes Problem gewesen sein. Sie wollten meinen Rat nicht annehmen, subtiler vorzugehen, und nun büßen Sie dafür.«

»Darf ich Sie denn jetzt um einen Rat dazu bitten?«, fragte Heller, nur um sich nicht anmerken zu lassen, wie sehr ihn Löbbers' Worte getroffen hatten, mit denen er sich weitere Besuche von ihm verbat.

Löbbers verzog das Gesicht. »Meiner Meinung nach haben Sie eigentlich nur eine Möglichkeit. Mir scheint es zwar sinnlos, auch nur ein Wort darüber zu verschwenden, denn inzwischen weiß ich, Sie sind nicht von dieser Art. Ich will es Ihnen trotzdem raten: Ziehen Sie sich zurück. Reden Sie mit keinem, halten Sie still. Dieser Überfall gibt Ihnen die Möglichkeit, ehrenvoll aus dieser Sache zu scheiden. Sie haben ihn abgewehrt. Sie sind moralischer Sieger. Ihnen obliegt es nun, Ihre Familie vor weiteren Angriffen zu schützen. Gehört es nicht auch zu einem Krieg, dass man seinem Feind die Möglichkeit geben muss, sich ehrenvoll zurückzuziehen? Ihm eine Demütigung zu ersparen, damit er das Gesicht vor den Seinen und seinem Umfeld wahren kann? Dies ist Ihre Gelegenheit, meine ich, die Ihnen Ihr Gegner bietet. Wer auch immer Ihr Gegner ist, er wird sehen, dass Sie seine Botschaft verstanden haben.«

»Aber das hieße, sich der Gewalt zu beugen, nachzugeben, Unrecht geschehen zu lassen.«

»Lassen Sie es mich mit einer Metapher ausdrücken, die Ihnen vielleicht besser behagt, sind Sie doch offenbar ein Freund kriegerischer Auseinandersetzungen. Manchmal muss man sich der Übermacht eines Feindes einfach geschlagen geben, sonst gingen Kriege ja niemals zu Ende, höchstens mit totaler Vernichtung. Manchmal heißt es einfach nur, sich der Notwendigkeit zu beugen, Heller. So viel Ungerechtigkeit herrscht auf diesem Planeten, man kommt beim besten Willen nicht dagegen an.«

»Das hieße also aufzugeben?«

»Himmelarschundzugenäht!«, entfuhr es Löbbers. Damit entlockte er Schrumm ein Geräusch, das wie ein Schweinegrunzen klang. Der Medizinalrat wandte sich ihm zu, und Schrumm stand stramm.

»Ist Herr Kriminalrat immer ein solch sturköpfiger Bock?«, fragte Löbbers den Kriminalassistenten.

Schrumm wagte keine Zustimmung zu äußern, doch seine Augen sprachen für ihn.

»Das heißt nicht, aufzugeben, sondern seine Kraft auf Dinge zu verwenden, auf die sich Einfluss nehmen lässt, anstatt sich an einem Bollwerk der Ignoranz und Hochnäsigkeit aufzureiben«, wandte Löbbers sich wieder Heller zu. »In diesen Kreisen möchte man unter sich bleiben, geschäftlich in Sieg und Niederlage, und auch wenn es um Leben und Tod geht. Wie sagt man doch so schön, eine Krähe hackt der anderen kein Auge aus. Was immer Sie herausfinden würden, Heller, Sie müssten offenen Auges zusehen, wie Ihre Anklagen im Sande verliefen. Wie alles versickerte und einzig übrig bliebe, dass Sie geächtet wären, gebrannt und gezeichnet für alle Zeit. Das sage ich Ihnen als Freund, verstehen Sie? Und nun entferne ich mich, ehe Sie mit Ihrem Säbel auf mich losgehen.«

»Was tun?«, fragte Schrumm, als Löbbers gegangen war.

Heller wusste keine Antwort. Und es blieb ihm auch gar keine Zeit, sich eine zu überlegen, denn kaum war Löbbers aus der Tür, verlangte Posch bei Klenkel Eintritt.

»Er soll hereinkommen.« Zwar hatte Heller keine Lust auf eine Konfrontation mit dem Regierungsrat, doch es gab keine Möglichkeit, sich da jetzt herauszuwinden.

Posch hielt sich nicht mit Begrüßungen und Freundlichkeiten auf. »Ist es wahr?«, fragte er ganz direkt. »Sie wurden überfallen?«

»Darf ich fragen, durch wen Sie das erfahren haben? Eigentlich wollte ich es für mich behalten.«

»Es sprach sich herum.« Posch schürzte die Lippen. »Welcher Natur war dieser Angriff?«

»Tödlicher Natur«, sagte Heller und wollte es dabei belassen, doch offenbar war Posch wirklich betroffen. »Ich weiß nicht, was die Männer wollten. Doch sie nahmen keine Rücksicht auf mein Leben oder das der anderen.«

»Es gibt Überlebende?«

»Einen, der aussagt, es wäre ein versuchter Raubüberfall gewesen.«

»Wie hoch ist die Wahrscheinlichkeit, dass er lügt?«

»Sehr hoch, würde ich sagen.«

Posch schürzte erneut die Lippen. Es war schwer für Heller, den nächsten Schachzug dieses Mannes vorherzusehen.

»Ich gestehe, es ficht mich an«, sagte dieser schließlich. »An meinem Vorhaben, Sie anzuzeigen, hat sich zwar nichts geändert. Aber unsere Fehde ist die eine Sache. Diesen Angriff jedoch bewerte ich als Angriff auf unsere Institution, auf das Land, ja, auf Seine Majestät selbst. Dieser Überlebende muss verhört werden, man muss herausfinden, was die Männer vorhatten. Eine solch gewalttätige Bande hatten wir seit Jahrzehnten nicht in unseren Gefilden, und von derartigen Gewalttaten im Umkreis der Stadt war erst recht nichts zu vernehmen.«

»Nun ja, von dem Überfall auf den Mann in Briesnitz abgesehen, dem er selbst, seine Frau und das Kind zum Opfer fielen. Kleibig war sein Name, der mit den ausgestochenen Augen. Noch dazu der Tote mit den ebenfalls ausgestochenen Augen auf der neustädtischen Elbseite. Was halten Sie von Optographie, Herr Regierungsrat?«

Posch runzelte die Stirn. »Wovon bitte?«

»Von der Theorie, dass man bei genauster Untersuchung der Netzhaut eines Toten erkennt, was er zuletzt sah. Das Antlitz seines Mörders zum Beispiel.«

»Sie meinen, man müsste dem Toten das Auge entfernen, es sezieren und mit einer starken Lupe die Netzhaut studieren?«

»Es gibt wohl Wissenschaftler, die einer solchen Möglichkeit nicht abgeneigt gegenüberstehen.«

»Und Sie meinen, derjenige, der den Männern die Augen ausgestochen hat, glaubt an diese Theorie?« Posch war skeptisch und leicht angeekelt von dem Gedanken.

»Leute haben schon Schlimmeres geglaubt.«

»Wohl wahr.« Posch raffte sich auf. »Wie dem auch sei. Mein Vorhaben steht auf festen Füßen. Ich will dem Überfall nachgehen. Meine anderen Entscheidungen sind dennoch unumstößlich. Ich habe auch Löbbers angezeigt. Wegen Leichenfrevel und einem Dutzend anderer Vergehen.«

»Wenn Sie mir noch diesen Moment geben, um mich dazu zu äußern«, bat Heller. »Ich war es, der Löbbers da hineinmanövriert hat. Sagen wir, ich habe verschiedene Tatsachen ein wenig zurechtgebogen. Lassen Sie diesen Mann aus dem Spiel. Er soll nicht zum Opfer meiner Handlungen werden.«

Nun lächelte Posch. »O nein, Heller, da darf ich Sie beruhigen, er wird nicht zu Ihrem Opfer. Sie haben mir nur einen Vorwand geliefert für etwas, das ich mir schon lange vorgenommen hatte. Obwohl Sie schon seit vier Jahren Ihre Position bekleiden, sind Sie noch immer neu hier. Und das werden Sie auch in vierzig Jahren noch sein. Sie wissen nichts über die Vorgänge. Löbbers ist ein noch schlimmerer Querulant als Sie, Heller. Gegen den sind Sie ein kleines Licht. Der hat schon Leichen für seine Forschungen gestohlen, als schwerste Strafen darauf standen. Er hat illegale Methoden an Patienten erprobt. Er ist nicht nur gotteslästerlich, er ist Atheist. Er pfuscht in Gottes Werk, und schlimmer noch, er hat in Seiner Majestät einen Bewunderer. Doch endlich bietet sich mir eine Möglichkeit, ihm das Handwerk zu legen. Auf Wiedersehen.«

»Hätte ich dem Medizinalrat gar nicht zugetraut«, sagte Heller, nachdem der Mann das Zimmer verlassen hatte.

»Was soll jetzt aus alledem werden? Wenn es nun wirklich jemand auf Sie abgesehen hat?« Schrumm war unglücklich.

Sicherlich war er nicht nur um seinen Vorgesetzten besorgt, dachte Heller. »Schrumm, das Angebot steht. Sie können sich auf meinen Hof zurückziehen, sicherer als dort werden Sie nirgendwo sein.«

Sein Assistent schüttelte den Kopf. »Posch schien betroffen, wirklich besorgt war er. Macht Ihnen das keine Angst?«

Heller schwieg, dachte nach. Natürlich lag es in seiner Natur, den Begriff der Angst zu verlachen und zu verleugnen. Doch natürlich war es beängstigend. Posch und Löbbers waren beide auf ihre Art sehr deutlich geworden. Doch in ihm ging mehr vor. Sein Ehrgeiz war erst recht geweckt, seine Neugier darauf, wer hinter diesem üblen Spiel steckte. Wer so viel Geld in die Hand nahm, um einen Gegner auszuschalten. Denn ein Dutzend Männer zu bezahlen, würden sich nicht viele leisten können. Zumal die Bezahlung recht gut gewesen sein musste, da sie sich nach dem ersten abgewehrten Angriff noch einmal sortiert und erneut angegriffen hatten. Aber er gefährdete alle Menschen in seinem Umfeld, seine Familie, Thomas, Anselm und Peter. Und viel mehr noch Schrumm und Klenkel, die jederzeit mit dem Schlimmsten rechnen mussten. Denn sie waren allein in Dresdens Gassen unterwegs, wo man ihnen jederzeit auflauern konnte. Vor allem am Abend, wenn es dunkel war und kein Fackelträger sich in der Nähe befand.

»Noch einmal, Schrumm. Ziehen Sie sich zurück, meine Erlaubnis haben Sie!«

»Darum geht es nicht, Herr Kriminalrat. Ich an Ihrer Stelle würde mich der geheimen Übermacht auch nicht beugen. Ich wünschte nur, wir würden mit mehr Bedacht ans Werk gehen.«

Jedem anderen hätte Heller diese Worte übel genommen. Doch inzwischen hatte er es schätzen gelernt, dass Schrumm den Mut aufbrachte, ihn so in die Schranken zu weisen. »Schlagen Sie etwas vor.«

»Lassen Sie uns zunächst einfach diesen Möbius aufsuchen. So unauffällig, wie es geht.«

»Und der nächste Schritt?«

»Die Jungen, die das Ventil fanden. Sie sollten in der Schule sein.«

»Wie meinen?«, fragte Heller verblüfft. Im großen hellen Vestibül des Hotel Bellevue herrschte gerade nicht viel Besucherverkehr.

Der Diener in Livree verneigte sich. »Ein Mann dieses

Namens ist hier nicht gelistet, mein Herr. Und mit Verlaub, ich kenne Herrn Möbius von verschiedenen Gesellschaften, die hier abgehalten werden. Er war ganz sicher nicht hier.«

»Hat denn ein anderer Mann noch in der Nacht einen Raum gemietet?«

Der Diener sah im Buch nach, blätterte eine Seite vor und zurück. »In dieser Nacht nicht.«

»Ich höchstselbst habe den Mann gegen zehn in der Nacht direkt vor dem Hotel abgesetzt.«

Der Diener sah Heller nur mit bedauernder Miene an.

»Besteht die Möglichkeit, dass jemand hier nächtigt, ohne dass es in diesem Buch aufgezeichnet wird?«, fragte Heller.

»Ich wünschte, Sie würden mir Glauben schenken. Herr Möbius ist nicht im Hause, und er war es auch in den letzten Stunden nicht.«

»Dann ist er vielleicht doch zu seinem Haus gegangen«, schlug Schrumm leise vor.

»Wissen Sie, wo er wohnt?«

»Ich habe mich kundig gemacht.«

Auch daheim war Möbius nicht. Sein Haus, eine schöne Villa, von einem sehr gepflegten Garten umschlossen, nicht weit vom Stadtzentrum entfernt, war nur vom Personal besetzt. Frau und Kind besuchten, wie Möbius gesagt hatte, Verwandte auf dem Land. Möbius selbst war am Morgen des vorherigen Tages das letzte Mal gesehen worden. Am frühen Vormittag hatte er sich auf den Weg zu seinem Büro gemacht, seitdem war er nicht mehr aufgetaucht. Das Personal – ein älterer Diener, drei Dienstmädchen, eine Köchin, ein Gärtner und ein Kutscher – hatte weder eine Ahnung, wo er sich aufhielt, noch weitere Anweisungen, wann er wiederkommen würde. Der Diener hatte am frühen Morgen dieses Tages auf eigene Faust eine Depesche zum Aufenthaltsort der Frau schicken lassen, um in Erfahrung zu bringen, ob sein Herr sich dort aufhielt. Doch bisher hatte er noch keine Antwort erhalten.

»Gibt es in diesem Haus ein Gemälde oder eine Photographie, die Herrn Möbius zeigt?«, fragte Heller.

Zwar schien der Diener über die Frage verwundert. Doch dann komplimentierte er Heller und Schrumm mit einer Verbeugung und einer Geste ins Musikzimmer, in dem ein Flügel und einige weitere Instrumente standen. Er deutete auf ein Gemälde, auf dem Möbius und seine Familie fast in Lebensgröße zu sehen waren.

»Eindeutig. Das ist der Mann, der mich gestern besuchte«, befand Heller. »War er in letzter Zeit sehr nervös?«, wandte er sich an den Diener.

»Es steht mir nicht zu, Sie über Befindlichkeiten des Herrn zu unterrichten«, erwiderte dieser.

»Hatte er in letzter Zeit Besuch?«, fragte Heller weiter.

»Sicherlich, Herr Kriminalrat. Aber in diesem Hause gehen oft Herrschaften ein und aus. Herr Möbius ist sehr gesellig, es gibt Musizierabende, Leseabende, Diskussionsgesellschaften, wissenschaftliche Vorträge.«

»Gut, dann frage ich konkret. Waren die Herren Engelbrecht und von Kelb in den letzten Wochen hier?«

»Ja, auch sie waren dabei. Allein und oft auch bei größeren Anlässen zur selben Zeit.«

»Wenn Sie allein kamen, was wurde dann besprochen?«

»Mein Herr, ich bitte Sie, beim besten Willen kann und werde ich Ihnen darüber nichts erzählen.« Der Diener schien in höchster Seelenpein, aufgerieben zwischen der Loyalität zu seinem Herrn und dem Gehorsam, zu dem er einem Kriminalrat gegenüber verpflichtet war.

»Aber schien es Ihnen nicht, als sei Herr Möbius in Sorge? Warum schickte er Frau und Kind auf das Land?«

»Diese Reise war lang geplant.«

Heller blickte dem Diener fest in die Augen. »Ich sehe Ihnen an, dass Ihnen etwas auf der Zunge liegt. Nur raus damit!«

»Herr Möbius war in den letzten Tagen am Tage ungewöhnlich oft unterwegs, am Abend jedoch zog er sich hier zurück und blieb für sich. Gewöhnlich, wenn sonst Frau und Kind außer Haus sind, besucht er das Theater allein oder lädt zu Zigarrenabenden ein und …« Er sprach nicht weiter. Heller hakte nicht nach; er konnte sich denken, was manche Herren taten, wenn ihre Frauen nicht im Hause waren. »In den letzten Tagen aber gab er sich keinerlei Vergnügungen hin. Und er schlief schlecht, mehrmals bestellte er warme Milch oder Wermut für die Nacht.«

»Herr Möbius unterhält einen eigenen Kutscher. Ich nehme an, er besitzt Kutschen und Pferde?«

»Ja, das Kutschhaus befindet sich hinter dem Wohnhaus. Die Pferde stehen in einem Stall, nicht weit von hier.«

»Und wenn er ausgeht, greift er dann immer auf seine Kutsche zurück?«

»Normalerweise schon.«

»Gestern war er bei mir. Hinter Pillnitz. Da hatte er sich eine Droschke genommen. Warum?«

»Ich weiß nicht, mein Herr. Der Kutscher hatte Anweisung, ihn am Nachmittag bei seinem Büro abzuholen. Er war aber schon nicht mehr da. Vielleicht war es ganz dringlich.«

»Und für eine Reise zu seiner Frau, hatte er da Gepäck zurechtgemacht?«

»Nein, rein gar nichts. Es ist alles noch hier. Und ich wüsste es ja, ich bin dafür verantwortlich.«

»Wäre es nicht logisch – selbst wenn er in Eile wäre –, dass er eine Droschke hierher nimmt und sich etwas zusammenpacken lässt, um dann die eigene Kutsche zu benutzen?«

Der Diener nickte. »Schon. Aber wissen wir, wie eilig es Herr Möbius hatte?«

Heller seufzte. »Offenbar sehr.«

»Was halten wir davon?«, fragte Heller, als sie wieder in der Kutsche saßen.

Darauf wusste Schrumm eine schnelle Antwort: »Er ist geflohen.«

»Aber aus welchem Grund? Hat er Angst? Und warum so plötzlich? Als er zu mir kam, war er zwar besorgt, doch von einer derart großen Angst war nichts zu spüren. Oder war es sein Auftrag, mich aus dem Haus zu locken? Das hieße aber wohl, er wusste, was mit mir geschehen sollte.«

»Darf ich etwas anmerken?«, sagte Schrumm und bekam plötzlich ganz rote Ohren.

»Nur zu.«

»Mir ist es fast zu peinlich, es auszusprechen.«

»Nun, was soll es schon sein?«, fragte Heller ungeduldig.

»Wir haben noch nicht in seinem Büro nachgefragt. Vielleicht ist er ja dort.«

Möbius war tatsächlich in seinem Büro, und Heller fragte sich, ob sein Geist nicht wirklich überspannt war.

»Herr Möbius, wir waren sehr besorgt, als man uns sagte, Sie hätten gar nicht im Bellevue übernachtet.«

Möbius lachte. »Verzeihen Sie, Herr Kriminalrat, ich habe es mir kurzfristig anders überlegt und kam bei einem guten Freund unter.«

Heller hob das Kinn. Möbius wirkte gelöst. Von seinen Sorgen des vorherigen Tages war nichts mehr zu spüren. Von dem Überfall schien er nichts zu wissen, so wie er auch kein bisschen überrascht war, Heller in seinem fast schon pompösen Büro zu sehen.

»Darf ich fragen, was Ihre gute Laune verursacht?«, fragte Heller ihn.

Möbius nickte und deutete dezent auf Schrumm.

»Lieber Herr Kriminalassistent, würden Sie uns bitte kurz allein lassen«, bat Heller.

Schrumm nickte knapp und verließ den Raum.

»Ich will mich wegen meines unangekündigten Besuchs bei Ihnen gestern entschuldigen. Und für die Umstände, die ich Ihnen bereitete. Ich war verzweifelt, doch ich habe vorschnell gehandelt. Eine Lösung hat sich ergeben, von ganz allein.«

»Wollen Sie mir davon erzählen? Zieht einer der Konkurrenten zurück?«

»Heller, ich habe Ihnen schon zu viel erzählt. Ich will Sie nicht weiter damit belasten!«

»Die Last nehme ich gern auf mich. Zahlt ein Konkurrent den anderen aus?«

Möbius lachte auf eine Art, die Heller das Gefühl gab, er wäre der Wahrheit recht nahe gekommen.

»Hat es etwas mit dem Besuch bei Ihrem Bekannten zu tun?«

»Nein, kein bisschen. Ein einfacher Brief war es, und mehr verrate ich Ihnen nicht. Ich bitte Sie, dringen Sie nicht weiter auf mich ein. Ich werde Ihr Verständnis wohlwollend in Erinnerung behalten. Sicher kann ich ein Wort mitsprechen, wenn es um die Beschaffungen fürs Forstamt geht. Soweit ich erfahren habe, hat Regierungsrat Posch interveniert und den Vorgang vorerst gestoppt. Sicherlich sehr ärgerlich für Sie.«

»Allerdings, sehr ärgerlich.« Heller verharrte unschlüssig. Wie zudringlich durfte er diesem Mann gegenüber werden? Sein Angebot, dem Pferdegeschäft zu helfen, war gleichsam eine versteckte Drohung. Es zeigte, wie mächtig er war. Doch eigentlich hatte er sich schon verraten. Denn nun wusste Heller, dass irgendetwas geschehen würde und es ihm durch einen Brief mitgeteilt worden war. Das alles war sehr vage und unkonkret und doch für ihn wie Öl ins Feuer.

»Und Sie glauben, die Gefahr ist völlig gebannt, von der Sie gestern Abend noch ausgingen?«, fragte Heller.

»Wie gesagt, vielleicht war ich ein wenig hysterisch.«

»Immerhin war es Ihnen die Sache wert, sich mir gegenüber völlig zu offenbaren.«

»Ich habe nicht mehr preisgegeben, als man sich mit ein wenig Verstand denken kann.«

Heller hielt noch einmal inne. Stillhalten, hatte er sich vorgenommen. Doch vielleicht galt es den Mann vor allzu großer Achtlosigkeit zu bewahren. »Sie wissen nicht, was mir auf dem Heimweg geschah?«

Möbius runzelte verwundert und interessiert die Stirn. »Erzählen Sie.«

»Es ist ganz schnell erklärt. Mir wurde aufgelauert. Schüsse wurden abgefeuert. Die Absicht schien eindeutig. Dass ich und das Pferd unversehrt blieben, war kaum mehr als pures Glück.«

»Göttliche Fügung!«, bestimmte Möbius ein wenig zu fröhlich.

»Ich ziehe vor, es Glück zu nennen. Und ich will Sie ermahnen, sich nicht zu sehr auf das Glück zu verlassen.«

»Wie oft geschieht Ihnen denn so etwas? Ich meine, der Weg an der Elbe entlang ist schon sehr weit. Weiter, als dass ich ihn jeden Tag auf mich nehmen würde. Vor allem nach der Wachwitzer Schänke wird es doch sehr einsam.«

»Nie zuvor habe ich etwas dergleichen erlebt.«

»Irgendwann ist wohl immer das erste Mal, oder? Sicher haben Sie sich zu wehren gewusst! Ist die Gendarmerie informiert, damit sie sich auf Posten stellt?«

»Herr Möbius. Nehmen Sie das nicht auf die leichte Schulter. Wer immer Ihnen heute den Tag mit einem Brief versüßt hat, scheint ein gefährlicher Mann zu sein. Sie selbst haben es deutlich gemacht. An einem Tag kommt er mit Geschenken, am nächsten Tag droht er unverhohlen. Ich an Ihrer Stelle würde mich in die Gesellschaft anderer Menschen begeben und dort eine Weile bleiben. Vielleicht besuchen Sie Ihre Frau.«

»Heller, ich weiß Ihr Mitgefühl zu schätzen. Aber Sie können wirklich ganz unbesorgt sein.«

»So still, Schrumm?«, fragte Heller. Die Fahrt zum Dörfchen Zschieren zog sich. Es war kühl in der Kutsche, der Weg schlecht.

Schrumm schien weniger müde als in Gedanken versunken. Nun hob er den Kopf, sah Heller an. »Mir ist, als wäre Ihr Schreiben, mit dem mir die Verlobung erspart blieb, ein schlechtes Omen gewesen. Inzwischen ist mir wirklich, als wären wir in geheimer Mission unterwegs, und zwar in Feindesland.«

»So wäre es wenigstens nicht gelogen. Ihr Gewissen sollte also beruhigt sein.«

»Inzwischen zweifle ich aber an mir selbst. Glaubte ich früher, Menschen lesen zu können, weiß ich inzwischen gar nichts mehr. Dieser Möbius, ist er naiv? Hat er seine Hände im Spiel? Ist er wirklich an einem Tag besorgt und am nächsten Tag frohen Mutes? Welcher von diesen ewig freundlichen reichen Herrschaften watet hier knöcheltief im Blut? Wie schaffen Sie es nur, nicht zu zweifeln?«

Heller lachte auf. »Sie glauben tatsächlich, dass ich frei von Zweifeln wäre? Ich zweifle immerzu.«

»Aber wie kommt es dann, dass sie daran nicht verzweifeln?«

»Ich entscheide mich irgendwann. Und lebe mit meinen Entscheidungen. Der größte Fehler ist, zu verharren. Andere die Entscheidungen treffen zu lassen.«

»Sie haben nicht vor, irgendwie zurückzustecken?«

»Ich hatte es in Erwägung gezogen, aber mich dagegen entschieden. Es hätte des Überfalls nicht bedurft, aber er war ein letzter Beweis, dass hier eine Schweinerei im Gange ist. Wenigstens dem armen Jungen mit seiner Mutter, die in Briesnitz so erbärmlich verbrannten, bin ich es schuldig, ihren Mörder zu finden.«

Schrumm nickte in vollem Verständnis. Noch eine Weile fuhren sie so weiter. Sie hatten die Stadt längst verlassen, Tolkewitz durchquert, von Kelbs Werft lag weit hinter ihnen. Sie fuhren über unbefestigte Straßen, die zwar trocken und gut befahrbar waren, doch die Federung der Kutsche konnte die Unebenheiten des Weges kaum ausgleichen. Es wackelte und schuckelte. Sie überholten Milchkarren, Gemüsewagen, die von klapprigen Pferden gezogen wurden, Hundegespanne, die Holz geladen hatten, Äste und Zweige. Auf den Feldern zogen Ochsen an Pflugscharen, Mädchen trieben Gänse am Wegesrand. Die Leute sahen sich nach der Kutsche um, grüßten höflich. Auf der anderen Elbseite, zu weit jedoch, um ihn von hier aus zu sehen, wusste Heller seinen Hof. Er warf einen Blick in die Richtung, spähte nach unheilvollen Zeichen, etwa einer Rauchwolke. Er hoffte, dass Johanna sich weiter erholte, Albert seinen Zorn vergaß und Helene sich keine Sorgen über das Geschäft mit dem Forstamt machen musste.

Keine Zweifel zu zeigen, war das eine, doch in ihm tobte ein Kampf. Ständig rannten Vernunft und Instinkt gegeneinander an. Ein Teil wollte sich dem Notwendigen beugen, der andere suchte Gerechtigkeit. Einer wollte aus Sorge um die Tochter vergehen, der andere wollte es von sich schieben.

Einer wollte seinen Sohn in den Arm nehmen, der andere wollte ihn an den Schultern packen, ihn schütteln und ihm Vernunft einbläuen.

»Eines aber ist gewiss, Herr Kriminalrat«, riss Schrumm ihn aus den Gedanken. Gerade kam Zschieren in Sicht, ein kaum erwähnenswerter Ort mit wenigen Häusern, von denen nur vier oder fünf aus Stein gemauert waren, und einer kleinen Kirche. »Langeweile ist mir in Ihrer Gegenwart noch niemals aufgekommen.«

»Das nehme ich als Kompliment, Schrumm. Es sind ja diese Dinge, an die man sich erinnert und die das Leben würzen. Die guten wie die schlechten. Sonst wäre die Suppe allzu fad.« Heller klopfte an die Kutschwand. »Kutscher, halten Sie neben den Leuten da«, befahl er.

Als die Kutsche anhielt, sprach er zwei alte Frauen an, die auf einem kleinen Kartoffelfeld arbeiteten. »Guten Tag, wo ist die Schule?«, fragte er. Beide richteten sich auf, schwitzten unter ihren Kopftüchern.

»Bei der Kirche«, antwortete eine von ihnen.

»Verbindlichsten Dank!« Heller hob die Hand zum Gruß.

»Herein«, rief der Lehrer und erhob sich von seinem Stuhl, als Heller den Raum betrat. Er war jung und schlank, trug eine Brille und einen Anzug, der sein einziger zu sein schien, sodass er ihn jeden Tag tragen musste. Sicherlich wohnte er in dem anderen, viel kleineren Zimmer, das sich in diesem Holzbau direkt neben der Kirche befand. Die Toilette befand sich in einem Häuschen hinter dem Haus. Er bekam eine kleine Bezahlung und wurde zusätzlich mit Lebensmitteln entlohnt, welche die Kinder mitbrachten.

Die Schule selbst bestand nur aus einem einzigen Zimmer. Hölzerne Bankreihen waren dort aufgestellt wie in einer Kirche, die Tische an den Rückwänden der Bänke befestigt. Der

Lehrer saß an einem Schreibtisch direkt vor dem Gang, der das Zimmer in eine Jungenseite links und die Mädchenseite rechts teilte. Vorn saßen die Jüngsten, hinten die Ältesten. Dreißig Kinder jeden Alters mussten es sein. Gleich neben der Tür stand ein Ofen, in dem ein Feuer brannte.

»Wie kann ich den Herren helfen?«, fragte er.

Heller sah sich um und stellte mit Wohlwollen fest, dass er weder eine Rute noch einen Stock fand. Es gefiel ihm, wenn ein Lehrer in der Lage war, sich Respekt zu verschaffen, ohne auf solch gemeine Hilfsmittel zurückgreifen zu müssen.

»Kriminalrat Heller und sein Assistent Schrumm, aus Dresden«, stellte er sich vor. »Die Brüder Karl und Erich Friebel. Sind das Ihre Schüler?«

»Karl, Erich, aufstehen!«, befahl der Lehrer, woraufhin sich in zwei verschiedenen Bankreihen ein sechs- und ein etwa neunjähriger Junge erhoben.

»Darf ich die beiden für kurze Zeit aus dem Unterricht entschuldigen?«

»Natürlich!«, erwiderte der Lehrer und schnippte mit den Fingern. Die beiden Jungen kamen mit gesenkten Köpfen nach vorn. Beide hatten ganz kurz geschorenes Haar, trugen abgewetzte Kleidung und liefen barfuß. Am ganzen Leib waren sie dreckig, nur Gesicht und Hände hatten sie wohl auf Anweisung des Lehrers gewaschen.

»Ruhe!«, mahnte der Lehrer, denn es war eine gewisse Unruhe aufgekommen. »Ihr habt mir hoffentlich keine Schande bereitet?«, fragte er die Gebrüder Friebel. Beide waren stumm vor Schreck, wagten nicht einmal die Köpfe zu schütteln.

»Sie müssen wissen, die beiden sind meine Sorgenkinder. Haben keinen Vater mehr.« Diese Aussage sorgte für heimliches Kichern unter den Mitschülern. »Wenn ich einen lachen sehe, gibt es Nachsitzen für alle!«, drohte der Lehrer.

»Ich muss die beiden in einer wichtigen Angelegenheit befragen. Als Zeugen, sozusagen.« Durch die Schulklasse ging ein Raunen, nur die beiden Jungen selbst wussten Hellers Aufwertung nicht zu schätzen. Mit gesenkten Köpfen standen sie vor ihm. »Ich bringe sie Ihnen gleich wieder«, beruhigte Heller den Lehrer. »Dann, hinaus mit euch!«

Vor der Tür fragte Heller: »Wer von euch ist Karl?«

Der Ältere der beiden meldete sich.

»Und ihr habt dieses Teil gefunden, das von dem Schiff kam?«

Beide Jungen nickten.

»Wo habt ihr es gefunden? Könntet ihr mir die Stelle zeigen?«

Wieder nickten beide.

»Was ist, könnt ihr nicht sprechen? Solltet ihr nicht stolz sein? Immerhin habt ihr eurer Mutter eine Freude gemacht. Die fünf Mark konntet ihr sicher gut gebrauchen.«

»Jawohl«, krächzte der Ältere heiser.

»Jawohl, Herr Kriminalrat, heißt es. Wie war das nun? Hattet ihr das Teil schon gefunden und wusstet nichts damit anzufangen, bis ihr gehört habt, dass eine Belohnung ausgeschrieben war? Oder seid ihr erst auf die Suche gegangen, als ihr vom Finderlohn erfahren habt?«

»So war's, Herr Kriminalrat. Wie Sie zuletzt sagten.«

»Aber sicher wart ihr nicht die Einzigen, die losliefen. Sicherlich wollten sich andere auch das Geld verdienen. Aber ihr wart diejenigen, die etwas fanden. Was für ein Glück, oder?«

Jetzt sahen sich die beiden Jungen kurz an, führten eine kurze Konversation nur mit den Augen. »Wir schwänzten die Schule dafür«, gestand der Ältere.

»Sicherlich gab es ordentlich Ärger, nicht wahr? Aber das war die fünf Mark wert, oder?«

Die beiden Jungen warfen sich wieder einen stummen

Blick zu. Sie schienen sich mit dieser Art von Problemen gut auszukennen und hatten sich eine gewisse Routine angeeignet. Der Ältere sprach, der Jüngere mischte sich nicht ein und wusste sicherlich, dass er die Aussagen seines Bruders im Notfall nur wiederholen musste.

»Mutter sagte dem Lehrer, wir wären krank«, erklärte Karl nun.

Heller hatte sich das fast gedacht. Fünf Mark waren so viel Geld für eine arme Familie wie diese, die ohne Vater auskommen musste. »Aber sicher waren auch andere auf der Suche. Keine Kinder, sondern Erwachsene. Und trotzdem habt ihr es gefunden. Hört mal, Jungs, ich erkenne einen Lügner, wenn ich ihn sehe. Und ihr beiden lügt, da bin ich absolut sicher.«

Nun schüttelten sie heftig die Köpfe. »Wir können Ihnen zeigen, wo das Metallstück lag!«

»Auch wenn ich euch trenne und ihr mir die Stelle unabhängig voneinander zeigen müsst?« Heller glaubte nicht, dass die Jungs gewieft genug waren, um sich darüber abzusprechen. Und wie erwartet bekam er keine Antwort.

»Woher ist das Teil?«, fragte Heller streng.

Beide Jungen schwiegen. Nur ganz unmerklich berührte Erichs Arm den seines älteren Bruders.

»Wisst ihr, ich könnte euch mitnehmen. Zum Verhör, in eine Kerkerzelle. Dieser Mann hier«, Heller zeigte auf Schrumm, »der weiß genau, wie man die Wahrheit aus Leuten herauslockt. Aber viel mehr noch, ich könnte eure Mutter zum Verhör mitnehmen. Offenbar ist sie es, die ihre Kinder zu einem Verbrechen angestiftet hat. Denn Diebstahl ist ein Verbrechen. Wollt ihr das, dass ich sie mitnehme?«

Beide Jungen schüttelten wieder nur die Köpfe.

»Ich will euch nicht verhaften, euch nicht und auch nicht eure Mutter. Ich will nur wissen, woher dieses Teil kommt.

Das muss ich wissen, um ein viel größeres Verbrechen aufzuklären.«

»Wir haben's gemaust«, flüsterte der Ältere jetzt. »Von dort, wo die Schiffe gebaut werden. Sind reingeschlichen und haben's gestohlen.«

»Wie habt ihr das gemacht? Lag es einfach so herum?«

»Abgebogen ham wir's. Immer hin und her, bis es abging.«

»Und niemand sah euch, obwohl es Tag war?«

Beide Jungen schüttelten wieder die Köpfe. Erneut berührte der Jüngere den Älteren, der jetzt die Geduld verlor und seinen Bruder mit einer kleinen, aber heftigen Bewegung abwehrte.

»Was willst du sagen?«, fragte Heller den kleinen Erich streng.

Der kniff die Lippen zusammen. Das von seinem Bruder ausgesprochene Redeverbot wog ihm schwerer.

»Raus damit. Gibt's noch ein Geheimnis?«

»Gar nicht, nein«, sagte Karl.

»Mir scheint aber, als will er was sagen. Sprich jetzt!«, befahl Heller dem Jüngeren.

»Ich wollt nur fragen, müssen wir das Geld zurückgeben?«, erwiderte Erich.

Das war sicher nicht das, was er hatte sagen wollen. Er gehorchte nur seinem Bruder, behielt für sich, was er eigentlich auf dem Herzen hatte. Beeindruckend, wie die Jungen zusammenhielten. Doch vermutlich blieb ihnen nichts anderes übrig in einer Welt, die nichts Gutes für sie bereithielt, wenn sie sich nicht selbst darum kümmerten. Es gab für sie keine Aussicht auf einen Weg aus der Armut, ohne Vater, ohne Geld für eine Ausbildung mit Aussicht auf eine Stelle in einer Fabrik oder als Gehilfe auf dem Land.

»Ihr könnt das Geld behalten. Auch wenn es Betrug war, was ihr gemacht habt. Es hat mich in arge Schwierigkeiten gebracht. Allerdings frage ich mich, was ihr wirklich noch wisst und ob ihr es mir nicht doch erzählen wollt. Es geht um ein großes Verbrechen, welches ich aufzuklären versuche.«

»Weiter gibt es nichts zu erzählen, gnädiger Herr«, sagte Karl.

»Irgendetwas verschweigen sie mir«, grollte Heller, nachdem die Jungen entlassen waren.

»Vielleicht hätten Sie ihnen mehr Angst machen sollen«, meinte Schrumm.

»Vielleicht, ja. Aber kommen Sie, suchen wir die Mutter. Der Lehrer sagte, sie lebt unten am Fluss. Das schaffen wir auf Schusters Rappen.«

Schrumm fügte sich, wenn auch ungern. Während Heller in seinen Stiefeln quer über die Wiese ausschritt, stakte er storchenhaft hinterher, bemüht, seine Schuhe nicht zu beschmutzen.

»Am Ende war die Mutter vielleicht mit dabei, oder sie war es selbst, die gestohlen hat. Die Jungen schützen Sie nur«, gab er seinen Gedanken Raum.

»Das wäre lobenswert«, konstatierte Heller. »Da, diese Hütte muss es sein.« Er zeigte auf eine Bretterbude, kaum mehr als ein Fischerschuppen. Ein Zaun aus Weidenästen grenzte einen kleinen Garten ein. Eine Vogelscheuche stand zwischen ein paar Beeten. Wäsche hing auf einer Leine, fast nur Lumpen. Die Jungen trugen ihre beste Kleidung wohl täglich.

»Wenn Sie zu der Friebel wollen, die ist nicht da!«, rief eine ältere Frau. Sie schnitt mit einer Sichel frisches Gras, vielleicht für ihre Karnickel. Sie schien zum nächsten Haus zu gehören, nicht viel besser als das der Friebels. Beide Hütten lagen wenigstens hundert Meter abseits vom Dorfkern. Sie schienen mehr geduldet als erwünscht zu sein.

»Wieso wissen Sie das?«, fragte Heller.

»Weil ich sie hab gehen sehen. Treibt sich rum, wenn die Jungen in der Schule sind.«

»Sicher sieht sie zu, etwas Essbares aufzutreiben?«, schlug Heller vor und wollte trotz des schroffen Tonfalls und der fehlenden Anrede freundlich bleiben.

»Sicher macht sie das, fragt sich nur wie.« Die Frau schnaubte garstig.

»Sie wissen wie, nicht wahr? Wollen Sie mich teilhaben lassen?«

»Ach, dieses Weib, die stiehlt, treibt sich herum, holt den Männern den letzten Pfennig aus der Tasche.«

»Meinen Sie?«

»Ob ich's meine? Ich weiß es. Hat nur Lumpen am Leib, aber verdreht den Männern die Köpfe. Weiß Gott, mit wem die sich schon ins Gebüsch geschlagen hat.«

Nun war Heller ganz heran, wartete noch, bis Schrumm sich zu ihm gesellt hatte. »Haben Sie von dem Aufruf gehört, nach Teilen von dem Schiff zu suchen, das hier explodierte?«

»Hab ich, natürlich. Alle haben gesucht.«

»Aber nur die Friebels haben etwas gefunden.« Vermutlich war die Alte auch darauf eifersüchtig.

»Gefunden, pah. Wer weiß, woher sie's haben.«

»Was macht Sie so sicher, dass Frau Friebel stiehlt? Wurde sie je erwischt?«

»Nein, noch nie. Aber jeder weiß es. Die Kinder streunen herum, die haben lange Finger. Alles, was nicht festgebunden ist, verschwindet.«

»Hören Sie, Frau, solange man sie nicht ertappt beim Stehlen, ist es üble Nachrede, was Sie da treiben.«

»Ha, ich sag's Ihnen«, lachte die Alte auf. »Zwei Ziegen hat sie gekauft. Zwei! Hat sich ein Gatter bauen lassen hinter dem Haus.«

»Es war eine Belohnung ausgeschrieben für die Teile vom Schiff.«

»Fünf Mark, soweit ich es weiß. Aber für fünf Mark bekommen sie keine zwei Ziegen und einen, der ihnen ein Gatter baut. Ich sag Ihnen, das Geld dafür hat sie von dem Mann geklaut, der in ihrer Hütte lag!«

»Ein Mann in ihrer Hütte?«

»Na, dieser Mann, den sie aus dem Wasser gezogen haben! Das hab ich jetzt erst erfahren.«

»Moment.« Heller hob bittend die Hand, denn die Frau war sehr aufgebracht. »Eines nach dem anderen. Ein Mann wurde aus dem Wasser gezogen, wann? Nach dem Schiffsunfall?«

»Offenbar, ja. Niemand wusste es zu Beginn. Die Jungen müssen die Ersten am Ufer gewesen sein, nachdem es donnerte, oder sie waren schon da. Sie spielen oft am Wasser, ich sag schon immer, es wird noch passieren, dass einer von ihnen in die Strömung gerät.«

»Halt!«, befahl Heller. »Sie zogen einen Verletzten heraus?« Das musste der Mann sein, der noch vermisst wurde, Heinz Hartmann.

»Ja, das sag ich doch. Sie nahmen ihn mit in die Hütte und erzählten keinem davon.«

»Wo ist der Mann jetzt?«

»Na, weg ist er!«, rief die Frau aus, als wäre es eine Selbstverständlichkeit. »Vielleicht hat sie ihm nur die Taschen ausgeräumt und ihn dann wieder ins Wasser geworfen.«

»Und woher wissen Sie nun von diesem Mann?«

Die Frau nahm ein Tuch aus der Rocktasche und wischte sich die Stirn unter dem Kopftuch, dann straffte sie es wieder. »Erzählt man sich halt. Vielleicht haben die Jungen jemandem was gesteckt.«

»Was sollen wir nun davon wieder halten?«, fragte Heller.

»Es passt zu dem Verhalten der Jungen. Mag doch sein, dass der Jüngere uns davon erzählen wollte.«

»Angenommen, es stimmt, Schrumm. Warum sollte die Frau einen Schiffbrüchigen in ihr Haus nehmen?«

»Bei manchen Menschen ist die Not anscheinend so groß, dass sie aus allem irgendwie einen Gewinn zu schlagen versuchen. Vielleicht hat sie ihm wirklich die Kleider vom Leib stehlen wollen. Oder er trug einen Ring oder andere Wertsachen. Wenn es stimmt, dass sie sich danach zwei Ziegen kaufen konnte. Oder aber sie hat ihm einfach nur helfen wollen.«

Heller nickte. Auch darüber hatte er nachgedacht, dann gab es aber keinen Grund, ein solches Geheimnis daraus zu machen. »Bisher wissen wir nur, was eine garstige neidische Nachbarin zu sagen hatte. Sehen wir uns die Hütte an. Es ist ja nicht mehr weit. Und zum Wasser wollen Sie sicher auch, Schrumm, um sich die Schuhe zu säubern.«

Schrumm sah nach unten und stöhnte. Trotz aller Vorsicht war er in einen Haufen tierischer Hinterlassenschaften getreten, allem Anschein nach die einer Kuh.

Das Haus der Friebels lag keinen Steinwurf weit von der Elbe entfernt. Zweimal im Jahr mindestens musste Frau Friebel bangen, dass das Hochwasser ihr nicht zu nahe kam. In der Nacht war es sicher sehr einsam hier, so ganz am Rande des Dorfes. Es bedurfte einer gehörigen Portion Mut, hier zu wohnen, vom Wetter und missgünstigen Personen nur durch eine dünne Bretterwand getrennt, das Dach aus verwitterten Holzschindeln, die Tür an zwei rostigen Angeln hängend.

»Hallo, jemand daheim?«, rief Heller, um sich anzukündigen. Doch es war wirklich niemand da. Zwei hölzerne Eimer standen draußen, mit denen man Wasser von der Dorfpumpe oder aus dem Fluss holte. Eine Feuerstelle gab es ebenfalls draußen, eine grob gezimmerte Bank. Durch das Dach schob sich ein windschiefer Kamin. Eine winzige Hütte im Garten war für die Notdurft gedacht. In dem Gatter, von dem die Nachbarin gesprochen hatte, tummelten sich zwei Ziegen. Ein Bock und eine Geiß, was Zuwachs versprach. In dem Sinne hatte die Frau ihr Geld gut angelegt. Futter gab es ringsum zuhauf. Und über die Sommermonate war genug Zeit, den Tieren anstatt des kleinen Verschlages, der sie jetzt vor Regen schützte, einen richtigen Stall zu errichten, in dem sie dann den Winter überstehen konnten. Sie würde sich außerdem mit ausreichend Heu versorgen müssen.

Heller ging zur Tür, klopfte der Form halber an und öffnete sie dann. Das Innere der Hütte stand an Erbärmlichkeit dem Äußeren in nichts nach. Es gab ein glasloses Fenster, mit einer Klappe verschlossen, eine große Holzkiste, die als Truhe und Schlafstatt zugleich diente. Offenbar schlief die Frau zusammen mit ihren Söhnen auf der heugestopften Matratze. Kissen gab es nicht und auch kein Federbett, nur Decken. Ein Tisch, ein Herd, zwei Stühle, Regale mit dem Nötigsten. Ein wenig Blechgeschirr, zwei Töpfe, eine Pfanne, ein wenig Besteck. Tönerne Tassen. In der Ecke Waschtröge, eine große Glaskaraffe. Sollte wirklich ein Mann hier gelegen haben, mussten die Jungen mit ihrer Mutter auf dem Boden geschlafen haben, der aus Holzbrettern bestand, über die Sand gestreut war. Sollten die Kinder und ihre Mutter tatsächlich so viel stehlen, wie die Alte behauptet hatte, dann hatten sie ihre Beute gut verborgen. Oder sie versetzten ihr Diebesgut so schnell, dass nichts mehr zu finden war, sollte sich jemals ein Verdacht so erhärten, dass man die Hütte durchsuchte.

»Wir müssen die Jungen noch einmal aus dem Unterricht holen«, fasste Heller das Ergebnis all seiner Gedanken zusammen.

»Wer da?«, rief plötzlich jemand von draußen.

Heller trat zurück ins Freie und sah eine Frau von vielleicht dreißig Jahren mit einem Gewehr in den Händen. Sie machte durchaus den Eindruck, damit umgehen zu können.

»Was tun Sie in meinem Haus?«, fragte sie, von seinem Auftreten und seiner Erscheinung offenbar verunsichert. Einem Räuber wäre sie sicherlich mit weniger Zurückhaltung begegnet.

»Kriminalrat Heller«, stellte er sich vor, woraufhin sie das Gewehr sinken ließ. Eine kluge Frau, urteilte er. Sicherlich war sie nicht mit der Waffe unterwegs gewesen, sondern hatte sie in der Nähe ihres Heims versteckt. In der Hütte selbst war es schwer, sich mit einem so unhandlichen Gerät zu verteidigen.

»Ich habe den Finderlohn schon erhalten, vielen Dank«, sagte sie. Ihre Stimme hatte sich verändert, war viel weicher geworden.

»Deshalb bin ich hier. Es hat sich herausgestellt, dass das Teil gestohlen war.«

»Da kommen Sie zu spät, das Geld ist verbraucht. Und außerdem hätten Sie das vorher anzeigen müssen. Ihre Schuld, wenn Sie mir das Geld geben ließen.«

Heller lachte auf. Das gefiel ihm. Diese Frau war mit allen Wassern gewaschen. Angriffslustig, entgegenkommend, unverschämt, bauernklug, alles so, wie es gerade benötigt wurde.

»Nun, so war das Geschäft nicht ausgemacht. Immerhin musste ich erst einmal verstehen, dass dieses Teil nicht von dem havarierten Schiff stammt.«

»Was weiß ich, was die Jungen da anbrachten. Ich bin eine Frau, ich kenn mich mit diesen schrecklichen Maschinendingern nicht aus.«

»Ich würde es begrüßen, wenn Sie das Schießgewehr ablegten und wir reden könnten, ohne uns über diese Distanz anzuschreien.«

»Wie gesagt, wenn Sie hier sind, um das Geld zu holen, ich habe es nicht mehr. Ich bin so arm, dass ich nur dieses Kleid besitze. Ich müsste mich entkleiden, um es Ihnen zu geben.« Tatsächlich begann sie bereits, die Schnüre vor der Brust zu lösen.

Heller hob die Hand. »Gute Frau. Lassen wir das Geld und behalten Sie um Himmels willen das Kleid an. Mich interessiert etwas ganz anderes. Wer war der Mann in Ihrer Hütte?«

War es seine Idee gewesen, die Frau mit dieser Frage zu verblüffen, so verpuffte sie an deren Kaltschnäuzigkeit. »Jetzt fangen Sie auch noch an, solch dummes Zeug zu reden, dabei kennen wir uns noch nicht einmal. Wer hat Ihnen denn diese Lüge erzählt? Die Holfes, dieser alte Hexenbesen? Seit es ihr Haus vor drei Jahren wegschwemmte, hasst sie alle und jeden im Dorf, als ob ihr der liebe Gott nicht schon gezeigt hätte, was er von ihrer giftigen Zunge hält. Die stinkt es an, dass sie jetzt genauso arm ist wie ich. Dabei hat sie früher schon gegen mich und meine Jungen gehetzt. Doch was kann ich dafür, dass mir der Mann stirbt? Eine Kugel hat ihn vergiftet, die er aus dem Krieg mitbrachte.«

»Er war im Krieg? Verwundet? Ist es sein Gewehr, das Sie da haben?«

»Ihm steckte eine Kugel in den Knochen, die bekam der Feldscher nicht raus. Er klagte immer über Schmerzen und Schwindel, und keiner konnte ihm helfen. Irgendwann ist er mir weggeschlafen, und ich war allein, da war der Erich gerade geboren.«

»Bekamen Sie denn keine Rente?«

»Hat er mir weggesoffen, das konnt er noch gut. Und ich musste ihn lassen. Er sagte, er muss den Geist betäuben, damit ihn der Krieg nicht jede Nacht heimsucht.«

Heller schwieg, von ihren Ausführungen beeindruckt. Er

mochte sich gar nicht vorstellen, wie es für sie gewesen sein musste, mit zwei kleinen Kindern all die Jahre allein durchzustehen. Und allzu oft täuschte der glorreiche Sieg gegen die Franzosen auch ihn darüber hinweg, dass es Tote und vor allem schreckliche Verwundungen gegeben hatte. Nicht nur des Körpers, sondern auch des Geistes.

Jetzt erhob Schrumm die Stimme. »Aber Gerüchte wie dieses entstehen nicht von ungefähr. Etwas wird dran sein, wie sonst käme jemand auf den Gedanken, Sie hätten jemanden versteckt? Auch Ihre Jungen benahmen sich seltsam.«

»Lassen Sie die bloß aus dem Spiel!«, fuhr Frau Friebel ihn an.

»Sicher waren Sie und Ihre Jungen die Ersten am Wasser, als das Schiff explodierte«, ließ Schrumm sich nicht beeindrucken. »Es befand sich auch mehr in der Nähe dieses Ufers. Gut möglich, dass ein Mann von Bord geschleudert wurde und hier in der Biegung an Land trieb. Und gut möglich, dass Sie den Mann an Land zerrten und in Ihre Hütte brachten, ehe überhaupt jemand aus dem Dorf hier am Fluss erschien.«

Die Frau erhob keinen Einwand. Sie hatte ihren Standpunkt klargemacht und wusste wohl genauso gut wie ihre Jungen, dass es an einem bestimmten Punkt besser war, gar nichts mehr zu sagen.

»Sie wissen, dass Herr Kriminalrat seinen Hof da drüben hat.« Schrumm zeigte aufs andere Ufer. »Er ritt gerade mit seinem Pferd aus und erschien fast genau in dem Moment am Elbufer, als es geschah. Was, wenn er gesehen hat, was Sie taten?«

»Ach ja? Warum kommt er dann erst jetzt?«

Heller musste heimlich grinsen. So kam Schrumm nicht gegen die Schläue der Frau an. »Ich hab es nicht gesehen«, gab er zu. »Aber wir wissen es trotzdem, er hat es uns nämlich selbst erzählt.«

Das hatte gesessen. Für einen kurzen Moment riss die Frau die Augen auf.

»Heinz Hartmann. Er sagte, er wäre in Ihrer Hütte erwacht, konnte sich zuerst an nichts erinnern. Sie hätten ihn mehrere Tage lang gepflegt.«

Frau Friebel versuchte ihre erste Reaktion zu kompensieren, indem sie sich nun betont kühl gab.

»Was war Ihre Absicht?«, fragte Heller. »Wollten Sie nur helfen? Wollten Sie von ihm Lohn verlangen für Ihre Pflege? Hofften Sie vielleicht, ihn für sich gewinnen zu können?«

»Was auch immer«, sagte sie. Alles Weiche war wieder einem harten Tonfall gewichen, da sie ihn nun als Feind sah, den man mit Freundlichkeit nicht besänftigen konnte.

»Bekamen Sie eine Belohnung, mit der Sie sich zwei Ziegen leisten konnten?«

»Ein Mann war hier, ein feiner Mann wie Sie. Er gab mir eine Entlohnung und nahm ihn mit. Sicherlich hat sich die Holfes die Mühe gemacht, durch das ganze Dorf zu laufen und jedem zu erzählen, was sie wohl zu wissen glaubt. Sicherlich hat sie spioniert, hat durch die Ritzen gelunscht. So hat es sich herumgesprochen.«

»Ein feiner Herr?«, hakte Heller nach. »Hat er sich vorgestellt? Wie sah er aus?«

»Vorgestellt hat er sich, doch den Namen hab ich vergessen. Er käme in Vertretung seines Herrn, sagte er, aber auch den Namen vergaß ich. Sah aus wie Sie, trug feine Kleider, einen Rock, glänzende Schuhe und eine Angströhre auf'm Kopp.«

»Sonst nichts? Ich könnte Ihnen nicht mit Geld die Namen entlocken?«

»Wenn ich sie aber doch vergessen habe!«

Anscheinend hatte die Frau sogar mehr Ehre im Leib als so mancher feine Herr. Denn von einem bezahlt, verkaufte sie sich nicht einfach noch an den nächsten. Natürlich könnte er ihr jetzt einige Namen aufzählen, doch dann würde sie sicherlich irgendeinen herauspicken, und dies hätte dann keinerlei Bedeutung.

»Wie war der Zustand des Verletzten?«, fragte Heller deshalb weiter.

»Er war bei Sinnen, doch nur schwach. Konnte nicht laufen, wohl aber die Zehen bewegen. Sicherlich hatte er etwas an den Kopf bekommen. Lallte beim Reden wie betrunken.«

»Als er geholt wurde, wie war da seine Reaktion?«

Frau Friebel hob die Schultern. »Erleichtert wohl.«

»Hat er Ihnen etwas über den Schiffsunfall erzählen können?«

»Nein, nichts. Er konnte sich an gar nichts erinnern, sagte er.«

»Und der feine Herr kam und nahm ihn mit?«

»Mit einer Kutsche, ja. Haben Sie jetzt alles gehört, was Sie hören wollten? Gehen Sie jetzt?«

»Von dem Schiffbrüchigen haben Sie gar nichts behalten? Ein Kleidungsstück?«

»Nichts.«

»Aber als der feine Herr auftauchte, erschien er Ihnen erleichtert?«

»Ja, hab ich doch gesagt. Vielleicht ging ihm da ein Licht auf, die Erinnerung kam mit dem bekannten Gesicht zurück.«

»Belassen wir es dabei. Ich weiß ja, wo ich Sie finden kann. Den Finderlohn für das gestohlene Teil behalten Sie, aber dafür habe ich etwas gut bei Ihnen. Fällt Ihnen also noch etwas ein, ein Name vielleicht, dann lassen Sie es mich irgendwie wissen.«

»Ist gut. Aber gehen Sie jetzt, bevor die Leute wieder etwas haben, worüber sie sich das Maul zerreißen können.«

14

Es lag auf dem Weg, und Heller erachtete es als nützlich, einen Abstecher dorthin zu machen. Offenbar war der Gedanke so logisch, dass Schrumm nicht einmal aufsah, als er dem Kutscher befahl, zur Werft des Freiherrn von Kelb zu fahren.

Viele Köpfe drehten sich, als die Kutsche auf den teils mit Stein, teils mit hölzernen Bohlen gepflasterten Hof fuhr. Mächtige Holzstapel türmten sich. Aus einer Werkstatt klangen metallische Geräusche. In überdachten Halden lag tonnenweise Kohle. Männer mit großen Sägen zerlegten Baumstämme. Ein unfertiger Bootsrumpf wurde von einem Gerüst gehalten. Überall standen Fässer und Kisten, Bleche und Eisen. Steine, Ketten und Seile lagen herum. Sicherlich hundert Arbeiter waren gerade sehr beschäftigt.

Heller ließ den Kutscher am Rand des Hofes halten, um niemandem im Weg zu sein. Er sah sich auf dem unübersichtlichen Gelände nach einem Gebäude um, in dem ein Vorarbeiter oder ein Werftmeister seine Stube haben könnte.

»Die Herren wünschen?« Ihnen kam ein Mann entgegen, der aussah wie jemand, der weniger arbeitete und eher Anweisungen gab. Er war nicht sehr groß, trug eine Brille, einen schlichten Anzug und nach Art der Engländer eine Melone als Kopfbedeckung.

»Kriminalrat Heller, Assistent Schrumm. Ich suche den Vorsteher. Bogenbaum heißt er wohl.«

»Das bin ich.«

»Ich hätte einige Fragen.«

»Welcher Art?«

»Allgemeiner Art, über die Schifffahrt und ihre Tücken. Vor allem die wirtschaftlichen.«

Bogenbaums Gesicht hellte sich auf. »Da haben Sie Glück, Freiherr von Kelb wird jeden Augenblick erwartet. Er wird einen viel kompetenteren Gesprächspartner abgeben als ich.«

»Na, das ist ja wunderbar«, rief Heller aus und meinte das Gegenteil.

»Kann ich Ihnen derweil etwas anbieten? Einen Cognac vielleicht? Einen Kaffee?«

»Einen Raum, in dem es nicht so scheppert und quietscht und rasselt. Ansonsten nichts.«

»Gern, wenn Sie mir folgen wollen!«

In seinem schlichten Büro war es ein wenig leiser.

»Geht es noch immer um den Unfall?«, fragte Bogenbaum.

»Hatten Sie viele Unannehmlichkeiten deshalb?«

»Es warf uns doch sehr zurück. Sicher wissen Sie, dass der Freiherr viel Geld investierte und schon lang damit hadert, dass es so ewig braucht, die Konzession zu erwerben. Er klagt das ewige Hinauszögern an.«

»Sonst geht es schneller?«

»Ein Konkurrenzkampf wurde provoziert, der ganz unnötig war. Man hätte Konzessionen an beide ausgeben können, den Freiherrn und an Reeder Engelbrecht. Der Markt hätte letztlich bestimmt, wer der Stärkere von beiden ist. Und genau genommen ist es doch so, dass sich ein derartiger Konkurrenzkampf im laufenden Geschäft günstig auf die Frachtpreise ausgewirkt hätte. Die Konzession an nur einen zu vergeben, schafft ein künstliches Monopol.«

»Nun, vielleicht glaubt man, dass ein Unternehmer, der finanziell weniger unter Druck steht, mehr Rücksicht auf den Schutz seiner Arbeiter und Angestellten sowie die Sicherheit der Fracht und der Passagiere nimmt.«

»Glauben Sie, dies wäre der erste Gedanke eines profitorientierten Unternehmers?« Bogenbaum sah ihn über seinen Brillenrand an. »Ich würde meinen, ein Monopolist kann es sich sogar leisten, weniger Rücksicht zu nehmen.«

Heller gefiel auch dieser Mann, der offenbar ohne jeden Dünkel seine Meinung kundtat. »Sie meinen, dieser Bieterwettstreit wäre nicht notwendig gewesen?«

»Völlig unnötig. Ich glaube, es wird wirklich künstlich in die Länge gezogen.«

»Warum, was glauben Sie?«

»Das ist doch ganz eindeutig. Da machen sich Leute wichtiger, als sie sind. Und noch dazu, da bin ich sicher, springt sicherlich das eine oder andere dabei für sie heraus.« Er rieb Daumen und Zeigefinger aneinander. Dies bedurfte keiner weiteren Erläuterung.

»Sind Sie verantwortlich dafür, Männer einzustellen?«

»Ja, auch dafür, unter anderem.«

»Ist es so, dass man versucht, Männer von Engelbrecht abzuwerben, oder umgekehrt?«

»Natürlich, ja! Es kam sogar einmal vor, dass Engelbrecht die Werft besuchte und am nächsten Tag zehn Männer kündigten.«

»Er war hier? Engelbrecht?«

Bogenbaum nickte eifrig. »Ja, es gehört zum guten Ton, wissen Sie. So bekunden die Herren sich gegenseitigen Respekt. Freiherr von Kelb führte Engelbrecht über die Werft, schilderte ihm Pläne und Vorhaben, natürlich nicht in ihrem ganzen Ausmaß. Und so empfing Herr Engelbrecht auch den Freiherrn.«

»Engelbrecht war also hier, hat sich alles angesehen? Zeigte er sich beeindruckt?«

»Natürlich nicht. Auch das gehört ja zum guten Ton, dass man seine Emotionen unter Kontrolle behält. Ich würde aber schon sagen, dass Herr Engelbrecht als erfahrener Reeder von der Fachkenntnis des Freiherrn überrascht schien. Er glaubte wohl bis dahin, leichtes Spiel zu haben.«

»Zeigte sich der Freiherr auch von dem Unglück unbeeindruckt?«

»Nach außen sicherlich. Doch wie gesagt, es war ein schwerer Schlag, besonders unter diesen Umständen der Konzessionsvergabe.«

Heller nickte. »Was ist Ihre Meinung zu diesem Vorfall?«

Nun wurde Bogenbaum ganz ernst. »Meiner Meinung nach liegt mindestens ein grobes Fehlverhalten vor, wenn nicht sogar ein Akt der Sabotage. Der Freiherr warf mir schließlich auch vor, dass ich bei der Auswahl des Personals nicht richtig achtgegeben habe. Jedoch musste ich zu meiner Entschuldigung anführen, dass von mir verlangt wurde, in kürzester Zeit eine große Anzahl Arbeiter, Matrosen und auch leitende Offiziere einzustellen. Da ist es nicht möglich, jeden Einzelnen zu überprüfen, erst recht nicht im Hinblick auf seine politischen Ansichten.«

»Moment. Politisch?«, unterbrach Heller. »Glauben Sie, es könnte ein politischer Vorfall gewesen sein?«

»Nun, sicherlich haben Sozialisten oder Sozialdemokraten ihre Tentakel nach allen Richtungen ausgestreckt. Und wenn gerade ein Unternehmen wie das des Freiherrn so schnell expandiert, dann infiltrieren sie es, um dort Schaden anzurichten.«

»Aber zu welchem Zwecke?«

Bogenbaum hob die Hände. »Benötigen diese Menschen einen Grund? Geht es denen nicht nur darum, Unheil anzurichten?«

»Es ist also so, dass Sie viele der Männer, die hier arbeiten, nicht besonders gut kennen? Und die Männer untereinander kennen sich auch nicht?«

»Natürlich, das ergibt sich ja.«

»Es hieß, von Kelb hätte den Männern, die beim Unfall dabei waren, und auch den Angehörigen der Toten Entschädigungen ausgezahlt. Ist das üblich?«

Bogenbaum wiegte den Kopf. »Es gibt keine Vorschrift dafür. Ein gewisses Risiko besteht ja immer. Aber der Freiherr sah sich da schon in der Pflicht. Und sicherlich wollte er auch … Sie wissen schon. Es ging auch darum, den Männern und Hinterbliebenen den Mund zu verschließen, wenn Sie verstehen. Es geht darum, den Ruf zu wahren. Ein Unfall ist schlimm genug, kann aber immer mal passieren. Sollte sich dieser jedoch als ein Attentat oder ein Sabotageakt herausstellen, wäre der Schaden noch viel ärger. Denn niemand kann sagen, wer der Feind ist und wann das nächste Unheil geschieht. Das würde sich natürlich schlecht auf die Bewerbung um die Konzession auswirken.«

Heller sah Schrumm an und konnte seine Verblüffung kaum in Worte fassen, so ehrlich sprach der Werftvorsteher. Vielleicht konnte er ihn mit derselben Ehrlichkeit zu weiterem Sprechen animieren.

»Dass Engelbrecht für diesen Akt verantwortlich ist, scheint Ihnen noch nicht in den Sinn gekommen zu sein?«

»Also, natürlich schon«, gab Bogenbaum erneut unverblümt Antwort. »Ich habe mit dem Freiherrn darüber gesprochen, und natürlich stehen die beiden Männer in harter Konkurrenz. Die Konzession nicht zu erwerben, wäre im Prinzip der geschäftliche Todesstoß. Es bliebe dann nur, Schiffe und Werft schnell und damit weit unter Preis zu veräußern, damit Freiherr von Kelb solvent bleiben kann. Doch die Herren treffen sich im Klub wenigstens zweimal die Woche, pflegen gute Konversationen, haben dieselben Freunde. Natürlich wendet man Tricks an, manchmal auch sehr üble. Es gibt Bestechungen, Männer werden abgeworben, oder es wird ein wenig spioniert. Doch so weit geht es unter Ehrenmännern wie ihnen nicht, dass man aktiv sabotiert. Der Ehrverlust wöge schwerer als jeder Gewinn, den man erzielte.«

Da war sich Heller nicht sicher. Neue Zeiten brachen an, sicherlich auch Zeiten, in denen der Verlust der Ehre weit weniger zählte. Wenn dabei nur genug Profit heraussprang, würden die Fabrikbesitzer und Industriebarone auch Geschäfte mit dem Teufel machen. »Wissen Sie von einem Überlebenden, der in Zschieren gepflegt wurde?«

Bogenbaum runzelte die Stirn. »Ein Überlebender des Unfalls?«

Allein die Gegenfrage war Heller Antwort genug. Zwar war sein Besuch hier einigermaßen erhellend gewesen, hatte ihn jedoch praktisch keinen Schritt weitergebracht. Im Gegenteil, eher schien die Angelegenheit jetzt noch komplizierter zu sein. Denn den Aspekt einer politischen Tat hatte er noch nicht in Betracht gezogen. Von Kelb hatte jedoch kein Interesse daran, dass dieser Unfall untersucht und seine Ursachen aufgeklärt wurden, das war durch die Ausführungen Bogenbaums zumindest verständlicher geworden.

»Heinz Hartmann hieß der Mann, der noch vermisst wurde. Es hieß, man habe ihn aus dem Wasser gezogen und einige Tage lang unentdeckt gepflegt«, erklärte Heller.

»Hartmann, ja, den kenne ich. Er war schon länger dabei. Ein stiller Mann. Aber wenn man ihn fand, warum meldete das niemand?«

Heller wollte gerade antworten, dass er das auch nicht wusste, doch nun war von draußen deutlich das Getrappel von Pferdehufen zu vernehmen.

Bogenbaum ging zum Fenster. »Ah, da ist er ja!«, rief er und eilte bereits hinaus, um seinen Herrn zu begrüßen.

»Dass Engelbrecht hier war, halte ich schon für bedenklich«, sagte Schrumm, kaum dass der Mann aus dem Zimmer war. »Und vielleicht hält er es mit dem Ehrbegriff nicht so genau wie von Kelb. Dieser ist schließlich ein Mann von Adel, wogegen Engelbrecht aus dem Volke kommt.«

»Meinen Sie, Männer aus dem Volke haben weniger Ehre?«, fragte Heller.

Sogleich errötete Schrumm. »Nein, ich meinte doch …«, begann er zu stottern, was Heller nun gleich wieder leidtat, denn er hatte den Mann nur ein wenig provozieren wollen.

»Bleiben Sie ruhig, Schrumm. Ich verstehe, was Sie meinen. Mich interessiert viel mehr, warum die Vergabe der Konzession so hinausgezögert wird. Allein um mehr Bestechungsgelder einzustreichen? Oder weil einer der beiden um diese Verzögerung gebeten und sie mit Bestechung untermauert hat?«

Schrumm blies die Backen auf. »Vielleicht erzählt dieser Bogenbaum aber nur, was er zu wissen glaubt, weil er sich wichtigmachen will. Immerhin ist er nur der Werftmeister und sicherlich bei keiner Verhandlung dabei.«

Bogenbaum kam zurück, im Schlepptau den Freiherrn.

»Welche Ehre«, kommentierte von Kelb die Anwesenheit der Kriminalbeamten. »Wenn man auch gerade viel Interessantes über Sie vernimmt.«

Heller grüßte mit einem Kopfnicken. »Was denn, wenn ich fragen darf?«

»Haltlose Unterstellungen und wilde Schießereien«, zögerte von Kelb nicht zu sagen. »Das ist nur, was ich hörte.«

»Von wem, darf ich das fragen?«

»Dürfen Sie. Von allen, ist die Antwort. Ich gebe zu, Sie hier zu sehen, ist mir nicht die größte Freude. Gern träfe ich Sie auf der Straße oder auch im Klub. Hier aber wirft Ihre Anwesenheit nur Fragen auf und forciert neue Gerüchte, die ich gerade kein bisschen brauchen kann.« Von Kelb hob bedauernd die Augenbrauen.

Heller machte das nichts aus. »Es gibt auch vieles, das ich lieber hätte, als in den Angelegenheiten von jemand anderem herumzuschnüffeln. Doch es gehört zu meinen Aufgaben.«

Von Kelb verzog das Gesicht, drückte Zweifel aus. »Soweit ich höre, ist es eben genau das. Es gehört nicht zu Ihren Aufgaben, Ihre Schnüffelei ist nicht genehmigt, Ihre Handlungen oft überzogen. Der Ruf eines Haudraufs, der Ihnen vorauseilt, hat sich hundertfach bewiesen.«

»Läge es nicht in Ihrem Interesse, einen möglichen Angriff aufgeklärt zu wissen, womöglich den eines politischen Attentäters oder eines Konkurrenten?«, fragte Heller.

»Einem Konkurrenten kann gerade nichts Besseres geschehen, als Sie auf meiner Werft zu wissen«, sagte von Kelb lächelnd.

Bogenbaum fühlte sich sichtlich unwohl angesichts der freundlich vorgetragenen Aggression. »Soll ich die Herren vom Gelände begleiten, Herr von Kelb?«, fragte er.

»Ach was, wenn die Herren Kriminalrat und Kriminalassistent schon hier sind, kann ich sie gern zu einer Führung einladen. So bekommt ihr Besuch wenigstens den Zweck, dass sie einen Einblick in den Schiffs- und Maschinenbau erhalten.«

»Dieser Einladung wollen wir gern folgen«, sagte Heller. »Nicht wahr, Schrumm?«

Sie kamen gerade aus dem Gebäude, als von der flusswärtigen Seite Unruhe aufkam, die in Geschrei mündete. Ein lautes Quietschen war zu vernehmen, dann das Bersten von Holz und weiteres Geschrei. Alles Hämmern und Sägen stoppte, jeder lief nachsehen, was geschah.

»Was geht da vor?«, rief von Kelb, und Bogenbaum eilte los, um ebenfalls nachzusehen. Heller, Schrumm und von

Kelb folgten ihm, wenn auch gemächlicheren Schrittes. Doch weit mussten sie nicht gehen, um zu sehen, was vor sich ging. Der flache Rumpf eines neuen Schiffes, von einem Gestell aus unzähligen Holzpfosten und Stangen etwa anderthalb Meter hoch in der Luft gehalten, hatte sich geneigt. Etwa vierzig Meter lang war das Schiff, drei Meter hoch und sechs Meter breit, mitsamt seinen Einbauten wog es sicher mehrere Tonnen und konnte scheinbar von dem Gerüst nicht mehr gehalten werden. Einmal aus dem Gleichgewicht geraten, war die Last schlechter verteilt, verursachte eine Kettenreaktion. Ein Pfosten nach dem anderen brach, auf der anderen Seite rissen Seile.

Aus einer sicheren Entfernung von etwa zwanzig Metern beobachteten sie, wie Bogenbaum hektisch hin und her lief, Anweisungen rief, befahl, Holz zu bringen, um den Kippvorgang aufzuhalten. Männer kamen, stemmten Latten und Stangen unter den Rumpf. Dann aber ließ ein lautes Geräusch sie alle zusammenfahren. Es knackte laut, und mit einem Ruck sank die rechte Seite des Schiffes so schnell herab, dass die Männer sich mit großen Sprüngen in Sicherheit bringen mussten. Das ganze Gerüst gab nach, und mit Poltern und Krachen stürzte das Schiff flach zu Boden.

»Jemand verletzt?«, rief von Kelb, nachdem Ruhe eingekehrt war.

»Niemand, wie es scheint, gnädiger Herr«, bekam er Antwort.

»Bogenbaum!«, rief von Kelb. »Was ist passiert?«

Bogenbaum kam gelaufen, schwitzte vor Angst, seinem Herrn Bericht geben zu müssen. »Offenbar konnte das Gerüst das Gewicht nicht halten.«

»Aber so haben wir es schon immer gehandhabt. War das Holz morsch? Wollen Sie mich in den Ruin treiben?«

Bogenbaum rang verzweifelt um Fassung. »Es war gutes

Holz, und es sind dieselben Männer wie immer. Alles war sicher verankert.«

»Dann hätte es ja nicht geschehen dürfen. Es ist aber geschehen, gerade hier vor meinen Augen«, verlor der Freiherr fast die Beherrschung. »Lügen Sie nicht, Bogenbaum. Gehen Sie mir aus dem Weg. Ich will den Schaden besichtigen!«

Bogenbaum trat beiseite und folgte dann seinem Herrn. »Sicher ist nichts verloren, der Rumpf wird wohl einen kleinen Schaden erlitten haben. Aber das lässt sich reparieren.«

»Ich will aber kein repariertes Schiff, sondern ein neues. Und was soll das kosten? Wollen Sie das bezahlen, Bogenbaum?«

»Aber, Herr von Kelb, lassen Sie uns doch den Schaden erst abschätzen, sicherlich ist es nicht so schlimm …«

Heller ließ die beiden Herren davonziehen, betrachtete weniger das Schiff als die Männer ringsum. Große Betroffenheit schien nicht vorhanden zu sein. Vielleicht war der Schaden nicht so groß, wie der Freiherr in seinem ersten Schreck vermutete. Oder es war ihnen nicht so wichtig wie ihm. Einige Gesichter schienen Heller sehr ernst. Vor allem war ihm, als betrachteten sie ihn und Schrumm. Vielleicht lag Bogenbaum gar nicht so falsch mit seiner Vermutung, dass sich hier politische Gegner einmischten. Oder aber jemand arbeitete für zwei Herren.

Heller fiel einer der Männer auf, der sich unbeteiligt gab, sich nach einem Seil bückte und begann, es von einer Halterung zu lösen. Vielmehr war es ein Flaschenzug am Boden, wie Heller sah, als er ein wenig näher trat. Er sah, dass das Seil zum Schiffsrumpf führte, irgendwo unter dem zerbrochenen Gerüst und dem Rumpf verschwand. Als er sich wieder nach dem Mann umdrehte, hatte dieser das andere Seilende aus dem Flaschenzug gelöst. Heller wollte zu ihm gehen, doch zwei Werftarbeiter stellten sich ihm in den Weg.

»Es ist zu gefährlich hier, mein Herr«, sagte einer von ihnen freundlich und deutete auf einen eisernen Kran, der auf einem großen Drehgestell stand. Der Arm des Krans, an dem ein Bündel Holzplanken hing, schwebte über dem Platz.

»Nicht so sehr wie für den Freiherrn«, erwiderte Heller, denn das Bündel schien direkt über von Kelb zu hängen, der dicht beim Rumpf stand und eine Stelle inspizierte, durch die sich ein Pfosten gebohrt hatte.

»Dem Freiherrn haben wir nichts zu sagen«, meinte der Arbeiter und stellte sich beiläufig so hin, dass Heller den Mann mit dem Seil aus dem Blick verlor.

Heller wollte zuerst aufbrausen, besann sich dann aber. Es war nicht seine Werft, er hatte hier keine Befugnisse. »Dann wollen wir hoffen, dass ihm nichts auf den Kopf fällt, nicht wahr? Wäre es nicht möglich, dass jemand den Kran zur Seite dreht?«

Die Männer sahen sich an, dann blickten sie sich nach dem Mann mit dem Seil um. Der hatte es inzwischen achtlos beiseitegeworfen und sich entfernt. »Da haben Sie recht, werter Herr«, sagte der andere daraufhin. Gemeinsam gingen sie zum Kran und drehten an einer Kurbel, die ein Zahnrad in Gang setzte, sodass er sich auf seinem Sockel drehte.

Schrumm kam zu Heller. »Ich mag mich irren, aber es ist doch sicher möglich, dass man ein Seil um ein paar Gerüstpfosten schlingt und sie mithilfe eines Flaschenzuges unter dem Schiff herauszieht?«

»Das waren meine Gedanken, Schrumm. Aber ausgerechnet jetzt, da wir hier sind? Und der Freiherr auch?«, fragte Heller.

»Womöglich hat man ja gar nicht mitbekommen, dass wir und von Kelb hier sind. Das Lagerhaus steht dazwischen, und laut war es noch dazu.«

»Ob der Freiherr auch auf den Gedanken kommt, dass es Sabotage war?«, überlegte Heller.

Schrumm schürzte die Lippen. »Ich fürchte nicht. Oder er leugnet den Gedanken.«

»Man müsste den Mann mit dem Seil verhören. Sehen Sie ihn noch?«

Schrumm blickte sich ebenso unauffällig um wie Heller, doch keiner von ihnen konnte den Arbeiter entdecken.

»Heller, Sie scheinen mir Unglück zu bringen.« Der Freiherr kam zu ihnen. Er hatte sich äußerlich ein wenig beruhigt, war aber noch immer aufgebracht.

»Ich bitte Sie!«, mahnte Heller. »Wie viel Unglück soll ich Ihnen gebracht haben?«

»War es nicht so, dass Sie dabei waren, als mein Schiff auf der Elbe explodierte? Und nun sind Sie wieder hier, während ein Unglück geschieht.«

»Sicherlich glauben Sie nicht wirklich an solcherart Kausalitäten. Eher habe ich schützend meine Hand über Sie gehalten, indem ich Ihre Männer bat, diese Ladung Holz zu entfernen, die über Ihrem Haupt schwebte.« Heller zeigte auf den Kran, an dem noch immer die Last hing und auspendelte.

Der Freiherr ging nicht darauf ein. »Ich kann sicher nicht verhindern, dass sich diese Sache hier herumspricht. Aber ich muss Sie bitten, über den Vorfall zu schweigen. Ich will ein wenig Zeit gewinnen. Der Schaden scheint nicht übermäßig. Aber gerade jetzt ist der gänzlich falsche Augenblick dafür.«

»Und das macht Sie nicht stutzig?«, fragte Heller.

Der Freiherr trat näher an ihn heran. »Was soll ich tun, Heller?«, fragte er voller Aggression und Verzweiflung. »Alle entlassen, weil ich keinem mehr trauen kann? Klagen und jammern und so den Anschein erwecken, ich versuchte die Schuld auf fremde Mächte zu schieben? So geht das nicht. Ich bin Geschäftsmann, ich habe einen Ruf zu verlieren. Ich bin ein

Ehrenmann, verstehen Sie, und Ehrenmänner zeigen nicht mit dem Finger auf andere. Ich stehe dies hier durch, Sie werden sehen! Und jetzt bitte ich Sie zu gehen, ich will sehen, was hier noch zu richten ist. Guten Tag, die Herren!« Er verhinderte jedes weitere Gespräch, indem er sich einfach umdrehte und fortging.

»Wissen Sie, was mir gerade in den Sinn kommt, Herr Kriminalrat?«, fragte Schrumm.

Heller ahnte es, doch er ließ Schrumm sprechen. »Sagen Sie es.«

»Hat nicht Herr Möbius vor wenigen Stunden erst verkündet, etwas würde geschehen und ihn um all seine Sorgen erleichtern? Spricht sich dieses Unglück herum, kann von Kelb seine Konzession abschreiben. Und wir waren dabei und müssten diesen Vorfall sogar noch bezeugen!«

Heller hatte denselben Gedanken gehabt. »Und deshalb fahren wir jetzt direkt wieder zu Möbius. Den nehme ich mir zur Brust.«

Es war früher Nachmittag, als sie bei Möbius' Büro eintrafen. Er war nicht da, und sein Sekretär meldete, er habe sich zum Mittagessen und zu einer längeren Beratung verabschiedet. Wo beides stattfinden sollte, wollte er jedoch nicht verraten.

»Ist er allein gegangen?«, fragte Heller den jungen Mann. »Oder bekam er Besuch?«

»Er ging allein, gnädiger Herr.«

»War das schon länger geplant, oder wurde er bestellt?«

»Das weiß ich nicht, gnädiger Herr.«

»Sie sind sein Sekretär, warum sollten Sie das nicht wissen?«

»Aber ich weiß doch nicht, was Herr Möbius privat ausgemacht hat.« Unglücklich sah der junge Mann ihn an. Er stammte sicher selbst aus einer niederen Beamtenfamilie und war seinem Alter nach erst seit Kurzem angestellt. Bestimmt fürchtete er, etwas falsch zu machen.

»Herr Möbius ist gewissermaßen in Gefahr. Deshalb frage ich so beharrlich«, sagte Heller, und es trug nicht zu seiner Glaubwürdigkeit bei, dass Schrumm dabei ein leises Stöhnen entfleuchte.

»In Gefahr?«, fragte der Sekretär mit dadurch befeuerter Skepsis.

»Gewissermaßen. Wir fürchten, jemand stellt ihm nach«, sprach Heller weiter. »Gestern erst musste ich ihn in der Nacht nach Hause begleiten, und wir wurden überfallen«, bog er den Vorfall ein wenig zurecht.

»Und Sie meinen, jemand könnte ihn zum Mittagessen bestellt haben, und es wäre nur eine Falle?«

»Wann, sagte er denn, kommt er zurück? Und wohin er ging, wollen Sie mir nicht verraten? In den Klub?«

»Er sagte nichts, und ich weiß es nicht.«

Heller seufzte enttäuscht. »Kommen Sie, Schrumm, hier lässt man uns nicht helfen. Aber so können wir es uns wenigstens nicht zum Vorwurf machen lassen.«

Schrumm, schon ganz erleichtert, dass diese Episode ein schnelles Ende gefunden hatte, drehte sich um und nahm die Klinke in die Hand.

Heller ließ ihn die Tür öffnen, spürte die Nervosität des Sekretärs.

»Oder sagen Sie«, wandte er sich dann noch einmal an den jungen Mann. »Sie bekommen alle Post in die Hände, ehe sie an Herrn Möbius weitergeleitet wird. Er bekam doch heute Morgen einen Brief, oder?«

Der Sekretär schluckte, und Schweiß trat ihm auf die Stirn. »Herr Möbius bekommt viele Briefe.«

»Also gut, ich habe verstanden.« Demonstrativ wendete sich Heller wieder ab.

»Er ist in richtiger Gefahr?«, fragte der Sekretär hastig.

»Ja!«

»Nun, er bekam heute tatsächlich einen Brief. Nur einen. Vom Inhalt weiß ich nichts. Aber er trug das Firmensiegel der Reederei Engelbrecht.«

»Sehen Sie«, lobte Heller. »Damit haben Sie uns sehr geholfen.«

»Mit Verlaub«, sagte Schrumm, nachdem sie Möbius' Vorzimmer verlassen hatten und mit der Kutsche zum Krankenhaus gefahren waren, in dem der Mann lag, der den Überfall auf Hellers Hof überlebt hatte. Es war eine lange stille Stunde gewesen, in der sie beide ihren Gedanken nachgegangen hatten. Das Krankenhaus war eigentlich Teil der Kasernen der Königlich Sächsischen Infanterie. Es hatte einige Zeit lang als Akademie fungiert, bis es diesen Status an eine andere Institution verlor. Jetzt diente es sowohl dem Heer als auch der zivilen Gesellschaft. Natürlich nur jenen, die es sich leisten konnten. Und es hielt einige zellenartige Räume bereit, die eigentlich für abtrünnige oder feindliche, im Kampf verletzte Offiziere vorgesehen waren. In einer davon lag der Verletzte.

Nun sah Heller seinen Assistenten an. »Soll dem noch etwas folgen?«

Schrumm nickte. »Auch wenn sich alles fügen mag, nichts davon hat Hand und Fuß. Es gibt keinen Beweis, solange wir nicht jemanden finden, der bereit ist, vor einem Gericht auszusagen.«

»Was glauben Sie, was ich denke, Schrumm? Glauben Sie, ich stürme los und beschuldige Engelbrecht öffentlich?«

Schrumm antwortete nicht, und das war Antwort genug. Er konnte es ihm nicht übel nehmen, denn mit Blick auf die letzten Tage und seinen Charakter allgemein musste man zu dem Schluss kommen, dass er genau das tun würde. Schweigend durchquerten sie lange Gänge, in denen ihre Schritte hallten, nickten Krankenschwestern zu, die in nonnenähnlicher Tracht ihrer Arbeit nachgingen und vor ihnen knicksten. Einen Arzt trafen sie nicht an. Ein Portier ließ sie zu dem Trakt durch, in dem der Verletzte lag, der seinen Namen immer noch nicht nennen wollte. Der Portier schloss ihnen die Tür auf.

Das Zimmer war hell und freundlich, durch ein großes, wenn auch vergittertes Fenster fiel Tageslicht. Das Bett hatte ein schlichtes eisernes Gestell, die Wäsche war ganz weiß. Auf einem Tisch standen ein Krug mit Wasser und eine emaillierte Schüssel. An der Wand hing ein Kreuz. Der Mann lag im Bett, war an den Armen verbunden. Die kleineren Wunden in seinem Gesicht nässten, vermutlich steckten noch Splitter in seiner Haut. Wie es um den Rest des Körpers stand, konnte man unter der Decke nicht erkennen.

»Sie schlafen nicht!«, sagte Heller.

Der Mann, der still mit geschlossenen Augen dagelegen hatte, schlug diese sofort auf.

»Werden Sie gut versorgt?«, fragte Heller.

»Danke der Nachfrage«, erwiderte der Verletzte.

»Bisher wurden Sie von Fieber verschont?«

»Bisher ja. Aber ich habe Schmerzen.«

»Haben Sie sich überlegt, ob es irgendetwas gibt, das Sie mir sagen möchten? Ihren Namen etwa? Wer Sie bezahlt hat, um mich zu überfallen?«

Der Mann schüttelte den Kopf, soweit es seine Verletzung zuließ.

»Nichts? Sie wissen, was Ihnen droht? Raub. Überfall. Versuchter Mord. Da bleibt nicht viel zum Spekulieren.«

»Warum soll ich Ihnen dann irgendetwas erzählen? Wären Sie in der Position, dieses Schicksal von mir abzuwenden?«

»Wie wäre es, wenn Sie es tun, um wenigstens einen Teil

Ihrer Ehre wieder herzustellen? Sich einen Namen geben, um nicht anonym hingerichtet zu werden?«

»Wissen Sie, Leute wie ich, denen ist die Ehre nicht so wichtig wie das tägliche Essen auf dem Tisch. Leute wie ich haben keine Zeit, über Ehre nachzudenken. Man tut, was man kann, um am Leben zu bleiben.«

»Dann tun Sie das doch jetzt!«

»Nein. Sie können mir vielleicht versprechen, eine Hinrichtung abzuwenden, aber ich habe Erfahrung mit Leuten wie Ihnen. Versprochen wird viel, so lang, bis Sie haben, was Sie wollen. Aber dann ist alles vergessen. Ich sage nichts, bis ich nicht eine Garantie habe, dass ich als freier Mann gehe.«

»Für einen, der versucht hat, mich umzubringen, und dabei beinahe tödlich verwundet wurde, sind Sie sehr dreist. Zu bestimmen gibt es hier gar nichts für Sie. Ich will aber eines tun. Ich will mich umhören, ob ich etwas für Sie bewirken kann. Wenn es auch ganz sicherlich keine Entlassung sein wird.«

15

»Was ist los?«, fragte Heller, als er am späten Nachmittag heimkehrte und seinen Sohn vor der Hofmauer antraf.

Albert schnitt Gras für die Hühner und die Kaninchen. Eigentlich war das eine Aufgabe für die Mägde. Er zuckte mit den Achseln.

Heller, den diese Geste normalerweise bis aufs Blut reizte, sah darüber hinweg. »Albert, warum machst du das?« Heller stieg vom Pferd und nahm es am Zügel. »Ist noch etwas geschehen, war jemand da?«

»Geschehen ist nichts weiter«, antwortete Albert. »Aber es geht ihr nicht gut.«

Mehr musste er nicht sagen. »Nimm das Pferd«, erwiderte Heller, gab seinem Jungen die Zügel in die Hand und eilte mit großen Schritten durch das Tor zum Haus.

Dort hatte man ihn schon gesehen. Helene kam ihm noch in der Küche entgegen.

»Du kannst nichts tun«, fing sie ihn ab. »Du regst sie nur weiter auf. Bleib hier, sie schläft gerade.«

»Sicher schläft sie schon den ganzen Tag!«

»Gustav, bitte, ich weiß, du sorgst dich. Doch gerade jetzt in diesem Moment kannst du nichts besser machen.«

Heller ließ sich zurückhalten und sogar von seiner Frau in den Stuhl drücken. »Sag, liegt sie schon den ganzen Tag?«, fragte er.

»Sie war zu schwach aufzustehen. Die Aufregung war zu groß für sie. Sie ist heut noch gar nicht richtig wach geworden.«

»Ich hätte ihr nicht noch von dem Buch erzählen dürfen.«

»Nein, Gustav, der Überfall hätte nicht passieren dürfen. Wir können Gott danken, dass sie in der Nacht nicht von uns gegangen ist.«

Heller ließ den Kopf sinken. Mit einem Mal übermannte ihn eine solche Müdigkeit und Lebensunlust, dass er ihn am liebsten auf den Tisch betten wollte. »Und ich lauf draußen herum, gehe hierhin und dorthin, rede mit Hinz und Kunz.«

Helene legte ihm die Hand in den Nacken. »Das Leben muss ja weitergehen. Was willst du tun, hier sitzen und warten? Worauf?«

Heller konnte nicht antworten. Diesem Mann im Krankenhaus hätte er mehr zusetzen müssen, diesem Sauhund mit seiner Bande. Hängen müsste man die alle und ihren Geldgeber erst recht. Den Finger in die Wunden hätte er ihm bohren müssen, damit er mit der Sprache herausrückte. Warum fiel es so schwer, ein guter Mensch zu sein? Wenn es gottgegeben war, warum war es dann so viel leichter, ein böser Mensch zu sein? Warum ging man für Geld andere töten? Warum erging es guten Menschen schlecht?

»Sie ist schon immer so schwach gewesen, Gustav. Du weißt das. Jedes Jahr, wenn der erste Schnee fällt, mache ich mir Sorgen, sie könnte es nicht überleben, weil sie sich so sehr darüber freut. Wenn sie liest, diesen verdammten Jules Verne mit seinen Abenteuergeschichten, dann fürchte ich, die Aufregung lässt ihr das Herz stehen bleiben. Wir müssen uns über jeden Tag mit ihr freuen, auf den Sommer und gute Zeiten hoffen, die schlechten Zeiten durchstehen. Jeden Tag wappne ich mich. Ich erwache und gehe bang in ihr Zimmer. Jeden Morgen stöhne ich dann erleichtert und danke Gott, dass sie noch atmet.«

Sie sollte gerade dem nicht zu viel danken, grollte Heller innerlich, hatte er Johanna doch ein so schwaches Herz geschenkt. Doch seinem Zorn fehlte der Nachdruck, denn seine Sorge war zu übermächtig.

»Das ist es ja. Ich weiß all das. Ich bin froh, dass wir sie schon fast zwanzig Jahre bei uns haben.«

»Weißt du noch, die Hebamme? Sie sagte gleich, wir sollten einen Priester holen lassen. Sieh nur, wie weit wir gekommen sind mit ihr.«

Aber der Preis, den sie zahlten, war hoch, dachte Heller. Jeder Tag mit ihrer Tochter, der ihnen geschenkt wurde, bedeutete auch wieder einen nächsten Tag mit Sorgen und Nöten. Es war nicht nur, dass sie fürchteten, Johannas Herz könnte aufhören zu schlagen. Welche Mühen hatte es schon bereitet, ihr zu erklären, dass sie im Sommer nicht hinaus auf die Wiese rennen durfte, dass sie nicht im Schnee spielen konnte, dass sie auf kein Pferd steigen durfte, nicht wandern oder spazieren, keine Kastanien sammeln. Welches Leben führte ein Kind, dass nicht rennen, springen, tollen, singen und lachen durfte, nur um ihren Eltern zuliebe einen Tag, eine Woche, ein Jahr länger am Leben zu bleiben? War das nicht egoistisch von ihnen? Wie oft hatte er hinaufgesehen zu ihrem Fenster, wo sie ganz nah an der Scheibe stand, ihm winkte und sich dabei gewiss nichts sehnlicher wünschte, als draußen bei ihm zu sein. Im Stall, auf dem Hof, bei der Heuernte, bei den Hühnern, bei den anderen Kindern. Bücher waren ihr einziger Trost. Schon immer.

»Gustav, gräm dich nicht«, flüsterte Helene, als hätte sie seine Gedanken gelesen. »Wir geben ihr das beste Leben, das sie haben kann.«

Heller sah auf und holte etwas aus seinem tiefsten Inneren hervor. Etwas, das er nur Helene sagen konnte. »Weißt du, was meine größte Furcht ist? Dass ich eines Tages heimkomme und sie ist gegangen, ohne dass ich ihr Lebwohl sagen konnte, ohne ihre Hand gehalten zu haben.«

Helene wusste nichts zu erwidern. Sie setzte sich neben ihn und legte ihren Kopf auf seine Schulter. »Sie wird sich erholen. Wir hatten schlimmere Zeiten mit ihr.«

Heller nickte. Das war richtig. Doch viel schlimmer war es nicht gewesen.

»Ich gehe hoch zu ihr. Ich werde ganz leise sein, und wenn sie schläft, wecke ich sie nicht.«

»Warte noch kurz!«, bat seine Frau. »Ich muss dir etwas sagen.«

Heller sah sie gespannt an.

»Die Männer haben ihre Stellen gekündigt. Haben sich nicht getraut, es dir ins Gesicht zu sagen. Sie kamen zu mir. Ganz bleich waren sie.«

Heller benötigte einige Augenblicke, um diesen Akt nicht als blanken Verrat zu verstehen. Die Männer hatten einiges ausgestanden. Er hatte von ihnen erwartet, sich mit ihrem Leben für den Hof einzusetzen. Sicherlich war das zu viel verlangt. Sie waren Stallburschen, keine Soldaten. Er musste verstehen, dass sie etwas Derartiges nicht noch einmal erleben wollten.

»Alle drei?«, fragte er heiser.

»Nein, o nein. Thomas nicht. Von Anselm und Peter spreche ich. Und auch die Mädchen sprachen davon, ich konnte sie jedoch bewegen, hierzubleiben. Hauptsächlich bleiben sie, weil sie glauben, dass sie keine bessere Stellung finden können.«

»Thomas bleibt?«

Helene nickte. »Er ging heute ganz normal seiner Arbeit nach. Ich habe ihm Albert geschickt, und er hat sich auch klaglos gefügt.«

Heller rieb sich über das Gesicht. Es schien, als ballte sich alles zu einem Sturm zusammen. Die Arbeit auf dem Hof war für zwei Männer kaum zu schaffen. Woher er schnell zwei neue bekommen sollte, war fraglich.

»Du darfst ihnen nicht gram sein. Sie wagten es kaum zu sprechen, und die Furcht stand ihnen in die Augen geschrieben.«

»Ich bin ihnen nicht bös.« Er erhob sich. Doch Helene hielt ihn noch einmal auf, indem sie seine Hand nahm.

»Sag, wird es heute Nacht auch keinen Überfall geben?«

»Ich werde das Tor schließen und mit Thomas abwechselnd Wache stehen. Aber es wird nichts mehr geschehen.«

»Da bist du dir sicher?«

»Ja, ich bin mir sicher.«

»Also weißt du, wer es war?«

»Ich weiß es.«

Helene maß ihn mit prüfendem Blick, kannte ihn zu gut. Doch sie war so erschöpft, dass sie sich gern von ihm mit einer kleinen Lüge beruhigen ließ.

Es geschah nichts in dieser Nacht. Doch sein Versprechen an Helene kostete ihn fast den gesamten Schlaf. Thomas hielt bereitwillig Wache, doch selbst, als Heller hätte schlafen können, hielt ihn jedes Geräusch wach. Erst jetzt, mit einem Tag Verzögerung, wurde ihm bewusst, was hätte geschehen können. Die Scheune hätte Feuer fangen können. Und selbst wenn das Feuer nicht auf das Haupthaus oder den Stall übergegriffen hätte, wäre der Schaden groß genug gewesen. Die Pferde in ihren Boxen hätten panisch werden, sich die Beine brechen können. Was, wenn er von einer Kugel getroffen worden wäre? Und noch schlimmer: Was, wenn das Tor nicht gehalten und die Männer eingedrungen wären? Sicherlich hätte er einige aufhalten können, aber nicht alle. Was hätten sie getan? Wären sie ins Haus gelaufen? Hätten sie Helene, Albert und die Mädchen umgebracht? Was wäre Johannas letzter Gedanke gewesen, in dem Moment, da die Tür zu ihrem Zimmer aufgesprengt worden wäre? Er versuchte diese Gedanken beiseitezuschieben, doch sie ließen ihn nicht los. Selbst auf dem Weg in die Stadt, selbst noch, als er sein Büro betrat.

»Schrumm, es gibt doch ein Waisenhaus auf der anderen Elbseite. Von Franziskaner-Nonnen betrieben. Dorthin fahren wir. Dieses Mädchen will mir nicht aus dem Kopf. Friederike. Ich frage mich, ob sie vielleicht dort untergekommen ist.«

»Guten Morgen«, erwiderte Schrumm, der es inzwischen gewohnt war, dass sein Vorgesetzter gelegentlich auf Begrüßungsfloskeln verzichtete und gleich zum Thema kam. »Ich habe mir schon vor Tagen erlaubt, eine Anfrage zu stellen. Doch in keinem der Waisenhäuser ist ein Mädchen dieses Namens untergekommen.«

»Dann vielleicht unter einem anderen Namen.«

»Soweit ich in Erfahrung bringen konnte, ist in den letzten Tagen gar kein Mädchen ihres Alters und ihrer Statur aufgenommen worden. Ich hätte Sie sonst informiert, Herr Kriminalrat.«

»Sehr gut mitgedacht, Schrumm. Ich will es mir trotzdem ansehen, wenigstens das eine da drüben. Was soll ein Kind in dem Alter sonst allein anstellen? Sicher würde es dort Unterschlupf suchen, es gibt Essen und ein Bett. Sei es nur für ein paar Tage oder Wochen.«

»Ist recht«, nickte Schrumm. »Da ist noch etwas, das uns interessieren muss. Herr Möbius ist weder gestern noch heute in sein Büro zurückgekehrt. Auch in seinem Haus war er nicht.«

Heller überlegte. »Haben Sie nicht das Gefühl, jemand

spielt hier mit uns Katz und Maus? Oder Hase und Igel. Als wäre er uns immer einen Schritt voraus.«

Es klopfte, und Klenkel trat ins Zimmer. »Regierungsrat Posch bittet um eine Unterredung.«

Heller fragte sich innerlich, ob er nicht schon genug geplagt sei. »Er soll hereinkommen.«

»Nein, verzeihen Sie, er schickte nach Ihnen. Er bittet Sie, in sein Büro zu kommen. Unverzüglich.«

»Er bittet mich in sein Büro? Was mag das bedeuten?«, überlegte Heller laut. »Vielleicht hat er Erkenntnisse wegen des Überfalls. Oder Möbius ist bei ihm. Richten Sie aus, ich komme.«

In Poschs Vorzimmer saßen gleich drei Männer, ein Sekretär und zwei Schreiber. Die gepolsterte Zwischentür war geschlossen, doch kaum hatte Heller das Vorzimmer betreten, sprang einer der Schreiber auf, um ihm Hut und Überrock abzunehmen. Der andere sprang ebenfalls auf, um seine Ankunft zu melden. Heller sah an der Garderobe noch weitere Mäntel und Hüte hängen.

»Ich darf Sie hineinbegleiten«, sagte der Schreiber und ging voran. Heller betrat das Amtszimmer des Regierungsrates. Posch saß hinter seinem mächtigen Schreibtisch. Er erhob sich, und mit ihm erhoben sich drei weitere Männer, von denen Heller keinen kannte. Der Schreiber zog sich schnell zurück und schloss die Tür hinter sich.

»Kriminalrat Heller«, stellte Posch vor. »Das sind die Herren Geheimen Regierungsräte Schandelbach und Prussig sowie Herr Oberjustiziar Blendel.«

»Komme ich ungelegen?«, fragte Heller nach einer kurzen Verbeugung.

»Ganz im Gegenteil, wir haben auf Sie gewartet.«

»Nicht wahr?«, entfuhr es Heller. Er fragte sich, ob dies

ein Großangriff war. Eine Offensive mit allen verfügbaren Kräften. Posch war so ernst, kein Hohn, keine Herablassung. Oder gab er sich nur vor den anderen so sachlich?

»Wollen wir bitte Platz nehmen!« Posch deutete auf den freien Stuhl. Heller und die anderen Herren setzten sich wieder.

»Gestern versprach ich Ihnen, den von Ihnen ausgesprochenen Vorwürfen nachzugehen, es sei ein Überfall auf Sie ausgeübt worden. Mit allen mir verfügbaren Mitteln habe ich noch am gestrigen Tage versucht, die Ereignisse nachzuvollziehen.«

Heller wurde bereits misstrauisch. Wie wollte Posch etwas erfahren haben, ohne ihn, Helene oder wenigstens Thomas befragt zu haben?

»Nach gutem Zureden ist es uns schließlich gelungen, den einzigen Überlebenden der vorgestrigen Nacht zum Reden zu bringen.«

Heller drehte skeptisch den Kopf ein Stück zur Seite. »Gestern war ich noch bei ihm. Da verweigerte er jedes Wort, wenn ich ihm nicht zusichere, dass er als freier Mann gehen darf. Haben Sie ihm ein solches Angebot gemacht?«

Posch hob abwehrend die Hand. »Nichts dergleichen. Offenbar fürchtete der Mann, in die Mühlen der Gerichtsbarkeit zu geraten und fälschlicherweise als Schuldiger in einer Sache verantwortet zu werden, in die er ohne sein eigenes Verschulden als Opfer hineingeriet. Der Tod seiner Freunde und Begleiter hat ihn in einen Zustand des Grauens versetzt, der ihn dementsprechend unangemessen reagieren ließ.«

»Posch«, begehrte Heller auf. »Ich verstehe kein Wort von dem, was Sie sagen. Wer ist Opfer, und wer reagierte unangemessen?«

»Dieser Mann, mit seinem anfänglich beharrlichen Schweigen. Sebastian Johannes Schulte heißt er und gehörte einer Jagdgesellschaft an.«

»Einer was? Jagdgesellschaft?«

Posch warf den anwesenden Herren einen Blick zu, der zu bedeuten schien: Sehen Sie, was ich meine. Dann wandte er sich wieder Heller zu.

»Herr Kriminalrat, wie es scheint, haben Sie eine vorbeiziehende Jagdgesellschaft beschossen und dieses darauffolgende Feuergefecht damit erst provoziert.«

»Das hat dieser Mann ausgesagt? Der verletzt im Spital liegt?«

»Sebastian Johannes Schulte, so heißt er. Er gehörte einer Gruppe von zehn Jägern an, die auf dem Weg waren, um Wildschweine zu schießen. Er sagt aus, als sie ihren Hof passierten, haben Sie, Heller, angefangen, grundlos auf sie zu schießen.«

»Lüge!«, rief Heller. »Lassen Sie sich von dem nicht verschaukeln, er versucht nur, seine Haut zu retten.«

»Heller, haben Sie das Feuer eröffnet?«

»Weil sie sich an meinen Hof heranschlichen und versuchten, ihn zu umstellen.«

»Schulte gab vor, dass sie nur leise sein wollten, um niemandes Nachtruhe zu stören.«

»Das ist …« Heller schloss den Mund.

»Haben Sie das Feuer eröffnet?«

Heller ging nicht darauf ein. »Und den ersten Überfall, den soll ich wohl erfunden haben? Dass mich die drei oder vier Männer auf dem Heimweg angriffen und ich sie von meiner Kutsche aus in die Flucht schlagen musste?«

»Nein, Heller, das glaube ich Ihnen gern. Sie wären nicht der Erste, der einem solchen Raubversuch zum Opfer fiele. Und sicherlich war das auch der Grund, warum Ihnen Ihre Nerven einen Streich spielten.«

»Meine Nerven? Ich war im Kriege, ich handele noch im schlimmsten Gefecht kühl und kalkuliert.«

Wieder sandte Posch diesen Blick an die anwesenden Herren.

»Heller, überlegen Sie doch. Wir sind nicht hier, um Sie in den Kerker zu bringen. Wir sind hier, um zu beraten, wie wir mit dieser Angelegenheit umgehen. Sie haben den Tod von wenigstens drei Männern zu verantworten.«

»Dieser Schulte lügt! Warum kam er nicht gleich damit heraus?«

»Weil er eingeschüchtert war von Ihnen. Er glaubte, wir alle stecken sozusagen unter einer Decke und es sei ein Angriff auf seine Person gewesen.«

»Aus welchem Grunde?«, fragte Heller.

»Nun, aus welchem Grunde sollte er Sie angreifen?«

»Weil er von jemandem dazu gedungen wurde. Weil jemand verhindern will, dass ich weitere Ermittlungen im Fall des havarierten Schiffes und des Mordes an dem Matrosen Kleibig und seiner Familie anstelle«, eiferte Heller sich.

Posch blieb betont ruhig. »In unseren Unterlagen gilt das eine als Unfall, das andere als Selbstmord nach einer Gewalttat an Frau und Kind.«

Heller zählte innerlich bis fünf und sagte dann so ruhig, wie es ihm möglich war: »Wieso sollte eine Jagdgesellschaft Handgranaten bei sich tragen, wie sie früher im Kriege verwendet wurden?«

»Auch das fragten wir Schulte. Er gestand, dass sie diese bei sich hatten, um sie an einem ruhigen Platze explodieren zu lassen. Sie wollten die Wirkung testen, ein Dummejungenstreich sozusagen. Als sie sich von Ihnen in die Enge getrieben sahen, glaubten sie als letztes Mittel der Verteidigung die Granaten werfen zu müssen.«

Heller schenkte nun Posch den gleichen Blick, den dieser

zuvor an die anderen Herren gerichtet hatte. »Das können Sie nicht ernsthaft glauben. Wieso sollten sich die Männer dann an die Mauer gedrückt haben, anstatt in die Dunkelheit zu verschwinden?«

»Sie schossen wohl sehr zielsicher, Herr Kriminalrat. Und Ihre Büchse hatte offenbar eine viel größere Reichweite und mehr Durchschlagskraft als die Gewehre der Männer. Zumal sie wohl recht alte und schwache Treibladungen dabeihatten. Welche gedungenen Mörder gehen wohl derart schlecht vorbereitet zu Werke?«

Darauf konnte Heller nur zynisch reagieren. »Ich weiß nicht, Herr Posch, ich kenne mich mit Mordanschlägen noch nicht so genau aus. Allerdings frage ich mich, warum sie mit alten Treibladungen auf die Jagd gehen. Hatten die Männer überhaupt eine Jagderlaubnis?«

»Schulte sagt aus, es habe eine Konzession gegeben. Einer der Männer trug sie bei sich. Einer von denen, die bis zum jetzigen Zeitpunkt nicht wieder aufgetaucht sind.«

»Warum wohl!«, knurrte Heller. »Herr Regierungsrat, diese ganze Geschichte stinkt zum Himmel. Hat dieser Schulte keine weiteren Namen nennen können? Wenigstens einen oder zwei? Keiner von Ihnen kann diesem Mann ernsthaft Glauben schenken. Diese Lüge ist sein einziger Weg, sich vor dem Galgen zu retten.«

»Kriminalrat Heller«, begann jetzt der Oberjustiziar. »Wir müssen seine Aussage als solche betrachten.«

»Als ob sich jemals einer hier für die Aussage irgendeines Landstreichers oder Tagediebs interessiert hätte!« Heller sprang auf und warf all seine Vorsätze, sich ruhig zu verhalten, über Bord. »Sie nutzen die Gelegenheit, um mich zu diskreditieren. Glauben Sie ernsthaft, ich weiß einen Hinterhalt nicht von einer vorbeiziehenden Jagdgesellschaft zu unterscheiden? Glauben Sie, man läuft einfach so mit Handgranaten durch die Gegend? Was wollten diese Männer jagen mitten in der Nacht? Eulen?«

»Heller, wir müssen diesen Vorfall untersuchen. Drei Männer sind tot, andere verletzt. Das kann nicht vertuscht werden«, übernahm nun wieder Posch.

»Vertuscht? Das Gegenteil soll geschehen. Ich weiß, von wem der Auftrag kam, und ich werde es noch beweisen.«

»Da Sie ein Mann von Rang und Namen sind, sehe ich darüber hinweg, dass man Sie eigentlich unter Arrest stellen müsste. Ich kann Ihnen nur raten, sich ruhig zu verhalten, bis die Sache geklärt ist.« Posch blieb ganz ruhig, und das machte Heller noch wütender.

Doch statt sich noch weiter in seine Wut hineinzusteigern und sich zu Worten hinreißen zu lassen, die diese Männer nicht auf sich sitzen lassen konnten, sagte er nur: »Ich empfehle mich.« Er stakte mit vor Wut steifen Beinen ins Vorzimmer, riss dort Überrock und Hut von der Garderobe und ging davon.

»Sie wieder«, sagte der Portier im Hospital. Er sah Heller und Schrumm recht hochmütig an.

»Ich will noch mal diesen Schulte sprechen«, erwiderte Heller, um Ruhe bemüht.

»Dieser Mann scheint recht prominent, bei den vielen Leuten, die ihn sprechen wollen.« Der Mann nahm seinen Schlüsselbund heraus.

»Wer war denn alles da?«

»Nach Ihnen waren gestern noch einige da. Sie hielten sich lange bei ihm auf. Und gerade erst vor einer Stunde war jemand hier.«

»Wissen Sie die Namen?«, fragte Heller.

»Natürlich, aber ich bin nicht befugt, Ihnen darüber Auskunft zu geben.«

Das Wort *Ihnen* sprach er so seltsam betont aus, dass Heller vermuten musste, wer auch immer hier gewesen war, hatte ihn für diesen Portier zur Unperson gemacht. Sein ganzes unverschämtes Verhalten deutete darauf hin.

»Manchmal möchte man diese ganze Bande in einen Sack stopfen und mit dem Knüppel draufschlagen. Es würde keinen Falschen treffen«, grollte Heller.

»Wie meinen?«, fragte der Portier, gerade dabei, die erste Tür zu öffnen.

»Nichts, machen Sie nur weiter.« Heller und Schrumm folgten dem Mann durch den Gang zu Schultes Tür. Der Portier öffnete auch diese.

Heller trat ein, ließ Schrumm durch, drehte sich dann nach dem Portier um und sah ihn fordernd an. Er wollte, dass der Mann sich wieder entfernte. Doch dieser hielt Hellers Blick stand. Offenbar fühlte er sich höhergesetzt, von wem auch immer. Posch vermutlich.

»Herr Kriminalrat«, sagte Schrumm leise.

Heller wandte sich zu ihm um. Als er Schrumms entsetzten Blick sah, eilte er zu Schultes Bett. Der Mann lag mit geschlossenen Augen da, als schliefe er. Doch sein Gesicht wirkte seltsam schmal und bleich.

Heller legte ihm die Hand an die Wange. Sie war ganz kalt. Dann griff er ihm an den Hals suchte nach dem Pulsschlag.

»Sie!«, rief Heller den Portier hinein. Der trat zögernd näher. »Dieser Mann ist tot. Fühlen Sie.« Heller zwang den Mann, die Hand des Toten anzufassen. »Holen Sie einen Arzt.« Es galt, Zeugen herbeizuschaffen. Er glaubte an keinen Zufall mehr. »Los!«, befahl er, und der Portier eilte davon.

»Ohne Zweifel ist er wenigstens seit einer Stunde tot«, stellte der Arzt fest, nachdem er Schulte ein Thermometer aus dem

Mund gezogen hatte. »Neunzehn Grad Celsius.« Sein Assistent notierte sich die Aussage.

»Können Sie eine Ursache feststellen?«, fragte Heller.

Der Arzt, der sich Schultes Leichnam bereits einmal angesehen hatte, nahm sich die Zeit, erneut am ganzen Leib zu suchen. Dann schüttelte er den Kopf. »Der Mann ist schwer verletzt, das dürfen wir nicht vergessen. Er wurde operiert, man musste ihm Metallsplitter entfernen. Fieber hatte er nicht, doch wissen wir nicht, ob vielleicht ein Splitter übersehen wurde, der nun vielleicht in ein lebenswichtiges Organ eingedrungen ist.«

»Müsste er dann nicht bluten, aus Mund und Nase, oder dem Anus zum Beispiel? Nichts dergleichen ist zu sehen.«

»Er könnte innerlich verblutet sein. Das ließe sich bei einer Obduktion feststellen.«

»Ich werde eine veranlassen. Kennen Sie Medizinalrat Löbbers? Der wird es tun.«

»Ich war einst sein Student. Ich kann alles vorbereiten lassen.«

»Tun Sie mir den Gefallen und melden Sie den Tod dieses Mannes zuerst nicht. Lassen Sie nicht zu, dass man Ihnen den Leichnam wegnimmt. Lassen Sie ihn nicht unbeaufsichtigt. Und noch etwas, ich muss eine Liste bekommen, wer diesen Mann heute besucht hat und wer hier tätig ist. Ärzte, Schwestern.«

»Herr Kriminalrat, Sie wollen doch nicht unterstellen …«

»Bitte, Doktor. Ich unterstelle nichts. Es gehört zu meiner Tätigkeit als Kriminalist. Ich benötige diese Liste, um Zeugen zu finden. Ich muss erfahren, wer den Mann zuletzt lebend sah.«

»Heute Morgen hatte ich eine Visite, da lebte er noch, und es ging ihm den Umständen entsprechend gut. Gelegentlich verlangte er eine Morphiuminjektion wegen der Schmerzen.«

»Könnte eine versehentliche Überdosis zum Tod führen?«

»Das ist eigentlich auszuschließen. So etwas führt meist nur zu Hyperventilation und niedrigem Blutdruck, Übelkeit und Vomitus. Oder zu einer langanhaltenden Sedierung, meist begleitet durch Blasen- und Darmentleerung wegen der einsetzenden Muskelrelaxation. Doch weder Erbrochenes noch Stuhl und Urin sind zu sehen.«

»Ist der Mann vielleicht erstickt?«, fragte Schrumm.

»Ich habe seinen Rachen und die Luftröhre untersucht, es ist äußerlich keine Blockade zu erkennen«, erklärte der Arzt. Doch das war vermutlich nicht das, was Schrumm meinte. Jemand, der wie Schulte durch Verletzung und Verband ans Bett gefesselt und wehrlos war, ließ sich leicht ersticken, wenn man ihm etwas auf das Gesicht drückte.

»Bereiten Sie alles vor, Doktor. Ich lasse nach Löbbers schicken.«

Untätigkeit war eins der schlimmsten Übel, dachte sich Heller. Erst recht, wenn man dazu verurteilt war. Zu warten, ob Löbbers sich bereit erklären würde. Stillzuhalten, wie Posch ihm geraten hatte, während sein Gegner ihn womöglich beobachtete und schon den nächsten Plan schmiedete. Er wollte nicht paranoid werden, doch er begann überall Feinde zu sehen. Wenn man ihm nun Schultes Tod anhängen wollte? Zwar war der Portier Zeuge, genau wie der Arzt und sein Assistent, doch wer wusste schon, ob die nicht auch bestochen worden waren? Letztlich begann Heller schon fast an sich und seinem Geisteszustand zu zweifeln. Hatten sie das Feuer auf Unschuldige eröffnet, die zufällig des Weges kamen? Es war nicht verboten, in der Nacht zu reisen. Hatte er sich den Überfall auf dem Rückweg gar nur eingebildet? Nein, sie hatten ihm den Weg abschneiden wollen, hatten geschossen.

»Schrumm«, sagte er schließlich, denn er ertrug es nicht, noch länger zu warten. »Sie halten hier Stellung. Behalten Sie den Leichnam im Auge!«

»Und Sie?«

»Ich leihe mir ein Pferd, reite hinüber zum Bellevue und werde den Klub besuchen.«

»Sind Sie denn eingeladen?«

»Einmal war ich eingeladen, warum sollte es nicht ein zweites Mal gelten? Von Winkelstein, der Hofmarschall, schien ein ganz vernünftiger Mann zu sein. Er wird mich schon nicht verjagen.«

»Aber was erhoffen Sie sich?«, fragte Schrumm erneut mit leiser Verzweiflung wegen seiner Machtlosigkeit gegen dieses Unterfangen.

Heller wusste selbst, dass es das Gegenteil von Stillhalten war und wahrscheinlich nur noch mehr Ärger einbrachte. »Ich gehe davon aus, dass sie alle da sein werden. Auch Engelbrecht und von Kelb. Ich will den Leuten in die Augen sehen. Und ich will zeigen, dass ich mich nicht einschüchtern lasse. Vielleicht sehe ich ja auch Möbius, dann hätte mein Besuch wenigstens das Ergebnis, zu wissen, dass es ihm gut geht.«

Sein Pferd war nicht gerade das eindrucksvollste, doch im Stall an den Kasernen hatte es für den Moment kein besseres als diesen ziemlich dürren Braunen gegeben, den er nun an einem Pfahl vor dem Hotel festband.

»Zum Klub«, erklärte sich Heller knapp und wurde vom Portier widerspruchslos durchgelassen.

Zuerst nahm ihn niemand wahr, als er eintrat. Heute waren mehr Männer zugegen als beim ersten Treffen. Er erkannte den Hofmarschall, der mit einem Weinglas in der Hand in einer größeren Gruppe stand und angeregt redete. Dann sah

Heller Engelbrecht und zu seinem Leidwesen auch Posch. Diesen hätte er sich gern erspart. Von Kelb war nicht zu sehen. Vielleicht war er damit beschäftigt, sein kaputtes Schiff zu retten. Julius Möbius war unter all den Männern ebenfalls nicht auszumachen.

»Darf ich Ihnen abnehmen?«, trat ein Diener an ihn heran. Heller lehnte ab. Er wusste noch nicht, welchen Abgang er hinlegen würde, und wollte nicht warten müssen, bis man Überrock und Hut aus der Garderobe geholt hatte.

»Ihr Seitengewehr«, fragte der Diener und deutete auf den Säbel an Hellers Hüfte.

»Das bleibt, wo es ist. Ich habe nicht vor, lang zu bleiben.«

»Wie es beliebt«, sagte der Diener, und auch das erschien Heller frech. Als ob alle Welt den Respekt vor ihm verloren hätte.

Nun endlich erkannte ihn jemand und machte Posch auf ihn aufmerksam. Einer nach dem anderen drehten die etwa dreißig Herren ihre Köpfe nach ihm um. Er hatte zwar nicht geglaubt, dass es einen empörten Aufschrei oder einen peinlichen Rauswurf geben würde. Aber es beeindruckte ihn doch, mit welch diplomatischer Freundlichkeit sämtliche Anwesenden ihr Lächeln wiederfanden und ihre Gespräche erneut aufnahmen. Sich zu empören, im Ton zu vergreifen, jemanden zu beleidigen, das gehörte sich in diesen Kreisen nicht. So hatte er auch nicht erwarten können, in der Miene Engelbrechts irgendein Anzeichen dafür zu finden, dass dieser mit dem Überfall in Verbindung stand.

Von Winkelstein kam zu ihm und reichte Heller ein Glas Weißwein. »Vom Lößnitzer Weinberg, neunundsechziger Jahrgang, ganz vorzüglich.«

»Ich hatte nicht vor, mich selbst zu Speis und Trank einzuladen«, begann Heller, nahm dann aber das Glas, um den Hofmarschall nicht damit stehen zu lassen.

»Nun sind Sie aber hier und herzlichst eingeladen. Gibt es jemand Bestimmtes, den Sie zu sprechen wünschen?«

»Von Kelb ist nicht da?«, fragte Heller zurück.

»Nein, anscheinend zwingen ihn seine Geschäfte, heute fernzubleiben.«

Nichts, nicht die geringste Andeutung irgendeines der vergangenen Ereignisse. Verblüffend, wie es diesen Männern gelang, freundlich unbeteiligt zu bleiben. Heller sah sich nach Posch um. Der schien ihn ignorieren zu wollen. Vielleicht ein Zeichen dafür, dass er doch beeindruckt war. Es lag ihm auf der Zunge, vom Werftunfall zu erzählen, doch von Kelb hatte ihn gebeten, darüber zu schweigen.

»Dann hoffe ich, den Herrn Regierungsrat Posch sprechen zu können.« Ihm war gerade eine Idee gekommen, die vielleicht nicht die beste war. Aber doch besser als alles andere.

Der Hofmarschall sah sich nach Posch um. »Dann kommen Sie!«, sagte er und hakte sich bei Heller unter.

Posch sah auf, als Heller sich ihm näherte. Sein Blick verriet keine Regung. »Kriminalrat Heller, ich bin sehr überrascht, Sie hier zu sehen.« Im näheren Umkreis verstummten die Gespräche, und einige Herren drehten sich nach ihnen um. Sicherlich hatten sie von diesem Kriminalrat gehört, vermutete Heller, und wollten nun sehen, ob es stimmte, was man über ihn sagte. Er würde sie nicht enttäuschen.

»Ich will die traute Runde nicht mit meinen Neuigkeiten sprengen, aber es ist doch dringlich. Dieser Schulte, den Sie gestern noch sprachen und der behauptete, zu einer Jagdgesellschaft zu gehören, die ich versehentlich beschossen haben soll, war tot, gerade als ich ihn besuchen wollte. Er muss vor einigen Stunden verstorben sein, obwohl er mir gestern einen doch recht vitalen Eindruck machte. Und sicherlich auch Ihnen, denn offenbar haben Sie sich ausgiebig mit ihm unterhalten können.«

»Nun, so etwas geschieht wohl«, kommentierte Posch, gab sich weder überrascht noch besorgt. »Ärgerlich vor allem. Jetzt werden wir nie erfahren, ob seine Aussage der Wahrheit entsprach.«

»Vor allem kann ich ihn jetzt nicht mehr überzeugen, zu erzählen, was wirklich geschah.«

»Allerdings«, sagte Posch. »Für Sie ist das noch viel ärgerlicher.«

Man kam nicht an gegen dieses Bollwerk aus bedauernden Gesichtern. Gegen die Gehirne dieser Herren, die seit Jahrzehnten, ja Generationen, im Umgang mit ihresgleichen geschult waren. Heller sah zu Engelbrecht, der ein Stück weiter weg stand, ganz vertieft ins Gespräch mit einem anderen Herrn. Keiner dieser Männer würde ihm ein Wort glauben, wusste Heller, wenn es sich gegen ihresgleichen richtete. Einer wie Engelbrecht profitierte von seinem Ansehen. Sie schützten ihn, denn ein Angriff auf ihn war auch einer auf sie, gerade in Zeiten, in denen die Sozialdemokratie an Bedeutung gewann. Für sie war Heller der Sozialdemokrat, der an den Grundfesten rüttelte, auf denen ihr Reichtum und ihre Macht begründet waren. Und vielleicht war er das ja im Herzen tatsächlich, ein Sozialdemokrat – wenn auch einer, der nicht vorhatte, König oder Kaiser zu stürzen. Denn ihn widerte das Selbstverständnis an, mit dem diese Herren durchs Leben gingen und alles rechtfertigten, ihr Wohlleben genauso wie die Armut der Arbeiter und der Landbevölkerung. Keiner von ihnen – oder nur die wenigsten, sah man von Männern wie Engelbrecht ab – hatte für seinen Reichtum etwas getan. Sie hatten geerbt, Ländereien, Geld, Stellung. Er brauchte etwas, einen handfesten Beweis, dann würden sie Engelbrecht fallen lassen wie eine heiße Kartoffel.

»Ich wollte Sie nur informieren«, schloss Heller diesen Versuch ab. »Aber eine Frage habe ich noch dazu: Von Ihnen weiß nicht zufällig jemand, wo Herr Möbius sich gerade aufhält?« Er sah aus dem Augenwinkel, wie Engelbrecht bei der Nennung dieses Namens nun doch aufmerksam wurde. Und schon kam er zu ihm.

»Herr Kriminalrat.« Er deutete ein Nicken an. »Ich hörte den Namen Möbius. Seit gestern Abend versuche ich Kontakt zu ihm aufzunehmen. Wissen Sie, wo er ist?«

Posch übernahm die Antwort gern. »Ebendas wollte der Herr Kriminalrat gerade von uns wissen. Doch wir müssen ihm dieselbe Antwort bescheiden wie Ihnen vorhin. Keiner weiß, wo der Mann sich aufhält. Sicherlich besucht er seine Frau auf seinem Landsitz. Ein sehr hübsches Haus im Meißner Land, es ist durchaus einen Ausflug wert. Vielleicht versuchen Sie es dort, Herr Kriminalrat.«

»Ich will es mir überlegen.« Heller hatte etwas entdeckt. »Ich will nur schnell …«

»Im Übrigen, Heller, muss ich Sie informieren, dass Oberjustiziar Blendel auf Geheiß Seiner Majestät eine Kommission einsetzen wird, um das unglückliche Feuergefecht an Ihrem Hofe zu untersuchen.«

Auf Geheiß des Königs. Heller hatte alle Mühe, seine Gesichtszüge unter Kontrolle zu halten. »Natürlich. Ich werde Rede und Antwort stehen, wenn es verlangt ist. Ich will nur schnell ein Wort mit dem Hofmarschall wechseln.« Er deutete auf von Winkelstein, der ganz in der Nähe des Tisches stand, an dem Engelbrecht sich gerade aufgehalten hatte.

16

Löbbers sah ihn beinahe fassungslos an. Da Heller sich sowieso schon ganz in der Nähe aufgehalten hatte, war er kurzerhand zum Medizinalrat geritten und hatte ihn kurzerhand selbst um die Obduktion von Schultes Leichnam gebeten.

Die Depesche war noch gar nicht zu Löbbers vorgedrungen, denn er hatte ein Kolleg vor Studenten abgehalten und eine Operation durchgeführt.

»Sie sind geradezu unverschämt«, entfuhr es dem Mediziner. »Nach allem, was ich Ihnen gesagt habe, kommen Sie zu mir und verlangen zuerst eine Obduktion, als ob ich jemand bin, den man einfach so hierhin und dahin bestellt. Und jetzt auch noch das.« Er deutete auf den Tisch, wo Engelbrechts Gehstock lag. »Wo haben Sie den überhaupt her? Gestohlen? Er wird Ihnen das Ding sicher nicht freiwillig überlassen haben.«

Heller war nicht überrascht. Er hatte gar nicht damit gerechnet, dass Löbbers schnell nachgeben würde. »Ich gebe zu, ich erkannte die Gelegenheit und griff zu. Und hätte sich die Aussage von Herrn Möbius nicht bewahrheitet, ich hätte ihn zurückgestellt.«

Löbbers hatte sich in seinem Stuhl zurückgelehnt, die Ellbogen aufgestützt. Er presste die Fingerkuppen seiner Hände gegeneinander. Lange saß er so da und ließ Heller darben. Nach ewigen Minuten beugte er sich vor und nahm Engelbrechts Gehstock.

»Alwin Bente Engelbrecht«, las er vor. Der Name war

kunstvoll ins Holz gebrannt. Daneben ein zierliche, aber schön gestaltetes Wappen.

Löbbers drehte an dem silbernen Knauf und entriegelte einen kleinen Verschluss, sodass der Knauf sich vom Holzstab löste. Am Knauf war eine schmale Klinge befestigt. Zwanzig Zentimeter lag. Zwar war die Waffe ein wenig ungewohnt zu halten, doch in der geballten Faust, die Klinge zwischen Mittel- und Ringfinger geklemmt, war sie zur Selbstverteidigung oder auch für einen Überraschungsangriff gut geeignet.

Löbbers legte den Stab weg und betrachtete die Klinge genau. Schließlich legte er auch diese vorsichtig auf den Tisch, als wäre sie aus Glas.

»Was wollen Sie, Heller? Diesen Schulte sezieren?«

»Man muss auch Kleibig aus dem Grab holen. Und diesen Holzke, der sich zuerst für Kleibig ausgegeben hatte. Es muss verglichen werden, ob dies die Klinge sein könnte, mit der ihnen die Augen ausgestochen wurden.«

»Das können Sie nicht verlangen, Heller. Nicht nach dem, was passiert ist«, stieß Löbbers hervor.

»Es wäre ein Beweis. Gegen Engelbrecht. Ein Gehstock wie dieser wurde speziell angefertigt, es gibt sogar ein Brandzeichen. Man kann den Mann finden, der ihn hergestellt hat. Ich brauche diesen Beweis. Engelbrecht ist sonst für mich unantastbar.«

»Nein und nochmals nein, Heller. Ich werde noch Jahre daran zu nagen haben, was Sie mir mit der Exhumierung des Kapitäns und des Offiziers eingebrockt haben. Und nun kommen Sie zu mir und verlangen, dass ich noch zwei Männer aus ihrem Grab holen lassen. Sind Sie denn wahnsinnig? Den Mann, den Sie heute Morgen fanden, den sehe ich mir an. Die Voraussetzungen sind gegeben, dass man seine Todesursache findet. Aber das andere? Nein! Das ist mein letztes Wort.«

»Also gut«, gestand Heller sich die Niederlage ein und konnte doch seine Enttäuschung kaum verbergen. »Lassen Sie mich Ihnen eine Droschke rufen?«

Löbbers arbeitete stumm. Zuerst sah er sich den Toten genau an, dem man dafür all seine Verbände abgenommen hatte. Heller sah zu, doch mit ein paar Schritten Abstand, um den Mann nicht zu stören. Der Arzt vom Morgen war ebenfalls anwesend, ging Löbbers zur Hand, und auch der Assistent stand bereit, eine Schüssel in den Händen. Auch Schrumm war da, der nach mehr als vier Stunden Totenwache müde aussah und hungrig sein musste. Sein Gesicht drückte Ekel aus. Da er aber das Angebot ausgeschlagen hatte, den Raum zu verlassen, hatte er sich auf Löbbers' Geheiß hin einen Stuhl genommen, damit er nicht umkippte.

Als der Medizinalrat schließlich zu seinem Werkzeug griff, um den Körper des Toten zu öffnen, machte auch Heller noch einen Schritt zurück.

»Sie könnten beide auch hinausgehen«, murmelte Löbbers mürrisch. Er schnitt dem Mann mit einem Skalpell über Brust und Bauch und schnitt noch einmal nach. Dann öffneten die Ärzte gemeinsam den Bauchraum. Sie inspizierten die Organe. Eines nach dem anderen nahmen sie heraus, untersuchten es, legten es in die Schüssel.

Heller wich noch ein Stück zurück, als sie dem Toten die Rippen aufbrachen, um sich Lunge und Herz anzusehen. Auch diese entnahmen sie dem Körper und untersuchten sie im Tageslicht, wobei sie sie weiter aufschnitten.

Heller wünschte sich, er hätte auch einen Stuhl genommen. Bei dem grässlichen Anblick kamen ihm seltsame Gedanken. Ein Mensch, der gerade noch einen Geist und einen Willen besessen hatte, lag nun wehrlos da, wurde zerschnitten und zerlegt, wie ein Tier von einem Schlachter. Die Ärzte hatten längst jegliche Skrupel verloren. Selbst der Assistent wirkte eher gelangweilt. Sie betrachteten den Mann wie ein Tischler seine Möbel, ein Maurer seine Wand. Dabei war es doch etwas völlig anderes, als ein Tier zu zerlegen. Es war entwürdigend, selbst wenn es sich um den Körper eines Verbrechers handelte. Auch er war einst geboren worden und hatte als Kind sicher keinen Gedanken daran verschwendet, einmal ein solches Leben zu führen, hatte höchstens im Spiel den Räuber gemimt. Er hatte Hoffnungen gehabt, Träume und Wünsche. Es war notwendig, kein Zweifel, aber doch entwürdigend.

Sie hätten wirklich hinausgehen sollen, etwas essen, sich ausruhen. Sie waren nur hier, um zu beweisen, dass sie Manns genug waren, um dabei zu sein. Nützlich waren sie nicht. Erklärte Löbbers bewusst nichts, um vor dem anderen Arzt den Eindruck zu erwecken, mit Heller nicht sehr vertraut zu sein? Oder tat er es, um seinen Unmut auszudrücken? Die Männer sprachen ganz leise miteinander, benutzten lateinische Begriffe, die Heller nicht kannte. Dann begannen sie noch den Hals und sogar die Arme des Toten aufzuschneiden. Als sie schließlich anfingen, dem Mann die Kopfhaut aufzuschneiden, um ihm den Schädel aufzusägen, damit sie nach Einblutungen im Hirn suchen konnten, wandte Heller sich ab.

Als sie nach mehr als einer Stunde konzentrierter Arbeit endlich fertig waren, wuschen sie sich Hände und Arme in Schüsseln, die ihnen gebracht wurden.

»Geben Sie die Organe zurück und schließen Sie den Körper«, befahl Löbbers dem Assistenten. »Kommen Sie«, sagte er dann zu den Kriminalisten.

Ohne zu sprechen, durchquerten sie zu viert die Gänge des Krankenhauses und betraten das Zimmer des ansässigen Arztes, der noch einen Stuhl bringen lassen musste, damit sie alle Platz fanden.

»Zuerst: Keines der Organe des Mannes war von den Verletzungen betroffen. Er hatte schwere oberflächliche Wunden, die wegen des Blutverlustes tödlich hätten sein können. Doch da man ihn schnell versorgte, ging auch davon keine Gefahr aus. Er scheint infektionsfrei, ein eigentlich glücklicher Umstand, denn Infektionen sind die häufigste Todesursache infolge einer Verletzung oder Operation. Das bestätigt auch seine Dokumentation. Er hatte nicht einmal erhöhte Temperatur, im Körper waren keine Entzündungsherde zu erkennen. Seine Leber wies Schädigungen auf, die darauf hindeuten, dass er ein starker Trinker war. Die Lungen sind vom häufigen Rauchen angegriffen, doch auch diese Schädigungen waren bei Weitem nicht so fortgeschritten, dass sie einen vorzeitigen Tod verursacht haben könnten. An seinem Herzen deutet nichts auf einen Infarkt hin.«

Löbbers hielt kurz inne, um seine Gedanken zu sortieren.

»Wir sind uns auch einig, dass es keine Vergiftung war. Es hätte ein schnell wirkendes Gift sein müssen, und diese hinterlassen doch meist ihre Zeichen, durch starke Gerinnung, extreme Blutverdünnung oder die Auflösung von Organgewebe«, fuhr er dann fort. »Am Hals des Toten gab es keine äußerlichen Strangulations- und Würgemale. Das Zungenbein, bei Würgeopfern oft gebrochen, ist völlig intakt. Im Hirn gibt es keine Anzeichen eines Schlags, keine Blutungen, keine Verletzungen.«

»Was also könnte die Todesursache sein?«, fragte Heller.

Löbbers schlug die Beine übereinander. »Manchmal sterben Menschen einfach. Von einer Sekunde auf die nächste. Wir wissen nicht, warum. Vielleicht ist es eine zufällige Kumulation verschiedener kleinerer sonst harmloser Ereignisse im Körper, es laufen ja immerzu chemische und physikalische Prozesse ab. Das will ich nur vorausschicken.«

Er hielt etwas zurück, vermutlich um sich selbst noch Zeit

zu geben. Heller ließ sie ihm und übte doch Druck aus, indem er ihm fest in die Augen sah.

»Natürlich besteht die Möglichkeit, dass jemand ihm ein Kissen auf das Gesicht drückte. Der Mann scheint sich gegen einen solchen Tod nicht gewehrt zu haben. Weder fanden wir abgebrochene Fingernägel noch Haare einer anderen Person. Auch seine Verbände schienen allesamt völlig intakt. Die versorgten Wunden waren nicht aufgerissen. Was jedoch diese Todesursache nicht ausschließt, er könnte sediert gewesen sein.«

Das war es noch immer nicht, dachte Heller.

Löbbers sah noch einmal zu seinem Kollegen. »Uns ist etwas aufgefallen, das wir für eine mögliche Todesursache halten. Es setzt jedoch beim Täter ein gewisses Verständnis für den Aufbau und die Funktion des menschlichen Körpers voraus, den man von jemandem, der sich damit nicht befasst hat, nicht erwarten kann. Um es kurz zu machen, es besteht die Möglichkeit, dass dem Mann mithilfe einer Injektionsspritze Luft in die Vene gespritzt wurde, was recht schnell zu einer Gasembolie führt. Das heißt, die Luftbläschen wandern in Richtung des Herzens, stauen sich auf und können den Blutkreislauf abrupt zum Erliegen bringen. Als Beweis bliebe nur der winzige Einstich, und einen solchen fanden wir.«

Noch immer hielt Löbbers etwas zurück, das von größter Tragweite zu sein schien.

»Der Mann lässt sich etwas injizieren, im guten Glauben, es handele sich um einen Teil der Behandlung oder um eine Morphiumspritze, doch es ist nur Luft? So einfach?«, fragte Heller. Löbbers und der Arzt nickten. »Und es muss jemand tun, der weiß, was passiert, wenn Luft in die Vene gelangt, und der in der Lage ist, die Vene auch zu finden? Eine Person sicherlich auch, zu der der Patient ein gewisses Vertrauen aufgebaut hat?«

Löbbers seufzte und nickte.

»Darf ich mich einmischen?«, fragte Schrumm. »Dieses Krankenhaus finanziert sich doch zu großen Teilen über Spenden.«

Löbbers nickte bedeutungsvoll.

»Eine Stiftung«, konkretisierte der andere Arzt.

»Darf ich fragen, wer der Stifter ist?«

»Ein Gelehrter namens Franz von Mingen rief die Stiftung in seinem Testament ins Leben. Als er starb, ging sein Erbe in diese Stiftung. Inzwischen gibt es eine ganze Reihe von Zustiftern.«

»Und einer der größten Spender ist Alwin Engelbrecht?«, fragte Schrumm.

»So ist es«, erwiderte der Arzt. »So wie er auch für Hoch- und Mädchenschulen spendet und für Waisenhäuser. Er hat dieser Stadt schon viel Gutes getan in den vier Jahren, seit er hier ist.«

Heller betrachtete Löbbers, der mit sich zu hadern schien, weil ihm diese offensichtlichen Zusammenhänge nicht gefielen.

»Sind Sie mit Engelbrecht näher bekannt?«, fragte Schrumm.

»Im Prinzip, seitdem er hier Fuß fasste. Wir sind mit Familie Möbius verschwägert«, erklärte der andere Arzt.

»Möbius?«, merkte Heller auf. »Ich kenne den Mann. Aber was hat das mit Engelbrecht zu tun?«

»Das ist leicht erklärt. Familie Möbius stammt ursprünglich auch aus dem Norden, nur dass sie inzwischen in zweiter Generation in Dresden sesshaft sind. Sie sind entfernt verwandt mit den Engelbrechts. Möbius und Engelbrecht sind wohl Großcousins.«

Löbbers überraschte Heller, indem er plötzlich aufstand. Heller kam gar nicht dazu, diesen neuen und wichtigen Fakt angemessen zu verarbeiten. »Heller, meine Arbeit hier ist getan, ich habe heute noch andere Verpflichtungen. Ich verabschiede mich. Das Protokoll der Sektion habe ich unterschrieben. Sie dürfen sich, was das betrifft, auf mich berufen.«

Heller erhob sich, verwundert über das abrupte Ende dieser Unterhaltung.

An der Tür hielt Löbbers noch einmal inne. »Lesen Sie die Liste der Namen des angestellten Personals und ziehen Sie Ihre weiteren Schlüsse. Ich wünsche den Herren noch einen guten Tag. Und ich bitte Sie, Heller, ich bitte Sie inständig: Ziehen Sie mich nicht weiter als nötig in diese Sache hinein.«

17

Heller wälzte sich in seinem Bett hin und her. Er konnte nicht schlafen. Ihm war zu warm, doch deckte er sich auf, dann wurde es ihm zu kalt. Vier Männer hatte man ihm abgestellt, ohne dass er hatte fragen müssen, die nun den Hof bewachten. Oder ihn, je nachdem, wie man es betrachtete.

Helene schlief fest. Sie hatte die Fähigkeit, im Schlaf jedes Geräusch zu absorbieren. Sei es ein Hahn, der zu früh rief, ein Pferd, das in seiner Box stampfte, ein lauter Käuzchenruf oder ein Gewitterdonnern. Nur wenn Johanna sich im Schlaf regte, leise hustete oder schniefte, war sie augenblicklich hellwach.

Heller erhob sich. Er achtete darauf, nicht gegen den Nachttopf zu stoßen, und schlich zur Tür. Im Flur war es finster, doch hier kannte er sich blind aus. Es war sein Geburtshaus. An Alberts Zimmer vorbei lief er zum Zimmer seiner Tochter, das größte und hellste hier oben, denn sie verbrachte die meiste Zeit dort. Ihre Zimmertür war immer nur angelehnt. Unten in der guten Stube tickte laut die Standuhr, wohl das wertvollste Möbelstück im Haus. In der Nacht hasste er das Geräusch, das ihr Uhrwerk verursachte. Schon oft hatte er überlegt, es abzustellen. Es erinnerte ihn allzu sehr daran, dass die Zeit unbarmherzig verstrich. Und manchmal, da hasste er auch den Schlaf. Er kam ihm vor wie Zeitverschwendung, denn es gab so viel zu tun. Sollte er recht behalten haben? Einiges fügte sich nun logisch zusammen, und so hatte er es nach den Erkenntnissen auch angezeigt, die ihm der Tag gebracht hatte. Jetzt musste er hoffen, dass man ihm und seinen Schlüssen Glauben schenkte. Denn so logisch sich einige Umstände ineinanderfügten, es blieb auch vieles noch offen.

Und es blieb die Frage, wie sehr die hohen Herren miteinander verschworen waren. So wie Möbius mit Engelbrecht verwandt sein sollte, waren auch alle anderen untereinander verwandt und verschwägert, befreundet oder durch gemeinsame Geschäfte miteinander verbunden. Warum nur hatte Möbius die Konzessionsvergabe so hinausgezögert, wenn Engelbrecht doch mit ihm verwandt war? Oder gehörte es zum Plan, über den Konkurrenzkampf hinaus von Kelb in den Ruin zu treiben, indem er immer mehr Bestechungsgelder zahlen musste, immer mehr ins Geschäft investierte, größere Risiken einging, Kredite aufnahm? Logisch erschien es nicht. Vielleicht aber wollte Möbius seinen Großgroßcousin Engelbrecht auch übervorteilen, neidete ihm das viele Geld, das dieser besaß und vor allem ins Geschäft gesteckt hatte, und wollte etwas davon abbekommen.

Johanna schlief, und Heller hörte sich lange an, wie sie leise atmete. Den ganzen Tag hatte sie im Dämmerzustand verbracht, den zweiten inzwischen schon. Sie hatten wahrlich bereits schlimmere Zeiten mit ihr durchgemacht. Sie hatte dann stundenlang gehustet, bis Blut kam, litt unter Ohnmachtsanfällen, aß tagelang nichts, brachte jeden Schluck Tee wieder hoch. Aber was, wenn es gar nicht ihr Schicksal war, durch eine Lungenentzündung zu sterben, was ihre größte Sorge war, sondern wenn sie ihm hier ganz still davonschlief, immer schwächer und schwächer werdend?

Heller war versucht, sich zu ihr ins Bett zu legen, wie er es manchmal getan hatte, als sie noch ein Kind gewesen war.

Dann hatte sie nach ihm verlangt, und er hatte sich so, wie er gerade war – in voller Kleidung, nach Pferd und Schweiß riechend –, zu ihr gelegt und sie im Arm gehalten, bis sie eingeschlafen war. Doch damit würde er sie jetzt nur wecken. Nein, es war gut, sie schlief. Schlaf war gut, brachte Erholung.

Mit welch banger Erwartung, erinnerte er sich, hatte er jeden der Briefe geöffnet, die man ihm nach Frankreich geschickt hatte. In jedem davon fürchtete er zu lesen, dass sie heimgegangen sei. Und nicht selten hatte er sich schon gefragt, welche Sünde er begangen hatte, dass sie mit diesem Zustand bestraft waren. Als ob nicht alle Sorgen genügten, die sie sonst hatten.

Er ließ von der Tür ab. Eigentlich sollte er sich wieder hinlegen. So wenig Schlaf hatte er die letzten Tage bekommen, und morgen sollte sich herausstellen, wie man auf seine Erkenntnisse reagieren würde. Doch gerade war er hellwach, vibrierten die Nerven in ihm, rauschte sein Blut. Er ging hinunter, zog seine Stiefel an, warf sich den Rock über und ging hinaus in die Nacht, die wolkenlos und erstaunlich kühl war, sodass sein Atem kondensierte. Im Stall war es unruhig, die Pferde spürten die Präsenz der fremden Männer. Der Mond schien so hell, dass noch auf weite Entfernung alles genau zu erkennen war. Am Tor drehten sich die zwei Männer um, die gerade Wachdienst taten.

»Alles ruhig, Herr Kriminalrat«, meldete einer, als er zu ihnen kam.

»Benötigen Sie etwas?«, fragte Heller.

»Nein, Herr Kriminalrat, danke der Nachfrage.« Die Wachmänner schienen ihm gegenüber keine Vorbehalte zu haben. Das war ein seltsam warmes Gefühl, bei all der Feindschaft, die ihm sonst entgegenschlug. Vielleicht sollte er doch einmal überdenken, wie er den Menschen entgegentrat. Gerade solchen wie Löbbers, die abgeklärt waren, weitsichtig, vor allem einsichtig. Schrumm unterschätzte er viel zu oft, allein wegen dessen schlaksigen Körperbaus.

»Dann wünsche ich noch eine gute Nacht. Genieren Sie sich nicht, mich im Haus zu rufen, sollte etwas sein oder Sie dringend etwas benötigen.«

18

Posch erwartete ihn am nächsten Tag schon vor seinem Büro und ließ gar nicht erst zu, dass er es betrat. »Kommen Sie!«, sagte er nur.

Zwar wollte Heller sich nicht abführen lassen wie ein Schüler, der wegen seines Ungehorsams zum Rektor gebracht wurde, doch er wollte auch keinen Aufstand proben. Posch wirkte sehr ernst. So hatte Heller ihn noch nie erlebt. Sein Verhalten schwankte sonst zwischen betonter Höflichkeit, jovialer Herablassung und unverhohlener Abscheu. Er folgte dem Regierungsrat, der ihn schweigend durchs Treppenhaus in die nächste Etage führte.

Sie gingen an zahlreichen Türen vorbei, kleinen wie großen, schlichten wie prunkvollen, und steuerten schließlich auf die allergrößte zu, vor der zwei Diener standen. Sie griffen zu den Klinken und rissen beide Flügel auf, sodass Heller und Posch in unverminderter Geschwindigkeit den größten Saal des Hauses betreten konnten – was Heller nicht einen Moment ließ, sich auf diese Situation vorzubereiten. Im Saal befanden sich an die hundert Männer, die sich nun alle zu ihnen umdrehten und von denen Heller nur die wenigsten kannte. Ihren Kleidern nach aber gehörten sie wohl zur höchsten Beamtenriege, zum Adel, zum Unternehmertum, waren Ratsmitglieder, Senatoren. Man hatte hier eine illustre Runde zusammengetrommelt, und als hätten sie es geprobt, bildeten sie einen fast perfekten Halbkreis um ihn und Posch. Hinter ihnen schloss sich die Tür wieder.

»Meine Herren, Kriminalrat Heller«, verkündete Posch und machte einen Schritt von ihm weg.

Ein Mann trat aus den Reihen der Umstehenden hervor. Heller wusste, wer er war: Karl August Schwauß, seines Zeichens Präsident der Königlichen Polizeidirektion Dresdens, gerade erst mit dem Königlich Sächsischen Verdienstorden zweiter Klasse ausgezeichnet, den er an seiner Brust trug. Er war ein streitbarer Mann, der einst dem Juristen und derzeitigen Bürgermeister Paul Alfred Stübel einen Verweis erteilte, als der ihn in einem Artikel im *Dresdner Anzeiger* kritisiert hatte. Schwauß war außerdem seit Jahren bemüht, den Personalbestand der Polizei aufzustocken. Er insistierte ununterbrochen, hatte mit hundertsiebenundsiebzig Mann begonnen und diese Zahl inzwischen verdoppelt.

»Meine Herren, ich will gleich beginnen, ohne mich mit langer Vorrede und Floskeln aufzuhalten. Vor ein paar Tagen kam es zu gewissen tragischen Ereignissen. Der Kessel eines Elbdampfers explodierte, wie Sie sicher alle wissen, was einige Männer das Leben kostete. Des Weiteren kam es zu einem Familienunglück, bei dem eine Frau und ein Kind sowie der Vater der Familie ums Leben kamen. Ein weiterer Toter wurde auf neustädtischer Seite gefunden, noch dazu brach in einer Barackensiedlung ein Feuer aus, das einige Leben kostete und erheblichen Schaden anrichtete. Vielleicht wundert es Sie, dass ich diese Ereignisse, die scheinbar nichts miteinander gemein haben, in einer Reihe aufzähle. Doch seitdem er Zeuge des Dampferunglücks geworden ist und unter Einsatz des eigenen Lebens einen Mann aus den Fluten rettete, glaubt Kriminalrat Heller einen Zusammenhang zwischen all diesen Ereignissen erkannt zu haben.«

Ein aufgeregtes Raunen ging durch den prunkvollen Saal, Köpfe neigten sich einander zu, es wurde getuschelt und geflüstert.

»Dazu kommt, dass Kriminalrat Heller angibt, auf nächtlichem Heimweg überfallen worden zu sein, und auch anführt, dieser Überfall sei nach einer ersten erfolgreichen Abwehr mit einem Angriff auf Haus und Hof fortgesetzt worden. Dagegen spricht die Aussage eines Überlebenden, Heller hätte ohne Vorwarnung das Feuer auf eine Gruppe Reisender eröffnet. Drei Menschenleben sind diesem Geschehen schließlich zum Opfer gefallen. Kriminalrat Heller denkt, auch für all diese Ereignisse einen Hauptschuldigen ausgemacht zu haben, glaubt man seinem gestern eingereichten Bericht. Nämlich den Reeder und Unternehmer Alwin Bente Engelbrecht, den die meisten von Ihnen sicherlich kennen. Gerade bewirbt er sich gleichzeitig mit Freiherrn von Kelb um die königliche Konzession für einen Dampfschifffahrtbetrieb auf der Elbe.«

Die Aufregung im Saal wurde noch größer, obwohl sicherlich die meisten schon in die Geschichte eingeweiht waren. Heller ärgerte sich über die doch sehr verkürzte Darstellung der Ereignisse, doch wollte er den Polizeipräsidenten an dieser Stelle nicht korrigieren. Nicht aus Feigheit, sondern weil es taktisch sehr unklug schien, seinen obersten Vorgesetzten zu unterbrechen oder zu berichtigen.

»Der eine überlebende Zeuge starb noch dazu gestern völlig unerwartet. Obwohl nach Hellers Aussage seine körperliche Konstitution trotz schweren Verletzungen sehr gut gewesen sein soll. Und auch dafür will Heller einen Schuldigen ausgemacht haben, vielmehr eine Schuldige. Marie Louise Engelbrecht, die achtzehnjährige Tochter des Unternehmers Engelbrecht.«

Der letzte Satz ließ den Raum förmlich explodieren. Rufe der Entrüstung wurden laut. Heller sah Kopfschütteln, ungläubiges Lachen, wutverzerrte Mienen. »Lächerlich«, rief jemand. »Unverschämt, unglaublich«, sagten andere.

»Meine Herren!«, rief Schwauß. »Meine Herren!«

Langsam wurde es wieder etwas ruhiger, doch die Gespräche rissen nicht ab. Heller betrachtete das alles mit steinerner Miene. Was dachte sich sein Vorgesetzter dabei, dies hier zu einer öffentlichen Verhandlung zu machen? Wollte er ihn bloßstellen, der Lächerlichkeit preisgeben, war das ein ernsthafter Versuch, seine Vorwürfe zu prüfen? Er wusste selbst, wie ungeheuerlich sie erschienen. War es das wert, eine ganze Reihe von Männern einzubeziehen, die weder mit Polizeiarbeit noch mit der Konzessionsvergabe in Verbindung standen? Fehlte nur noch, dass man den König dazu einlud.

»Meine Herren!«, mahnte Schwauß noch einmal. Heller sah Posch, der ganz unbeteiligt am Rande stand und doch nicht verhindern konnte, dass sich seine Lippen verdächtig kräuselten, als stünde ihm der größte Genuss noch bevor.

»Meine Herren! Nun ist es doch so, dass Kriminalrat Heller für seine unkonventionelle Art der Ermittlungen bekannt ist. Jedoch ist er auch ein gedienter Soldat und ein Mann von soldatischer Ehre, der solcherart Vorhaltungen nicht ohne Grund aussprechen würde. Sie einfach als absurd abzutun, wäre nicht rechtens. Da sie sich aber gegen ein sehr angesehenes Mitglied unserer Gesellschaft richten, wollen wir dem Mann, der im Mittelpunkt dieser Vorwürfe steht, einem Mann von Rang und Namen, Gelegenheit geben, sich selbst dazu zu äußern. Bitte!«

Schwauß gab einem Diener ein Zeichen, woraufhin dieser eine Tür öffnete. Engelbrecht stürmte in den Saal, und vor ihm tat sich eine Gasse auf. An seiner Hand zog er eine junge Frau mit sich, die ihm mit kurzen eiligen Schritten folgte und vor Scham ihr Gesicht in der Ellenbeuge zu verdecken versuchte.

Engelbrecht kam mit einer solchen Wucht heran, dass nicht abzusehen war, ob er vor Heller halten oder mit ihm zusammenprallen würde. Heller hielt dem Ansturm stand, sah einem Zusammenstoß offenen Auges entgegen. Engelbrecht aber hielt eine Armeslänge vor ihm an und war vor Zorn ganz außer sich.

»Lüge, Lüge, Lüge!«, rief er. »Nicht zu fassen, dass Sie alle hier diesem Mann und seinen hirnrissigen, völlig verblödeten Ausführungen auch nur eine Sekunde Aufmerksamkeit schenken. Nichts von dem ergibt irgendeinen Sinn. Außer, dass er meinem Kind hier, einem unschuldigen Wesen von achtzehn Jahren, das Herz brechen und das Leben zerstören will. Sie hat sich freiwillig entschieden, humanitäre Dienste zu leisten, arbeitet täglich und ohne jedes Entgelt unter Einsatz all ihrer Kräfte für die Kranken und Verletzten unserer Stadt. Und er hat nichts Besseres zu tun, als ihr einen Mord vorzuwerfen.« Engelbrecht wurde immer lauter. »Einen Mord!«, wiederholte er schreiend.

Schwauß hatte bis hierhin abgewartet und hielt es nun für angemessen, einzuschreiten. »Wenn ich mich an dieser Stelle einmischen und Sie gleichsam zur Mäßigung aufrufen darf. Zur Erklärung: Wie viele junge Damen aus wohlhabendem Hause, hat auch Marie Louise Engelbrecht sich entschieden, einen Dienst an der Gesellschaft zu leisten, indem sie bis zu ihrer Hochzeit als Krankenschwester arbeitet. In dem Bericht des Kriminalrats Heller wirft er ihr vor, auf Anweisung ihres Vaters dem Überlebenden des Überfalls mithilfe einer Injektionsnadel Luft in die Adern gespritzt zu haben, was beinahe umgehend zum Tod der Person führte.« Schwauß hob die Stimme, um der aufkommenden Unruhe Herr zu werden. »Und es muss gesagt werden, dass die junge Dame zum Zeitpunkt des Todes tatsächlich Dienst in der entsprechenden Abteilung tat, sie also durchaus Zugang zu diesem Mann gehabt hätte.«

Hatte die junge Frau bisher noch ein gewisses Maß an

Contenance bewahren können, so brach sie jetzt zitternd vor Entsetzen in Tränen aus. »Vater«, flehte sie verzweifelt und klammerte sich an seinem Arm fest, kaum noch in der Lage, aufrecht zu stehen.

Engelbrecht wusste nicht, wohin mit seiner Wut und seiner Sorge. Er nahm seine Tochter in den Arm, schien gleichzeitig aber auf Heller losgehen zu wollen. »Sehen Sie sich das Kind an, sehen Sie, was Sie ihr antun. Wie können Sie einem so unschuldigen Wesen eine solche Tat unterstellen?«, fauchte er und schien selbst den Tränen nahe.

Heller sah. Er sah nicht nur Marie Louise Engelbrecht, wie sie dastand und in ihrem Entsetzen untröstlich schien. Er sah auch Johanna, ebenso alt, ebenso zerbrechlich, und natürlich fragte er sich, ob es recht war, was er tat. So direkt konfrontiert mit den Konsequenzen seines Handelns und den daraus resultierenden Vorwürfen, musste er natürlich alles infrage stellen. Doch er konnte nicht wissen, ob Engelbrechts Tochter wegen der Vorwürfe so aufgelöst war oder ob das Schuldgefühl sie übermannte. Ihre Tränen und die Verzweiflung bedeuteten in diesem Moment alles und doch auch nichts. Man müsste sie allein befragen, ihr Zeit geben, sie aus dem Einflussbereich ihres Vaters nehmen.

»Natürlich erscheinen meine Vorwürfe ungeheuerlich«, sagte Heller und räusperte sich, denn seine Stimme war belegt. »Doch bin ich nicht ohne Grund zu diesem Schluss gekommen. Menschen sind gestorben, einige davon durch die Hand anderer Menschen. Dies muss untersucht werden, weil es ein Verbrechen ist. Und es bleibt nicht aus, dass auch ein scheinbar unschuldiges zartes Wesen als Verdächtige in einem Mordfall nicht ausgeschlossen werden darf, wenn ein begründeter Verdacht vorliegt. Es haben andere Menschen schon aus viel geringeren Motiven gemordet.«

»Aber nicht meine Tochter!«, donnerte Engelbrecht.

»Vielleicht gerade sie. Denn wenn es stimmt, was ich vermute, führen Sie seit einiger Zeit einen heimlichen Kampf gegen Ihren Konkurrenten, bei dem Sie sich nicht scheuen, auch Menschenleben zu opfern. Sie brachten jemanden an Bord des Schiffes, der die Explosion verursachte, ließen ihn danach beseitigen, genau wie den Mann und seine Familie, unter dessen Namen sich der falsche Matrose eingeschlichen hatte. Nachdem ich Ihnen mit meinen Ermittlungen zu nahe gekommen bin, haben Sie erst versucht, mich aus dem Weg zu räumen, und nun beseitigen Sie die Zeugen. Und Sie scheuen sich sicher auch nicht, Ihre Tochter zu nötigen, Ihnen dabei zur Hand zu gehen.«

»Wahnsinn!«, rief Engelbrecht und riss die Arme in die Luft. »Irrsinn, Tollheit, dieser Mann gehört in ein Irrenhaus!«

»Ich frage Sie, wo ist Möbius? Der Mann ist mit Ihnen verwandt, und vielleicht ist es das, was Sie nach Dresden führte. Weil Sie glaubten, hier leichteres Spiel zu haben, mit jemandem an der Seite, der direkt in die Konzessionsvergabe involviert ist. Doch trotz der Verwandtschaft und aller Bestechungen fügte sich Möbius nicht so, wie Sie wollten. Und nun ist er verschwunden. Gestern noch berichtete er mir, er hätte einen Brief bekommen, in dem es hieß, alles würde sich fügen. Einen Brief aus Ihrem Hause! Und just an dem Tage werden ich und mein Assistent Zeuge, wie ein Unfall auf von Kelbs Werft geschieht, der eindeutig durch einen Akt der Sabotage verursacht wurde.«

»Beweise!«, rief Engelbrecht. »Beweisen Sie es, Sie hundsföttiger Narr. Sie irrsinniger Idiot! Beweisen Sie es, nichts davon ist wahr, nichts davon lässt sich beweisen!«

»Herr Engelbrecht!«, mahnte Schwauß mit erhobener Stimme. »Mäßigen Sie sich und Ihren Ton. Ihre Aufregung ist verständlich. Aber wir sind hier nicht unter Pöbel und gemeinem Volk. Nichtsdestotrotz, Heller, gilt es tatsächlich zu beweisen, was Sie da an Vorwürfen aussprechen. Was haben Sie vorzuweisen, welche Indizien, welche Zeugen? Denn ohne irgendeinen Beweis bleiben Ihre Vermutungen einfach nur das, was sie sind, nämlich Vermutungen. Und sollten sich diese als nicht tragbar erweisen, steht der Vorwurf des Rufmordes im Raum. Ein Vorwurf, der nicht auf die leichte Schulter zu nehmen ist und ernsthafte Konsequenzen fordert. Also?«

Heller atmete durch. »Nichts«, sagte er, und ein allgemeiner Laut der Verblüffung entfuhr unisono aus Dutzenden Kehlen.

»Nichts?«, fragte Schwauß.

»Das erste Gebot muss sein, diesen Mann aus dem Verkehr zu ziehen. Um in Ruhe ermitteln zu können. Es gibt noch mehr Zeugen, doch die sind versteckt. Ich muss sie erst finden. Sie müssen geschützt werden, um ihm nicht auch zum Opfer zu fallen. Es gibt Indizien, nur müssen sie gefunden werden. Ich benötige Zeit, die ich nicht damit verschwenden möchte, dass ich meine Familie schütze oder gegen einen unsichtbaren Feind anrenne, der immer einen Schritt voraus zu sein scheint. Wenigstens unter Hausarrest sollte er gestellt werden. Und die Konzessionsvergabe vorerst gestoppt.«

»Was sagen Sie da? Nichts?«, fragte Schwauß, und in seiner Miene verwandelte sich Unglaube zuerst in Fassungslosigkeit und dann in Zorn darüber, dass er sich als Polizeipräsident so bloßgestellt sah. »Mit nichts kommen Sie hierher, versuchen das Leben dieses Mannes zu zerstören, seiner Tochter, seiner ganzen Familie? Haben Sie vor, ihn zugrunde zu richten?«

»Fragen Sie doch, von wem er bezahlt wird, damit er das tut!«, keuchte Engelbrecht.

Schwauß trat näher an ihn heran. »Heller? Ist es so, bezahlt Sie jemand?«

So absurd es auch schien, aber in diesem Moment hatte Heller keine klare Antwort parat. Natürlich bezahlte ihn niemand; doch wann war er das letzte Mal auf der Bank gewesen, hatte sich seine Ein- und Auszahlungen zeigen lassen? Konnte es sein, dass ihm jemand Geld angewiesen hatte in dieser Zeit, Summen, die er umgehend hätte stornieren sollen? Er könnte jetzt sagen, dass niemand ihm Geld gab. Doch dann müsste er das auch beweisen, und wenn die Intrige gegen ihn schon lange lief, dann würden sich die Intriganten auch dieses Tricks bedient haben. Sein Zögern dauerte schon viel zu lange. Niemand bezahlt mich, hätte er rufen können. Doch es war zu spät, er hatte nichts in der Hand. Nicht einmal dieses Mädchen Friedericke, das ihm wenigstens ein Indiz hätte liefern können. Er war geschlagen.

Plötzlich klopfte es laut an der Tür. Einer der Diener öffnete. »Medizinalrat Löbbers!«, kündigte er laut an, und Löbbers trat ein.

Ohne Heller eines Blickes zu würdigen, ging er drei Schritte und wartete dann mit gänzlich unbewegter Miene darauf, dass sich die Tür hinter ihm schloss.

»Waren Sie geladen?«, fragte Schwauß laut.

Löbbers ignorierte ihn. Er hob seine rechte Hand, in der er einen Gehstock hielt. »Ist das Ihrer, Herr Engelbrecht?«

»Woher soll ich das wissen?«, fuhr Engelbrecht ihn an.

Löbbers ließ sich auch davon nicht beeindrucken. Er ging auf Engelbrecht zu. »Alwin Bente Engelbrecht«, las er vom Stock vor.

»Dann wird es meiner sein. Ich habe mehrere.«

Löbbers nickte. Als Engelbrecht zufassen wollte, nahm er den Stock jedoch zurück. Er drehte am Knauf, löste ihn, zog die dünne Klinge heraus. »Haben alle Ihre Stöcke diese Funktion?«, fragte er.

Engelbrecht mahlte mit den Zähnen, die Adern an seinen

Schläfen schwollen an. »Ja«, brachte er dann zähneknirschend hervor. »Es dient zur Selbstverteidigung. Als wohlhabender Mann, der oft spät erst in der Nacht heimkehrt, sollte man immer gegen Überfälle gewappnet sein.«

»Ich habe diese Klinge untersucht. Und ich habe zwei der Männer untersucht, von denen in Hellers Bericht die Rede ist. Justus Kleibig, ein toter Matrose, der sich erhängt und zuvor die Augen ausgestochen haben soll. Und Paul Holzke, der Mann, der sich als Justus Kleibig ausgab, und der ermordet, ebenfalls mit ausgestochenen Augen aufgefunden wurde. Noch gestern habe ich die beiden Männer exhumieren lassen und mir aufs Genauste ihre Augenhöhlen angesehen. Ich kam zu dem eindeutigen Schluss, dass ihnen die Augen mit eben einer solchen Klinge ausgestochen wurden. Die Form des Einstichs und die Länge der Klinge passen zweifelsfrei zusammen. Diese Verstümmlung erfolgte jeweils, nachdem die Männer schon zu Tode gebracht worden waren. Der falsche Kleibig sogar durch ein Dutzend Stiche mit ebenderselben Klinge.«

Ein erneutes entsetztes Raunen ging durch den Raum, und mit ihm erfasste Heller eine warme Welle der Dankbarkeit dem Arzt gegenüber. Er bereute jeden schlechten Gedanken über diesen integren Mann, der sich über all seine Vorbehalte und Aussagen hinwegsetzte und seinen Ruf riskierte, wenn es nottat. Und er schwor sich, ihm diese gute Tat niemals zu vergessen.

»Gestohlen!«, brüllte Engelbrecht zornesrot, einem Anfall nahe. Wer jetzt noch zu ihm gehalten hatte, entfernte sich nun unauffällig. »Gestohlen wurden mir Gehstöcke, nicht nur einer, deshalb habe ich ja mehrere. Gestern erst, gestern wurde mir einer gestohlen.«

»Dieser hier?«, fragte Löbbers. »Er wurde zum Zwecke der Beweisaufnahme konfisziert. Er bleibt sicherlich im Besitz der Polizei, bis alle Umstände dieser Taten einwandfrei aufgeklärt sind.« Löbbers wandte sich an Schwauß. Heller hatte er noch mit keinem Blick bedacht. »Um dies zu sagen, bin ich hergekommen. Sie können alles auch schriftlich haben. Jetzt empfehle ich mich, ich habe dringende Termine. Guten Tag!« Löbbers verneigte sich und ging.

»Verschworen haben Sie sich, Sie alle hier«, keuchte Engelbrecht, der sich jetzt völlig in die Ecke gedrängt sah. »Ich werde mich dem nicht beugen, eine Verschwörung ist das, weil ich von draußen bin, weil ich einer bin, der es ganz allein geschafft hat. Losswerden wollen Sie mich, alle hier. Widerliches Pack seid Ihr, allesamt. Nach allem, was ich für die Stadt getan habe. Tausende Mark habe ich für Krankenhäuser und Armenunterkünfte ausgegeben, für Waisenhäuser, für Schulen, mehr als Sie alle zusammen hier! Das ist eine Verschwörung. Eine ungeheure Verschwörung!«

»Herr Engelbrecht«, mahnte der Polizeipräsident. »Nehmen Sie sich zusammen, ich bitte Sie!« Dann sah er sich um. »Heller, Sie können gehen. Aber halten Sie sich zur Verfügung!«

»Sehr wohl.« Heller deutete ein Nicken an und eilte zur Tür.

19

»Und nun?«, fragte Helene.

Nachdem er und Schrumm noch einige Stunden im Büro verbracht hatten, jedoch keiner mehr nach ihnen verlangte, hatte Heller am frühen Nachmittag beschlossen heimzukehren. Er hatte nur eine Notiz hinterlassen, man sollte nach ihm kabeln, wenn es vonnöten war. Jetzt saßen sie auf der Bank im Hof und genossen die Sonne.

»Nun, scheint es, haben die hohen Herren etwas zum Nachdenken. Ich fürchte nur, nachdem sie so lang zu Engelbrecht gehalten haben, werden sie sich jetzt umso deutlicher von ihm abwenden. Das Letzte, was ich hörte, war, dass man ihn von der Vergabe der Konzession ausschließen würde. Nun soll wohl sein Haus durchsucht werden, seine Konten geprüft und vor allem die Vorgänge um diesen Beamten Möbius, der uns hier besuchte.«

»Vielleicht können wir Anselm und Peter jetzt überreden, wieder auf dem Hof zu arbeiten.«

Heller grunzte unwillig.

»Ach, sei nicht so. Du bist nur eingeditscht. Aber versteh doch, was sie für eine Angst gehabt haben müssen. Dein Ansehen kann in ihren Augen jetzt nur noch gestiegen sein.«

»Dann schick nach ihnen. Mehr Geld bekommen sie aber nicht! Können froh sein, dass ich sie nicht auspeitschen lasse!«

»Ach du, alter Ochse! Sieh nur zu, dass du nicht einmal ausgepeitscht wirst«, lachte Helene und puffte mit ihrer Faust gegen seinen Oberarm. Dann lehnte sie sich wieder an ihn, schob ihre Arme unter seinen Ellbogen.

»Es gilt jedenfalls noch viel zu tun. Beweise müssen herangeschafft werden. Zeugen vor allem. Dieses Mädchen suche ich noch, das mir weglief.«

»Ist denn zu befürchten, dass er auch ihr etwas angetan hat? Obwohl er das Waisenhaus bezahlt?«

»Wollen wir das Beste hoffen. Wie geht es denn Johanna?«

Helene seufzte. Sie hätte das Thema wohl gern noch länger hinausgeschoben. »Sie schläft den ganzen Tag. Ich fragte sie sogar, ob ich ihr dieses Buch ans Bett bringen soll, doch selbst das hat sie nicht aufgemuntert. Diese Nacht mit dem Überfall hat ihr so sehr zugesetzt, wir müssen froh sein, dass ihr Herz überhaupt noch schlägt.«

Heller wollte Sätze wie diesen nicht hören, brummte unwillig. »Und die Tropfen schlagen nicht an?«

»Doktor Wiesler meint, eine Kur täte ihr vielleicht gut, in den Bergen oder an der See. Frische Luft und andere Höhenlagen könnten den Kreislauf dauerhaft anregen. Ich fürchte nur, sie könnte die Aufregung um die Reise oder die Reise selbst nicht überstehen.«

»Kommt nicht infrage«, murmelte Heller. »Weder allein noch mit dir. Ich glaube nicht, dass ihr Herz mit frischer Luft geheilt werden kann.«

»Aber vielleicht …«

»Nichts dergleichen!«, unterband Heller jede weitere Diskussion darüber. Helene blickte ihn widerwillig an, doch scheinbar sah sie den wirklichen Grund für die Abneigung gegen eine solche Reise in seinen Augen. Der Gedanke, das Kind wegzuschicken, für Wochen oder gar Monate, mehrere Tagesreisen entfernt, war für ihn kaum zu ertragen.

Sein Sohn Albert kam aus dem Stall, fegte Spreu aus dem Tor und kehrte sie zusammen.

»Ich geh kurz zu ihm«, sagte Heller.

Sofort löste Helene sich von ihm. »Ja, tu das. Er ist so still seit jener Nacht. Bestimmt kommt er sich zurückgesetzt vor. Immer machen wir uns Sorgen um Johanna, manchmal vergessen wir ihn zu sehr dabei.«

Heller erhob sich und ging langsam über den Hof. Albert sah ihn kommen, erwartete in angespannter Haltung, was wohl seine nächste Aufgabe sein sollte.

»Wollen wir zwei Pferde satteln und einen kleinen Ausritt machen?«

Über Alberts Gesicht huschte ein Lächeln, und doch schien ein Rest Misstrauen zu bleiben. Vielleicht hatte Heller ihn zu oft zu Unrecht gescholten oder mit zu vielen Aufgaben bedacht.

»Wenn du magst und mir versprichst, auf meine Anweisungen zu hören, darfst du den Hengst nehmen.«

»Den Fuchs?«, fragte Albert.

»Ja. Ich nehme den Wallach. Der wirkt sicher beruhigend auf ihn. Die beiden scheinen sich ja zu mögen.«

»Wird Mutter nicht schimpfen?«

»Du musst es ihr ja nicht verraten.«

Nun war Albert doch sehr erfreut und wurde auch gleich ganz eifrig. »Noch was, Junge«, bremste Heller ihn kurz. »Dass ich dich nicht schießen ließ in der Nacht, lag nicht daran, dass ich es dir nicht zutraute. Ich weiß, wie gut du schießen kannst. Ich habe es meinetwegen getan. Und deiner Mutter wegen. Jederzeit hätte dich ein Schuss treffen können, und das hätten wir beide nicht ertragen. Verstehst du das?«

Albert zögerte kurz. Dann aber nickte er.

»Gut. Dann lass mich den Hengst satteln. Das Aufsteigen versuchen wir hier drinnen, sicher wird er bocken. Aber wir werden dem Sauhund schon beibringen, dass er dich genauso zu tragen hat wie mich. Wenn er erst spurt, können wir auch durchs Dorf reiten.«

Albert wurde vor Freude und Aufregung ganz rot. Der Hengst hatte seinen Ruf im Dorf, auf ihm zu reiten würde Albert in den Augen aller aufwerten und ihn vergessen lassen, dass sein Vater ihn in der Nacht des Überfalls nicht nach draußen gelassen hatte.

Auch in dieser Nacht konnte Heller nicht schlafen. Eine Mischung aus Aufregung und Erleichterung hielt ihn wach. Einerseits war da die Freude über seinen Sohn, der den Hengst sehr gut gemeistert hatte, ihm begegnet war, ohne seine Angst zu zeigen. Andererseits war da natürlich auch die Sorge um Johanna. Vor allem aber war eine Saite in ihm angeschlagen worden, die nicht aufhören wollte zu summen und zu vibrieren: Hatte er auch keinen Fehler gemacht? Was heute geschehen war, musste Engelbrecht und seine Tochter nicht zwangsläufig vor Gericht bringen. Zu viele Fragen waren offen, zu wenige Beweise erbracht, zu wenige Zeugen vorhanden. Es genügte aber allemal, um Engelbrecht zu ruinieren. Niemand, der in diesem Land, ja sogar im ganzen Reich, etwas auf sich hielt, würde jetzt noch Geschäfte mit ihm abschließen. Erst recht nicht der Staat. Als öffentliche Personen waren er und seine ganze Familie regelrecht vernichtet. Nun würde er derjenige sein, der seine Flotte weit unter Preis veräußern müsste, um nicht gänzlich in den Ruin zu stürzen. Als Mensch und Geschäftsmann blieb ihm dann nur noch, sein Geld zu nehmen und woanders ganz neu anzufangen. In Südamerika vielleicht, wohin gerade alle gingen, die glaubten, ihr großes Los auf diesem Kontinent ziehen zu können.

Heller stand auf und lauschte in den Flur. Auch an diesem Tag waren die Wachen noch da. Einer war am Tor positioniert, zwei andere bewachten das Grundstück an den Seiten, von wo es zuerst angegriffen worden war. Zu ihnen und ihren Vorgesetzten mochte die neuste Entwicklung noch gar nicht durchgedrungen sein.

Als Heller ans Tor kam, unter dem Arm einen Brotlaib, Speck und Zwiebeln sowie einen Krug verdünnten Wein für einen kleinen Nachtimbiss, bedankte sich der Wachsoldat. Dann deutete er in Richtung des Flusses und sagte: »Da geht was vor.«

Heller stellte alles ab, lauschte, vernahm aus weiter Ferne Glockengeläut. »Brennt es da?«

»Ich glaube nicht. Es muss etwas anderes sein.«

Heller lief zurück ins Haus und holte sein Fernrohr aus seinem Arbeitszimmerschrank. Damit lief er hinaus, kletterte in der Scheune nach oben und öffnete die Tür zu dem Flaschenzug, mit dem sie im Sommer Heu hinaufzogen. Dann nahm er das Fernglas ans Auge und richtete es auf das andere Elbufer.

Es war viel zu weit weg, um Genaues zu erkennen, doch anscheinend lief man dort mit Fackeln am Ufer auf und ab, soweit er die Lichtpunkte richtig deutete. Er schob das Rohr zusammen, kletterte die Holzleiter wieder hinab, ging zum Tor.

»Ich sattele ein Pferd und reite zum Elbufer. Sicher wird mich einer der Fischer mit seinem Boot übers Wasser bringen.«

»Sind Sie sicher, dass es nicht wieder ein Versuch ist, Sie vom Haus wegzulocken?«, fragte der Wachsoldat.

»Ich weiß mich zu wehren. Halten Sie hier weiter Wache. Oder wecken Sie die Ablösung und begleiten Sie mich, wenn Ihnen der Sinn danach steht.«

»Wenn es Ihnen recht ist, eine Ablenkung wäre mir ganz recht.«

Heller nickte, obwohl er eigentlich nur aus Höflichkeit gefragt hatte. Doch er hatte es dem jungen Mann angeboten, und möglicherweise lautete sein Befehl tatsächlich, Kriminalrat Heller im Blick zu behalten. So ersparte er ihm wenigstens den Gewissenskonflikt.

Es fand sich ein Fischer, der ihn und den Wachmann für zwanzig Pfennig über den Fluss brachte. Am anderen Ufer würde er auf sie warten, damit sie später zurückkehren konnten. Er ruderte angestrengt gegen die Strömung an. Als Heller sich anbot, zu helfen, nahm jedoch ungefragt der Soldat seinen Platz ein und teilte sich die Ruder mit dem älteren Fischer. Dessen trainierte Muskeln und die jugendliche Kraft des Soldaten brachten sie schließlich über den Fluss. Sie waren kaum zweihundert Meter abgetrieben.

Zu Fuß liefen Heller und sein Begleiter wieder flussaufwärts, dem Lichtschein entgegen, der tatsächlich von Fackeln stammte. Viele Leute waren unterwegs, aufgeteilt in kleinere Gruppen suchten sie das Ufer ab, die Bäume und Hecken, die Senken und Hügel, stachen mit Stangen in sandige Vertiefungen, stocherten in Fuchshöhlen.

»Was geht hier vor?«, sprach Heller den Erstbesten an, der ihm über den Weg lief.

»Zwei Kinder werden vermisst«, erwiderte dieser.

»Die Friebel-Jungen?«, sprach Heller seine erste Vermutung aus.

»Woher wissen Sie das?«, fragte der Mann verblüfft. »Sind Sie der Mann, von dem hier alle sprechen, der die Jungen aus dem Unterricht geholt hat?«

»Der bin ich. Kriminalrat Heller. Seit wann sind sie weg?«

»Sie waren heute schon nicht in der Schule, sagt der Lehrer. Doch das kommt öfter vor. Auch dass sie sich bis zum Abend herumtreiben. Man sagt ihnen ja allerhand Unfug nach, Diebstähle und dergleichen. Vor einigen Stunden aber lief die Mutter zum Ortsvorsteher und sagte, die Jungen kämen nicht heim. Der lief dann zum Pastor und der zum Lehrer. Auch die Ortswache wurde bemüht. Jetzt suchen wir alles ab, das ganze Dorf ist auf den Beinen. Aber wir haben schon jeden Stein umgedreht, jeden Schuppen und jedes Haus durchsucht. Vorn bei der Sandgrube wird geschaufelt. Manchmal graben Kinder Löcher und Höhlen, die dann einstürzen. Manche gehen zu tief ins Wasser und werden von der Strömung mitgerissen. Wir haben auch schon Leute zur Insel geschickt. Vielleicht sind die Jungs am Tag durch den schmalen Flussarm gestiegen und haben sich in der Dunkelheit nicht zurückgewagt. Ein anderer behauptet, ein Boot würde fehlen, doch darüber ist man sich nicht einig.«

»Wo ist die Friebel?«

»Verzeihen Sie, gnädiger Herr, aber da kann ich Ihnen keine Auskunft geben. Sie ist mit auf der Suche, aber wo, weiß ich beim besten Willen nicht.«

»Ist ein Zeichen ausgemacht, wenn man die Kinder findet?«

»Glockenläuten, Herr.«

»Haben Sie Dank, guter Mann«, verabschiedete Heller sich. »Wir wollen uns an der Suche beteiligen. Beginnen wir mit dem Haus der Friebels.«

Die Glocken läuteten nicht, auch nicht als Heller und sein Begleiter längst wieder übergesetzt hatten. Die zwei Jungen blieben verschwunden, und auch ihre Mutter hatten sie nicht gefunden. Irgendwann während der Suche hatte der Letzte sie aus den Augen verloren, schon eine Stunde bevor Heller überhaupt aufgetaucht war. In ihrem Haus waren keinerlei Hinweise auf einen Verbleib der Jungen entdeckt worden.

Nun erwachte Heller in seiner Scheune, wo er sich im Heu auf einer Decke zur Ruhe gelegt hatte, um nicht in frühester

Morgenstunde Unruhe ins Haus zu bringen. Er hatte dem Dorfvorsteher ausrichten lassen, dass er ihn auf schnellstem Wege informieren sollte, falls die Jungen gefunden wurden.

Nachdem er etwas gegessen, sich umgekleidet und von seiner Frau verabschiedet hatte, machte er sich mit seinem Wallach auf in die Stadt. In Pillnitz jedoch hielt man ihn auf. Ein Mann der Schlosswache hatte offenbar nur darauf gewartet, dass er des Weges kam. Er bat ihn, das Pferd festzumachen und ihm zur Wache zu folgen. Dort, in einem Raum, der sonst als Schlafstube für den Unteroffizier diente, lag auf dem schlichten Bett Frau Friebel.

»Wir griffen sie gestern Nacht auf, weil sie sich auf dem Schlossgelände herumtrieb. Eigentlich in früher Morgenstunde, es dämmerte schon zum Sonnenaufgang. Sie wollte zu Ihnen, doch sie war so müde, dass sie buchstäblich zusammenbrach und auf der Stelle einschlief«, erklärte der Wachhabende vom Dienst.

»Sie muss einen sehr weiten Weg gelaufen sein. Sie sucht ihre Kinder. Gestern Nacht habe ich nach ihr gesucht. Ich hätte informiert werden müssen!«

»Verzeihen Sie, doch das müssen Sie mit dem Offizier der Nachtwache besprechen. Ich war nur angewiesen, Sie aufzuhalten.«

»Haben Sie Kaffee hier? Etwas zu essen? Ich will sie wecken!«

Der Soldat ging fort, um die geforderten Dinge zu holen. Heller betrat den Raum und stellte sich neben das Bett. »Frau Friebel«, rief er halblaut, und sofort regte sich die Frau.

»Karl?«, fragte sie. »Erich?« Ganz schmutzig war sie, vom Schweiß der Anstrengung, vom Staub des Weges, verschmiert im Gesicht, das Haar verklebt.

Heller nahm ihre Decke hoch. Ihr Kleid und die nackten Füße starrten vor Dreck. »Wie sind Sie hergekommen?«

»Über den Fluss«, murmelte sie fast besinnungslos vor Müdigkeit und Erschöpfung.

»Sie können schwimmen?«

»Hab mir einen Stamm genommen, wollte hinüberstrampeln.«

»Die Strömung hat Sie abgetrieben.«

»Ich konnte mich gar nicht wehren, fast bis Loschwitz trieb es mich. Dann musste ich laufen. Und kalt war mir, furchtbar kalt.«

»Warum wollten Sie zu mir?«

»Um zu gestehen.«

»Was gestehen? Haben Sie den Kindern etwas angetan?«

»Nein, gar nicht! Aber jemand muss es ja gewesen sein. Deshalb wollte ich ja zu Ihnen, um zu gestehen. Ich dachte, ich könnte den Mann in meiner Hütte pflegen, und vielleicht überlegt er es sich, dass er bleibt. Und wenn nicht, dachte ich, dann stirbt er und mir gehört das Geld, was er einstecken hatte. Das dachte ich. Ich gesteh's. Aber die Jungen haben es vielleicht irgendwem erzählt. Dann kam der Mann, ein hoher Herr mit einer Kutsche, und gab mir Geld, damit er den Verletzten mitnehmen konnte. Zehn Mark gab er mir und sagte, ich soll darüber schweigen. Für eine Entschädigung war das viel zu viel.«

»Von wem der Mann geschickt wurde, sagte er nicht?«

»Nein. Er sagte nur, dass er den Mann aus meiner Hütte mitnehmen würde.«

»Und der Verletzte, konnte der sprechen?«

»Er sagte, er wüsste nichts, nicht seinen Namen und auch nicht, was geschehen ist. Aber den Jungen muss er etwas erzählt haben. Dass der Kessel gar nicht hätte explodieren dürfen. Ich weiß nicht, was das heißt. Und dass ein Matrose der falsche war, aber niemand wollte ihm glauben.«

»Das hätten Sie alles vor zwei Tagen schon aussagen sollen!« Er musste diese Frau als Zeugin haben, auch wenn sie nicht gerade einen sehr glaubwürdigen Eindruck machte.

»Ich weiß, Herr Kriminalrat, aber nu sind die Kinder weg, und ich fürchte, jemand hat ihnen was angetan.«

»Wer?«

»Der Mann, oder? Der den Verletzten aus meiner Hütte holen ließ. Weil Sie da waren und gefragt haben, das ganze Dorf sprach davon. Der hat die Kinder geholt, ich sag's Ihnen. Weil, der Mann in meinem Haus, bestimmt hat der den Kindern was erzählt. Und der Mann, der ihn holen ließ, der hat nicht gewollt, dass jemand was sagt.« Die Frau hatte sich so in ihre Rede hineingesteigert, dass sie sich kaum noch artikulieren konnte.

Heller berührte sie an der Schulter und drückte sie auf das Bett zurück. »Ruhig jetzt, sammeln Sie sich. Wo waren Sie gestern? Bis zum späten Nachmittag?«

»Unterwegs eben. Ich such mir Arbeit, biete Dienste an, nehme, was ich find. Ich muss ja leben, nicht wahr?«

»Und Ihre Kinder, die sind doch oft weg, streunen herum.«

»Aber nicht über Nacht.«

»Gibt es irgendeinen Hinweis, dass der Mann, der da war, um den Matrosen aus Ihrer Hütte zu holen, auch die Kinder geholt hat? Hat irgendjemand ihn gesehen?«

»Ich denk's mir nur.« Die Frau sank in sich zusammen.

»Würden die Kinder zu ihm in die Kutsche steigen, freiwillig? Oder sich einfach fangen lassen?«

»Weiß man's?«

»Aber warum sollten sie in die Kutsche steigen?«

»Vielleicht weil sie den Mann schon kannten. Weil er ihnen das Teil gegeben hatte, das vom Schiff.«

»Er gab ihnen das Teil?«

»Die Jungen kamen heim und sagten, ein reicher Herr

hätte sie angesprochen, als sie am Ufer suchten. Sie waren nicht in der Schule an dem Tag, wegen der Belohnung. Die Jungen suchten in den Büschen, und der Mann kam und gab ihnen dieses Teil. Er sagt, er hätte es gefunden und benötigte das Geld von der Belohnung nicht. Und die Jungen nahmen's gern.«

»Ein Mann gab ihnen das Teil? Derselbe, der später den Mann aus der Hütte abholte?«

»So sagen es die Jungen.«

»Aber von dem Mann in Ihrer Hütte wusste er noch nichts, als er den Jungen das Teil gab?«

»Nein, die Jungs haben ihm von dem nichts gesagt.«

»Und Sie haben den Herrn, von dem Sie sprechen, noch nie selbst gesehen?«

»Nee, nie. Nicht einmal hab ich den gesehen. Nur die Jungen, und jetzt sind sie weg, und ich fürchte, er tut ihnen was an.«

Heller sah sich um, als er auf der Engelbrecht'schen Werft eine Kutsche einfahren hörte. Polizeipräsident Schwauß kam persönlich. Heller atmete durch und versuchte sich für alles zu wappnen. Schwauß' Miene verriet nichts Gutes. Inzwischen war der Tag fast vorüber. Heller konnte die Müdigkeit nun kaum noch unterdrücken, er würde bald und lang schlafen müssen.

»Erfolg?«, fragte Schwauß.

Heller schüttelte den Kopf.

Schwauß schürzte die Lippen. »Zwei Männer und zwei Kinder lassen sich nicht einfach verbergen. Weder lebendig noch tot.«

»Ich weiß, Herr Polizeipräsident.«

»Ich habe sein Anwesen durchsuchen lassen. Es wurde buchstäblich auf den Kopf gestellt. Außerdem gehören ihm zwei Lagerhäuser zu beiden Seiten der Elbe. Auch dort nichts zu finden. Und bei Ihnen hier, auf der Werft? Nichts?«

»Nichts«, bestätigte Heller noch einmal. Er hatte persönlich jeden Winkel durchsucht, Wände und Böden nach Hohlräumen abgesucht. Alle Männer waren befragt worden.

»Heller, Sie können sich den Menschenauflauf kaum ausmalen, den wir verursacht haben. Hunderte kamen gaffen. Selbst Journalisten von den Zeitungen waren da. Höchst peinlich, mit leeren Händen dazustehen.«

»Mit Verlaub, Herr Polizeipräsident, sicher würde Engelbrecht vermuten, dass wir sein Haus, die Lager und die Werft durchsuchen. Doch er finanziert viele öffentliche Einrichtungen, hat sicherlich Zugang zu Dutzenden Gebäuden. Einige seiner Schiffe sind unterwegs. Außerdem lässt sich eine einzelne Leiche schnell beseitigen. Man gräbt eine Grube im Wald oder wirft sie, mit Steinen beschwert, ins Wasser.«

Schwauß hörte sich die Ausführungen an, nickte und bedachte Heller dann mit einem Blick, der Bedauern und Strenge zugleich ausdrückte. »Da mögen Sie recht haben, und sicherlich ist Engelbrecht im wahren Sinne des Wortes schon über Leichen gegangen. Doch es wäre trotzdem besser, etwas zu finden, anstatt nichts zu entdecken.«

»Was sagt er selbst?«

»Engelbrecht? Der ist außer sich. Er will uns verklagen. Wegen Rufmordes, wegen Betrugs und Geschäftsschädigung. Seine Tochter fällt von einer Ohnmacht in die nächste. Besser wäre es, wir könnten ihm wenigstens eine dieser Taten nachweisen. Alle Logik dieser Welt nützt nichts, wenn keine Beweise vorliegen.«

»Es gibt fünf Zeugen. Jene Personen, nach denen wir suchen. Die beiden Jungen, der Beamte Möbius und der Matrose Heinz Hartmann, der nach dem Unfall von der Mutter der beiden Jungs aufgenommen und gepflegt wurde. Für

Hartmann und den Jungen befürchte ich das Schlimmste. Entweder sind sie tot oder wenigstens in irgendeinem Kerkerversteck gefangen. Über Möbius' Aufenthaltsort vermag ich auch nur zu spekulieren. Er könnte sich als Mitwisser abgesetzt haben. Oder er wurde als Zeuge ebenfalls beseitigt. Und es gibt dieses Mädchen Friedericke, Mündel des ermordeten Paul Holzke. Ob sie einfach davongelaufen ist, sich noch hier in Dresden oder auch in der Gewalt von Engelbrecht befindet, weiß ich nicht. «

»Bliebe also, nach dem Mädchen zu suchen«, fasste Schwauß zusammen. »Machen Sie sich das zur Aufgabe.«

»Ich fürchte nur, sollten Engelbrecht und Möbius zusammenarbeiten oder -gearbeitet haben, dann habe ich ihnen den Namen des Mädchens in die Hände gespielt. Denn ich riet Möbius, nach ihr zu suchen.«

»Dann besuchen Sie Waisenhäuser und Armenunterkünfte, lassen Sie sich die Bücher zeigen, fragen Sie herum. Wir benötigen irgendetwas, um unseren Ruf nicht zu verlieren. Engelbrecht mag vernichtet sein, er mag seinen Namen und das Ansehen der Gesellschaft verloren haben. Doch er wird wie ein verletztes Raubtier um sich beißen und nichts unversucht lassen, um uns zu diskreditieren. Sie, mich, die Polizei und Seine Majestät, den König. Sachsen – vor allem Dresden – ist im Aufstreben begriffen, unser Staat gilt als fortschrittlich. Die Industrie soll wachsen und mit ihr Wissenschaft und Sozialwesen. Steuerabgaben müssen für Schulen und Krankenhäuser, für Kanalisation, Straßen und Beleuchtung herhalten, für eine ganze Infrastruktur. Das alles steht gerade auf dem Spiel, wenn wir den Eindruck vermitteln, hier würden Konzessionen verschachert und Investoren verschreckt. Ich habe mich von Ihnen überzeugen lassen, von Ihnen und von Medizinalrat Löbbers. Jetzt ist es an Ihnen. Die Aussage der armen Frau, die ihre Kinder sucht, ist keinen Groschen wert, wenn sie den Mann nicht identifizieren kann. Liefern Sie mir einen Zeugen, zwei Zeugen, fünf Zeugen, Heller. Und Beweise. Am besten einen ganzen Berg. Engelbrecht muss daran ersticken.«

»Sehr wohl, Herr Polizeipräsident.«

»Und noch was, Heller.« Schwauß machte eine bedeutungsvolle Pause. »Bedenken Sie, wenn die Kinder noch am Leben sein sollten, in einem Stollen oder einer Gruft für alle Zeiten weggesperrt, dann ist es ein Wettlauf gegen die Zeit. Wir müssen sie finden, ehe sie verdursten oder verhungern.«

20

Drei Tage vergingen. Drei Tage, an denen Heller kaum Zeit daheim verbrachte. Er kam erst spät nach Hause, wenn es schon fast dunkel war. Dann wusch er sich, aß etwas und ging zu Bett, um im Morgengrauen gleich wieder in die Stadt zu reiten. Man hatte weder die Jungen noch den Matrosen Hartmann entdeckt. Möbius war ebenfalls nicht aufgetaucht. Auch Friedericke blieb verschollen, nicht mal ein Mädchen ihres Alters und Aussehens hatte man irgendwo gefunden. Seit dem Feuer in der Barackensiedlung war sie spurlos verschwunden. Auch bei dem Jungen mit seiner Mutter und der kleinen Schwester, wo Friedericke sich mit ihrem Ziehvater Holzke aufgehalten hatte, war sie nicht noch einmal erschienen. Heller war inzwischen genauso überzeugt wie Schrumm, dass sie Engelbrecht zum Opfer gefallen war.

Inzwischen hatte es Nachrichten gegeben. Aus dem Norden, aus Hamburg und Bremen, wo Engelbrecht früher seine Geschäfte betrieben und sein Vermögen gemacht hatte. Auch dort waren Menschen verschwunden, waren Konkurrenten zweifelhaften Unfällen zum Opfer gefallen, Schiffe bei bestem Wetter havariert, hatten Lagerhallen gebrannt. Ohne dass man ihm je hätte etwas vorwerfen, geschweige denn beweisen können.

Er lief immer noch frei herum. Es gab keine Grundlage, um ihn festzunehmen. Sein Geld und die allgemeine Angst davor, Investoren und Fabrikanten zu verschrecken, die sich in Dresden ansiedeln wollten, verhinderten, dass er in Beugehaft kam und dass man auf diese Art den Aufenthaltsort der

Kinder erfuhr. Des Weiteren war es unmöglich, seiner Tochter den Mord an Schubert nachzuweisen. Zwar war sie zur Tatzeit vor Ort gewesen, doch es gab keine Zeugen, die gesehen hatten, wie sie ins Zimmer des Verletzten gegangen oder herausgekommen war. Sie galt allgemein als freundlich, artig und fleißig. Und jetzt schien sie allen Lebenswillen verloren zu haben.

Zweimal war Heller zufällig Engelbrecht und dessen Gattin auf dem Weg zu ihrer Bank in der Stadt begegnet, wo sie vermutlich um ihre Einlagen, ihre Kredite und Zinsen feilschten oder den Wert ihrer Liegenschaften gegenrechnen lassen mussten. Engelbrecht hatte ihn voller Abscheu angesehen. Der Mann wirkte so hasserfüllt, dass Heller sich schon bereit gemacht hatte, in die Mündung einer Pistole zu blicken. Doch Engelbrecht war viel zu kämpferisch, um sich zu einem solch selbstzerstörerischen Akt hinreißen zu lassen. Stattdessen hatte er eine ganze Armada an Advokaten bestellt. Sie reisten aus Hamburg und Berlin an, lebten auf Engelbrechts Kosten im Bellevue, sammelten Pulver und Munition, richteten ihre Kanonen aus.

Inzwischen hatte Engelbrecht öffentlich seine Werft und die Schiffe zur Veräußerung angeboten. Noch hatte niemand reagiert. Auch nicht Freiherr von Kelb, der vermutlich nicht mehr so viel Geld besaß, um sich selbst zum günstigsten Preis alles einzuverleiben. Sicher müsste er dazu Geschäftsbündnisse eingehen, und sicherlich gab es in stillen Hinterzimmern längst schon Verhandlungen darüber. Doch wenn Engelbrecht so wieder zu flüssigem Geld kam, musste man sicherlich mit einem Angriff rechnen. Polizeipräsident Schwauß hatte vollkommen recht. Fand man nicht bald etwas gegen ihn, würde sich alles gegen sie wenden. Über seine derzeitigen Aktivitäten hinaus, die zur Vermögenssicherung und zur Vorbereitung des Gegenangriffs dienten, musste Engelbrecht nichts weiter tun, als stillzuhalten und die Zeit für sich spielen zu lassen. Irgendwann war jeder Beweis vernichtet, jede Spur verwischt.

»Lassen Sie uns noch einmal das Wrack ansehen, Schrumm. Und sei es nur, um etwas zu tun!«, begann Heller, als er in seinem Büro eintraf. Er brauchte etwas, das ihn in Gedanken von seiner Tochter fortbrachte, wenigstens für ein paar Stunden. Bleierne Schwere hatte sich über dem Hof ausgebreitet. Johanna wollte gar nicht mehr erwachen, atmete sehr flach, und ihre Beine schwollen an. Inzwischen hatte er Löbbers um Rat gebeten. Dieser hatte einen seiner Ärzte zum Hof geschickt, der als Spezialist für solche Fälle von Schwindsucht und schwachem Herzen galt. Doch der hatte nicht mehr tun und sagen können als schon Doktor Wiesler vor ihm. Er erkannte eine Herzinsuffizienz, verschrieb sogar dieselben Tropfen, verabreichte Riechsalz und Therapien, die wenig anstrengend waren, aber den Kreislauf anregen sollten. Wenigstens aber konnte er Doktor Wiesler davon überzeugen, auf einen Aderlass zu verzichten, auf den dieser immer wieder drang. Er bezeichnete die Behandlung als mittelalterlich und höchst gefährlich, da sie nach neuesten Erkenntnissen einzig zur Schwächung des Patienten führte. Die Lehre der Körpersäfte galt inzwischen längst als überholt.

Schrumm nickte nur und stand auf, um sich anzukleiden.

»Gibt es Meldungen von den Agenten?«, fragte Heller. Auf sein Geheiß beobachteten mehrere Männer in ziviler Kleidung alle Bewegungen Engelbrechts und seiner Angehörigen. Die Werft des Mannes war inzwischen fast ausgestorben. Die meisten Angestellten hatten gekündigt und sich in alle Winde zerstreut. Von einigen wusste man, dass sie nun bei von Kelb arbeiteten.

»Nichts, was auf den Verbleib der Kinder hinweist, Herr

Kriminalrat. Inzwischen muss man wohl vom Schlimmsten ausgehen.«

»Still, Schrumm, so etwas will ich nicht hören«, schimpfte Heller. Er wusste selbst, wie recht sein Assistent damit wahrscheinlich hatte.

Schrumm hatte sich inzwischen den Mantel übergeworfen und seinen Hut aufgesetzt. »Im Übrigen habe ich mich, ganz ohne Ihren Auftrag, ein wenig mit dem Thema Optographie befasst. Mit der Theorie, dass sich das letzte Bild vor dem Tod in der Retina eines Menschen einbrennt. Medizinalrat Löbbers gab mir einige Hinweise auf Veröffentlichungen in medizinischen Fachblättern. Ein Professor Franz Boll beschäftigt sich intensiv mit diesem Thema. Nur waren ihm wohl bisher die Hände mangels der passenden Technik gebunden. In den letzten Jahren hat sich die Photographie jedoch so weit entwickelt, dass man hoffnungsvoll ist, der Sache bald nachgehen zu können. Man müsste dazu das Auge eines Verstorbenen peinlichst genau sezieren, die Retina auslösen, sie unter einem Mikroskop vergrößern und dann ablichten, um dauerhafte Beweise etwa für ein Tötungsdelikt zu sichern. Inzwischen arbeitet man wohl an dementsprechenden Vorrichtungen und Apparaturen.«

»Das mag uns zwar jetzt nichts nützen, doch vielleicht könnte es eines Tages helfen, Mordfälle aufzuklären«, kommentierte Heller.

Schrumm war nicht ganz überzeugt. »Ich fürchte einfach, es wird dann irgendwann zur Mode bei Mördern, ihren Opfern die Augen auszustechen.«

»Wollen wir mal nicht so schwarzmalen. Wo lehrt denn dieser Professor Boll? Vielleicht ist es möglich, dass er uns einmal eine Audienz gewährt und über den weiteren Fortschritt dieser Technik informiert.«

»Das wird nicht so einfach«, meinte Schrumm und konnte

sich ein trauriges Lächeln nicht verkneifen. »Professor Boll hat schon vor langer Zeit eine Professur in Rom angetreten.«

»Nun, das …«, ist zu weit, wollte Heller sagen. Dann aber packte er Schrumm am Oberarm. »Da wird doch der Hund in der Pfanne verrückt. Wissen Sie, was wir jetzt machen, Schrumm?«

»Nein, Herr Kriminalrat. Ich weiß nur, dass Sie mir gerade wehtun!«

»Herr Engelbrecht ist nicht zu sprechen«, sagte der Diener und wusste ganz genau, wen er vor sich hatte. »Erst recht nicht für Sie.«

»Ist er außer Haus?«, fragte Heller. Viel fehlte nicht, dass er diesem gelackmeierten Kerl in seinem Frack die Faust ins Gesicht gehauen hätte. Schlimm genug, dass sie hier draußen vor der Tür der riesigen Villa aufgehalten wurden, anstatt dass man sie wenigstens in den Vorsaal ließ.

»Er ist nicht zu sprechen.«

»Also ist er da!« Heller packte seinen Assistenten zum zweiten Mal an diesem Tage fest am Arm. »Kommen Sie, Schrumm!« Er ging mit großen Schritten auf den Diener zu und schob ihn mit der Schulter einfach beiseite.

»Das ist eine Unverschämtheit, das ist Hausfriedensbruch!«, rief dieser entrüstet und griff nach Hellers Überrock.

»Versuchen Sie gerade, einen Polizeibeamten Seiner Majestät körperlich anzugreifen?«, fuhr Heller den Mann an und kaufte ihm damit jeden Schneid ab.

Der Diener ließ los, begann aber ungeniert nach Hilfe zu rufen. »Herr Engelbrecht, kommen Sie!«

Heller fand sich nun im Vorsaal wieder, von dem aus zwei geschwungene Treppen symmetrisch zu einer Galerie hinaufführten. Alles war ganz neu erbaut, glänzender Marmor, die Geländer und Wände verziert mit floralen Elementen aus Metall, wie es gerade in Mode kam. Ranken, Blüten und Blätter vereinigten sich mit grazilen weiblichen Formen.

Oben auf der Galerie wurden nun die zwei Flügel einer großen Tür aufgestoßen. Engelbrecht kam heraus, in einen Hausanzug gekleidet.

»Was soll dieses Gebrüll?«, donnerte er cholerisch. Sein Kopf war vor Zorn ganz rot, die weißblonden Haare nur notdürftig frisiert.

»Herr Engelbrecht, verzeihen Sie …«, begann Heller.

»Mit Gewalt!«, schrie der Diener. »Mit Gewalt ist er eingedrungen, hat mich beiseitegestoßen!«

»Sie!«, brüllte Engelbrecht. Obwohl es erst früh am Vormittag war, hatte er anscheinend getrunken. »Dass Sie es wagen, mein Haus zu betreten.«

»In Ihrem Sinne!«, verteidigte sich Heller.

»In meinem Sinne wäre es, Sie vor eine Kanone zu binden und abzufeuern, wie die Engländer es mit aufsässigen Sikh zu tun pflegen. Kielholen müsste man Sie, bis Ihnen das Salzwasser aus allen Körperöffnungen strömt.«

Heller wollte warten, bis Engelbrechts Wut abgeflaut war, doch der Mann schien sich nicht bremsen zu wollen.

»Und nun wagen Sie es, in mein Haus einzudringen. Nachdem schon Dutzende Männer mit ihren dreckigen Füßen und schmierigen Händen alles betrampelt und betatscht haben. Ich habe diese Kinder, nach denen Sie suchen, nicht. Und dass Sie mir das unterstellen, werde ich Ihnen ein Leben lang nicht verzeihen. Ich habe schließlich selbst Kinder. Und jetzt raus hier, Sie unverschämter Bauerntrampel, sonst lasse ich Sie hinausprügeln!«

»Ruhe jetzt, Sie verdammter Narr!«, brüllte Heller zurück, der kein einziges Wort mehr hören wollte. »Hören Sie mich an. Ich bin Ihretwegen hier. Um einen möglichen Fehler auszumerzen.«

»Ein Fehler, ja, natürlich ein Fehler!«, brüllte Engelbrecht von der Brüstung herab.

»Jetzt halten Sie doch endlich die Luft an!«, donnerte Heller hinauf.

»Ruhe jetzt, alle beide!«, ertönte eine recht helle, laute und beinah hysterische Stimme. Beide Männer drehten Schrumm die Gesichter zu. Dieser errötete bis an die Haarspitzen. »Lassen Sie uns doch einen Moment vernünftig sprechen«, fügte er leise hinzu. Dann schluckte er, streckte die Brust heraus, straffte sich. »Herr Engelbrecht, waren Sie einmal auf der Werft des Freiherrn von Kelb?«

»Was geht Sie das an, Sie kleiner, unbedeutender …«, hob Engelbrecht an.

»Waren Sie?«, kam Heller seinem Assistenten zu Hilfe.

»Ja, es gehört zum guten Ton unter Geschäftsleuten, sich gegenseitig einzuladen und diesen Einladungen auch Folge zu leisten. Aber warum …«

»Ist Ihnen bei einer solchen Gelegenheit, oder beim Treffen im Klub, einer oder mehrere Gehstöcke abhandengekommen?«

»Ja, Sie haben mir einen gestohlen …«

»Abgesehen von diesem natürlich«, unterbrach Schrumm und wuchs sichtlich daran, dass er diesem Herrn jetzt Paroli bot.

»Tatsächlich, ja. Ich hatte ihn wohl bei meinem Besuch auf von Kelbs Werft beiseitegestellt. Bei einer Schiffsbesichtigung.«

»Sind alle Ihre Gehstöcke mit einer solchen Vorrichtung versehen? Dieser Klinge?«

»Es gibt kein Gesetz dagegen.«

»Und? Sind sie?«, hob Schrumm die Stimme.

»Sind sie, ja.«

»Waren Sie jemals in Italien?«

»Was geht Sie das an, ob wir in Italien waren?« Engelbrecht schien sich erneut aufplustern zu wollen.

»Jetzt stell ihm doch nicht ständig eine Gegenfrage!«, ertönte eine strenge weibliche Stimme. Engelbrechts Frau trat neben ihn ans Geländer. »Wir waren nie in Italien!«

»Niemals in Rom? Kennen Sie einen Franz Boll?«

»Wer soll das sein?«, fragte Engelbrecht.

»Professor Franz Boll. Kennen Sie den?«

»Mir sagt der Name gar nichts.« Engelbrecht sah seine Frau fragend an.

»Was wissen Sie über Optographie?«, fragte Schrumm.

Noch einmal sahen sich die Eheleute Engelbrecht in die Augen. »Nie davon gehört. Betrifft es unsere Angelegenheit?«

»Allerdings«, mischte Heller sich nun ein. »Darf ich Sie bitten, dass Sie von allen rechtlichen und privaten Maßnahmen absehen, die Sie vielleicht gegen mich und die Polizei planen? Wenigstens für ein paar Tage?«

Engelbrechts Brust blähte sich auf. »Was fällt Ihnen ein, mir mit solcherlei Forderungen …«

»Alwin!«, fuhr ihn seine Frau an. Dann rief sie zu Heller hinab: »Wir geben Ihnen drei Tage. Und dann sollen Sie in der Hölle schmoren!«

»Freundlichsten Dank, gnädige Frau!« Heller verbeugte sich und packte Schrumm wieder am Arm. »Kommen Sie, es gibt viel zu tun!«

Dann verließ er mit Schrumm das Haus, nicht ohne den Diener im Vorbeigehen noch einmal heftig mit der Schulter anzurempeln.

»Und was wollen wir jetzt hier?«, fragte Schrumm, als sie bei von Kelbs Werft angekommen waren.

»Kommen Sie, Schrumm. Keine Angst, Sie können später alles auf meine Nervenkrankheit schieben, wenn ich erst mal im Irrenasyl gelandet bin. Die Leute werden Ihnen an den Lippen hängen, wenn Sie Geschichten über mich erzählen.«

»Aber was machen wir jetzt?«, hakte Schrumm nach. Er hatte etwas Selbstbewusstsein erlangt und wollte es nun auskosten. »Den nächsten Hausfriedensbruch begehen?« Mit großen Schritten eilte er Heller nach. Schon sahen sich die ersten Arbeiter nach ihnen um. Irgendwo hämmerte es metallisch, Ketten klirrten. Weiter hinten drehte sich der Kran, der zuletzt verunglückte Schiffsrumpf war wieder aufs Gerüst gebockt worden, der Schaden nicht weiter erheblich.

»Wir verursachen Unruhe, das ist alles.« Heller schritt weiter aus, direkt auf Bogenbaums Büro zu. Er hämmerte mit der Faust gegen die Tür.

»Die Herren!«, rief der Werftleiter vom Fluss aus und eilte zu ihnen. »Immer mit der Ruhe. Wie komme ich zu dieser Ehre?«

»Ist der Freiherr da?«, fragte Heller.

»Nein, heute nicht. Er ist bei einem Geschäftsessen in der Stadt.«

»Ist mir auch recht«, sagte Heller. »Hinein mit Ihnen!« Er drängte den Mann in sein Büro. »Ich muss dringend Unterlagen zu dem havarierten Schiff sehen.«

»Aber warum denn?« Bogenbaum sah sich unsicher um. »Ich weiß gar nicht, ob ich Ihnen das zeigen darf.«

»Ich bin sicher, Sie wollen nicht in einem Kerker darüber nachdenken müssen!«

»Nun dann.« Bogenbaum öffnete Schränke, die mit Papieren und Unterlagen vollgestopft waren. Er wühlte in ihnen herum, zog Mappen heraus, schob sie wieder hinein. Heller sah sich das eine Weile lang an. Ein kurzer Blick zu Schrumm, der missbilligend die Mundwinkel verzog, bestätigte seine Vermutungen.

»Bogenbaum«, sagte Heller leise. »Verkaufen Sie uns nicht für dumm. Sie wissen ganz genau, dass sich die Unterlagen zu dem Schiff nicht in diesem Schrank befinden. Wo sind sie also?«

Bogenbaum richtete sich auf, drehte sich aber nicht zu Heller um. »Nicht hier«, gestand er dann.

»Und wo dann?«

»Weg.«

»Weg, aha. Weshalb?«

Endlich wandte sich der Werftleiter ihm zu. »Ich wünschte, ich müsste es Ihnen nicht erzählen.«

»So mancher wünscht sich das in meiner Gegenwart. Aber etwas ist im Gange, und Sie entscheiden jetzt, auf welcher Seite der Gefängnismauer Sie stehen.«

»Das Schiff galt als ausgemustert«, begann Bogenbaum zögerlich. »Bei der letzten Begehung schienen die Mängel so gravierend, dass ein Neubau lohnenswerter erschien, als es wieder instand zu setzen.«

»Und so hat von Kelb beschlossen, dieses Schiff auf eine letzte Fahrt zu schicken?«

Bogenbaum wollte einer Antwort erst ausweichen, doch Hellers Blick zwang ihn letztlich dazu. »Der Freiherr hat das Schiff mit einer hohen Summe versichert. Wir haben dazu die Inspektoren der Versicherung ein wenig … sie wissen schon, an der Nase herumführen müssen. Die Mängel wurden übertüncht. Ich will aber noch hinzufügen, dass dies eine nicht unübliche Praxis ist. Zumal ein Teil der Versicherungssumme in die Tasche des Versicherungsagenten fließt.«

»Wir reden also von Versicherungsbetrug?«, fragte Heller.

Schrumm meldete sich zu Wort. »Das erklärt aber nicht

die Explosion. Und dass der Kapitän sich selbst ins Unglück treibt.«

Da hatte Schrumm recht. Mochte sein, dass die Ruderanlage nicht funktionierte, der Rumpf morsch war. Aber die Explosion der Maschine musste durch Menschenhand herbeigeführt werden.

»Ich bin sicher, der Freiherr hatte keine Explosion im Sinne. Eher einen Maschinenausfall, das Schiff sollte auf Grund laufen«, sagte Bogenbaum. »Deshalb glaubt er an Sabotage.«

Bogenbaum musste nicht unbedingt eingeweiht gewesen sein, dachte Heller. »Gibt es Vertrauensleute hier auf der Werft und in von Kelbs näherem Umfeld, mit denen er sich umgibt?«

»Er hat ein paar Männer. Und mit seinem Diener scheint er ein enges Verhältnis zu haben, der weicht ihm nie von der Seite.«

»Fassen wir noch einmal zusammen. Das Schiff war ausgemustert, kaum noch fahrtüchtig. Und wir vermuten, von Kelb wollte eine Versicherungssumme kassieren, statt es abzutakeln.«

Bogenbaum nickte.

»Aber von Kelb musste doch wissen, dass sich so etwas mitten in einem Wettbewerb um die Konzessionen extrem negativ auf seine Bewertung auswirken würde.«

Bogenbaum nickte eifrig. »Normalerweise schon, jedoch ... Möbius, der die Ausschreibung kontrollierte ...«

»Möbius, ja, weiter!«, drängte Heller.

Bogenbaum fasste sich in den Kragen seines Hemdes, der ihm wohl zu eng wurde. »Nun, möglicherweise ...«

»Herrgott, Bogenbaum, spucken Sie's schon aus.«

»Nun«, platzte es endlich aus Bogenbaum heraus. »Möglicherweise konnte und wollte Möbius den Unfall bei der Konzessionsvergabe gar nicht berücksichtigen. Denn über den Bruder seiner Frau, dessen Namen er nutzte, hat er schon vor einiger Zeit eine große Beteiligung an von Kelbs Unternehmen erworben.«

»Das erklärt seine Verzweiflung«, überlegte Heller auf dem Weg zurück in die Stadt laut. »Nach allem, was geschehen war, hätte von Kelb die Konzession nicht bekommen dürfen. Doch damit hätte Möbius sich selbst um den Großteil seines Vermögens gebracht. Man muss seine Konten überprüfen. Das geht weit über Bestechung hinaus.«

»Ich verstehe aber nicht, warum ihm von Kelb das Leben dann so schwer machen sollte, wenn er doch sein Geldgeber ist. Warum die Explosion, warum der Unfall, als wir in der Werft waren? Davon gehen Sie doch aus, Herr Kriminalrat. Dass von Kelb selbst für die vermeintlichen Unfälle verantwortlich ist.«

»Dafür gibt es mehrere Möglichkeiten, Schrumm. Entweder hat von Kelb sich völlig übernommen und konnte Engelbrecht selbst mit dem Geld von Möbius nicht die Stirn bieten. Sehen Sie selbst, dieser hat doppelt so viele Schiffe, eine größere Werft, viel mehr Erfahrung auf diesem Gebiet. Oder aber von Kelb wollte Möbius aus dem Geschäft treiben, ihm seine Anteile womöglich zu einem viel niedrigeren Preis zurückkaufen, als dieser sie erworben hatte. Zuerst sieht es aus, als würde er alles verlieren, er versetzt Möbius in Panik und Gewissensnot, dann bietet er ihm an, auszusteigen, und alle seine Pläne gehen auf. Ich stelle Engelbrecht vor aller Augen bloß, von Kelb ist der Gewinner, hat einen Großteil von Möbius' Geld und kann sogar noch Engelbrechts Flotte billig erwerben. So oder so besteht eine große Wahrscheinlichkeit, dass Möbius jetzt tot ist, sich bestenfalls auf der Flucht befindet. Und wir haben uns, ohne es zu ahnen, in von Kelbs Dienst gestellt, haben Engelbrecht ins offene

Messer rennen lassen. Von Kelb war uns immer einen Schritt voraus, hat uns sicherlich beobachten lassen. Er hat Zeugen beseitigen und Feuer legen lassen. Er hat mich mit Möbius' Hilfe aus dem Haus gelockt und diese Bande angeheuert, um mich zu überfallen. Wir müssen Möbius' Haus durchsuchen, seine Bankkonten prüfen. Vor allem aber müssen wir von Kelbs Anwesen sowie all seine Liegenschaften und Immobilien durchsuchen.« Heller sah Schrumm an. »Was glotzen Sie wie 'ne Kuh bei Gewitter?«

»Herr Kriminalrat – wie sollen wir die Herren im Präsidium davon überzeugen?«

»Ach, machen Sie sich darüber mal keinen Kopf. Ich denke, wenn ich meine Gedanken überzeugend vortrage, wird man mir schnell zustimmen.«

»Heller, sind Sie wahnsinnig geworden?« Schwauß starrte ihn mit großen Augen entsetzt an. Auch der allgegenwärtige Regierungsrat Posch hatte es sich nicht nehmen lassen, Hellers Ausführungen anzuhören. Genau wie Oberjustiziar Blendel.

»Zuerst machen Sie Engelbrecht zur absoluten Unperson, jetzt wollen Sie ihn rehabilitieren und dafür Freiherrn von Kelb zum Bösewicht küren?«

Heller nickte. »Ganz genau so.«

»Und all Ihre logischen Schlüsse, die uns überzeugt haben? Löbbers' Indiz, dass den Männern die Augen mit Engelbrechts Stilett ausgestochen wurden, das soll nun auch nicht mehr gelten? Und zwar nur, weil von Kelb einmal in Italien war?«, fragte der Polizeipräsident.

»Das behält alles seine Gültigkeit, alle Vorgänge, nur dass sie nicht mehr auf Engelbrecht als Drahtzieher und Täter, sondern auf von Kelb hinweisen. Er war in Italien, in Rom, und hat dort sicher einer deutschen Gesellschaft beigewohnt, wie es üblich ist. Dabei hat er auch Professor Franz Boll kennengelernt, der ihm von seinen Theorien über die Optographie erzählte. Dies hat von Kelb letztlich veranlasst, seinen Opfern die Augen vorsichtshalber auszustechen.«

»Das hieße ja, Sie trauen dem Freiherrn zu, ein vielfacher Mörder zu sein. Und ein skrupelloser noch dazu.«

»Nun, Sie hatten keine Schwierigkeiten, Engelbrecht dasselbe zuzutrauen! Vielleicht, weil er nicht von hier ist?« Diesen Seitenhieb konnte Heller sich nicht verkneifen. »In erster Linie ist von Kelb ein Mann, der viel zu verlieren hat. Soweit ich das verstanden habe, war er auf einen echten Konkurrenzkampf nie eingestellt. Engelbrechts Bewerbung um die Konzession muss sehr überraschend für ihn gekommen sein, nachdem er beinahe sein ganzes Vermögen in Schiffe und Werft gesteckt hatte. Und Sie alle hier wissen, was einem ein Titel nützt, wenn man sich seinen Lebensstil nicht mehr leisten kann. Nämlich nichts.«

Es gab genug verarmte Adelige, die auf dem Land kleine Bauernhöfe bewirtschafteten oder in schlimmster Not ihre Herrschaftsanwesen veräußerten. Die Gesellschaft war in dieser Hinsicht gnadenlos, selbst das gemeine Volk hatte für gescheiterte Adelsgeschlechter nur Spott übrig. »Möglich ist auch, dass Möbius selbst Herrn Engelbrecht auf den Gedanken brachte, sich ebenfalls um die Konzession zu bewerben. Indem er im Familienkreis davon sprach und Engelbrecht als entfernter Verwandter erst dadurch von der Ausschreibung erfuhr. Noch dazu habe ich inzwischen verstanden, dass der Freiherr sich als Ehrenmann alter Schule versteht, dessen Ehrerhalt über allem steht. Und so betrachte ich inzwischen den missglückten und sehr schlecht ausgetragenen Überfall mit veralteten Waffen auf meinen Hof nicht mehr als wirklichen Mordanschlag. Sondern – wie Medizinalrat Löbbers mir gegenüber einmal andeutete – als die Möglichkeit, die von Kelb mir sozusagen bot, aus dem Geschehen auszusteigen, ohne dass ich mein Gesicht dabei verliere.«

»Wie bitte?«, fragte Schwauß.

»Von Kelb ließ mich überfallen, ohne mich wirklich umbringen zu wollen. Er sandte mir Zeichen, dass ich mich aus den Ermittlungen zurückziehen sollte, gab mir aber damit gleichzeitig die Gelegenheit, dies ohne Gesichtsverlust zu tun. Ich hätte einfach vorschieben können, dass ich meine Familie zu beschützen hätte.«

»Hören Sie sich eigentlich selbst reden, Heller?«, übernahm Posch das Wort und machte damit gleich deutlich, dass er wenigstens auf derselben Stufe stand wie Schwauß. Oder gar höher. »Ein missglückter Überfall mit drei oder mehr Toten war nur ein Zeichen, ein Geschäft unter Ehrenmännern? Und außerdem beschädigen Sie mit diesem Argument ernstlich Ihre Theorie, dass von Kelb alles eingefädelt und Sie benutzt hat! Ich frage Sie: Was denn nun?«

Heller lächelte unglücklich. »Nun, ich meine, von Kelb ist dazu fähig, aus der Not eine Tugend zu machen. So ist vielleicht auch nur ein möglicher Versicherungsbetrug missglückt und hat diese Kette von Ereignissen in Gang gesetzt, die ihn schließlich zu der Idee führte, damit einen Konkurrenten auszuschalten.«

Posch sprang auf. »Indem er sich beinahe selbst in den Ruin trieb?«, rief er erregt. »Dieser Mann ist nicht mehr bei Sinnen. Er ist von seinem Ego besessen, alles soll sich um ihn drehen.«

»Herr Regierungsrat …« Heller wollte das nicht auf sich sitzen lassen, doch Posch ließ ihn nicht zu Wort kommen.

»Nein, Heller, Sie müssen sich die Frage gefallen lassen: Was wollen Sie? Wollen Sie, dass man Sie für wichtig hält? Ist es, weil Sie sich einen Titel wünschen? Oder wollen Sie unseren Staat sabotieren? Seine Majestät? Sind Sie doch Sozialdemokrat? Ein Sozialist, Anarchist? Was haben Sie vor? Unruhe schüren? Aufstände verursachen? Ist dies ein Versuch, uns alle zu verunglimpfen?«

Jetzt erhob sich Heller. »Herr Polizeipräsident, ermahnen Sie diesen Herrn dazu, dass er seine Worte mit Bedacht wählt. Sie können nicht dulden, dass ein Mann wie ich, der dem König und dem Reich im Kriege gedient hat, als Sozialdemokrat beschimpft wird.«

Schwauß jedoch schien von Poschs Auftritt beeindruckt zu sein. »Heller, Sie nehmen sich zurück. Sie können nicht wirklich behaupten, dass das, was Sie hier fabrizieren, auf einen gesunden Geisteszustand hindeutet. Sie handeln völlig irrational. Mehrmals haben Sie sich ohne jede Erlaubnis und unter Missachtung aller gängigen Normen Zugang zu Räumlichkeiten verschafft. Haben einen Diebstahl begangen, indem sie Engelbrechts Gehstock entwendeten. Haben Löbbers dazu gebracht, wider alle Regeln Exhumierungen durchzuführen. Sie unterstellen einem achtzehnjährigen Kind Mord, dem Vater sogar mehrfachen Mord, um dann ein paar Tage später alles zu revidieren. Man könnte tatsächlich meinen, Ihnen ist daran gelegen, Chaos und Unordnung zu schaffen. Sie müssen mich die Frage wiederholen lassen: Sind Sie Sozialdemokrat?«

21

»Was wirst du tun?«, fragte Helene. Einmal mehr saßen sie auf der Bank vor dem Haus, genossen eine ruhige halbe Stunde, sahen in den Himmel, zu den Bäumen, betrachteten das Treiben auf dem Hof.

»Ich kann nichts tun, was uns nicht völlig ruinieren würde, und Schrumm gleich noch dazu. Posch hat es sich auf die Fahnen geschrieben, mich zu vernichten. Und das wird er auch tun, wenn ich nur noch einen Fehler mache.«

»Es kann doch aber nicht angehen, dass sie damit durchkommen. Ganz egal, ob dieser Hamburger oder der Freiherr. Außerdem werden die Kinder noch vermisst. Will man denn nicht mal seine Häuser nach ihnen durchsuchen?«

»Nein, nichts dergleichen. Stattdessen laufe ich Gefahr, öffentlich als Sozialdemokrat gebrandmarkt zu werden. Dann wäre es nicht nur aus mit dem Posten als Kriminalrat, sondern auch mit unserem Hof. Niemand würde mehr unsere Pferde kaufen.«

»Wir könnten auch Pferde vermieten. Wir verkaufen die Warmblüter und holen uns Kaltblüter. Wir könnten Esel kaufen und Maultiere züchten. Dann könnten wir die Männer entlassen, oder einen davon, und eins der Mädchen.«

»Helene, was willst du damit sagen?«

Helene lehnte sich an ihn. »Erstens sehe ich, wie es in dir arbeitet. Zweitens kann ich dich hier nicht gebrauchen, wenn du wie verwirrt auf dem Hof herumläufst und alles durcheinanderbringst vor Sorge um Johanna. Und drittens – möge mir der liebe Gott mein Fluchen verzeihen – geht es verdammt noch mal um das Leben von drei vermissten Kindern. Also tu, was du tun musst.«

Heller nahm seine Frau in den Arm und drückte ihr einen dicken Kuss auf die Wange. »Recht hast du. Und trotzdem sind mir die Hände gebunden. Ich weiß doch gar nicht, was ich tun sollte, so ganz allein. Ich kann ja schließlich nicht in Häuser einbrechen.«

»Glaubst du denn, diese Friedericke könnte bezeugen, dass der Freiherr ihren Ziehvater angeheuert hat, um das Schiff zu sprengen?«

»Genau das erhoffe ich mir von ihr.«

»Und du hast nach einem Mädchen suchen lassen?«, fragte Helene.

»Natürlich, wonach sollte …« Heller hielt inne, und Helene zeigte ihm genau das Lächeln, das sie ihm bei ihrer Hochzeit geschenkt hatte. Du magst zwar schlau sein, bedeutete es, aber manchmal bin ich schlauer.

»Herrgottsakra!«, entfuhr es Heller. Er sprang auf. Dann hielt er inne und sah Helene an.

»Nun geh schon, um Gottes willen«, sagte sie.

»Thomas!«, rief Heller laut. »Ein Pferd, ein Königreich für ein Pferd!«

Thomas kam aus dem Stall gelaufen. »Aber Herr Rittmeister, die gehören doch Ihnen!«, rief er verwundert.

»Sattel auf!«, befahl Heller und lief Richtung Tür, um sich anzukleiden.

»Welches?«

»Das schnellste. Den Fuchs!«

»Wird prompt erledigt!«, rief Thomas und stürmte in den Stall zurück.

Selbst der wildeste Hengst hätte bei einem solchen Gewaltritt seinen Schneid verloren. So auch der Fuchs. Er schwitzte und zitterte unter Heller, und Schaum hing an seinem Maul, als Ross und Reiter das Waisenhaus auf der Neustädter Seite erreichten.

Inzwischen war es Abend geworden, die Türen geschlossen. Heller klopfte mit dem Knauf seines Revolvers dagegen, und die Schläge mussten durch das ganze Gebäude hallen. Da trotzdem niemand reagierte, schlug er noch lauter dagegen. Endlich öffnete sich eine Klappe in der Tür, und das Gesicht einer Frau, streng umrahmt von der Haube ihrer Nonnenkluft, erschien.

»Kriminalrat Heller verlangt dringend Einlass. Ich benötige außerdem einen Diener oder Stallburschen für mein Pferd.«

»Herr, dies ist ein von Nonnen geführtes Haus. Einen Mann werden Sie hier nicht finden.«

»Dann binde ich mein Pferd am Zaun fest. Hineinlassen müssen Sie mich aber. In dringender Angelegenheit.«

»Herr, wir sind gerade beim Gebet und beim Abendessen, danach gehen die Kinder zur Ruh. Kommen Sie morgen wieder.«

»Mit Verlaub, Schwester, wenn Sie mir nicht Einlass gewähren, verschaffe ich mir diesen mit der Macht meines Amtes. Ich benötige Ihre Bücher, die Eingänge der letzten Tage. Ich suche einen Burschen von etwa zwölf Jahren.«

»Herr, dieses Haus bietet sowohl Obdach als auch Asyl. Ich werden Ihnen keinen Jungen ausliefern, egal, was Sie ihm vorzuwerfen haben.«

»Nichts wird ihm vorgeworfen. Schützen will ich ihn.«

Unvermittelt schloss sich die Klappe wieder. Heller überlegte schon, durch welches Fenster er in das Haus eindringen könnte, da öffnete sich die Tür.

»Kommen Sie, ich bringe Sie zur Mutter Oberin.«

»Dieser hier«, sagte Heller und zeigte auf einen Namen in dem Buch. »Friedrich. Den will ich sehen.«

Die Oberin seufzte und erhob sich von ihrem Stuhl. »Eine arme Seele. Hat keinen Menschen mehr, weiß noch nicht einmal, woher er kommt.«

Heller schwieg, als sie durch die kargen, weiß getünchten Gänge liefen. Links und rechts befanden sich Türen zu zellenartigen, schmucklosen Zimmern, in denen Kinder zu zweit oder zu dritt schliefen.

Gelegentlich öffnete sich eine dieser Türen, und ein neugieriges Paar Augen erschien, verschwand jedoch beim Anblick der Oberin eiligst wieder.

»Er ist sehr renitent, hat schon mehrmals versucht auszureißen. Man brachte ihn am Tag nach dem Feuer zu uns. Gendarmen hatten ihn aufgegriffen, als er versuchte, Essen zu stehlen. Sie müssen wissen, das tat er nur in der Not.«

Heller nickte und mochte gar nicht daran denken, was ihm wohl erspart geblieben wäre, hätte er gleich nach einem Jungen statt nach einem Mädchen suchen lassen. Wie schnell konnte man sich das Haar schneiden, eine Hose und ein Hemd besorgen. Gerade in diesem Alter mochte man ein Mädchen in dieser Aufmachung von einem Jungen nicht unterscheiden.

»Da, bitte schön. Ich öffne jetzt, aber machen Sie sich auf einen Fluchtversuch gefasst.« Die Oberin hielt vor einer Tür, kramte einen Schlüssel hervor, steckte ihn ins Schloss.

Heller machte sich bereit, doch niemand sprang ihnen entgegen, als die Tür sich öffnete. Ein Junge kniete auf dem Boden, scheinbar in sein stummes Zwiegespräch mit Gott vertieft.

Die Oberin bekreuzigte sich angesichts dieser Frömmigkeit und bat Heller zu schweigen, indem sie einen Zeigefinger auf ihre Lippen legte. Heller nickte. Als der Bursche plötzlich aufsprang, um sich an ihm vorbeizuzwängen, packte Heller zu und erwischte ihn am Kragen.

Der Junge strampelte und schlug um sich. Heller hielt ihn weit von sich wie eine tollwütige Katze.

»Ich will dir helfen. Ich wollte dir schon vorher helfen, aber du musstest ja davonrennen!«

Das Kind gab auf, doch Heller blieb auf der Hut, ließ nicht los. »Nenn deinen Namen!«

»Friedrich«, erwiderte das Kind mit heller Stimme.

»Deinen richtigen Namen. Ich erkenne dich.«

»Friedrich, sag ich doch!«

»Willst du, dass ich dir die Kleider vom Leibe reiße?«, drohte Heller und verursachte stummes Entsetzen bei der Oberin, die sogleich noch ein Kreuz schlug.

Das Kind gab endgültig auf. »Friedericke«, gestand es.

»Es gibt einiges, das ich dich fragen muss«, seufzte Heller. »Wirst du versprechen, nicht wegzulaufen? Niemand will dir etwas Böses. Ich gebe dir Obdach und Essen, so viel du willst. Sogar Schuhe und Kleider könnte ich dir geben, denn meine Tochter ist deiner Größe gerade erst entwachsen. Nur musst du mir versprechen, nicht wegzulaufen und zu sagen, was du weißt. Ich bin Kriminalpolizist, und es gilt ein Verbrechen aufzuklären, an dem auch dein Ziehvater beteiligt war. Da er tot ist und du nur eine Zeugin bist, gibt es für dich nichts zu befürchten. Außer ein Leben in Schimpf und Schande, solltest du versuchen, dich noch einmal zu entziehen.«

Friedericke nickte und senkte ihren Kopf mit den wild gestutzten Haaren. »Ich will nur nich eingesperrt sein!«

»Das sollst du auch nicht viel länger. Nur noch diese Nacht, morgen kann ich dich auslösen. Dann verspreche ich dir ein warmes Bett, warme Mahlzeiten und auch eine Stelle auf meinem Pferdehof, wenn du magst. Und jederzeit offene Türen. Vorher aber brauche ich dich, um einige Männer von meiner Geschichte zu überzeugen. Können wir so ins Geschäft kommen?«

Das Mädchen zögerte einen Augenblick und nickte dann. »Jawohl.«

»Gut. Und nun sag mir, wer hat deinen Ziehvater angeheuert für das Schiff? Was sollte er tun und was bekam er dafür?«

22

»Nein, Heller. Nein und nochmals nein, was auch immer Sie uns da präsentieren!« Polizeipräsident Schwauß erhob sich, kaum dass Heller seinen Vortrag beendet hatte.

Schwauß, Blendel und Posch hatten ihre Kommission noch um einige andere Männer erweitert. Manche Gesichter kannte Heller, andere nicht.

Seine Euphorie vom Vortag war erloschen. Er hatte die Nacht in einer einfachen Pension verbracht und vor Aufregung kaum geschlafen. Von diesem erneuten Termin hatte er sich viel erhofft, und was bekam er? Hohn und Spott. Misstrauen. Unglaube. Er war zu einer Belustigung geworden.

Als man ihm die Stelle angetragen hatte, da hatte er sich wirklich eingebildet, ein Kriminalist sein zu können. Dabei hatten sie einfach nur irgendeinen Dummen gebraucht, der diesen Posten ausfüllte. Der darauf wartete, dass der Tag verging, der sein Salär einstrich, ohne Lärm zu verursachen, ohne etwas zu ändern. Und ging es den Herren hier nicht genau darum – dass alles so blieb, wie es war? Nur nicht an den Grundfesten rütteln, kein Aufsehen verursachen, keine Unruhe. Hier war niemand interessiert an der Aufklärung der Ereignisse.

Von Kelb hatte das Schiff in die Luft sprengen lassen und dabei den Tod der Männer in Kauf genommen, da war Heller sicher. Paul Holzke war völlig ahnungslos an Bord gegangen. Er hatte nicht gewusst, dass die Granate, die er bei sich trug, platziert neben dem Kessel des Schiffes weit mehr Sprengkraft besaß, als von Kelb ihm sicherlich weisgemacht hatte.

Wahrscheinlich hatte er ihn glauben gemacht, dass die Bombe nur ein kleines Loch in den Kessel sprengen würde.

Und es war von Kelb gewesen, da gab es keinen Zweifel. Friedericke hatte den Mann beschrieben, er höchstselbst hatte sie in ihrer kleinen Wohnung aufgesucht. Er hatte Paul Holzke Geld sowie die gefälschten Papiere gegeben und ihn genau darüber unterrichtet, wie er die Bombe platzieren und zünden musste. Friederickes Schilderung passte auf den Freiherrn und die Vorgänge so genau, dass sie nicht erfunden sein konnte.

Es bedurfte keiner weiteren Morde an Bord, keinerlei Manipulation der Maschine. Holzke wäre dazu auch gar nicht in der Lage gewesen. Die Granate, an einem guten Ort platziert, musste nur gezündet werden. Dass Holzke überlebte, verdankte er wohl seinem Instinkt, der ihm sagte, über Bord zu springen. Und es war pures Glück, dass überhaupt Männer überlebten. Es war ihr Glück, dass von Kelb ihnen ein Schmerzensgeld auszahlte, anstatt sie beseitigen zu lassen. Sie ahnten nichts von der Granate. Erst als er erfuhr, dass der Attentäter Paul Holzke überlebt hatte und der echte Justus Kleibig sich als unzuverlässig erwies, sein Schweigegeld versoff und zu viel erzählte, sah der Freiherr sich gezwungen, einzugreifen. Unglücklicherweise ließ er nicht nur Kleibig, sondern auch dessen Frau und Kind umbringen. Heller hatte also mit so vielem von dem, was er vermutet hatte, falschgelegen, und hatte doch recht behalten. Nun hatte er also eine Zeugin an seiner Seite, die seine Ausführung bestätigte, und einen logischen Schluss. Doch noch waren die Beweise zu gering und sein Ruf war zu sehr ramponiert, als dass man ihn trotz der ausführlichen Schilderung ernst genommen hätte.

»Sie glauben doch nicht wirklich, dass wir einen der angesehensten Männer dieser Stadt vor Gericht stellen, nur weil Sie uns hier ein Kind anschleppen? Noch dazu ein Mädchen, das sich die Haare schneidet wie ein Junge?«, sagte Schwauß. Neben ihm war Posch wieder in seinen Stuhl gesunken und genoss das Schauspiel. »Wissen wir denn, ob Sie das Mädchen nicht vielleicht entführt und zu einer solchen Aussage gezwungen haben? Oder gar bezahlt?«

»Herr Polizeipräsident, warum sollte ich sie dafür bezahlen?« Er wehrte sich nur der Form halber. Die Schlacht war verloren. Eigentlich der ganze Krieg. Es galt, den Rückzug zu sichern, die letzten Truppen heil nach Hause zu bringen. Und genau dort wäre er jetzt gern. Auf seinem Hof, um zu hören, wie die Pferde unruhig in ihren Boxen stampften, wie die Hühner gackerten, die Schweine grunzten. Er wollte den Geruch von Heu und Pferdedung in der Nase, er wollte Helene, die ihm einen Kaffee brachte, und vielleicht eine Zigarre rauchen.

»Um Ihre Theorie zu bestätigen, von der Sie nicht ablassen wollen. Damit Sie nicht zugeben müssen, dass Sie sich inzwischen nur noch lächerlich machen«, konterte Schwauß. Offenbar wollte er sich vor den versammelten Herren als derjenige darstellen, der alles unter Kontrolle behielt.

»Und die zwei Jungen?«, fragte Heller.

»Die Jungen, die Jungen«, fuhr Schwauß auf. »Die werden wohl ersoffen sein, wie es so oft geschieht, wenn sie nicht hören wollen und am Wasser spielen. Vielleicht sind sie auch ausgerissen. Kein Wunder, mit einer Dirne als Mutter und einer Baracke als Heimstatt, nicht wahr? So oder so, welcher Mann von unserem Stande würde es auch über sich bringen, zwei Kinder zu entführen oder gar zu ermorden?«

Heller hörte gar nicht mehr zu. Das Läuten von Glocken draußen hatte ihn abgelenkt. Und ein Gedanke. Eine Idee, die dem ganzen Schauspiel hier noch die Krone aufsetzen würde.

Schwauß klopfte auf seinen Tisch wie ein Richter. »Von

mir jedenfalls werden Sie keine Erlaubnis bekommen, nun auch noch von Kelbs Häuser und Grundstücke zu durchsuchen. Diese Angelegenheit ist hier und jetzt beendet. Ich werde Herrn Engelbrecht um Verzeihung bitten und hoffen, dass er sich mit einer außergerichtlichen Einigung zufriedengibt, die ihm einen Teil der Schifffahrtskonzession zusichert.«

Heller erhob sich. »Ist recht, Herr Polizeipräsident. Wenn Sie mich jetzt schleunigst entschuldigen würden!«

»Wohin so eilig?«

»Eine dringliche Angelegenheit«, rief Heller und nahm die Lacher dafür gern in Kauf.

Es war nicht weit vom Präsidium zum Schloss, doch die Zeit rannte ihm davon. Er konnte sich nicht mal mehr sein Pferd aus dem Stall holen lassen, da es drei Stallburschen erforderte, den Hengst zu bändigen. Also blieb ihm nichts anderes übrig, als zu rennen.

Dieser Anblick veranlasste nicht wenige, sich nach ihm umzudrehen. Auf dem Neumarkt, wo die Bauern, die Tuchmacher und Töpfer, die Flechter und Fischer ihre Ware verkauften, blickten die Leute auf und vergaßen für einen kurzen Moment ihre Geschäfte. Einen hohen Herrn in Überrock, mit Hut und klirrendem Säbel, sah man nicht alle Tage in stampfenden Stiefeln an sich vorbeirennen.

Heller blieb keine Zeit, sich zu genieren. Er lief weiter bis zur Rückseite des Schlosses, gegenüber der Hauptwache neben dem Zwinger, in Sichtweite des Theaters.

Hier hatte sich ein Spalier aus Schaulustigen gebildet. Die meisten wussten, dass der König an diesem Wochentag um elf Uhr vormittags ausfuhr, um die Kasernen auf der anderen Elbseite zu inspizieren. Die königliche Kutsche mit der Leibgarde zu Pferd war bereits ausgerückt, und das Tor schloss sich schon wieder. Die Männer verneigten sich, die Frauen knicksten. Heller drängte sich durch die Zuschauer.

»Eure Majestät!«, rief er laut und stieß zwei Burschen auseinander, um in die erste Reihe zu gelangen. Schon war die geschlossene Kutsche an ihm vorbei. »Eure Majestät! Kriminalrat Heller, in dringlicher Angelegenheit!«, rief er ihr nach.

»Weg da!«, blaffte ihn ein Soldat der Leibgarde an, als Heller aus der Reihe treten und der Kutsche nachlaufen wollte. Sie war bereits zwanzig Meter weit entfernt und bog in Richtung der Augustusbrücke ab.

»Muss ja sehr dringend sein«, spöttelte jemand, und Heller wollte gerade wütend herumfahren, als er sah, dass die Kutsche anhielt. Einer der Gardisten ritt zu ihr, beugte sich zum Fenster hinab, wendete nach kurzem Gespräch das Pferd und kehrte zurück.

»Sie da!« Er zeigte auf Heller. »Seine Majestät wünscht Sie zu hören.«

Heller schloss für ein kurzes Dankgebet die Augen. Dann eilte er los, so schnell es ihm der Stolz eines Mannes von seinem Rang erlaubte. Noch einmal atmete er tief durch, straffte seinen Rock, richtete Koppel und Säbel. Dann trat er in das Blickfeld des Königs.

»Nun, Gut'ster«, begrüßte ihn König Albert von Sachsen und strich sich bedächtig über seinen mächtigen Backenbart. »Was ist denn so dringlich, dass er mich hier auf der Straße überfällt?«

»Eure Majestät.« Heller verbeugte sich. »Es ist eine lange Geschichte, aber ich muss mich kurzfassen, denn es heißt dringend zu handeln!«

Der König dachte einen Moment lang nach. »Dann steige er ein und erzähle es mir.«

In von Kelbs Wohnhaus am Rande des Großen Gartens gab es ein niedriges, fensterloses Gewölbe im Keller. Dort fand man die beiden Jungen, keine vier Stunden, nachdem er zum König in die Kutsche gestiegen war. Sie waren ausgehungert und verzweifelt, hatten Feuchtigkeit von den Wänden geleckt und sich aneinandergeklammert, um sich zu wärmen. Um nicht zu verhungern, hatten sie Mäuse gefangen und gegessen. Sie hatten es nicht gewagt, um Hilfe zu rufen. Denn dafür hatte ihnen der Freiherr mit dem Tode gedroht, sagten sie aus.

Im selben Raum fand Heller auch Möbius. Von mehreren Stichen durchbohrt, seine Augen ausgestochen, wie schon bei Kleibig und Holzke. Vermutlich hatte von Kelb seinem heimlichen Geschäftspartner nicht mehr vertraut. Inzwischen waren Möbius' Konten überprüft worden. Was zuerst niemand hatte tun wollen, war jetzt auf königlichen Befehl in kürzester Zeit geschehen. Die Wechsel, die er in den letzten Wochen und Monaten gezogen hatte, Gelder, die transferiert worden waren, machten eindeutig, dass er ins Geschäft hatte einsteigen wollen. Offenbar war er im eigenen Büro auf größeren Widerstand gestoßen als vermutet. Diese Konzessionsvergabe versprach mehr Gewinn als üblich, also wollten auch andere an der Entscheidung und den möglichen Bestechungsgeldern teilhaben. Männer, die ihre Teilhabe nun sicherlich gut verborgen wissen wollten, weshalb Heller befürchtete, niemals die ganze Wahrheit erfahren zu können. Diese Verzögerungen und die immer höheren Bestechungssummen hatten von Kelbs finanzielle Reserven schmelzen lassen. Also war er gezwungen gewesen, zu anderen illegalen Mitteln zu greifen. Versicherungsbetrug war davon noch das harmloseste.

Heinz Hartmann, der Matrose, den die Mutter der beiden Jungen gefunden und gepflegt hatte, befand sich nicht im Wohnhaus des Freiherrn. Man fand ihn auch in keinem von dessen anderen Anwesen. Es war davon auszugehen, dass er beseitigt worden war, kaum dass der Freiherr ihn bei der Mutter der Jungen ausgelöst hatte.

Heller nahm sich heraus, Frau Friebels Jungen persönlich wieder nach Hause zu bringen. Da war es schon früher Abend. Es war ihm eine Genugtuung, zu sehen, wie die Frau ihre Kinder vor Freude und Erleichterung weinend in die Arme nahm. Gleichzeitig wurde ihm bewusst, wie viel Glück man auch in einem einfachen Leben finden konnte. Von Kelb hatte es zwar nicht übers Herz gebracht, die beiden eigenhändig zu ermorden. Doch nicht aus Mitleid, sondern aus Feigheit. Denn er hatte es in Kauf genommen, dass sie in seinem Keller verhungerten, was einem Mord gleichkam.

Am nächsten Morgen musste Heller wieder zurück in die Stadt, um sich zum Rapport beim Polizeipräsidenten zu melden. Er sah dem Treffen mit leichtem Herzen entgegen. Nun war Friedericke plötzlich als Zeugin wertvoll. Werftleiter Bogenbaum war zur Aussage bereit, ebenso die Friebel-Jungen, nun ergaben all seine Vorwürfe einen Sinn. Nur die Mittel, die er eingesetzt hatte, würden ihm einen Tadel einbringen. Ein Tadel, mit dem er gut leben konnte. Denn er wusste, dass er richtig gehandelt und vor allem das Leben der Jungen gerettet hatte. Nur dass der Freiherr spurlos verschwunden war, trübte seinen Erfolg.

»Was halten Sie davon, Herr Kriminalrat?«, fragte Schrumm und hielt ihm eine Seite aus dem *Dresdner Anzeiger* hin.

Heller nahm das Blatt und las. Der Besitzer einer kleinen, aufstrebenden Glaswerkstatt mit namhaften Auftraggebern, darunter das Königshaus, wollte seine Tochter verlobt wissen und suchte nach einem Mann mit guter Bildung und guter Stellung. Genau das, was Schrumm zu bieten hatte. »Sie wollen es wieder versuchen, Schrumm?«

»Wer nicht wagt, der nicht gewinnt, nicht wahr?«, erwiderte Schrumm ernst. »Gestern begegnete ich den Leuten auf der Straße. Sie wissen schon …«

»Der Abgewiesenen und ihren Eltern?«

»Ebenjenen. Es war die erste Begegnung, seitdem ich die Verlobung ausschlug. Sie nickten mir zu und beließen es dabei.«

»Sehen Sie? Oft malt man es sich schlimmer aus, als es dann ist.«

»Möchten Sie, dass ich Sie zu Schwauß begleite?«

»Nein, Schrumm, Sie haben genug ertragen. Halten Sie Stellung im Büro.«

»Da haben Sie uns aber mächtig an der Nase herumgeführt«, sagte Schwauß leise. »Vielmehr haben Sie alle Beteiligten in sehr schlechtem Lichte dastehen lassen.«

Heller sagte nichts dazu. Die Runde war wieder auf ihr ursprüngliches Maß geschrumpft. Schwauß, Blendel, Posch. Wenn sie im schlechten Licht dastanden, hatten sie es sich selbst zuzuschreiben.

»Davon abgesehen, dass Sie doch recht behalten haben, war die Art, wie Sie mich zwangen, die Hausdurchsuchungen anzuordnen, schlitzohrig, unverschämt, intrigant …« Schwauß suchte nach weiteren Attributen.

»Notwendig?«, schlug Heller vor. »Außerdem habe nicht ich Sie gezwungen, sondern Seine Majestät der König.«

»Werden Sie nicht noch unverschämter, Heller. Sie mögen Erfolg gehabt haben, jedoch haben Sie wie mit einer Axt im Wald gewütet und viel gutes Holz geschnitten, ehe sie den morschen Baum fanden. Die Liste Ihrer Gegner hier im Haus und unter den Beamten des Königs ist dadurch noch länger geworden.«

Heller fand, es war an der Zeit, noch einen guten Schuss zu

setzen, und erwiderte lapidar: »Wie Seine Majestät gestern in seiner Kutsche zu mir sagte: Manchmal heiligt der Zweck die Mittel.«

Dagegen konnte Schwauß nichts einwenden. Dass Heller den König kannte, in dessen Kutsche gefahren war, mit ihm geplaudert und ihn dazu bewegt hatte, sich derart einzumischen, war ein Pfund, mit dem sich gut wuchern ließ.

»Genug!«, sagte Posch und erhob sich. »Es ist genug gesagt, von allen Seiten. Wollen wir den Fall untersuchen und möglichst bald zum Abschluss bringen. Vor allem wäre es notwendig, des Freiherrn von Kelb habhaft zu werden. Darauf sollten jetzt unsere Anstrengungen zielen. Ich empfehle, ihn steckbrieflich suchen zu lassen. Er scheint durchaus gefährlich zu sein. Als jemand, der von den Handlungen des Freiherrn direkt betroffen ist, wird Kriminalrat Heller – mit Ihrem Einverständnis, meine Herren – von den weiteren Ermittlungen ausgeschlossen. Ab sofort wird er nur noch als Zeuge behandelt, genau wie sein Assistent Schrumm. Entlassen wir ihn für heute nach Hause.«

Heller hätte seinen Triumph gern noch ein bisschen mehr ausgekostet, doch Poschs Worte waren vernünftig. Also beschloss er, das auch zu sein. Er verneigte sich knapp.

Posch trat an ihn heran. »Heller, auf ein Wort vor der Tür.«

Heller sah ihn erwartungsvoll an, nachdem sie das Zimmer verlassen und die Diener die Tür wieder geschlossen hatten.

»Ich werde Ihr Feind bleiben, das sage ich Ihnen offen ins Gesicht. Jedoch gestehe ich, dass mich Ihre unkonventionelle Art und Ihr Mut, eigene Fehler schnell und offen zuzugeben, beeindruckt haben. Ich nehme die Anzeigen gegen Sie und Löbbers zurück und werde die Blockade Ihrer Pferdegeschäfte lösen. All das unter dem Eindruck und der Anerkennung Ihrer Arbeit, nicht weil sie auf gutem Fuße mit dem König stehen, das will ich betont wissen. Eines bleibt Ihnen aber noch, da werden Sie nicht drumherum kommen.« Posch deutete mit einer Geste hinter Heller. Der drehte sich um und erblickte Alwin Engelbrecht und seine Tochter, die noch immer ganz grau im Gesicht war und zutiefst erschüttert wirkte. »Eine Entschuldigung ist das mindeste«, sagte Posch leise.

Eigentlich bedurfte es keiner Entschuldigung, dachte sich Heller, denn er war mit bestem Gewissen seiner Arbeit nachgegangen. Man sollte als Polizeibeamter nicht zur Abbitte gezwungen werden, wenn die Ergebnisse der Ermittlungen gewisse Schlüsse annehmen ließen, auch wenn diese sich später als falsch erwiesen. Doch natürlich musste es für die junge Frau ein einschneidendes Erlebnis gewesen sein, das sie letztlich vielleicht sogar fürs ganze Leben prägen würde.

»Ist recht«, sagte er deshalb und straffte sich, um den Engelbrechts gegenüberzutreten.

23

Die Sonne stand hoch und schien warm auf ihn herab. Der zahme Wallach unter ihm schritt gemächlich aus. In diesem Tempo konnte der Heimweg eine Stunde dauern, doch das war ihm ganz recht. Vielleicht würde er in Wachwitz Rast machen. Dort kannte er ein Gasthaus, wo er gelegentlich einkehrte und das immer eine gute Mahlzeit versprach.

Er hatte die Stadtgrenze noch nicht erreicht, da brüllte jemand: »Sie!« Heller ließ den Wallach halten, sah sich um. Allerlei Volk war unterwegs, die Straße sehr belebt. Man hatte hier eine neue Fabrik errichtet, vor deren Mauern kleine Stände aufgebaut waren, an denen hauptsächlich Suppe gekocht wurde. Kinder brachten ihren Vätern Töpfe mit Essen ans Tor. Männer lungerten herum und hofften auf Anstellung oder warteten darauf, dass jemand etwas aus seiner Tasche verlor.

»Sie da, Heller!« Nun wusste er, wer da nach ihm rief. Es war von Kelb, der ihm jetzt zu Fuß entgegenkam. »Satisfaktion!«, rief er und sah ein wenig abgerissen aus, als hätte er die Nacht im Freien verbracht.

Heller beschloss, vorerst auf dem Pferd sitzen zu bleiben, legte jedoch seine Hand auf den Revolver. In von Kelbs Gürtel steckte ebenfalls ein Revolver. Heller lüftete den Hut. »Freiherr von Kelb. Ich kann nicht sagen, dass es mir ein Vergnügen ist. Aber ich freue mich, Sie zu sehen.«

»Runter vom Pferd, Sie Schweinehund. Sie Mistkerl! Ich verlange Revanche, ich verlange Satisfaktion. Stellen Sie sich hier und jetzt.«

»Stellen? Wofür? Der Verbrecher sind Sie!«

»Runter vom Pferd, sonst schieße ich Sie runter.«

»Was wollen Sie denn? Ein Duell?« Heller lachte. Die Menge hatte sich geteilt, zwischen ihm und von Kelb war eine Gasse entstanden. Auch hinter ihnen lichtete sich das Feld.

»So ist es. Ein Duell. Wie es sich für Ehrenmänner gehört. Oder sind Sie kein Ehrenmann?«

»Lieber Freiherr, wenn hier jemand kein Ehrenmann ist, dann Sie.« Heller schwang sich vom Pferd auf die staubige Straße. »Was, wenn ich Ihnen das Duell verweigere? Mir wäre es nämlich lieber, Sie einer ordentlichen Gerichtsbarkeit zuzuführen. Es gibt da ein paar Männer, die gern mit Ihnen sprechen würden.«

»Ich würde Ihnen in den Rücken schießen, sobald Sie sich umdrehen. Stellen Sie sich jetzt! Alles habe ich verloren, nur meine Ehre nicht. Die werde ich auch nicht verlieren.«

»Aber weder haben Sie Duellpistolen noch haben wir Adjutanten als Zeugen. Wollen Sie ein Säbelgefecht? Da kann ich Sie nur warnen, ich weiß mit der Waffe durchaus umzugehen.«

»Wir beide haben Revolver. Und Adjutanten finden wir sicher.«

»Ich biete mich gern an«, mischte sich ein Herr mit Frack und Zylinder ein.

»Ich auch!«, rief ein Zweiter und zog ein Büchlein sowie einen Bleistift aus seinem Gehrock.

»Also gut«, seufzte Heller, auch wenn er sich den Rest des Tages nicht so vorgestellt hatte. Eigentlich hatte er gutes Recht, den Freiherrn auf der Stelle niederzuschießen. Immerhin war dieser ein mehrfacher Mörder, der noch dazu drohte, ihn zu erschießen. Doch dann würde er sich tatsächlich wie ein Feigling vorkommen, und es würde für den

Rest seines Lebens an ihm nagen. Es war schon eine dumme Sache mit der Ehre. Man konnte sie nicht greifen, keiner konnte sie genau definieren, und doch bestimmte sie immer wieder das Handeln, verursachte mitunter Leid. Doch dasselbe konnte man von der Liebe sagen, und niemand beklagte sich darüber. »Notieren Sie: Gustav Johann Heller, Kriminalrat Seiner Majestät König Alberts von Sachsen, offiziell zum Duell mit Pistolen herausgefordert durch den Freiherrn von Kelb. Haben Sie das? Auf welche Entfernung wollen wir uns einigen? Fünfzig Schritt? Dreißig? Zehn? Wie steht es um Ihre Treffsicherheit, Freiherr?«, provozierte Heller.

»Fünfzig«, keuchte von Kelb wutschnaubend.

»Fünfzig also. Ich überlasse dem Freiherrn von Kelb als Herausforderer den ersten Schuss.«

»Sie werden Ihre Unverschämtheit noch bereuen«, schnaufte von Kelb wutentbrannt.

»Nehmen Sie an?«, fragte der Schreiber.

»Ich nehme an«, fauchte von Kelb.

Der Adjutant steckte sein Büchlein weg. »Damit sind die Formalitäten erledigt, lassen Sie uns nur noch die Pistolen kontrollieren.«

Heller nahm seinen Revolver und reichte ihn dem Mann, der Lauf und Trommel prüfte und dann dasselbe bei von Kelbs Waffe machte.

»Nun denn, schreiten wir zur Tat«, sagte der Mann und gab die Waffen zurück. »Gibt es hier einen Arzt?«

»Schon gerufen!«, erwiderte jemand aus der Menge der Schaulustigen, die sich angesammelt hatten.

Heller nahm das alles nicht so leicht, wie er sich nach außen hin gab. Sein Herz pochte. Es war ein großes Risiko, einem anderen den ersten Schuss anzubieten. Duellpistolen mit ihren glatten Läufen waren meist sehr ungenau, das Risiko, getroffen zu werden, auf fünfzig Schritt sehr gering. Revolver mit ihren gezogenen Läufen aber waren sehr präzise. Gut möglich also, dass er in wenigen Augenblicken tot oder wenigstens schwer verletzt in den Dreck stürzen würde. In weniger als einer Stunde würde ein Bote Helene die schlimme Nachricht übermitteln. Sie wäre sicher in der Lage, den Hof allein zu bewirtschaften. Aber sie würde es Albert sagen müssen – und vor allem Johanna.

Nichts dergleichen wird geschehen, sagte er sich. So wie er es sich im Krieg immerzu gesagt hatte, wenn es ins Gefecht ging. Mich wird jede Kugel verfehlen, jedes Schrapnell, jede Klinge. Mich trifft es nicht, ich bin gefeit. Der liebe Gott hat andere Pläne.

Noch dazu war von Kelb höchst erregt und hatte sich in seiner Rage auf die höchste Distanz eingelassen.

Aber wenn doch?

Heller stellte sich Rücken an Rücken mit von Kelb, der sich vor Wut und Verzweiflung kaum noch beherrschen konnte. Und doch war er der Tradition so sehr verbunden, dass er sich an die Regeln hielt, die man schon vor Jahrhunderten geschrieben hatte.

»Fünfundzwanzig Schritt für jeden der Herren!«, rief einer der Adjutanten. Heller zählte seine Schritte und malte sich aus, dass es fünfundzwanzig Herzschläge wären, die ihm noch blieben. Fünfzehn. Zehn. Fünf, vier, drei, zwei. Einer. Er drehte sich um und präsentierte seinen Körper frontal in voller Breite, obwohl alles in ihm danach schrie, in Deckung zu gehen, sich schmal und klein zu machen. Doch keiner sollte behaupten, er habe ausweichen wollen. Das Licht wurde greller, so grell, dass er in dessen weiß klirrendem Schein kaum noch Konturen erkannte. Auch war ihm, als hörte er nichts mehr. Um ihn herum entstand eine Stille, wie er sie nur aus den kältesten Winternächten kannte.

Er fragte sich, ob es vielleicht schon geschehen war. Stand er gleich dem Herrgott gegenüber und musste ihm gestehen, dass er kein guter Mensch gewesen war? Herrisch, laut und bestimmend?

Dann ertönte ein Knall, und er fühlte sich, als hätte er einen Pferdetritt bekommen. Er sah zu seiner Hüfte hinab. In seinem Rock war ein Loch. Der Schmerz kroch an ihm hinauf, wollte hinein in seinen Kopf. Doch er lebte noch. Er stand noch, und es galt eine Aufgabe zu erfüllen.

»Sie sind verletzt!«, rief der Adjutant. »Benötigen Sie einen Arzt?«

Heller antwortete nicht. Stattdessen hob er seinen Revolver. Das grelle Licht hatte nachgelassen. Heller visierte von Kelb genau an. Und drückte ab.

Der Freiherr stürzte mit einem Schrei zu Boden und wälzte sich im Schmerz. Heller wollte loslaufen, doch sein rechtes Bein machte nicht mit. Er öffnete seinen Rock. Blut sickerte aus einer Wunde. Ein Mann, offenbar ein Arzt, kam heran und wollte es sich ansehen.

»Es geht schon«, sagte Heller. Von Kelb hatte nur das Fleisch am Hüftknochen getroffen. Er nahm den Revolver in die linke Hand und presste die rechte auf die Wunde. »Was ist mit ihm?«, fragte Heller den Arzt.

»Sein rechter Arm ist zerschmettert.«

Heller nickte zufrieden. Das war sein Ziel gewesen. Von Kelb daran zu hindern, dass Duell fortzusetzen. Ihn am Leben zu lassen. Um ihn der Justiz zuzuführen.

Die fünfzig Schritte fühlten sich sehr weit an. Er konnte sein rechtes Bein nur nachziehen. Der Knochen war nicht getroffen, doch der Schmerz war in diesem Augenblick fast übermächtig. Von Kelb hatte sich gesammelt und versuchte, sich aufzurichten. Auch er hatte seine Pistole in die Linke genommen.

»Bleiben Sie liegen, ich lasse Sie in ein Lazarett bringen«, rief Heller.

Von Kelb erwiderte nichts. Er stemmte sich hoch. Sein rechter Arm bot einen schrecklichen Anblick. Er sah aus, als wäre er ins Räderwerk einer großen Maschine geraten.

»Lassen Sie den Revolver liegen!«, mahnte Heller.

»Ich lasse nicht zu, dass Sie mich wegsperren.«

»Von Kelb!«, mahnte Heller und sah sich gezwungen, seinen Revolver zu heben.

Der Freiherr hob seinen ebenfalls.

»Nicht Sie!«, keuchte von Kelb, und bevor Heller etwas tun konnte, presste er sich die Mündung seiner Waffe unter das Kinn und drückte ab. Der Schuss zertrümmerte seine Schädeldecke, Hirnmasse spritzte. Aus der Menge der Schaulustigen ertönten Schreckensschreie. Kaum war von Kelbs lebloser Körper zu Boden gestürzt, stürmten von allen Seiten Menschen heran. So etwas geschah nicht alle Tage, und sie waren Zeugen.

Heller zog sich zurück. Der Arzt prüfte kurz, ob von Kelb tatsächlich nicht mehr zu helfen war. Dann kam er wieder zu ihm und brachte Verbandszeug mit. Heller war nicht bereit, sich vor all diesen Leuten die Hosen auszuziehen, also ließ er sich die Binden geben und versorgte die Wunde selbst, so gut es ging. »Wurde hier alles aufgenommen? Sind die Adjutanten bereit, als Zeugen aufzutreten?«, fragte er den Arzt.

»Natürlich, seien Sie unbesorgt, ich kenne beide. Es sind ehrenhafte Männer. Es gibt keinen Zweifel, dass Sie herausgefordert wurden und der Freiherr sich nach verlorenem Duell selbst mit einem Schuss durch das Kinn in den Kopf richtete. So werde auch ich es bezeugen. Jetzt kommen Sie mit in meine Praxis. Ich versorge Ihre Wunde. Und sicher haben Sie nichts gegen ein Glas Branntwein.«

24

Er konnte sich vor Schmerz kaum noch im Sattel halten, als er seinen Heimatort erreichte. Die Sonne schien warm, viel zu warm für ihn. In diesem Moment wären ihm Wolken und ein kühler Wind lieber gewesen. Der Branntwein, der Schmerz, die Bilder des Duells, die sich immer wieder vor seinem inneren Auge wiederholten und nicht verdrängen ließen, wie in einem fiebrigen Traum, ließen ihn im Sitz taumeln. Es hatte nicht viel gefehlt, und die Kugel hätte eine Arterie, die Lunge oder das Herz getroffen. Er hätte tot sein können, Helene eine Witwe, Albert und Johanna vaterlos. Und das nur wegen seines Stolzes.

Es war töricht gewesen, von Kelb den ersten Schuss zu gewähren, anstatt wenigstens zu losen. Ihm dieses Duell überhaupt zuzugestehen. Er hätte Nein sagen können. Von Kelb hatte keine Rechte. Und schuld war bloß sein Stolz gewesen, dieses unerklärliche und dumme Gefühl, seine Ehre retten zu müssen. Er konnte nur hoffen, dass dieser Gedanke sich bald verlor und ihm nicht nächtelang den Schlaf raubte. Er konnte sich bloß selbst ermahnen, daraus zu lernen, es nicht auf ein nächstes Mal ankommen zu lassen. Aber es war so schwer, gegen dieses Gefühl anzukämpfen, das schon seit Jahrhunderten die Geschicke der Menschheit mitbestimmte. Garantieren konnte er sich selbst nichts.

Als ihm im Ort die ersten Menschen begegneten, richtete er sich auf und drückte den Rücken durch. Er erwiderte die Grüße der Leute mit Kopfnicken. Er hoffte, sich hinlegen zu können. Vom Pferd gleiten, Thomas die Zügel in die

Hand zu drücken. Ein Glas Wasser trinken. Ins Bett legen. Schlafen. Sich an Helene vorbeischleichen, damit sie ihn gar nicht erst sah und fragte, was mit ihm war. Wenigstens ein paar Stunden gewinnen, so lang, bis er wiederhergestellt war.

Doch das war ihm nicht vergönnt. Helene war nicht auf dem Hof, sondern kam ihm vor dem Tor auf der Straße entgegen. Sie trug eine Milchkanne, Arbeit, die eigentlich von den Mägden verrichtet werden sollte.

»Was ist mit dir?«, fragte sie schon von Weitem, als sie seine Verletzung noch gar nicht sehen konnte. Vermutlich verriet ihn sein Gesicht oder seine Haltung.

»Vom Pferd gestürzt«, ging er mit einer Lüge in die Offensive, rückte die rechte Hüfte vor und hob den Rock, um den Verband zu zeigen.

»Dämel«, spottete Helene, wie sie es manchmal tat, wenn sie gute Laune hatten. »Wolltest wieder angeben und hast dabei dein Alter vergessen!«

Heller war froh, so leicht davongekommen zu sein. Er sprang ab und ignorierte den Schmerz, der ihm durch den Leib fuhr. Er führte das Pferd am Zügel. »Vierzig ist noch kein Alter!« Er wollte Helene die Kanne abnehmen, doch sie schüttelte den Kopf.

»Scheint mehr als eine Schramme zu sein«, kommentierte sie den blutigen Verband.

Heller winkte ab. »Alles nur oberflächlich.«

»Und sonst?« Helene sah ihn prüfend an.

»Gut, alles ist gut. Wie macht sich Johanna?«

»Sieh doch selbst«, sagte Helene und deutete durchs Tor. Heller sah seine Tochter draußen auf ihrer Bank vor dem Haus sitzen, das Gesicht in die Sonne gereckt. »Vorhin stand sie auf, kam in die Küche, hatte Hunger und Durst.«

Heller schloss einen Moment lang die Augen, schickte ein

kurzes, aber sehr deftiges Dankgebet zum Himmel und hoffte sogleich, der liebe Gott würde ihm seine Ausdrucksweise dabei verzeihen.

»Außerdem standen Peter und Anselm vor der Tür und fragten ganz schüchtern, ob sie wieder für dich arbeiten dürften. Ich sagte ihnen, du würdest sie am liebsten dahin jagen, wo der Pfeffer wächst, aber ich würde dir gut zureden. Dann mögen sie mich nachher noch mehr und haben nur noch mehr Angst vor dir.«

»Das hast du gut gemacht.« Heller drückte seiner Frau einen Kuss auf die Wange und gab ihr einen Klaps auf den Hintern.

»Na, hören Sie mal, Herr Rittmeister. Ich bin doch kein Pferd!«, beschwerte sie sich lachend. Johanna hörte ihre Eltern, sah zu ihnen und winkte. Albert trat aus der Küche und biss von einem Brotkanten ab. Thomas kam aus dem Stall geeilt, um Heller das Pferd abzunehmen.

Heller stellte fest, dass ihm das gefiel. Alle waren da und gut beieinander, die Sonne schien, die Vögel sangen. Auf der Koppel standen gesunde, kräftige Pferde. Ihm schmerzte der Leib, was in diesem Moment das Leben so real machte, wie es nur sein konnte. Er hatte es sich verdient, in jedem Sinne des Wortes. Was Engelbrecht ihm noch zu sagen gehabt hatte – dass er und seine Familie ihm nie verzeihen würden, was geschehen war, dass er ein unmöglicher Mensch sei, ohne Regeln, ohne Verstand, ohne Gewissen –, das war ihm in diesem Moment egal. Sollten sie alle von ihm denken, was sie wollten. Ob er nun ein Rüpel war, ein Haudrauf, ein Sozialdemokrat – ihm war alles recht. Sie sollten ruhig wissen, dass sie einen unter sich hatten, der nichts auf Adelstitel gab, auf Stellung und Reichtum. Einen, den sie nicht einwickeln, nicht bestechen und dem sie schon gar nicht drohen konnten.

»Ich geh zu Bett«, sagte er.

»Himmel, es ist helllichter Tag!«, rief Helene. »Ist wirklich alles gut?«

»Alles bestens«, sagte Heller. »Wirklich alles bestens.«

Leseprobe

FRANK GOLDAMMER

HAUS DER GEISTER

Kriminalrat Gustav Heller

Kriminalroman

Erscheint im Frühjahr 2025

AUGUST 1881

1

Es war weit nach Mitternacht, als Gustav Heller sich endlich Pillnitz näherte. Wieder einmal hatte ihn eine ebenso lange wie unnötige Beratung in Dresden aufgehalten. Wieder einmal hatten sich wichtige Männer aufgeblasen, wichtige Reden gehalten und doch nur heiße Luft fabriziert. Im Hotel zu übernachten, dafür war Heller das Geld zu schade gewesen. Lieber nahm er den nächtlichen Ritt auf sich. Die Temperaturen waren angenehm, die Luft war lau, und er freute sich auf zu Hause.

Stille lag über Oberpoyritz. In der kleinen Ortschaft nahe Pillnitz herrschte Dunkelheit. Es war zwar Vollmond, doch der versteckte sich hinter einer dichten Wolkendecke. Eine unerwartet starke Bö fuhr ihm ins Gesicht und ließ das Pferd schnauben.

Heller brachte das Pferd zum Stehen, lauschte. Er war schon fast angekommen, nur noch wenige hundert Meter, dann hätte er seinen Hof erreicht. Vielleicht war Thomas, sein Stallmeister, noch wach, vielleicht schliefen aber auch schon alle.

Heller stemmte sich mit der Hand auf den Sattelkranz, drehte sich um und starrte prüfend in die Finsternis. Knisterte da etwas? Knackte ein Zweig? Er war auf der Hut, denn es wäre nicht der erste Versuch, ihn zu überfallen. Vorsorglich legte er seine Hand auf den Revolver. Ziehen, spannen, das war eine Bewegung, hundertfach geübt.

Seine sonst ruhige Stute warf den Kopf hoch, schnaubte.

»Was ist denn, Mädchen?«, fragte Heller leise. Er könnte sie antraben lassen, doch er zog es vor, zu warten. Er wollte sehen, was geschah. Nach einer Weile kam Wind auf. Und vielleicht war es ja das? Ein Wetterumschwung, der nach mehreren Wochen Hochsommer, der den Pegelstand der Elbe so weit abgesenkt hatte, dass die großen Schiffe nicht mehr fahren konnten, endlich Abkühlung versprach. Sicher war ein Gewitter im Anmarsch.

»Na, los, meine Gutste!«, sagte er und ließ die Zügel locker, doch das Tier bewegte sich nicht.

Heller schnalzte mit der Zunge. Die Stute tat keinen Schritt.

»Na, sag«, murrte Heller. Plötzlich lief es ihm kalt den Rücken hinunter. Was war los? Würde gleich ein Blitz einschlagen?

»Wirst du wohl!«, befahl Heller, und endlich bewegte sich das Pferd, doch nur ein paar Schritte. Dann begann es zu tänzeln und ging wieder rückwärts. Heller sah auf. Unten bei der Kirche glaubte er eine weiße Gestalt zu sehen, die sich langsam zur Kirchentür hinbewegte. Sein Pferd schnaubte noch einmal und legte die Ohren an, es drängte weiter zurück, wurde immer unruhiger und warf den Kopf hoch.

»Ist gut!«, mahnte Heller, sprang ab und packte das Zaumzeug, um das Tier zu führen. Er sah noch mal zur Kirche, wo jetzt auch die Gestalt in Weiß stehengeblieben war. Obwohl er das auf die Entfernung gar nicht erkennen konnte, war ihm, als starrte sie zu ihm herüber.

Heller verharrte. Und von einer Sekunde zur nächsten war die Gestalt verschwunden. Wie konnte das sein? Heller rieb sich die Augen und suchte immer wieder nach einer Bewegung. War das eine Täuschung gewesen? Und er hatte gar nichts gesehen? Das wäre durchaus möglich, so finster wie es war. Und sein Pferd?

»Na, komm jetzt!«, sprach Heller das Tier an und zog am Halfter. Jetzt war es ruhig und ließ sich führen. Heller stieß Luft durch die Nase und saß wieder auf. Jetzt hoffte er wirklich, Thomas wäre noch wach und würde ihm das Absatteln abnehmen.

Noch einmal sah er zur Kirche hinüber, obwohl er es nicht vorgehabt hatte und seiner Fantasie nicht noch mehr Raum geben wollte. Umso heftiger zuckte er zusammen, als die weiße Gestalt wieder dastand.

»Das war die weiße Frau!«, raunte Helene ihm am nächsten Morgen in der Küche zu.

»Red kein Zeug!«, lachte er, doch seine Frau blieb ernst.

»Du hast es doch gerade selbst erzählt!«

Sie hatte recht, und er bereute es. Aber sie amüsierte sich nicht darüber, im Gegenteil, sie nahm es zu wichtig. Zum Glück waren sie noch allein in der Küche.

»Du wärst auch nicht der Erste!«

»Helene, genug jetzt.«

»Aber was sperrst du dich so? Erinnerst du dich, als Johanna noch ganz klein war und sie morgens zu uns ins Bett kam? Da kicherte und lachte sie die ganze Zeit und zeigte mit ihren kleinen Fingerchen in die Luft. Und als ich sie fragte, was denn da sei, sagte sie: viele alte Menschen!«

»Mag sein, Helene, ich erinnere mich. Aber weiß man, was ein zweijähriges Kind alles sieht und denkt!?«

Helene stand jetzt dicht vor ihm und sah ihn mit blitzenden Augen an. »Herr Rittmeister bekommt es wohl mit der Angst?«

»Höchstens mit dem Zorn! Das ist doch Unfug, weiß ich, wer da um diese Zeit herumgeistert?« Heller verstummte, er hatte sich gerade selbst überlistet.

Helene kommentierte das mit einer leicht belustigten Miene.

»Ich habe schon manchmal den einen oder anderen im Ort über die weiße Frau reden hören. Es soll sie schon lange hier geben.«

»Helene!«, ermahnte Heller seine Frau noch einmal. Jederzeit konnte eine der Mägde hereinkommen, dann würden sie kein Ende finden, sich Geistergeschichten zu erzählen. Das würde ihm gerade noch fehlen.

»Ich hätte sie gern gesehen«, sagte Helene.

»Ist recht«, erwiderte er einsilbig und ging hinaus.

»Guten Morgen, Herr Rittmeister!«, grüßte Thomas, der schon im Stall gearbeitet hatte. Wie immer war er gut gelaunt, egal, was der Tag ihm an schwerer Arbeit versprach. Heller war die Laune verhagelt, doch er zwang sich, so freundlich wie möglich zurückzugrüßen.

»Thomas, ich nehme den Braunen für einen kurzen Ritt.«

»Sehr wohl, ich will gleich …«

»Du brauchst nicht aufsatteln, es sind nur ein paar Meter.«

Der Wallach nahm den morgendlichen Ausritt gelassen. Er kannte das, mit oder ohne Sattel. Heller ritt die Dorfstraße entlang, hinaus aus dem Ort. An der Gabelung überlegte er, ob er nach rechts zum Wald oder nach links zum Fluss reiten sollte, dann aber ließ er das Pferd wenden. Er musste sich nichts vormachen.

Bei der Kirche angelangt scheute der Wallach, als hätte er eine Kreuzotter bemerkt. Heller ließ ihn seitwärts tänzeln, bis er sich beruhigte. Dann stieg er ab und band die Zügel an einen Pfahl. Er ging zu der Stelle, an der das Tier zurückgeschreckt war. Doch da war nichts zu sehen. Nur ein sandiger Weg. Keine Schlange, nicht mal die Spuren einer Maus.

Heller sah sich noch weiter um, versuchte nachzuvollziehen, wo die weiße Gestalt in der Nacht gestanden haben mochte. Doch es war nichts Auffälliges auszumachen, keine Spur zu erkennen, vielmehr waren da hunderte Spuren im Staub, in ihrer Menge völlig nutzlos.

»Herr Kriminalrat, guten Morgen!«, grüßte der Pastor, ein junger Mann, dem man diese Gemeinde erst vor drei Jahren zugewiesen hatte.

Heller schnaufte. Den Pastor hatte er nicht unbedingt antreffen wollen. »Guten Morgen!«, grüßte er trotzdem zurück und griff sich an den Hut.

»Wollten Sie mich sprechen?«, fragte der junge Mann.

»Nein, nein, mein Pferd scheute nur gerade, und ich wollte nachsehen, warum.« Das war nicht einmal gelogen.

»Vielleicht wollte es Ihnen ein Zeichen geben, dass Sie an den meisten Sonntagen des Jahres in unserem Gotteshaus schmerzlich vermisst werden«, versuchte es der Pastor halb im Scherz.

»Wenn Sie mich schmerzlich vermissen, kommen Sie doch gelegentlich auf einen Besuch«, konterte Heller. Auch das noch. Ihm genügte schon die Rüge seiner Frau, die gern und regelmäßig die Gottesdienste besuchte.

Der Pastor verstand zwar, dass mit Heller heute nicht zu scherzen war. Doch er zog sich nicht zurück, im Gegenteil, er kam näher heran.

»Heinze, mein Kalfaktor, der bei mir im Dachgeschoss ein Zimmer bewohnt, meinte heute Morgen, ihm sei die weiße Frau erschienen. Das geschehe nicht oft, meinte er noch, kündige aber meist ein Unglück an.«

Heller versuchte seinen Unmut über diese Nachricht zu verbergen. »Wann soll das gewesen sein?«

»Nach Mitternacht. Wissen Sie, der Mann leidet unter verschiedenen Altmännerproblemen und muss in der Nacht mehrmals hinaus. Dabei hat er sie wohl gesehen.«

Heller nickte unwillig. »Ja, ja, das Märchen von der weißen

Frau geht hier schon ewig um. Aber keiner weiß wirklich, wer sie ist und was sie umtreibt.«

»Nun ja, Heinze weiß das durchaus. Sie verlor ihre Kinder in einem Feuer, das sie wohl selbst in Unachtsamkeit verursacht hatte. Darüber grämte sie sich so sehr, dass sie sich erhängte. Seither kündigt ihr Erscheinen Brände an. Muss wohl um die hundert Jahre oder länger her sein.« Der Pastor hing kurz seinen Gedanken nach. Dann klärte sich sein Gesicht auf. »Doch nun will ich Sie nicht länger damit belästigen. Ich weiß ja, was Herr Kriminalrat von solcherart Geschichten halten.«

»Genau. Alles Humbug!«, bestätigte Heller, mehr sich selbst als dem anderen.

»Weiß man's?«, ging der Pastor nun doch wieder darauf ein. »Zwischen Himmel und Erde gibt es Dinge, die zu erklären nicht in unserer Macht steht.«

»Ich denke, alles lässt sich erklären, wenn man nur lange genug forscht! Wollen wir doch mal einen Blick darauf haben, ob es brennen wird. Doch geb's Gott, dass dem nicht so ist. Einen guten Tag noch!« Heller grüßte und ging zurück zu seinem Pferd, das jetzt ruhig dastand. Und auch als er aufsaß und es absichtlich noch einmal zu der Stelle lenkte, wo es zuvor gescheut hatte, passierte – nichts.

2

»Guten Morgen, Herr Kriminalrat«, begrüßte Kriminalassistent Schrumm seinen Vorgesetzten. Ob Adelbert Schrumm gut gelaunt war oder nicht, war fast nie auszumachen. Er verbarg beides, Freud und Leid.

»Hatten Sie einen guten Sonntag?«, fragte Heller seinen Assistenten.

Schrumm, hoch aufgeschossen und spindeldürr, sah ein wenig durch Heller hindurch, als müsste er erst rekapitulieren, was einen Sonntag schön machte und ob nun dieser Sonntag all diese Kriterien erfüllt hatte.

»Hat das kurze Gewitter Sie in Ihrer Dachkammer etwa erschreckt? Und gab es vielversprechende Antworten auf Ihre neuen Annoncen?«, hakte Heller nach.

»Dass Sie nur immer fragen müssen«, schmollte Schrumm.

»Anders würde ich ja nie erfahren, ob Ihnen Erfolg beschieden war.«

»Das Gegenteil ist der Fall, Herr Kriminalrat. Wenn man es als Misserfolg werten möchte, dass niemand Standesgemäßes auf meine Annoncen reagiert und dass man sich offenbar einen Spaß mit mir erlaubt!«

»Inwiefern?«

»Insofern, dass man mich da- und dorthin bestellt, um mich umsonst warten zu lassen und sich vermutlich köstlich über meine Betroffenheit amüsiert.«

»Wollen wir dem nachgehen?«, fragte Heller ernst.

»Nein, selbstverständlich nicht, und ich verspreche Ihnen, Herr Kriminalrat, sollte mir Erfolg beschieden sein, werde ich Sie umgehend in Kenntnis setzen. Nur bitte: Fragen Sie mich nicht mehr!«

»Also gut«, lenkte Heller ein. Er setzte sich an seinen Platz und ärgerte sich etwas über sich selbst, dass er seinen Assistenten so aufgebracht hatte, und mehr noch darüber, dass dieser so empfindlich reagierte. Auf seinem Pferdehof oder gar in der Armee wäre einer wie Schrumm völlig aufgeschmissen.

»Gibt es etwas Neues?«

»Allerdings, Herr Kriminalrat, es hat einen Toten gegeben, in einer Villa hinter dem Großen Garten, südöstlich in der Stadt.«

»Ein Überfall?«, fragte Heller nach.

»Nein, es handelt sich offenbar um einen Herzinfarkt oder einen Schlaganfall.«

»Ist das schon attestiert?«

»Ja, von einem Arzt, der in der Gegend praktiziert.«

»Was ficht es uns dann an?«, fragte Heller, dessen Interesse bereits geweckt war.

»Bei dem Mann handelt es sich um Kommerzienrat Adam Wilhelm Gust. Deshalb bat man uns, den Fall näher zu betrachten, um eine Straftat auszuschließen.«

»Schrumm, reden Sie nicht dauernd um den heißen Brei herum! Kommen Sie mal zur Sache!«

»Der Mann starb während einer Séance!«

»Bei einer Geisterbeschwörung?« Das hatte Heller nicht erwartet.

»So ist es hier notiert!« Schrumm hob wie zum Beweis das Papier an und nickte bestätigend.

Heller hatte sich noch nie darum geschert, was auf hausinternen Papieren stand. »Da hol mich doch der Teufel«, grollte er, und Schrumm schlug eilig ein Kreuz.

»Warum?«, fragte er.

»Ach, nichts«, wiegelte Heller ab. Er hatte jetzt keine Lust, die Geschichte von der weißen Frau zu erzählen. »Wann ist es denn geschehen?«

»Vergangene Nacht!«

»Dann liegt er noch da, dieser Adam Wilhelm Gust?«

Der Assistent nickte eifrig.

»Dann los, packen wir es an, Schrumm!«

Die Villa lag abseits, eher in Richtung des kleinen Ortes Reick, gerade noch im Stadtgebiet. Das Haus stand auf einer leichten Anhöhe, in Sichtweite der neuen Gasanstalt, einem riesigen Gebäude mit kreisförmigem Grundriss, war aber trotzdem nicht leicht einzusehen. Denn das Grundstück, welches es umgab, war von hohen Bäumen bewachsen und verwildert. Wahrscheinlich hatte die Villa früher mal allein auf weiter Flur gestanden. Jetzt waren die Straßen befestigt und Eisenbahngleise gelegt worden, viele neue Häuser, Ställe, Werkstätten waren entstanden, eine neue Kirche und Gaslaternen an der Hauptstraße waren errichtet und Telegraphenmasten aufgestellt worden. Die Stadt hatte sich hier in den letzten zwanzig, dreißig Jahren ausgebreitet wie heißer Brei aus einem umgestürzten Topf, dachte Heller.

Der Kutscher lenkte die offene Kutsche die Auffahrt hinauf und musste sich auf seinem Bock unter tiefhängenden Ästen und Zweigen bücken. Kies knirschte unter den Hufen und Rädern. Der hoch aufgeschossene Schrumm musste seinen Zylinder festhalten, damit er ihm nicht vom Kopf gefegt wurde.

»Hier hat schon lange kein Gärtner mehr beschnitten«, kommentierte Heller.

»Die Frau, die hier jetzt wohnt, ist verarmt«, wusste Schrumm. »Sie ist geschieden, wohl seit einiger Zeit schon.«

»Vielleicht etwas für Sie, Schrumm?«, scherzte Heller.

»Warum, Herr Kriminalrat, weil sie arm ist?«, fragte dieser schnell zurück und klang schon wieder ein wenig beleidigt.

»Nein, weil Sie …« Heller verstummte. Er hatte einen Spaß machen wollen, doch nun fiel ihm keine Begründung ein, die nicht verletzend wäre. »Verzeihen Sie, Schrumm«, bat er zerknirscht.

Dann hielt die Kutsche vor dem Haus. Ein Brunnen zierte das Rondell vor der breiten Eingangstreppe, der jedoch kein Wasser hatte und völlig von Unkraut überwuchert war. Auch das Haus selbst, einst ein herrschaftliches Gebäude, bot einen traurigen Anblick. Farbe und Putz der Fassade blätterten ab, Fensterläden hingen schief, Efeu wuchs an den Wänden bis zum Dach hinauf. In den Steinritzen der Treppe wucherte das Gras. Insgesamt herrschte eine düstere Atmosphäre, denn die Bäume standen dicht und hoch um das Haus, und das Dickicht hatte übermannshoch die ehemaligen Rasenflächen und Beete erobert.

Heller sah sich um. Hier sagte ihm rein gar nichts zu.

»Hier müsste mal eine Heerschar Gärtner ran, und zwar beizeiten, sonst wird das noch zu einem Dornröschenschloss.«

In dem Moment öffnete sich die Tür und eine Frau erschien. Heller schätzte sie auf fünfzig. Sie hatte ein weit ausladendes Kleid an, unter dem sicher ein Reifrock verborgen war. Wahrscheinlich trug sie unter ihrem Kleid noch ein Korsett, vermutete Heller. Auch ihre Frisur sah aus wie eine Perücke aus dem vorigen Jahrhundert. Sie war geschminkt wie eine Theaterschauspielerin: auf den Wangen zu viel Rouge, die Augen schwarz umrahmt, die Lippen dunkelrot. Ein seltsamer Auftritt, fand Heller, dafür, dass ein Toter im Haus lag.

»Sind Sie hier, um den Leichnam abzuholen?«, fragte sie mit der tragenden Stimme einer Bühnendarstellerin.

»Frau Blumfeld?«, erkundigte sich Heller.

»Zu Ihren Diensten, Adele Amalia Blumfeld.« Sie deutete einen Knicks an.

Heller stieg aus der Kutsche und wartete auf Schrumm, der sich umständlich vom Sitz erhob. »Kriminalrat Heller, Kriminalassistent Schrumm von der Königlich Sächsischen Polizei. Wir wollen den Toten nur ansehen«, gab er zu verstehen.

»Soll er etwa noch lange hierbleiben?«, fragte die Blumfeld und wirkte besorgt. »Das wird denen gar nicht gefallen«, fügte sie leise hinzu.

»Wem?«, fragte Heller.

»Ach, nicht so wichtig«, sagte Frau Blumfeld.

»Dann führen Sie uns bitte hinein. Ich nehme an, ein Bestatter wurde schon bestellt und die Familie des Mannes informiert? Dann wird ihn auch sicher bald jemand abholen.«

»Die Familie ist ganz sicher informiert«, antwortete die Frau, nachdem sie die Männer hineingelassen hatte. »Seine Frau war ja dabei!«

Heller hatte diese Bemerkung zwar gehört, doch vorerst verlangte das Innere des Hauses seine ganze Aufmerksamkeit. Von außen war es ihm nicht aufgefallen, aber jetzt bemerkte er, dass die großen Fenster der Eingangshalle völlig verhängt waren, so dass der Raum in kompletter Finsternis vor ihm lag. Es war stickig und staubig und roch leicht faulig.

»Wenn Sie mir bitte folgen wollen!« Frau Blumfeld führte die Männer zu einer Doppeltür, die sie öffnete, und bat sie in einen weiteren ebenfalls dunklen Raum.

»Wollen Sie nicht wenigstens die Vorhänge etwas öffnen?«, fragte Heller irritiert.

»Ja, natürlich«, erwiderte die Frau, ging zu einem der Fenster, zog und zerrte vergeblich an einem der schweren dunklen Vorhänge, bis Heller Schrumm anstieß und ihn veranlasste, der Frau zur Hand zu gehen. Gemeinsam öffneten sie den Vorhang, aber nur einen Spalt breit. Dabei blieb es. Heller begriff, dass diese Vorhänge sonst immer geschlossen waren. Wenigstens aber fiel nun ein wenig Licht in den Raum und ließ einen großen runden Tisch auf einem massigen Fuß erkennen, um den ein Dutzend Stühle gestellt waren. Darüber hing ein großer Kerzenleuchter. Heller bemerkte noch vier weitere hohe Fenster. Doch die waren auch allesamt mit dunklen Vorhängen verhängt, die so lang waren, dass sie sich auf dem Boden stauchten. Zwischen den Fenstern standen große schwere Schränke, die, wie die Wandtäfelung auch, aus geschwärzter Eiche waren.

»Leben Sie immer in dieser Dunkelheit?«, fragte Heller.

»Nein, oben, wo ich mich zum Lesen und Schlafen aufzuhalten pflege, ist es heller. Aber für das, was ich hier tue, brauche ich kein Licht, vielmehr ist es sogar hinderlich.«

Endlich bemerkten sie den Leichnam auf dem Boden. Man hatte ihm ein kleines Kissen unter den Kopf gelegt und die Hände vor der Brust gefaltet und mit einem dünnen Strick fixiert. Gust schien ein mittelgroßer, eher unscheinbarer Mann gewesen zu sein.

»Hier hat der Arzt ihn untersucht?«, fragte Heller.

»Ja. Er konnte nur den Tod feststellen und kam schnell zu dem Schluss, dass er einem Herzanfall erlegen sei.«

»Herr Kriminalrat«, meldete sich Schrumm leise zu Wort. Er war neben dem Toten in die Hocke gegangen. Heller trat näher und betrachtete im schwachen Licht das Gesicht des Toten. Es war zu einer Maske des Grauens erstarrt.

»Seine Augen wollten sich nicht schließen lassen«, raunte Frau Blumfeld.

Gust starrte ins Leere, doch er tat es mit einem Blick voller Entsetzen.

»Was mag er wohl gesehen haben?«, fragte Schrumm mit belegter Stimme.

»Werden Sie nicht albern«, hielt Heller dagegen, »es ist der Schmerz, der aus dieser Miene spricht, oder die Erkenntnis, sterben zu müssen.«

Jetzt stand auch die Blumfeld neben ihnen. »Ich weiß, was er gesehen hat, meine Herren. Er sah einen Geist!«, behauptete sie.

»Ach, ja?« Heller sah sie auffordernd an. »Haben Sie den Geist auch gesehen?«

»Nein. Ich falle während der Sitzungen in einen Zustand, in dem ich meiner Sinne nicht mehr Herr bin. Aber andere, auch seine Frau, sahen den Geist und hörten ihn sprechen.«

»Was sagte er denn? Haben die anderen etwas darüber berichtet?«

»Nun, es war nicht eindeutig. Er solle für seine Sünden büßen oder so ähnlich.«

»Welch Überraschung!« Heller konnte sich die Worte nicht verkneifen. »Sagen das nicht alle Geister? Richtet einer nicht mal freundliche Grüße aus oder verrät etwas Interessantes?«

»Allerdings. Es gibt Seelen, die ihre Verwandten nur gut versorgt wissen wollen oder auch das eine oder andere Geheimnis verraten.« Frau Blumfeld ließ sich den Schneid nicht abkaufen.

»Fassen wir zusammen«, versuchte Heller diese kleine Niederlage zu übergehen. »Sie laden gelegentlich zu Séancen ein.«

»Ich lade nicht ein, ich werde darum gebeten, und wenn sich eine Anzahl Interessenten gefunden haben, dann findet eine Sitzung statt.«

»Wie viel Gebühr verlangen Sie dafür?«

»Gar keine!«

»Keine?«

»Wie soll ich von einer gottgeschenkten Gabe profitieren wollen?«

»Auch ein talentierter Komponist oder Maler profitiert von seiner gottgeschenkten Gabe!«

»Ich denke doch, das ist etwas anderes, werter Herr Rittmeister!«

»Letzte Nacht also begannen Sie eine Sitzung ...« Heller hielt inne. »Haben Sie mich gerade mit Rittmeister angesprochen?«

Frau Blumfeld schürzte die überschminkten Lippen. »Mag sein, ja!«

»Ich kann mich nicht entsinnen, mich so vorgestellt zu haben, Frau Blumfeld.«

»Dann wurde es mir eingeflüstert.«

»Von wem? Hat man mich angekündigt?«

»Nein, jemand hier im Haus sagte es mir.« Frau Blumfeld hob die Hände und sah zur Decke. »Es ist hier im Haus. Hier ist ein Ort, an dem sich die verlorenen Seelen, die unruhigen Geister versammeln!«

Heller unterbrach sie mit einer ungeduldigen Geste. »Letzte Nacht also hielten Sie eine Séance ab. Neben Herrn Gust waren seine Frau und einige andere dabei, deren Namen Sie uns sicherlich noch nennen werden. Wie verlief die Sitzung?«

»Sie war sehr erfolgreich. Es begann sogleich damit, dass ich einen Kontakt fand. Ich öffnete mich, und jemand trat direkt in das offene Tor, so bezeichne ich das. Von da an entsinne ich mich an nichts mehr, bis ich aus meiner Ohnmacht erwachte und die allgemeine Hysterie um mich herum bemerkte.«

»Es war dunkel?«

»Wir benötigen nur eine Kerze, die wir in die Mitte des Tisches stellen.«

»Wann begannen Sie mit der Séance?«

»Kurz vor Mitternacht, das ist die beste Stunde.«

»Sie leben ganz allein hier?«

»Ich und mein Hausmädchen, Hermina, sonst niemand.«

»Wovon leben Sie?«

»Von kleinen Spenden.«

»Fürchten Sie nicht, Frau Gust könnte Sie verklagen?«

»Warum?« Frau Blumfeld lächelte. »Sie gehört zu meinen Stammkunden und war nicht nur einmal Zeugin einer erfolgreichen Sitzung. Sie wollte ihrem Mann beweisen, dass es sich dabei nicht um Betrug handelte, wie er immer behauptet hatte. Und offenbar hat sich das auf ganz schreckliche Weise bestätigt!«

Heller nickte. »Ihre Dienstmagd, die würde ich jetzt gerne sprechen.«

»Hermina? Sie können mit ihr sprechen, doch viel wird das nicht bringen. Sie ist stumm und sie kann weder lesen noch schreiben. Sie kann sich nur mit Gesten verständigen. Aber ich rufe sie!« Frau Blumfeld griff in eine verborgene Tasche in ihrem voluminösen Kleid und holte eine beinahe faustgroße Glocke hervor, mit der sie läutete.

Es dauerte eine Weile, und nichts deutete darauf hin, dass Hermina das Läuten vernommen hatte. Dann aber trat sie plötzlich in die Tür, ohne dass Heller vorher Schritte vernommen hatte. Das Hausmädchen war eine junge Frau, eigentlich fast noch ein Mädchen. Sie trug ein schlichtes Hauskleid und hatte ein Tuch um die Haare gebunden.

»Komm herein, Hermina, die Herren sind von der Kriminalpolizei und möchten dich zum Ableben dieses Herren befragen.« Frau Blumfeld deutete auf den Toten, als hätte sie ihn gerade erst in diesem Moment entdeckt.

Hermina kam näher, und als sie ins Licht trat, sog Schrumm entsetzt die Luft ein. Auch Heller konnte sein Entsetzen kaum verbergen. Vielleicht war das junge Mädchen sogar mal sehr hübsch gewesen. Jetzt verliefen zwei hässliche Narben diagonal über die Wange und den Mund. Ein Auge hing tief, wie bei einem Schlaganfallopfer, und tränte. Die Haut ihrer linken Gesichtshälfte war großflächig verbrannt.

»Lieber Himmel, armes Kind, was ist dir denn geschehen?«, stieß Heller erschrocken aus.

Frau Blumfeld legte einen Arm um Herminas Schultern. »Ich will für sie antworten. So wie ich es verstanden habe, hatte sie vor einigen Jahren einen Unfall mit einem Pferdefuhrwerk. Der Karren war mit Petroleumfässern beladen und fuhr ihr buchstäblich über das Gesicht. Zu allem Übel kippte das Gefährt um, einige Fässer zerbrachen, und da es Nacht war, hing eine Laterne an der Kutsche, die entzündete das ausgelaufene Brennöl. Man zerrte sie aus den Flammen. Ein Arzt, ein guter Mann, kümmerte sich um sie, er behandelte ihre Wunden so gut es ging und verlangte nicht einmal Geld von ihr. War es nicht so?«

Hermina nickte.

»Der Unfall hat sie so dermaßen entsetzt, dass sie ihre Stimme verlor.«

»Sie spricht nicht?«, fragte Heller.

»Nicht ein Ton kommt ihr über die Lippen!«

»Stehen Sie in verwandtschaftlichem Verhältnis?«

»Nein, ich fand sie sozusagen und hatte Mitleid mit ihr. Das arme Ding, verarmt, verstümmelt, niemand wollte etwas mit ihr zu tun haben. Ich glaube ja, sie wurde von ihren Eltern verstoßen, doch das will sie mir nicht bestätigen.« Frau Blumfeld sah Hermina auffordernd an, doch diese starrte nur ausdruckslos vor sich hin.

Heller ging ein paar Schritte auf das Mädchen zu, er zwang sich, ihr ins Gesicht zu sehen.

»Wie alt bist du?«, fragte er und erinnerte sich im selben

Moment, dass sie nicht antworten konnte. »Fünfzehn?«, schätzte er.

Sie hob einen Finger.

»Sechzehn, also?«

Nun nickte sie, hob aber unsicher die Schultern.

»Du bist Frau Blumfeld zu Diensten?«

Sie nickte.

»Hilfst du bei den Geisterbeschwörungen?«

Wieder nickte sie.

»Was ist deine Aufgabe? Die Gäste hineinführen? Getränke reichen?«

Nicken, Kopfschütteln.

»Wir reichen weder Speis noch Trank«, erklärte jetzt die Blumfeld.

»Hast du sonst welche Aufgaben?«, fragte Heller das Mädchen weiter.

Hermina nickte, zeigte auf Frau Blumfeld, deutete leichte Klapse mit der Hand an und gab zu verstehen, dass sie ihr etwas zu trinken gab.

»Sie holt mich aus meiner Ohnmacht«, übersetzte Frau Blumfeld.

»Verbirgst du dein Gesicht vor den Gästen?«, fragte Heller.

Hermina zögerte kurz, nickte dann. Sie holte ein Stück Gaze aus einer Tasche ihres Rocks, hielt es sich vor das Gesicht und zeigte, wie sie das Tuch unter den Saum ihres Kopftuches schob, um es wie einen Schleier zu tragen.

»Du sprichst nicht, Hermina? Niemals? Selbst wenn dein Leben davon abhinge?«

Das Mädchen nickte. Heller schürzte die Lippen, sah hilfesuchend zu Schrumm. Das würde keine einfache Sache werden.

(…)